W0251748

btb

Jana Casale

How to Fall Out of Love Madly

Roman

Aus dem Amerikanischen von Judith Schwaab

btb

Die amerikanische Originalausgabe erschien 2022 unter dem Titel
»How to Fall Out of Love Madly« bei Dial Press,
an imprint of Random House, a division
of Penguin Random House LLC, New York.

Der Verlag behält sich die Verwertung der urheberrechtlich
geschützten Inhalte dieses Werkes für Zwecke des Text- und
Data-Minings nach § 44 b UrhG ausdrücklich vor.
Jegliche unbefugte Nutzung ist hiermit ausgeschlossen.

MIX
Papier | Fördert gute Waldnutzung
FSC® C014496

Penguin Random House Verlagsgruppe FSC® N001967

1. Auflage
Deutsche Erstveröffentlichung März 2025
btb Verlag in der Penguin Random House Verlagsgruppe GmbH,
Neumarkter Straße 28, 81673 München
produktsicherheit@penguinrandomhouse.de
(Vorstehende Angaben sind zugleich
Pflichtinformationen nach GPSR)

Copyright © Jana Casale 2022
Covergestaltung: Semper Smile nach einem Entwurf
und unter Verwendung einer Illustration von Donna Cheng
Satz: GGP Media GmbH, Pößneck
Druck und Einband: GGP Media GmbH, Pößneck
SL · Herstellung: BB
Printed in Germany
ISBN 978-3-442-77406-7

www.btb-verlag.de
www.facebook.com/penguinbuecher

Dieses Buch ist allen Frauen meines Lebens gewidmet.

An die Frau, die in der Kabine neben mir hemmungslos weint

Wenn du jemals um vier Uhr morgens
    voll bekleidet aufgewacht bist,
wenn du die Beine für einen Mann geschlossen hast,
    den du liebst,
und geöffnet für einen, den du nicht liebst,
wenn du im Dunkeln an ein Kissen gestoßen bist,
wenn du elend an einem Strand standest,
    mit Seegras an den Beinen,
wenn du viel Geld für einen schlechten
    Haarschnitt bezahlt hast,
wenn du vor einem Spiegel zurückgewichen bist,
    der dich umbringen wollte,
wenn du auf einen Autorücksitz geblutet hast,
    weil du keinen Tampon hattest,
wenn du bei Regen durch einen Fluss geschwommen bist,
wenn du mit einem Dildo als Mikro gesungen hast,
wenn du die ganze Nacht aufgeblieben bist, um zu sehen,
    wie der Mond die Sonne auffrisst,
wenn du dir die Nähte aus deinem Herzen gerissen hast,
    weil du denkst, warum nicht,
wenn du denkst, nichts & niemand kann es,
dann hör zu:
Ich liebe dich.
Alles wird gut.

KIM ADDONIZIO

Erster Teil

Joy

Lasst mich etwas über meinen Bauch sagen. Er ist dick, und ich hasse ihn. Die ganze Zeit geht mir das nicht aus dem Kopf. Ich denke darüber nach, wie er in Shirts oder in Kleidern aussieht, wie er über meine Jeans schwabbelt und am Bund herausquillt. Wenn ich sitze, hängt er in dicken, fetten Falten heraus. Es gibt keine vorteilhafte Art und Weise für mich, mit diesem Bauch zu sitzen, deshalb denke ich mir alles Mögliche aus, um eben nicht zu sitzen, und wenn ich dann doch mal sitzen muss, ziehe ich ihn ein. Ich denke darüber nach, was andere Leute wohl davon halten, und was sie von mir halten, wenn sie mich mit diesem Bauch sehen. Anschauen will ich ihn nie, kann aber den Blick kaum vom Spiegel losreißen, wenn ich doch mal davorstehe. Ich wünschte, dieser Bauch hätte keinen Einfluss darauf, was ich von mir selbst denke, aber das ist nur so dahingesagt, Worte, die mich nicht das fühlen lassen, was ich fühlen will, und ich will mich dünner fühlen. Darüber weine ich viel, hauptsächlich wenn ich allein bin, aber auch manchmal, wenn ich mit meiner Mutter telefoniere. Gewöhnlich sagt sie mir dann, ich sei verrückt, und ich solle mir nicht so viele Gedanken machen. Einmal, nur ein einziges Mal, als ich sie angerufen hatte und wieder mal von meinem Gewicht anfing und wie fett ich bin, sagte sie mitten in mein Schluchzen hinein:

»Weight Watchers vielleicht?«

Und an diesen Moment muss ich jetzt die ganze Zeit denken. Ich höre ständig ihre Stimme, wenn ich an einer Ampel stehe oder sogar, wenn ich pinkele.

»Weight Watchers vielleicht?«

Ich weiß, es würde sie umbringen, wenn sie es wüsste. Sie hat mir sicher tausendmal gesagt, dass ich dünn bin, und trotzdem muss ich ständig an das eine Mal denken, als sie gesagt hat: »Weight Watchers vielleicht?« Es war keine böse Absicht von ihr, deshalb sage ich es ihr auch nicht; ich denke es bloß und frage mich, was eigentlich in ihr vorgegangen ist, als sie das gesagt hat. Und ich fürchte, was auch immer das war, es hat gar nichts mit mir zu tun, auch wenn ich gern glauben möchte, dass alles an meiner Mom auch immer mit mir zu tun hat. Und dann fühle ich mich so breit und fett wie alle anderen auch. Leer ist das Wort dafür. Also setze ich mich hin, ziehe den Bauch ein und mache einfach weiter. Weight Watchers, für immer.

Als sie dreizehn Jahre alt war, bekam Joy von ihrem Arzt die Pille verschrieben. Er war schon alt und kannte sie, seit sie ein Baby war. Als ihre Mutter ihm im Vertrauen erzählte, dass ihre Tochter starke Unterleibsschmerzen hätte, stellte er ihr ein Rezept für diese kleine Dosis Hormone aus, die Joy ungefragt nahm, sodass sie bis zum heutigen Tage, mit dreißig Jahren, nicht ein einziges Mal einen Eisprung gehabt hatte.

Zuerst hatte ihr das ein Gefühl der Überlegenheit gegenüber jedem anderen Mädchen in der achten Klasse gegeben. *Wenn ich in diesem Moment Sex haben wollte, dann könnte ich es jederzeit tun, ohne schwanger zu werden,* dachte sie oft. Dabei hätte sie sich das sparen können, weil niemand Sex mit Joy haben wollte, bis sie vierundzwanzig war. Doch immerhin half die Pille gegen die Krämpfe, die so stark gewesen waren, dass sie sich vor Schmerzen sogar einmal übergeben musste. Ihre Mutter und sie hatten sich damals Walt Disneys *Tarzan* im Kino angeschaut, und Joy hatte sich furchtbar zusammengerissen, um nicht nach Hause zu müssen. Sie hatte sogar die Schuhe ausgezogen und die Füße unter sich gezogen, um eine Position zu finden, die bequem genug war, damit die Schmerzen aufhörten. Doch nichts funktionierte, und am Ende lief sie zusammengekrümmt aufs Klo, um sich zu erbrechen. Sie konnte sich noch lebhaft an die vollkommen unverdauten Sno-Caps erinnern, die aus ihr herauskamen, während eine Kinderstimme in der Kabine neben ihr sagte: »Ich glaube, da kotzt jemand.«

Es war ein Geschenk des Himmels, als das mit den Krämpfen endlich aufhörte, und die Nebenwirkungen, um die ihre Mutter sich gesorgt hatte, hielten sich auch in Grenzen.

»Wenn du dich nicht gut fühlst, dann sag es mir einfach. Es gibt auch noch andere Möglichkeiten, die genauso gut wirken«, sagte sie dann, aber Joy war zufrieden damit und fühlte sich besser. Was ihr damals nicht bewusst war und niemals sein würde, war die Tatsache, dass ihr Körper in dem Moment, als sie begann, diese Pille zu schlucken, nicht nur aufhörte, einen Eisprung zu produzieren, sondern auch ihre Wahrnehmung auf die Pheromone anderen Menschen beeinflusste. Joy fühlte sich also auf andere Art und Weise von Männern angezogen, als es ohne Hormone der Fall gewesen wäre. Sie begann, sich auf den falschen Typ Mann einzulassen, und von da an nahm jede Beziehung, die sie einging, ein schlechtes Ende. Zuerst hatte sie was mit einem Typen namens Felix, dann mit einem, der Cory hieß, und schließlich mit einem gewissen Guy. Ihre einzige wirkliche Beziehung dauerte nur viereinhalb Monate. Sein Name war Ryder, und er hielt ausgesprochen viel von sich selbst. Joy wusste schon früh, dass sie eigentlich gar nicht in Ryder verliebt war, dass er bestenfalls nicht zu ihr passte und im schlimmsten Fall schädlich für ihr Selbstwertgefühl sein könnte, doch keinen von diesen Gedanken ließ sie auch nur ansatzweise an sich heran. Stattdessen versuchte sie verzweifelt, sich davon zu überzeugen, dass sie tatsächlich Gefühle für ihn hatte. Sie sagte Freunden sogar »Ich glaube, ich bin gerade dabei, mich in ihn zu verlieben«, etwas, das sie als Nachricht schreiben und woran sie fast selbst glauben konnte, doch in dem Moment, wenn sie es laut aussprach, kam sie sich blöd vor und bedauerte es auf der Stelle. Ryder hatte nach knapp fünf Monaten kurz vor ihrem Jahrestag (ein Datum, das er wahrscheinlich sowieso vergessen hätte, wofür sie ihn ebenso wahrscheinlich in jeder Hinsicht in Schutz genommen hätte) mit ihr Schluss gemacht, weil er nach Alaska ziehen wolle, um »in einem kleinen Häuschen« zu leben. Als er ihr das sagte, blieb sie gefasst, doch kaum war sie zu Hause, brach sie in Tränen aus. Wenn es nicht Liebe war, um die es hier ging, warum war sie dann so am Boden zerstört? Als beste Möglichkeit kam ihr in den Sinn, dass sie sich einsam fühlte, als zweitbeste, dass sie enttäuscht war, und als drittbeste, dass sie zurückgewiesen worden war. Viel mehr Erkenntnisse hatte sie dazu nicht. Dabei hätte sie sich eins eingestehen müssen: Obwohl sie sich seit Ewigkeiten einredete, dass es ihr nichts ausmachte, Single zu sein, sie sowieso keine Kinder wollte und es rein gar nichts bedeutete, dass sie demnächst dreißig würde, beängstigte es sie doch irgendwie, dass sie in diesem Alter noch nie in jemanden verliebt gewesen war, dass niemand sie liebte, überhaupt niemand. Und in genau diesem Zustand war sie auch, als sie, nicht lange danach, Theo kennenlernte.

Wohngemeinschaft

Joy und Annie wohnten zusammen, obwohl sie miteinander befreundet waren – eine riskante Entscheidung, die in den allermeisten Fällen in einer Katastrophe endete. Trotzdem suchten sie sich gemeinsam eine Sofalandschaft aus, bei der jede die Hälfte bezahlte, und obwohl Simon Annies Kater war, fütterte Joy ihn am Morgen und Annie am Abend. Sie mieteten sich eine kleine Dreizimmerwohnung in einem angesagten Viertel der Stadt und hofften, dass sie den dritten Raum als Gästezimmer nutzen konnten.

»Da ist zum Beispiel meine Freundin Sophie aus Paris«, sagte Annie. »Vielleicht lädt sie mich ein, bei ihr in Paris zu wohnen, wenn sie vorher bei uns gewohnt hat.«

»Ich dachte, du kannst sie nicht ausstehen«, sagte Joy.

Annie zuckte mit den Achseln. »Ich hasse sie nicht mehr als alle anderen Freunde auch.«

Joy nickte. »Meine Mom könnte uns ebenfalls besuchen.«

Doch nach nur drei Monaten waren beide Frauen so frustriert von den monatlichen Kosten – der Vermieter hatte die Miete um hundert Dollar erhöht, und fürs Heizen zahlten sie ein kleines Vermögen –, dass sie am Ende beschlossen, das dritte Zimmer unterzuvermieten.

Sie gaben bei Craigslist eine Anzeige auf, die lautete:

Zwei junge berufstätige Frauen vermieten ein Zimmer. Wir sind ordentlich, aber nicht schrecklich ordentlich. Wir sind respektvoll, ja, schrecklich respektvoll, und wir haben eine Katze.

»Das klingt furchtbar«, sagte Annie.

»Findest du?«

»Vielleicht lieber weniger plakativ? Das klingt sonst so fies.«

»Sollen wir schreiben, wie alt wir sind?«, fragte Joy.

»Warum?«

»Damit wir am Ende nicht mit jemandem zusammenwohnen, der zu jung oder zu alt ist.«

»Glaubst du wirklich, ein alter Mensch will in dieser armseligen, popeligen Wohnung mit uns zusammenwohnen?«

Joy fand es schrecklich, wie Annie gegen die Wohnung wetterte. Sie hatte das Gefühl, ihre Mitbewohnerin wolle alles runtermachen, was sie hatten. Als würde sie es am liebsten wegwischen wollen, so wie man ein schmutziges Glas spült oder eine verschmierte Fensterscheibe poliert. Dann wurde ihr süßes kleines Apartment zu einem leicht verbeulten Bild in Joys Geist: das Teegeschirr, das sie gemeinsam auf dem Flohmarkt gekauft hatten, fröhlich, aber unbenutzt. Der kleine Topfpflanzengarten, für den sie sich viel zu viel Zeit genommen hatten. Das kaputte Rollo im Wohnzimmer, das auf Halbmast hing und das Ganze heruntergekommen aussehen ließ. Joy schüttelte den Gedanken ab.

»Na, und was ist mit zu jung? Wollen wir denn wirklich mit einem Studenten zusammenwohnen?«

»Du denkst viel zu viel nach. Ich glaube, jeder weiß, dass ›junge berufstätige Frauen‹ Anfang dreißig bedeutet«, sagte Annie.

Sie machten ein Foto vom leeren Gästezimmer, in das bald ein wildfremder Mensch einziehen würde, und posteten das Bild neben der Beschreibung.

Annie wurde still, als sie den Post noch einmal durchlas. »Wir schließen jetzt einen Pakt: Ganz egal, wer hier einzieht, es wird immer unser Zuhause sein, und wir lassen uns von ihm oder ihr nicht verdrängen«, sagte sie. »Ich will nicht, dass sich die Dinge ändern, nur weil jemand Neues dazukommt.«

Vielleicht war das ja unnötig besorgt oder sogar ein bisschen gemein, doch Joy war froh, als sie Annie das sagen hörte. Nach alldem Wohnungs-Bashing war es schön, dem Gedanken nachzuhängen, es seien sie zwei gegen den Rest der Welt, wenn sie den Duft der Handseife aussuchten und die Kühlschrankmagnete neu anordneten.

»Einverstanden. Wir erlauben es nicht, dass die hier irgendwas anfassen«, sagte Joy. Und sie lachten beide darüber, wie herrlich gemein und nett die Welt sein konnte.

Nur wenige Stunden nach dem Posten hatten sie vierzehn Mails im Posteingang. Die Hälfte davon stammte von Collegestudenten, die sie sofort aussortierten. Von den sieben verbliebenen Mails waren fünf von Frauen und zwei von Männern.

»Mir wäre definitiv eine Frau lieber«, sagte Joy.

»Bin voll deiner Meinung. Ich habe keine Lust, mir Sorgen zu machen, ich könnte vergewaltigt werden, wenn ich gerade eine Schüssel Müsli esse«, sagte Annie.

»Und ich will in Jogginghose herumlaufen, ohne mich schämen zu müssen.«

»Sei nicht albern. Du siehst in Jogginghose genauso aus wie alle anderen.«

Joy war sich sehr sicher, dass man von hinten die Dellen ihrer Orangenhaut durch den Stoff durchsah, wenn sie eine Jogginghose trug. Das hatte sie Annie anvertraut und sonst niemandem auf der ganzen Welt, was sie jetzt fast bedauerte, denn Annie war so klapperdürr, dass man ihr mit etwas bösem Willen eine Essstörung unterstellen könnte.

»Okay, aber ich will mir einfach keine Gedanken darüber machen«, sagte Joy. Sie fuhr sich mit der Hand über den Oberschenkel und zog den Bauch ein. *Weight Watchers vielleicht?*

Sie beantworteten alle Mails (auch die der Männer, nur für alle Fälle) und machten für den Samstag Kennenlerntermine aus.

An jenem Morgen putzten sie die Wohnung gerade genug, damit sie anständig aussah, aber nicht *zu* anständig. »Das Letzte, was wir brauchen, ist ein Arschloch, das jeden verdammten Tag nachschaut, ob noch alle Gefrier-Bagels da sind. Erinnerst du dich an diese Lauren, mit der ich am College zusammengewohnt habe? Sie hat mir doch tatsächlich gesagt, ich solle keine Schlappen tragen, weil sie Streifen auf dem Boden machen würden«, sagte Annie. »So was von durchgeknallt.«

Joy erinnerte sich an Lauren. Ganz besonders erinnerte sie sich an eine Geschichte, von der ihr Annie erzählt hatte und in der sie und ihr Freund im Bett lagen und Sex hatten, während Lauren im Zimmer nebenan heulte wie ein Schlosshund.

»Wir haben es gerade von hinten gemacht, als wir auf einmal gehört haben, wie sie am Telefon geschluchzt hat: ›Ich kann das nicht. Ich kann nicht.‹«

»Was habt ihr getan?«, hatte Joy sie gefragt.

»Nichts, wir haben weitergemacht. Wir waren ja keine Freundinnen oder so, deshalb konnte ich auch nicht rübergehen und sie trösten.«

Aus irgendeinem Grund war die Geschichte bei Joy hängengeblieben, und jedes Mal, wenn Annie über Lauren redete und sie als unmögliche Mitbewohnerin und als »Mega-Arsch« bezeichnete, stellte Joy fest, dass Lauren ihr irgendwie leidtat. *Ich wünschte, ich würde dich kennen, Lauren,* dachte sie dann, und vielleicht tat sie das sogar in gewisser Weise.

Am Samstag tauchten drei der Frauen nicht auf. Eine mailte ihnen und schrieb, sie habe beschlossen, stattdessen mit ihrem Freund zusammenzuziehen.

»Blöde Kuh«, sagte Annie, als sie die Mail las.

Die beiden anderen wollten den Termin verschieben.

»Verdammt, ich hoffe bloß, dass eine von denen, die kommen, einigermaßen nett ist«, sagte Joy.

Doch die vierte Kandidatin war nicht nett. Sie hieß Claire und war besser angezogen als Annie und Joy, obwohl alle drei Varianten der Kombination Jeans-mit-T-Shirt trugen. Als sie an dem Fenster mit den Topfpflanzen vorbeiging, sagte sie: »Das gefällt mir. So erdig«, worauf beiden keine Antwort einfiel. Nachdem sie sich das Zimmer angeschaut hatte, in dem sie wohnen sollte, fragte sie, ob sie auch die anderen beiden Zimmer sehen könne. Joy und Annie schauten sich kurz an, waren dann aber einverstanden und führten sie in ihre jeweiligen Zimmer.

»Nett«, sagte Claire. »Wäre es denn möglich, dass ich mit einer von euch beiden tausche? Ich habe nur gerade gemerkt, dass mein Zimmer am wenigsten Licht hat, und ich stehe auf Sonnenschein.«

Obwohl weder Annie noch Joy vorhatten, mit Claire das Zimmer zu tauschen, diskutierten sie kurz mit ihr über diese Möglichkeit. Es war leichter, als einfach zu sagen: »Nein, das geht nicht. Kommt überhaupt nicht in Frage.«

»Wer steht denn bitte schön *nicht* auf Sonnenschein?«, wollte Annie wissen, als Claire gegangen war. »Glaubt die denn, es gibt irgendjemanden, der in der Dunkelheit leben will? Wir alle wollen die hellsten Räume, die es gibt, liebe Claire, du bist nichts Besonderes.«

»Ich glaube noch nicht mal, dass ihr Zimmer dunkler ist als unsere«, sagte Joy.

»Und jetzt? Müssen wir uns darauf einstellen, mit einem Mann zusammenzuleben?«

»Lass uns die andere noch abwarten«, sagte Joy.

»Aber die Typen kommen ja sowieso. Geben wir ihnen wenigstens eine Chance«, meinte Annie. »Abgesehen von einer Vergewaltigung – wie viel schlimmer als Claire können die schon sein?«

Der erste Typ kam und schritt schnell und ohne viele Worte in der Wohnung herum. Er war Ende dreißig. Eher klein, schütteres Haar.

Kurz bevor er wieder ging, drehte er sich noch mal um und sagte: »Einmal in der Woche mache ich ein Dinner, bei dem jeder etwas mitbringt. Wäre das ein Problem?«

»Ach, witzig«, sagte Annie. »Ich denke nicht.«

Joy wusste, niemand in dieser Wohnung war scharf darauf war, dass jemand jede Woche ein Essen veranstaltete, bei dem alle etwas mitbrachten, sie nickte trotzdem. Kurz überlegte sie, ob sie sagen sollte: *Solange du uns einlädst!*, wie sie es vielleicht in einem anderen Zusammenhang getan hätte. Doch hier ging es um eine Wohngemeinschaft, wo eine solche Ankündigung vor allem wie eine gefährliche Verpflichtung klang.

»Heilige Scheiße«, sagte Annie, als er weg war. »Ich bin so froh, dass ich mit diesem Mann keinen Sex haben muss.«

»Wann kommt denn der andere Typ?«

»In einer Stunde.«

Die beiden verbrachten die Stunde, die sie warteten, getrennt voneinander. Joy wusste nicht so recht, was sie allein in ihrem Zimmer anfangen sollte. Es war zu viel Zeit, um einfach nichts zu tun. *Soll ich lesen?*, ging es ihr durch den Kopf, doch das Buch, das sie gerade las, fand sie etwas langatmig, und im letzten Kapitel war es um eine Sexszene gegangen, bei der sie sich so schlecht gefühlt hatte wie schon lange nicht mehr. Das ging ihr bei Sexszenen oft so. Irgendwie befürchtete sie, nicht sexy zu sein, und dass das der Grund war, warum sie noch nie eine ernsthafte Beziehung gehabt hatte. Schließlich konnte man nicht einfach jemanden fragen, ob man sexy war oder nicht. Sexy zu sein war wie eine Berufung, eine Ehrung, am besten zu vergleichen mit einer Prinzessin oder einer Nobelpreisträgerin. Sie erinnerte sich, dass sie einmal Ryder gefragt hatte, was er von Annie hielt. »Sie ist sexy«, hatte er geantwortet, was Joy ärgerte, in Angst und Schrecken versetzte und deprimierte, doch statt ihm etwas dazu zu sagen, hatte sie in der Nacht zweimal mit ihm geschlafen, was, wenn sie ihren sowieso schon schrecklichen Sex als Ganzes betrachtete, der allerschlimmste Sex überhaupt gewesen war. Nach dem zweiten Mal hatte sie fast geweint, aber nur fast. Sie saß aufrecht im Bett und versuchte, sich an die Namen all der Kinder in *Eine himmlische Familie* zu erinnern, in der Hoffnung, dass ihr dies beim Einschlafen helfen könnte.

Statt zu lesen ging Joy auf Facebook und freute sich, dass sie noch mehr Likes für ihr Hafergrütze-Foto vom Morgen bekommen hatte.

»Heidelbeeren sind etwas Wunderbares«, stand in der Caption, was sie sehr passend für ein Bild von Hafergrütze mit Blaubeeren fand, und immerhin waren schon siebzehn Personen ebenfalls dieser Meinung. Sie scrollte sich durch die Strandfotos einer ehemaligen Kollegin und ging dann auf Ryders Seite (das tat sie fast jeden Tag, ohne weiter darüber nachzudenken). Dieses Mal ploppte sein Name nicht auf, als sie nur »Ry« tippte, sie musste ihn vollständig eingeben. Hätte sie sich einen Moment lang die Zeit genommen, darüber nachzudenken, was das bedeutete, wäre sie vielleicht zu dem Schluss gekommen, es sei besser, ganz damit aufzuhören und etwas anderes zu machen. Irgendetwas. Doch das tat sie nicht, sie tippte ihn vollständig ein, kam auf seine Seite, und als sie das tat, wurde es ihr schlagartig bewusst: *Er hatte sie blockiert.*

Warum tat er das?? Warum?? Hasst er mich so sehr, dass er mich nicht einmal mehr auf die alleralleroberflächlichste Weise kennen will? Sie ging auf Instagram. Auch hier hatte er sie aus seiner Freundesliste entfernt. Das waren die beiden einzigen Social-Media-Seiten, die sie hatte, abgesehen von der auf Twitter, doch die anzuklicken traute sie sich nicht.

Ihr erster Instinkt war, ihm eine Nachricht zu schicken.

»Ich hatte deinen Penis im Mund, und du blockierst mich?« Doch natürlich schrieb sie das nicht. Sie merkte, dass sie anfing, ein bisschen zu zittern. Ihr Magen fühlte sich an, als würde jemand eine Glocke darin läuten. Kurz überlegte sie, ob sie zu Annie gehen und ihr davon erzählen solle, war sich aber unsicher. Manchmal konnte Annie die allerbeste Ansprechpartnerin sein, die man sich vorstellen konnte, doch es gab auch Zeiten, in denen sie wenig Geduld mit Joys Sorgen hatte. Und das Letzte, was Joy in diesem Moment brauchen konnte, war eine gehässige Bemerkung. Sie wusste, dass sie auch ihre Mutter nicht anrufen konnte. Sie würde so etwas sagen wie: »Was soll das heißen, blockiert?«, und daraus würde sich ein frustrierendes Gespräch entwickeln, das alles nur noch eine Million Mal schlimmer machte. Genau in diesem Moment fühlte Joy etwas, das sie noch nie gefühlt hatte. Es gab da etwas in ihrem Leben, das ihr wehtat, und es war unmöglich, jemandem das zu erklären. *Ich bin mutterseelenallein,* dachte sie.

Und dann hörte sie, wie es an der Tür klingelte.

»Der ist zu früh«, sagte Annie, als sie aus ihrem Zimmer kam und den Flur entlangging. »Ich hasse Leute, die zu früh dran sind.«

Joy hielt sich hinter ihr, immer noch so erschüttert, dass sie sich kurz an der Wand abstützte, für den Fall, dass sie umkippte. Sie war sich nicht sicher, ob sie sich für eine solche Begegnung überhaupt zusammenreißen konnte, aber das spielte nun auch keine Rolle mehr.

Dann gab es eine weitere Sekunde, ein Luftholen, eine Pause. Hier war die Tür, hier war die Klinke, hier war Annie, und hier war ihre gemeinsame Wohnung. Was konnte die Dinge in einem kleinen Leben wie ihrem verändern? So viele Dinge, und so schnell.

Die Tür ging auf, und er kam herein. Sein Anblick sorgte für ein Prickeln wie ein Glas Sekt.

»Hi, ich bin Theo«, sagte er. Und das war's.

Theo ist heiß

Seine Haare waren graumeliert, und er hatte auffallend hübsche Hände. Außergewöhnlich attraktiv war er eigentlich nicht, aber er war attraktiver als die meisten Männer, und das war außergewöhnlich genug. Hinter seinem Rücken blickte Annie schmachtend zum Himmel, als würde sie vor Begeisterung gleich in Ohnmacht fallen.

»Ich liebe eure Tapete«, sagte Theo und meinte damit die uralte Tapete in der Küche.

»Danke. Wir stehen total auf die Siebziger und Flecken«, sagte Annie.

Worauf Theo ein Lachen von sich gab, das weder zu laut noch zu leise war.

»Was arbeitest du?«, wollte Annie wissen.

»Ich bin Grafikdesigner.«

»Ach, cool.«

»Ist okay, ja. Man schlägt sich so durch. Und ihr, was macht ihr?«

»Ich bin Producerin bei der Kathy Willis Show. NPR«, sagte Annie.

»Oh, wow«, sagte Theo. »Sehr beeindruckend. Ist bestimmt so was wie ein Traumjob.«

»Ja. Habe lange drauf hingearbeitet.«

Bis zu diesem Punkt hatte Joy noch keinen einzigen Ton gesagt. Ein paarmal hatte sie gelacht, doch jetzt war sie dran mit Reden. Ihr Job war weder sexy noch besonders aufregend, aber eigentlich mochte sie ihn sehr. Sie hatte das Gefühl, er sei wertvoll und hilfreich und dass sie gebraucht wurde. Sie wünschte, das in einer Weise ausdrücken zu können, die diesen tollen Mann verstehen ließ, wie viel ihr Job ihr bedeutete.

»Ich arbeite in einer Personalabteilung«, sagte Joy.

»Schön«, sagte Theo.

Sie setzten ihren Rundgang fort, bis Theos Blick auf Simon fiel, der es sich auf der Fensterbank gemütlich gemacht hatte.

»Ach, du meine Güte, und wen haben wir hier?«

Er ging zu ihm hinüber und ging in die Hocke, sodass er auf Augenhöhe mit dem Stubentiger war.

»Das ist Simon«, sagte Annie.

»Ich liebe ihn mehr als euch, Mädels, nichts für ungut.«

»Das solltest du auch«, sagte Annie.

Simon rollte sich auf den Rücken.

»He, was ist denn mit seinem Auge passiert?«, fragte Theo.

»Er hat früher auf der Straße gelebt, und das Auge war so übel entzündet, dass sie es entfernen mussten. Macht ihn aber kein bisschen langsamer.«

»Hübscher Kerl«, sagte Theo.

Danach verabschiedeten sie sich an der Wohnungstür, und Joy schaffte es noch zu sagen: »Wenn du da die Straße runtergehst, gibt es eine wunderbare Bäckerei und eine wirklich hervorragende Pizzeria. Nur damit du eine Vorstellung von der Gegend hast.«

»Ich liebe Pizza und Backwaren, deshalb werde ich mit Sicherheit beides ausprobieren«, sagte er. »Nochmals danke, Mädels. Ich melde mich.« Und dann ging er in die Richtung davon, in die sie gezeigt hatte, und Joy kam der Gedanke, dass er sich wahrscheinlich gleich ein Bananen-Nuss-Brot besorgen würde, wenn er schon mal da war.

»O mein Gott«, sagte Annie, während sie die Tür zumachte. »Er ist so unfassbar toll. Der heiße Theo. So nennen wir ihn.«

Joy war sich nicht sicher, was sie sagen sollte, aber die Tatsache, dass Ryder sie blockiert hatte, war plötzlich nicht mehr so wichtig.

»Na, was meinst du? Wenn er einziehen will, wärst du dafür?«, fügte Annie hinzu.

»Ich denke schon. Ich meine, mir kam er wirklich nett vor, und er mochte Simon«, antwortete Joy.

Annie setzte sich aufs Sofa. Eine Sekunde lang wirkte sie traurig.

»Alles okay mit dir?«, wollte Joy wissen.

»Nur müde«, sagte Annie.

»Sollen wir ihm mailen und ihm sagen, das Zimmer gehört ihm?«

»Wäre es nicht besser zu warten? Wir wollen doch nicht so wirken, als hätten wir es nötig, oder?«

»Gilt diese Regel auch für Mitbewohner?«

»Ich denke, sie gilt für alle Männer.«

Da stimmte Joy ihr zu, doch insgeheim überlegte sie sich bereits, was sie in der Mail schreiben würde.

Theo, wir fanden dich toll, und Simon auch. Bitte sag Ja zu der Wohnung!

Annie

Ich hasse meine Brüste. Sie sind nicht nur klein, das auch, aber vor allem sind sie so komisch wabbelig, und meine Brustwarzen sind viel zu groß. Es ist fast so, als bestünden meine Brüste nur aus Brustwarzen. Wieso? Wer hat denn solche Brüste? Ich wusste bereits, dass ich sie hassen würde, bevor ich welche hatte, weil sie viel zu lange gebraucht haben, bis sie endlich da waren. Ich konnte unmöglich so lange auf etwas gewartet haben, das wirklich gut war. Und sie sind nicht gut. Sie sind mir furchtbar peinlich. In Klamotten macht es mir nicht so viel aus, weil ich einen BH trage, aber wenn ich nackt bin, komme ich mir vor wie ein Monster. Bisher hat noch nie einer meiner Freunde irgendetwas darüber zu mir gesagt, aber ich fürchte mich schon mein ganzes Leben davor, dass es irgendwann so weit ist. Egal, wo man hinschaut, im Internet, Filmen oder in Zeitschriften, liegt es klar auf der Hand – Brüste sollten einfach nicht so aussehen, nicht so wie meine. Einmal hat eine Freundin zu mir gesagt, wenn ein Mann zu dir etwas Gemeines bezüglich deines Körpers sagt, dann ist das ein Hassverbrechen. Zuerst dachte ich, das sei Blödsinn, ja, sogar gedankenlos, aber dann verstand ich, was sie meinte. So etwas zu sagen, ist nicht wie eine normale

Beleidigung, weil schon seit Urzeiten dafür gesorgt wird, dass wir uns bezüglich unseres Körpers in jeder Hinsicht schlecht fühlen. Mir ist mein Körper wichtig, weil ich wirklich das Gefühl habe, er sagt etwas darüber aus, was für ein Mensch ich bin. Ich weiß, so sollte es nicht sein, eigentlich ist es nicht wichtig, aber ich kann nicht anders. Was ich fühle, ist Traurigkeit; was ich fühle, ist die Hoffnung, dass niemand außer mir je meine Brüste sehen muss. Stattdessen möchte ich mich selbst gern sehen, so, wie ich wirklich bin, wer ich wirklich bin, aber ich weiß, dass das nie der Fall sein wird. Ich weiß, alles, was ich sehen werde, ist mein Scheitern. Eine Fehlerhaftigkeit, an der ich nichts ändern kann. Eine Angst, die sich nicht abschütteln lässt.

Als Annie mit Joy zusammenzog, war sie am Boden zerstört und stinksauer. Es war nicht das, was sie wollte. Sie hatte Joy gern, aber viel lieber wäre sie mit ihrem Freund zusammengezogen, und weil das nicht ging, fühlte sich die Sache mit Joy falsch und verkrampft an. Beim gemeinsamen Möbelkaufen hatte sie versucht, sich begeistert zu zeigen, als Joy aufgeregt auf eine bestimmte Lampe zeigte, doch die Lampe war ihr egal, total egal. Was das Ganze noch schlimmer machte, war die Tatsache, dass Joy sich so unglaublich über all das freute, weshalb Annie die meiste Zeit meinte, sie müsse ihrer Freundin etwas vorspielen, um ihr das Gefühl zu geben, dass sie diese Erfahrung miteinander teilten.

»Au ja, wir machen Filmabende«, sagte Joy dann zum Beispiel, und Annie antwortete: »Das wird ein Spaß.« Doch dass sie das alles vorgaukelte, führte auch dazu, dass ihr Ton gegenüber Joy oft unnötig scharf ausfiel, bis sie fast sicher war, dass ihre Freundin es merken würde, und das gab ihr ein schlechtes Gefühl. Doch andererseits kam ihr Joy auch oft so kindisch vor. Beide waren jetzt dreißig. Zusammenzuwohnen war kein Spaß, es war traurig. Die Tatsache, dass sie sich in ihrem Alter keine Wohnung für sich allein leisten konnten, kam Annie nicht richtig vor.

»Hast du auch manchmal das Gefühl, dass wir für immer und ewig Kinder bleiben?«, hatte sie Joy zum Beispiel gefragt, während sie Cupcakes verzierten.

»Wegen der Cupcakes?«

»Nein, weil wir dreißig sind und immer noch genauso leben wie mit dreiundzwanzig.«

»Als ich dreiundzwanzig war, habe ich noch auf Studentenkredit gelebt.«

»Stimmt auch wieder«, sagte Annie, hatte aber nicht wirklich das Gefühl, dass Joy verstanden hatte, worum es ihr ging.

Joy war Single, und auch das machte den Unterschied zwischen ihnen aus. Sie hatte einen Typen gedatet, den sie online kennengelernt hatte. Er hieß Turner oder so ähnlich, hatte sich aber von ihr getrennt, als er nach Alaska zog. Das Ganze war bescheuert, weil Annie genau wusste, dass Joy diesen Turner etwa so sehr geliebt hatte, wie Annie es liebte, in dieser Wohnung zu wohnen. Wann immer sie Joy von ihrer Beziehung erzählte – von ihr und Jason, von ihrer Liebe –, wusste sie, dass Joy nichts damit anfangen und es nicht verstehen konnte. Joy bedachte sie dann mit einem leeren Blick und sagte Sachen wie: »Na ja, warum sagst du ihm nicht einfach, wie du das empfindest?« Sie wusste nicht, wie es war, wenn man so verliebt in jemanden war, dass es wehtat und man kaum noch funktionieren konnte. Und all das zusammen mit der Tatsache, wie alt sie waren, zusammen mit dem kaputten Ofen, der bei Gebrauch rumpelte, und der Lampe, die sie zusammen gekauft hatten und die wie ein hässlicher

Leuchtturm mitten in dem Wohnzimmer stand, das Annie hasste, war der Grund dafür, dass sie sich am liebsten mit Faustschlägen aus alldem befreit hätte. Mit ihrer Freundin zusammenzuwohnen, fühlte sich an wie ein Feuerwerkskörper, der jederzeit in ihrem Bauch platzen konnte, und so war sie während der Filmabende schnippisch zu Joy, bezahlte aber pünktlich die Hälfte der Miete.

Sie und Jason waren inzwischen seit fast zwei Jahren zusammen. Was liebte sie eigentlich an Jason? Sein Haar, und wie es sich am Ohr lockte. Die Art und Weise, wie er im Bus saß. Wie er ein altes Gedicht über ein Boot rezitierte, wenn sie zusammen duschten. Dass ihn jeder mochte, der ihn kannte, und er wie ein Magnet war, an dessen Seite sie sich lebendiger fühlte, wenn sie unterwegs waren. Aber er hatte sie nie gebeten, mit ihm zusammenzuziehen. Obwohl er von ihrer Mieterhöhung wusste. Außerdem war er zweiunddreißig und sie dreißig, in dem Alter machte man das eben so. Er musste doch wissen, wie sehr sie sich das wünschte, auch wenn sie es bisher nie offen angesprochen hatte. Einmal hatte sie es versucht, im Restaurant, ganz beiläufig: »Ich frage mich, wie es wohl wäre, wenn wir zusammenwohnen würden.« Eigentlich hatte sie es direkter formulieren müssen, wollte aber weder klammern noch bedürftig wirken. Am liebsten hätte sie die Worte wieder zurückgenommen, kaum hatte sie sie ausgesprochen.

»Du meinst in einer WG?«, fragte Jason.

Das war der Moment, in dem Annie deutlich die Richtung ihres Lebens hätte verändern können, wenn sie gesagt hätte: »Nein, nicht wie in einer WG, sondern weil wir ein Paar sind und ich Sex mit dir habe. Also überhaupt nicht wie in einer WG.« Doch es wäre ihr nicht im Traum eingefallen, etwas Derartiges zu Jason zu sagen, weil sie wusste, dass er ein

Mann war, der nicht gut damit zurechtkam, wenn man Erwartungen an ihn hatte, und so antwortete sie: »Ja, genau.«

Und Jason lachte. »Ich glaube, wir würden uns umbringen.«

Und das war's. Sie gingen nach Hause. Sie hatten Sex, und dann war schon der nächste Tag. Und der nächste und der übernächste.

Sie hatte gehofft, sobald sie in ihrer alten Wohnung zu packen begann, würde er ein schlechtes Gewissen bekommen und ihr den Vorschlag machen, zusammenzuziehen. Es war naiv, das anzunehmen, das wusste sie, und trotzdem bat sie ihn tatsächlich, herüberzukommen und ihr beim Packen zu helfen. All die Sachen, die mit ihnen als Paar zu tun hatten, packte sie erst ein, als er dabei war. Ein Plan, über den sie nicht allzu viel nachgedacht, für dessen Vorbereitung sie jedoch viel Zeit investiert hatte, bis jedes dieser Dinge feinsäuberlich auf dem Bett drapiert lag.

»Ach, weißt du noch, wie wir auf Coney Island waren?«, sagte sie und hielt ein Sweatshirt hoch, auf dem CONEY ISLAND stand.

»Ja, das war toll«, sagte Jason und sah aufrichtig zufrieden aus, obwohl ihm das Sweatshirt offenbar nicht so viel bedeutete, wie Annie es sich erhofft hatte.

Am Ende eines langen Tages, an dem sie Kaffeetassen in Bläschenfolie gewickelt und sich das Tesa von den Fingerspitzen gepult hatten, fühlte sich Annie so erschöpft und traurig, dass sie es kaum schaffte, sich nichts anmerken zu lassen.

»Und was war denn nun eigentlich mit Michelle? Warum wollt ihr beiden nicht mehr zusammenziehen?«, fragte Jason sie.

»Ernsthaft jetzt?«, entgegnete sie bissig. Sie hatte ihm das schon tausendmal erzählt. Zum ersten Mal hatte sie dabei sogar noch gehofft, er wisse, was sie sich wünschte, ohne dass sie es ihm sagen musste.

»Sie zieht mit ihrem Freund zusammen. Sie und Ivan sind verlobt, erinnerst du dich?«

Jason schaute sie an und zuckte mit den Achseln. »Warum regt dich das so auf?«

»Weil ich dir das schon gefühlt eine Million Mal erzählt habe.« Sie hob einen Karton hoch und brachte ihn sinnloserweise an eine andere Stelle, um zu überspielen, wie sauer sie wirklich war.

»Aha. Ist es denn so eine Tragödie, dass ich das vergessen habe?«

Einen kurzen Moment lang fühlte sich Annie an ihre Kindheit erinnert. Einmal, als sie in ihrem Garten spielte, war sie von einer Biene gestochen worden. Und das hatte sich ganz genauso angefühlt wie jetzt, wie ein Nadelstich. Dabei war ein Insektenstich ja nicht weiter schlimm. Genauso wenig wie das hier. Aber es fühlte sich so an. Wie ein Kühlpad, das so lange auf die Stelle gedrückt wird, bis die Haut taub wird.

»Hast du es einfach vergessen, oder hast du es überhaupt nie gewusst?«, fragte sie ihn.

»Was meinst du?«

»Kannst du jetzt einfach antworten?«

»Ich verstehe die Frage nicht.«

Jetzt schaute Annie aus ihrem Schlafzimmerfenster. Direkt davor stand ein Baum, den sie in den vergangenen zwei Jahren jeden Tag gesehen hatte. Sie und dieser Baum hatten jede Nacht miteinander verbracht, Seite an Seite. Er war immer gleich und veränderte sich doch ständig. Zu jeder Jahreszeit sah er anders aus, und jedes Jahr wurde er ein Jahr älter. Wenn es so etwas wie Intimität gegeben hätte, und vielleicht gab es die ja, hätte sie zwischen ihr und dem Baum geherrscht. Annie tat es leid, dass sie ihn bald nie wieder sehen würde. Ganz sicher kehrt man ja nicht in seine alte Wohnung zurück. Man kann nicht einfach zum neuen Mieter sagen: »Ich habe früher mal hier gewohnt. Darf ich reinkommen und mir den Baum anschauen? Ich möchte sehen, ob er noch so aussieht wie früher. Ich möchte wissen, ob er sich an mich erinnert.« Und dann dachte sie: *Langsam werde ich alt.* Obwohl sie noch so jung war, passte dieser Gedanke. Selbst ein neugeborenes Baby, das noch von seinem Weg durch den Geburtskanal einen blauen Fleck an der Hand hat, könnte denselben Gedanken haben und hätte genauso recht.

»Jason«, sagte sie. Und das war's. Er musste sie gehört haben, und trotzdem kam nichts mehr.

Bis über beide Ohren

Das erste Anzeichen war, dass Joy permanent nach Ausreden suchte, um in Theos Nähe zu sein. Zum Beispiel sah sie, wie er in die Küche ging, um Einkäufe zu verstauen, und lief ihm prompt hinterher, um sich etwas zu essen zu holen.

Oder er verließ die Wohnung, und sie sagte: »Ach, warte kurz, ich gehe auch raus«, und dann nahm sie ihren Mantel und folgte ihm, doch wenn sie draußen war, wusste sie nicht, wo sie hinsollte, und er ging seines Weges, und sie musste sich etwas ausdenken. Gewöhnlich schlenderte sie dann zur

Bäckerei, um sich einen Scone zu holen, und schon bald begannen die Leute dort, sie zu erkennen.

»Einen Zitronen-Scone, richtig?«, sagte der Typ an der Theke dann, zeigte auf sie und begann, ihren Scone für sie zu verpacken. »Da wäre er, Miss!«

Er überreichte ihr das Gebäckstück mit einem breiten Lächeln, und auf einmal fühlte sie sich schrecklich durchschaut, als hätte er ihren ganzen armseligen Plan enttarnt: wie sie mit Theo das Haus verließ, wie Theo »Bis später« sagte, wie er ihr zuwinkte, und wie glücklich sie dieses Winken machte. Von diesem Tag an ging sie nicht mehr in die Bäckerei.

Annie nannte ihn den »heißen Theo« und sagte ständig so etwas wie: »Ach, wenn ich Single wäre, könnte der sich nicht vor mir retten.« Und Joy genoss solche Aussagen in vollen Zügen. Natürlich freute sie sich darüber, dass Annie ihn so schätzte, aber sie redete auch einfach furchtbar gern über ihn.

»Wir sollten ihn zu unseren Filmabenden einladen«, sagte Annie.

»Das sollten wir.« Allein bei dem Gedanken fing Joy an zu strahlen. »Wusstest du eigentlich, dass er Bratsche spielt?«

»Das ist so sexy.«

»Ich weiß.«

»Ist er Single?«

Joy hatte ihn auf allen Social-Media-Kanälen gestalkt, ab dem Moment, wo er eingezogen war (und sogar noch vorher, wenn sie ganz, ganz ehrlich zu sich selbst war), und sie war sich ziemlich sicher, dass er Single war.

»Keine Ahnung«, sagte sie.

Noch bevor Joy eine Chance bekam, Theo zum Filmabend einzuladen, hatte Annie es bereits getan. Joy hatte sich überlegt, etwas Witziges zu sagen, doch ihr fiel nichts Gutes ein. Ein Zitat aus *Scarface* ging ihr durch den Kopf, doch in dem

Kontext schien es nicht richtig zu passen; aber das spielte sowieso keine Rolle mehr, weil Annie in genau diesem Moment sagte: »Hey, Theo, hast du Lust, heute Abend mit uns einen Film anzusehen?« Worauf Theo antwortete: »Klar.«

Joy wollte neben ihm sitzen, landete aber auf dem Boden vor der Couch, auf der er Platz genommen hatte. Was brachte sie nur dazu, sich vor ihm auf den Boden zu setzen statt neben ihn? Es war eine Kleinigkeit. Wahrscheinlich etwas, das bis zu einem gewissen Grad in ihrer Persönlichkeit angelegt war, vielleicht eine Passivität, die sie geerbt hatte. Andererseits hatte es auch viele kleine Momente in ihrem Leben gegeben, die möglicherweise genau dazu führten, dass sie sich so verhielt. Eine Lehrerin, die sagte: »Wer hat dich eigentlich zum Boss erklärt?«, als Joy ein Spiel auf dem Schulhof leitete. Eine Freundin, die ohne wirkliche Erklärung einfach aus ihrem Leben verschwand. *Susan, wo bist du?* hatte sie damals in ein Notizbuch geschrieben, um sich zu trösten. Und vielleicht auch ihr erster Job, bei dem nicht sie befördert wurde, sondern stattdessen eine attraktivere, aber auffallend weniger erfahrene Kollegin. Damals hieß es, es ginge allein um »Kompetenz«, trotzdem ließ sie an jenem Abend das Abendessen ausfallen und machte achtzig Sit-ups. Und es gab noch jede Menge andere Dinge dieser Art. Einem anderen Menschen wäre das nicht wichtig gewesen, er hätte diese Rückschläge vielleicht mit kleinen Triumphen oder Komplimenten ausgeglichen, doch Joy machte das nicht, oder konnte es nicht, und so stapelten diese Rückschläge sich an einer Stelle unter ihrer Brust zu einem kleinen Turm auf. Diesen Turm trug sie immer noch mit sich herum, und deswegen setzte sie sich an diesem Filmabend womöglich auf den Boden statt auf die Couch. *Verinnerlicht,* nannte man das, und es fühlte sich furchtbar an.

Trotzdem konnte sie selbst von ihrem Platz aus sein Aftershave oder Duschgel, oder was auch immer es war, riechen. Ein kräftiger, würziger Duft, der sie daran erinnerte, wie sie sich Sex vorgestellt hatte, bevor sie tatsächlich welchen hatte.

»Ich bin diese Superhelden-Filme so leid«, sagte Annie und schaltete ein. »Wonder Woman, du kannst mich mal«, und dann fing *Wonder Woman* an.

Theo war genauso unterhaltsam, wie Joy es sich vorgestellt hatte. Er lachte an den richtigen Stellen. Seine Kommentare waren klug, aber nicht ausschweifend. Und er hatte die liebenswerte Angewohnheit, die Popcorn-Schüssel herumzureichen. Joy mochte gar kein Popcorn, aß an diesem Abend aber solche Mengen, dass sie fürchtete, in dieser Nacht einen Darmverschluss zu bekommen. Annie lachte viel und wirkte viel unbeschwerter, als sie es seit Ewigkeiten gewesen war. In letzter Zeit hatte sie öfters mit Jason gestritten, oder was auch immer es gewesen war, vielleicht weniger gestritten, als dass sie sich ständig gekränkt fühlte. Als der Film zu Ende war, hob Theo die Arme nach oben und streckte sich ausgiebig.

»Das war toll, Leute. Wie oft macht ihr so einen Filmabend?«

Ab heute jeden Abend, hätte Joy am liebsten gesagt.

»Normalerweise einmal die Woche«, sagte Annie. »Kommt drauf an.«

»Na ja, ich bin auf jeden Fall dabei«, sagte Theo.

»Freitag«, platzte es aus Joy heraus. »Sagen wir einfach, jede Woche am Freitag.«

»Am Freitag sehe ich manchmal Jason«, sagte Annie.

»Dann Donnerstag?«, fragte Joy.

»Da wäre ich auch dafür«, sagte Theo.

»Na gut, toll.« Joy konnte nicht anders, als zu lächeln und sich noch eine Handvoll Popcorn in den Mund zu schieben.

»Na gut, dann gehe ich jetzt ins Bett. Ich bin ein alter Mann und muss vor halb zwölf schlafen, sonst funktioniere ich morgen nicht richtig. Gute Nacht, Mädels«, sagte Theo und stand von der Couch auf.

»Gute Nacht«, sagte Joy.

»Gute Nacht«, sagte Annie.

Kaum war Theo gegangen, schüttelte Annie den Kopf. »Jeden Donnerstag Filmabend? Wird das nicht ein bisschen viel? Wir kennen ihn doch kaum.«

»Was denn? Er ist großartig.«

»Ja, schon, aber mit dir ist es mir ja schon fast zu viel einmal die Woche.«

»Halt die Klappe«, sagte Joy und warf ein Kissen nach Annie.

»Warum gehst du nicht mal mit ihm aus?«

»Wie bitte?« Joy spürte, wie sich die Hitze in ihrem Körper wie eine Welle hob und wieder sank.

»Ja. Ich meine, er ist toll, und mir kommt er sehr, sehr nett vor.«

Joy war sich nicht sicher, was sie darauf sagen sollte. Sie war zugleich aufgekratzt und in Panik.

»Ich glaube kaum, dass er mit mir ausgehen will.«

»Warum?«

»Ich weiß nicht. Er sieht so gut aus.«

»Na und? Kannst du nicht mit jemandem ausgehen, der gut aussieht? Du siehst doch auch gut aus.«

Joy war sich nie sicher, ob Annie es ernst meinte, wenn sie ihr ein solches Kompliment machte, aber es stimmte sie auch ein winziges bisschen traurig. Sie wusste nicht warum, aber wahrscheinlich hatte es mit dem Grund zu tun, weshalb sie sich vorhin auf den Boden statt auf die Couch gesetzt hatte.

»Ich finde, es ist keine gute Idee. Ich meine, wir wohnen zusammen. Wie sollte das klappen?«

»Stimmt«, sagte Annie und fing an, auf ihrem Handy herumzutippen. »Ich gehe jetzt ins Bett. Wir sehen uns morgen.«

»Ja, bis morgen.«

Joy saß noch eine Weile da. Das Zimmer war ruhig und leer, und es gab kein Popcorn mehr. Sie saß mit dem Rücken an die Couch gelehnt, ihre nackten Füße auf dem Teppich aufgestellt. Es war still, aber nicht in bedrohlicher Weise. Vielleicht konnte sie den Verkehr hören, oder wie jemand auf der Straße vorbeiging. Vielleicht hörte sie sich auch selbst atmen. Die Welt um sie herum war lebendig, und viele Dinge liefen hervorragend, in ihrer Nähe ebenso wie weit weg, und all diese Energie schien ebenso präsent zu sein, wie sie selbst es war, während sie dort in ihrem kleinen Wohnzimmer auf dem Boden saß. *Ich fühle mich glücklich*, dachte sie.

Festgefahren

An jenem Morgen war Annie verzweifelt. Jason hatte die ganze Nacht nichts von sich hören lassen. Das war etwas, was er sehr oft tat, ohne einen Grund, der für jemanden außer Jason zu erkennen gewesen wäre. Am Beginn ihrer Beziehung hatte er sich so selten gemeldet, dass sie ständig überzeugt davon war, dass er aus ihrem Leben verschwunden war, doch dann tauchte er einfach wie durch Zauberhand wieder auf. Dann stand er vor ihr oder neben ihr, in seiner ganzen edelmütigen Gestalt; er verbrachte den Tag mit ihr, und sie fühlte sich immer wie die einzige Person, die absolut einzige Person auf der ganzen Welt. Mit Jason war das kein schlechtes Gefühl, kein einsames, sondern ein undurchschaubares, denn er – ein Mann, der entschied, was er tat und wie er es tat, und wo und wann –, er hatte *sie* erwählt. Und das fühlte sich in erster Linie rein und unverdorben an.

Nun, da sie schon länger zusammen waren, stellte Annie fest, dass sie diese Art von Magie immer weniger brauchte. Wenn sie nichts von ihm hörte, war es nicht nötig, dass er einen ganzen Tag mit ihr verbrachte; ihr genügte eine Nachricht am darauffolgenden Morgen, ein »Na, wie geht's, meine Schöne«, um weiterzumachen und wieder in einen Zustand der Begeisterung zurückkatapultiert zu werden (auch wenn es sicher eine etwas lauwärmere Version von Begeisterung war). In Wirklichkeit brauchte sie nicht einmal das. Einfach nur ein »Hey« oder ein Smiley war ihr genug. Selbst wenn er ihr eine Nachricht ohne Text geschickt hätte, einfach nur einen blanken Zettel, der mit einem Klick versandt wurde, hätte sie darin eine Art Gewissheit gefunden, und genau das, wonach sie sich eigentlich sehnte: die Bestätigung, dass sie dem Menschen, der ihr am Herzen lag, umgekehrt auch am Herzen lag.

An diesem Morgen wachte sie auf, und da war nichts. Nicht einmal ein Smiley, was sie sowieso am allerwenigsten mochte. »Wieso ein Smiley?«, hatte sie ihm einmal zurückgeschrieben, als sie ganz besonders abgekämpft und wütend war. Den ganzen Tag über hatte sie sich vorgestellt, was er auf diese Frage antworten könnte. »Ein Smiley, weil ich dich liebe« oder: »Er lächelt, weil ich nicht aufhören kann, an dich zu denken«, aber Jason hatte überhaupt nicht auf ihre Nachricht reagiert, was sie so nervös gemacht hatte, dass sie ihm noch einmal schrieb: »Wie ist es auf der Arbeit?«, worauf er antwortete: »Gut.« An diesem Morgen jedoch machte sein Schweigen sie verrückt, und sie lief in der Küche auf und ab und versuchte, sich einzureden, dass ihre Seele keinen Schaden genommen hatte. *Hier ist der Kühlschrank. Und hier ist meine Hand, die den Kühlschrank öffnet. Und hier ist ein Buttermesser und das Kerngehäuse eines Apfels,* dachte sie und bewegte sich in einer Eile vorwärts, als wäre sie zu einem Ziel unterwegs, das sie selbst nicht hätte benennen können.

Sie packte sich etwas zum Mittagessen ein. Um Geld zu sparen, nahm sie sich meistens ein Sandwich von zu Hause mit. Irgendwo hatte sie von einer Frau gelesen, die sich auf diese Weise die Anzahlung für ein Haus zusammengespart hatte. Indem sie sich Sandwiches von zu Hause mitbrachte und nicht mehr zu Starbucks ging. Bisher hasste Annie es, aber siebzehn Dollar hatte sie immerhin schon gespart.

Joy kam in die Küche, immer noch strahlend vom Filmabend.

»Guten Morgen«, sagte Joy. »Ich warne dich – wenn du den letzten Donut nicht gegessen hast, mache ich das jetzt.«

»Iss ihn ruhig«, sagte Annie. »Ich kann diese Donuts sowieso nicht mehr sehen. Ich fühle mich immer schrecklich, wenn ich einen gegessen habe.«

Danach sagte Joy nicht mehr viel. Sie aß ihren Donut, machte sich einen Kaffee und ging dann zur Arbeit.

Einmal hatte Annie gehört, wie Oprah Winfrey sagte: »Charmant ist etwas, das du tust, nicht etwas, das du bist«, und dieses Zitat hatte sie sehr gestört, denn Jason war genau das – charmant.

Als sie sich damals auf einer sonnigen Gartenparty kennengelernt hatten, war er über die Straße gegangen, um für sie eine Limonade zu kaufen, nachdem die Gastgeberin verkündet hatte, die sei gerade ausgegangen.

»Das hättest du aber nicht tun müssen«, hatte Annie gesagt, als er ihr den kühlen Drink in die Hand drückte.

Einmal war er bei einer Wanderung auf einen Baum geklettert, um ihr einen Zweig Orangenblüten zu pflücken.

Und dann war da der letzte Sommer, als sie sich alle Folgen von *Better Call Saul* reingezogen hatten und Annie besonders für eine Szene schwärmte, in der Saul in einer Voicemail für Kim singt. Die ganze Woche lang hatte Jason seine Nachrichten an sie immer gesungen.

»*Sometimes all I need is the air that I breathe and to love you*«, sang er, und Annie fühlte sich warm und überwältigt und so verliebt.

Jasons Charme war, oder zumindest fühlte es sich so an, wie das Blut, das durch die Adern ihrer Beziehung strömte, und manchmal fürchtete Annie, ohne diesen Lebenssaft wäre nichts mehr von dieser Beziehung übrig. Dennoch liebte sie ihn. So sehr, dass sie sich nicht sicher war, ob irgendetwas anderes überhaupt eine Bedeutung hatte, was natürlich ein Klischee war, doch manchmal waren die Dinge eben ein Klischee, und in gewisser Weise war das tröstlich, weil es ihr das Gefühl gab, Teil von etwas Großem zu sein. Der großen schmerzlichen Liebe, über die man so viel hört. Einer Liebe wie in *Schlaflos in Seattle*, dachte sie, auch wenn sie wusste, dass der Vergleich hinkte, denn sie fand, dass Tom Hanks in diesem Film viel zu nett war.

Sie schaute rasch auf ihr Handy. Immer noch keine Nachricht. Sie hörte, wie Theo sich in seinem Zimmer zu schaffen machte. Da war eine Männlichkeit an dieser Bewegung, die gedankenlos und sexy war – sie wollte sich damit nicht befassen, und so packte sie ihr armseliges Mittagessen ein und verließ die Wohnung.

Meistens mochte sie ihre Arbeit. Es war ein Job, den andere Leute verklärten, für den sie Annie bewunderten, und das war vermutlich auch das Beste daran, wenn man bedachte, wie mies er bezahlt war. Zumal diese ganze Radio-Sache eigentlich gar nicht ihr Ding war. Früher hatte sie Schriftstellerin werden wollen, doch als sie dann ihren Master of Fine Arts machte, fand sie die Literaturszene so blutsaugerisch und deprimierend, dass sie das Schreiben aufgab. Wann genau dieser Moment gewesen war, wusste sie nicht mehr, sie dachte aber, es könne mit dem Tag zusammenhängen, als sie und ihre Studienkollegen herumstanden und darauf warteten, zu einem Meet-and-Greet mit Agenten zu gehen, und eine von ihnen etwas sagte wie: »Na ja, sie kennt wohl Meg Wolitzer, deshalb hat sie es bestimmt drauf«, und obwohl Annie nicht gehört hatte, was die Person, die Meg Wolitzer kannte, angeblich drauf hatte, zweifelte sie plötzlich ganz stark an dem ersten Viertel des Manuskripts, das sie ausgedruckt in der feuchten Hand hielt, einen Text, in dem das Wort *wahrscheinlich* zu oft vorkam, was sie aber *wahrscheinlich* nicht bemerkt hatte. Ihre Kleinmädchenträume verflüchtigten sich im Nu, und auf einmal war da nur noch Verzweiflung. Vermutlich würde sie sich schon bald in einem Raum befinden, in dem sie versuchte, andere von etwas zu überzeugen, das für sie fast so intim war wie Sex oder die Rückseite ihres Ohrläppchens. Urplötzlich machte sich Erschöpfung in ihr breit, und so drehte sie sich zu dem Mädchen um, das die Sache mit Meg Wolitzer gesagt hatte, und meinte: »Na ja, Lorrie Moore ist meine Mom.« Aber natürlich war Lorrie Moore nicht Annies Mom, und bald darauf hörte sie ganz mit dem Schreiben auf.

Das Radio eignete sich besser für eine Karriere, weil es ihr bei weitem nicht so viel bedeutete. Es war nicht ihre große Liebe, und so konnte sie auch nicht verletzt werden. Doch immerhin konnte sie kreativ sein, und es hatte den kleinen Nebeneffekt, dass sie jede Woche einen Gehaltsscheck in die Hand gedrückt bekam. Als Schriftstellerin wäre das sicher niemals der Fall gewesen. Außerdem war Annie gut in ihrem Job. Die Leute im Büro mochten sie. Sie respektierten sie. Sie fühlte sich gebraucht und kompetent und sie arbeitete hart. Einmal hatte ihr Boss bei einem Meeting gesagt: »Ach, Annie, wo wäre wir ohne dich?« Und da waren alle aufgestanden und hatten für sie applaudiert, und es war genau dieser Triumph, der dazu beitrug, dass Annie kerzengerade durchs Leben ging, dass sie nach vorne schaute, dass die Leute zuhörten, wenn sie etwas sagte. Und wenn sie das nicht taten, sorgte Annie dafür.

Sie tippte eine E-Mail und beantwortete eine andere. Mittlerweile war fast Mittagessenszeit, und sie hatte immer noch nichts von Jason gehört. Ihr Handy lag auf dem Schreibtisch, und ihr Blick wanderte immer wieder dorthin. Wenn sie dann das leere Display sah, hatte sie das Gefühl, jeden Moment losschreien oder weinen zu müssen, aber das Ganze war nicht drängend genug, um ein Schreien oder Weinen zu rechtfertigen. *Ich bin so daran gewöhnt*, dachte sie, und so nahm sie ihr Handy und warf es in ihre Handtasche, damit sie es wenigstens nicht mehr anschauen musste.

»Hast du die Einladung bekommen?«, fragte ihre Kollegin Patrice.

»Wofür?«

»Zu Beths Hochzeit.«

»Oh. Nein, habe ich nicht.«

»Das wird rustikaler Chic ohne das Chic.«

»Ach ja?« Annie lächelte und versuchte, interessiert zu wirken, ohne zu sehr darauf einzugehen. Sie mochte Patrice, hatte aber in dem Job noch einiges vor, und so wollte sie unbedingt ein Mindestmaß an Professionalität aufrechterhalten, von der sie das Gefühl hatte, sie brauche es für ihre ehrgeizigen Pläne. Ganz abgesehen davon, dass der Gedanke an Beths Hochzeit sie furchtbar deprimierte.

»Ihr Verlobter ist unfassbar hässlich«, sagte Patrice. »Schau mal.« Sie drehte den Bildschirm ihres Computers herum, damit Annie das Foto von Beth und ihrem hässlichen Verlobten sehen konnte. Es war ein Selfie, und die beiden standen eng umschlungen vor einem Felsabgrund. Der Typ grinste breit und etwas dämlich. Beth sah glücklich aus. Man erkannte sofort, dass das Bild stark bearbeitet war.

»Die bekommen bestimmt mal lauter hässliche Kinder. Wenn ich etwas aus Social Media gelernt habe, dann, dass Kinder immer wie ihre Papas aussehen. Hört endlich auf, euch mit hässlichen Kröten einzulassen, Ladys!« Patrice drehte ihren Bildschirm wieder zurück. »Beth ist hübsch. Die könnte was Besseres haben.«

Annie lachte, sagte aber immer noch nicht viel. Sie wollte es auf gar keinen Fall zulassen, dass ihre Gedanken auch nur ein Stückchen weiterwanderten und sich damit befassten, wie denn wohl ihre und Jasons Kinder aussehen würden. Kinder zu haben war etwas, das sie sich in einem Teil ihrer Seele wünschte, der so heilig war, dass sie es nicht wagte, einfach so dorthin zu spazieren.

Das Handy brummte in ihrer Tasche. Ohne sich darum zu kümmern, wie verzweifelt das aussah, griff sie schnell danach, doch zu ihrer großen Verärgerung war es nur eine Nachricht von Joy, in der es um Theo ging.

Er spielt Bratsche, schrieb sie.

Musst du nicht arbeiten?, tippte Annie zurück.

Ich bin zum Mittagessen nach Hause gegangen.

Und er arbeitet nicht?

Doch, aber heute hat er frei, hat er mir gesagt …, worauf der Text sich noch lang und breit in Erklärungen erging, die sich Annie jedoch weigerte, zu lesen.

»Kommst du mit zum Lunch? Ein paar von uns gehen zu dem neuen Thai«, fragte Patrice.

»Klingt großartig, aber ich habe mir was von zu Hause mitgebracht. Versuche, ein bisschen zu sparen«, sagte Annie, fand es aber unglaublich deprimierend, als sie es laut aussprach.

Nicht viel später saß sie allein am Schreibtisch und zog die braune Papiertüte mit ihrem Mittagessen aus der Tasche. Im Büro war niemand mehr. Wirklich niemand. Selbst die neue Assistentin ihres Chefs, die normalerweise die Lunchpause durcharbeitete, war weg. Bestimmt waren nicht alle zu dem neuen Thai gegangen, es war trotzdem jeder außer ihr woanders. Sie holte das in Frischhaltefolie gewickelte Sandwich heraus. Früher hatte sie sich einmal vorgenommen, Quinoa-Salate zu machen, um sie in die Arbeit mitzunehmen. Doch das wurde ihr schnell zu viel, und schon bald gab es tagaus, tagein Erdnussbutter und Gelee. Sie wickelte das Sandwich aus und biss hinein. Es war irgendwie komisch, glitschig und kalt und schmeckte eigentlich nur nach dem Brot, das auch nicht mehr ganz frisch war. Sie klappte es auseinander und sah, dass nur Gelee drauf war. In ihrer sinnlosen Hast des Morgens hatte sie die Erdnussbutter vergessen. *Das ist alles deine Schuld, Jason,* dachte sie. Sie warf das Brot in den Müll. Für Jason hatte sie nicht vor, ein Geleebrot zu essen. Sie lehnte sich zurück und griff nach ihrem Handy. Er hatte immer noch nicht geschrieben. Sie hielt das Telefon in der Hand und schaute es an und schaute es an und schaute es an, und dabei hatte sie das Gefühl, sie sei beinahe dazu in der Lage, es durch reine Willenskraft zum Explodieren zu bringen, hier in ihrer Hand, sodass ihr Körper in eine Million Stücke zerbersten würde. Der Gedanke bereitete ihr Angst. Rasch ließ sie es wieder fallen, und es landete mit einem lauten Klappern auf dem Schreibtisch, doch sie war allein, und es war egal. Jetzt bewegte sie sich nicht mehr, sondern wartete nur noch auf etwas. *Ich bin nicht glücklich*, dachte sie.

Du hast nicht verliebt

Zweieinhalb Monate waren vergangen, und statt Theos überdrüssig zu werden, der wie alle WG-Bewohner seine Fehler hatte und ihnen permanent auf der Pelle hockte, stellte Joy fest, dass sie immer öfter an ihn dachte, was nicht allzu schwerfiel, weil sie auch immer mehr Zeit miteinander verbrachten. Natürlich waren da die Filmabende, doch es gab auch die Tage, an denen er von zu Hause aus arbeitete, Tage, an denen sie erst spät in die Arbeit ging oder zum Mittagessen nach Hause kam. Doch anders als zuvor, als sie sich immer etwas ausdenken musste, um Zeit mit ihm zu verbringen, war Theo jetzt aktiv dabei. Er machte ihr einen Kaffee, oder er sah sie auf der Couch sitzen und leistete ihr Gesellschaft. Er lachte über ihre Witze und stellte ihr Fragen, um sie besser kennenzulernen.

»Bist du denn hier in der Gegend aufgewachsen?«, fragte er zum Beispiel, oder: »Was ist deine Lieblingsfarbe?«

Joy fand es toll, dass er sich offenbar aufrichtig für ihre Antworten interessierte. Bei vielen anderen Männern, die sie kannte, hatte sich nämlich herausgestellt, dass sie nur selten mehr über sie erfahren wollten. Sie unterhielten sich mit ihr und nickten höflich, doch ein aufrichtiges Interesse an ihrer Person schien nie dahinterzustecken. Bisher hatte sie das immer auf sich bezogen, doch einmal war eine Frau zu ihr ins Büro gekommen, die eine Beschwerde über zwei Kollegen loswerden wollte.

»Ich habe mitangehört, wie diese beiden Typen behauptet haben, immer wenn eine Frau bei einem Meeting das Wort ergreift, hätten sie das Gefühl, sie wüsste nicht, wovon sie redet. Sie sagten, sie meinen es nicht so, aber sie würden Frauen einfach nicht so respektieren wie Männer. Wie kann ich mich darüber beschweren?«, fragte die Frau. Sie war direkt in Joys Büro marschiert, was sonst fast niemand tat. Normalerweise schrieben die Leute einfach eine Mail.

»Sie können eine Beschwerde einreichen. Ich leite Ihnen den Link zu einem Formular weiter, das Sie ausfüllen können, oder Sie schildern mir den Vorfall in einer Mail, und ich erledige den Rest«, sagte Joy. »Das ist vollkommen anonym, machen Sie sich also keine Gedanken.«

»Aber was wird mit den Männern passieren?«, wollte die Frau wissen. Sie wirkte beunruhigt.

»Unglücklicherweise kann ich Ihnen nicht sagen, was mit ihnen passieren wird«, sagte Joy.

»Jedenfalls möchte ich mit niemandem zusammenarbeiten, der mich nicht respektiert.«

»Vollkommen nachvollziehbar. Es gehört definitiv zu den Grundsätzen der Firma, derartige Übergriffe zu ahnden, deshalb bin ich mir sicher, dass entsprechende Maßnahmen ergriffen werden.«

»Sie sind sicher?« Die Frau kniff die Augen zusammen. Kurz änderte sich der Energiefluss zwischen ihnen, was Joy aufrüttelte.

»Tut mir leid. Ich wünschte, ich könnte Ihnen mehr sagen.«

»Ich möchte gar nicht, dass es anonym ist. Ich will, dass sie erfahren, wer sie verpfiffen hat.« Und dann ging die Frau einfach, ohne auf eine Reaktion von Joy zu warten.

Danach konnte Joy nicht mehr viel tun, außer die Beschwerde weiterzuleiten. Sie gab ihr sogar eine Dringlichkeitsstufe, obwohl die Sache eigentlich nicht den Richtlinien entsprach, die die Firma als dringlich erachtete. Seit dem Vorfall hatte sie jedoch immer wieder einmal darüber nachgedacht, was eigentlich Männer über sie dachten, wenn sie etwas sagte. Manchmal setzte ihr das sogar so zu, dass sie beschloss, sich lieber nicht zu äußern. Sie blieb stumm, obwohl es eigentlich besser gewesen wäre, das Wort zu ergreifen.

Theo gehörte allem Anschein nach nicht zu dieser Art Mann, und wenn er sie etwas fragte, gab sie ihm eine Antwort und ging davon aus, dass das, was sie sagte, für ihn eine Rolle spielte. So wurde er für sie immer wichtiger, und sie beobachtete ihn genau: was er tat, was er dachte, warum er die Butter auf dem Tisch stehen ließ, jedoch nur selten etwas anderes. Wenn sie in der Arbeit war, dachte sie an ihn, und wenn sie zu Hause war, verbrachte sie Zeit mit ihm. Sie und Annie hingegen hatten in der Folge immer weniger miteinander zu tun, was Annie allerdings nicht allzu viel auszumachen schien, und wenn Joy ehrlich zu sich selbst, störte es sie auch nicht besonders. Mit der Zeit bemerkte sie auch, dass Annie nicht mehr so viele Witzchen über Theo machte oder sagte, dass er so heiß sei, sich aber immer öfter darüber beklagte, dass er das Bad nicht sauber hinterließ. Sie hatte angefangen, ihn wie jeden anderen Mitbewohner zu behandeln, der in dem Zuhause, das man sich teilte, sein eigenes fernes Leben führte.

Eines Sonntags putzten Annie und sie die Speisekammer. Es war seit Wochen das Erste, was sie gemeinsam taten.

»Bäh, wir sind wirklich Schweine«, sagte Annie und warf einen Brotlaib weg, der verschimmelt war. »Das hier ist das dritte Mal, dass das passiert.«

»Wir sollten uns absprechen, wer was kauft. Ist ja nicht so, dass wir nicht teilen. Der heiße Theo wäre wahrscheinlich auch einverstanden.«

»Meine Güte, nennst du ihn immer noch ›der heiße Theo‹? Wer ist er denn schon mit seinen blöden graumelierten Haaren?«, sagte Annie und versenkte eine alte Muffin-Schachtel in der Tonne. »Mir ist er ziemlich egal.«

»Ja, das kann ich verstehen.« Joy suchte verzweifelt nach etwas, das sie sagen könnte, aber es fiel ihr nichts ein.

»Was hältst du von dieser Pasta hier?« Annie hielt eine Schachtel hoch, die an einer Seite offenbar nass geworden war.

»Sind die Nudeln feucht oder nur die Verpackung?«

Annie machte die Schachtel auf, schaute hinein und warf sie dann weg.

Joy sah sich die Ansammlung von halb aufgegessenem Müsli an und versuchte, Ordnung zu schaffen. Der muffige Geruch in der Speisekammer erinnerte sie an etwas, und eine Sekunde lang hatte sie das Gefühl, ganz für sich zu sein, und so sagte sie: »Ach, Theo hat mir erzählt …«

»Schon wieder Theo?«, erwiderte Annie. Sie hielt mitten in der Bewegung inne und drehte sich zu Joy. »Du bist in ihn verliebt.«

Joy hatte das Gefühl, jemand hätte ihr ins Gesicht geschlagen. »Was? Nein, bin ich nicht.«

»Doch, das bist du. Du bist in ihn verliebt.«

»Nein, ich hab … ich hab nicht verliebt.«

»Nein, du *hast nicht verliebt*? Du bist total in ihn verliebt.«

Joy wusste nicht, was sie sagen sollte, und so lachte sie nur, weil ihr der Versprecher unangenehm war.

Annie ließ das Thema fallen, fügte nur hinzu: »Pass besser auf mit ihm, sonst wirst du irgendwann noch zum hoffnungslosen Fall.« Danach machten sie einfach damit weiter, Essen zu entsorgen und Dosen zu sortieren. Joy stand neben sich, konnte einfach nicht begreifen, was Annie da sagte, noch wusste sie, was sie selbst eigentlich tat. An einem Punkt warf sie eine ungeöffnete Packung Oreos in den Müll, ohne auch nur darüber nachzudenken. Es war, als würde sie sich selbst über die Schulter schauen und zusehen, wie die Hände von jemand anderem die Schachtel hochhoben und diese ansonsten noch perfekten Kekse einfach entsorgten. Es war ein Glück, dass Annie so beschäftigt war, sonst wäre viel von der privaten Hölle, die Joy gerade durchmachte, in diesem Moment ans Tageslicht gekommen. Wieder und wieder ging ihr dieses *Du hast nicht verliebt* durch den Kopf, und Theo und sein Gesicht und die graumelierten Haare standen deutlicher denn je vor ihrem inneren Auge. Es war so, als würde er sie beobachten. Annie und er sahen offenbar etwas, das Joy rein gar nicht sehen konnte, und was war aus ihr geworden? Nichts als eine verzweifelte Frau mit verschimmeltem Brot in der Hand.

Annie griff nach den Tüten mit dem Bioabfall und dem Restmüll und ging in Richtung Tür.

»Ich bring das raus«, sagte sie. Joy war so verstört, dass sie selbst gar nicht daran gedacht hatte, das anzubieten.

Joy ging auf ihr Zimmer. Sie machte die Tür hinter sich zu, stand aber einen Moment lang stocksteif da, als befände sie sich an einem schroffen und unwirtlichen Aussichtspunkt statt in ihrem Zuhause. War es das also? Fühlte es sich so an, wenn man verliebt war? Sie hatte sich den Gedanken gar nicht erlaubt, es könnte tatsächlich sein, dass sie sich in Theo verguckt hatte. Sie hatte sich immer eingeredet, das sei nur etwas, über das sie und Annie sich lustig machten. Doch tatsächlich stimmte es, dass sie mittlerweile geschlagene zwanzig Minuten vor dem Spiegel stand und sich schminkte, bevor sie auch nur Erwägung zog, das Zimmer zu verlassen. Das war nicht normal. Das war ganz bestimmt nicht bloß Verknalltheit. *Ein Leben, über das nicht nachgedacht wird, ist nicht lebenswert*, dachte sie und versuchte, sich zu erinnern, woher dieser Satz stammte. Aus einem Selbsthilfebuch, das sie damals im College gelesen hatte? Etwa sieben Monate ihres ersten Studienjahres hatte sie auf Anraten einer Freundin, die gesagt hatte, es würde »ihr Leben verändern«, tonnenweise Selbsthilfebücher verschlungen. Damals hatte auch Joy das Gefühl gehabt, ihr Leben brauche eine Veränderung, auch wenn sie nicht genau wusste, welche. Sie las alles Mögliche und begann sogar, ein Bullet Journal zu schreiben, kam dabei allerdings nur auf drei Überschriften: »Hoffnungen«, »Träume« und »Was zu tun ist«. Zu »Hoffnungen« waren ihr ein paar Zeilen in den Sinn gekommen, auch zu »Träume«, doch bezüglich dessen, was zu tun war, fiel ihr nichts ein. Das Einzige, was ihr durch den Kopf ging, war der Ausdruck »Glück haben«, und dieser Gedanke, sobald sie ihn formuliert hatte, machte jedes einzelne Selbsthilfebuch, das sie danach zu lesen versuchte, zunichte. Wann immer sie das Glück aus der Gleichung herausnahm, blieb nichts davon übrig. Sie versuchte, ihrer Freundin davon zu erzählen, doch die war anderer Meinung.

»Das stimmt nicht«, hatte sie gesagt. »Wenn du dich wirklich bemühst, ist vieles möglich.«

»Aber wie macht man das – sich bemühen?«, hatte Joy gesagt. »Selbst der Wille oder die Fähigkeit, an etwas zu arbeiten, hart zu arbeiten, ändert doch nichts an der Tatsache, dass man auch Glück haben muss.«

»Ich sehe es einfach anders«, sagte ihre Freundin. »Ich bin nicht deiner Meinung.«

Und dann stand sie auf und ging zum Wasserspender hinüber, vergaß dabei aber, ihren Becher mitzunehmen. Deshalb musste sie noch einmal zum Tisch zurückkehren, an dem sie saßen, und als Joy ihrer Freundin dabei ins Gesicht sah, wirkte es plötzlich so, als wäre es vollkommen leer. Als wäre die Luft abgeschöpft und der ganze Sauerstoff entwichen. Von da an schnitt Joy ihr gegenüber nie wieder das Thema Glück an. Doch Tatsache war, dass alles, was ihr damals kontrollierbar erschienen war, ihr heute zu entgleiten schien. Es war das erste Mal in ihrem Leben, dass sie verstanden hatte, was die Leute meinten, wenn sie »verbittert« sagten. Sie versuchte, es nicht auf sich zu beziehen, sich nicht davon bestimmen zu lassen, was ihre Art zu leben anging, doch tief in ihr drinnen wusste sie, dass es im Grunde richtig war, von »Glück haben« zu sprechen. Deutlich wichtiger als alles andere, was sie jemals in einem Buch gelesen hatte.

Jetzt saß Joy auf ihrem Bett. Sie holte ein paarmal tief Luft und versuchte zu ergründen, was das, was in der Speisekammer passiert war, eigentlich zu bedeuten hatte. Eine Motte flog vor ihrem Fenster hin und her und flatterte wie ein Schatten hinter den Vorhang. Bevor sie sie ganz aus den Augen verlor, sah sie noch eine Weile den Umriss ihrer Flügel. Eine Sekunde lang schloss sie die Augen. Und öffnete sie wieder. Dann hörte sie Theo im Zimmer nebenan husten, und das Gefühl war, selbst inmitten all der anderen Dinge um sie herum, beruhigend. Und wenn sie in den kommenden Monaten auf diesen

Moment zurückblickte, war das der Augenblick, in dem ihr bewusst geworden war, dass sie sich tatsächlich in Theo verliebt hatte. Was sie nicht wusste, war, dass es geschehen war, während sie schlief. In jenem Moment war Bewegung in ihr Leben gekommen, wie eine kleine Welle, und es war ihr gar nicht bewusst gewesen. Doch was genau das für eine Art von Glück war, war noch nicht entschieden.

Mann

Annie hatte keine Geduld mit den drei Männern, mit denen sie am engsten zusammenarbeitete. Da war Carl, der schlau, aber faul war. Brett, der für gar nichts gut war und niemals die Verantwortung für das übernahm, was er falsch machte – und er machte viel falsch. Und Reid, und der war – na ja, Reid war einfach gemein. Alle drei waren sie jung und laut, und sie redeten viel miteinander, hatten eine hohe Meinung vom anderen und versuchten mit allen Mitteln, die Zuneigung ihrer Kumpels zu gewinnen.

»Nicht wie schwul, sondern anders«, hatte Patrice einmal gesagt. »Aber für mich sieht es so aus, als *wollten* sie was miteinander haben.«

»Aber keinen Sex«, protestierte Annie. »Ich glaube, etwas Intimeres als Sex. Vielleicht etwas, von dem wir überhaupt keine Ahnung haben, was es sein könnte.« Das war das allererste Mal gewesen, dass sie sich zusammen mit Patrice auf etwas eingelassen hatte, das Büroklatsch nahekam.

»Richtig. Intimer als Sex«, stimmte Patrice zu. »Genau das ist es.«

Annie arbeitete bei der Katy Willis Show, einer der wenigen politischen Talkshows, die allein von einer Frau geleitet wurden, doch mit Katy selbst hatte sie kaum zu tun; stattdessen arbeitete sie sehr eng mit dem Mann zusammen, der das Zwischenglied zu Katy war. Sein Name war Arly, ein Spitzname, der perfekt zu ihm passte, auch wenn niemand wusste, woher er kam. Er war einer dieser Leute im Radiobusiness, den alle nur bei seinem Vornamen kannten.

»Ich habe mit Arly darüber gesprochen«, war alles, was man sagen musste, damit sich etwas bewegte, veränderte, real wurde. Die meisten Dinge wurden von einigen wenigen Menschen bestimmt. Annie wusste das besser als viele andere Leute. Diese Lektion hatte sie bereits gelernt, als sie versucht hatte, Schriftstellerin zu werden.

»Wusstest du eigentlich, dass auf der Bestsellerliste der *New York Times* nicht nur die Bestseller auftauchen?«, hatte ihre Studienkollegin Sandy einmal zu ihr gesagt, während sie einen Löffel in einen Flan tauchte. »Das ist etwas, das nur eine Handvoll Leute in New York bestimmt.« Annie hatte das nicht gewusst, es war ihr neu. Sie schaute Sandy an, die ihren Flan aß, und spürte, wie etwas in ihr ins Rutschen kam. Damals plante sie noch nicht, mit dem aufzuhören, was sie tat, also zu studieren und einen Roman zu schreiben, aber sie spürte, wie sich ein Gedanke in ihr festsetzte: Sie wollte nicht zu den Leuten gehören, über die entschieden wurde, sondern sie wollte diejenige sein, die Entscheidungen traf. Damals sagte sie das nicht laut und wollte es sich selbst auch noch nicht so richtig eingestehen. Sie machte einfach weiter und behielt diesen Vorsatz im Kopf, und als sie dann Arly kennenlernte, war dieser Wille in ihr fest verankert, er war das, was sie am Laufen hielt. Sandy würde später eine Sammlung von Kurzgeschichten verfassen. Sie war gut, aber ihr Name würde niemals auf der Bestsellerliste der *New York Times* auftauchen.

Annie kam gut mit Arly zurecht. Er nahm sich sofort ihrer an und schien sie dabei unterstützen zu wollen, Karriere zu machen. Manchmal, wenn sie mit ihm redete, lächelte er, legte die Hand an sein Kinn, schüttelte dann den Kopf und sagte: »Super, Annie. Das war wieder große Klasse.« Annie war sich nie ganz sicher, worauf er sich bezog, wenn er das sagte. (Eine Idee, die sie geäußert hatte? Ein Argument? Doch es fühlte sich in jedem Fall großartig an.)

»Er, na ja, er betet dich an«, sagte Patrice oft. Das verneinte Annie in dem Versuch, bescheiden zu wirken, aber im Grunde wusste sie, dass Patrice recht hatte. Es war schön, wenn einen jemand toll fand. Es war großartig, dass ein Auserwählter einen ebenfalls zur Auserwählten erkoren hatte.

Die Männer in ihrem Büro hatten das alle zur Kenntnis genommen. Reid war derjenige, der am offensten darüber redete. »Unsere Vorzeigefrau«, nannte er Annie oft in der Mittagspause, wenn sie auf dem Weg zu einem Meeting waren oder nebeneinander im Fahrstuhl standen, und dann lachte sie, aber sie tat es nicht aus Verlegenheit oder weil es ihr peinlich war, auch wollte sie sich nicht bei ihm einschmeicheln, wie Brett oder Carl es getan hätten. Sie lachte, weil sie auf die richtige Gelegenheit wartete. Und jetzt, genau an diesem Tag, bot sich diese Gelegenheit, und sie war bereit.

Bei Meetings redete Reid so viel wie möglich. Er stellte Fragen, auf die er vermutlich längst die Antwort kannte, die ihn aber eigentlich gar nicht interessierten. Er fuhr Leuten über den Mund, hauptsächlich Annie und Patrice und manchmal auch Beth, die sowieso nur selten bei einer Sitzung das Wort ergriff, was die Situation noch ungeheuerlicher machte. Annie hasste es, aber sie war daran gewöhnt. So war das eben im Umgang mit Männern, eine Erfahrung, die sie schon früh gemacht und die sich bei vielen Gelegenheiten bestätigt hatte.

In der fünften Klasse war sie auf Klassenfahrt an einem Ort, der »Klassenzimmer Natur« hieß. Annie hatte erst nicht mitfahren wollen, doch ihre Mutter köderte sie mit dem Versprechen, sie hinterher mit zu ihrem Lieblingsspielzeugladen zu nehmen, wo sie sich alles aussuchen dürfe, was sie wolle, wenn der Ausflug ein Reinfall werden würde. Und das wurde er. Gleich am ersten Abend schlug sie sich einen Zahn aus, und es gab einen furchtbaren Streit, an dem sie sich allerdings nicht beteiligte: Ein Mädchen flehte die Lehrerin schluchzend an, nach Hause zu dürfen, nachdem sie von den anderen Kindern ausgelacht worden war, weil sie ihren Namen nicht auf den Zeitplan fürs Duschen setzen wollte. »Ich habe heute Morgen geduscht, und morgen Abend sind wir schon wieder zu Hause«, sagte sie. Das klang eigentlich vernünftig, jedoch nicht in dieser präpubertären Umgebung, in der alle penibel auf ihre Körperpflege achteten, etwas, das vermutlich mit dem frühen Einsetzen der Menstruation und einem falschen Verständnis von Geschlecht zu tun hatte. Außerdem gehörte zum Lehrertrupp ein Assistent, der es zuließ, dass die Mücken ihn stachen, weil die ja »auch etwas essen müssen«, sowie einen anderen, der ganz offensichtlich angeheuert worden war, weil er eine große Leidenschaft für Klemmbretter hatte, von denen er mit Begeisterung bei jeder sich bietenden Gelegenheit ihre Namen vorlas.

»Sarah.«

»Jacob.«

»Leda.«

»Aidan.«

»Maeve.«

Doch was Annie am häufigsten durch den Kopf ging, wenn sie, was überraschend oft vorkam, an das »Klassenzimmer Natur« zurückdachte, war der Zwischenfall mit dem toten Vogel. Sie und eine kleine Gruppe anderer Kinder, von denen sie keines besonders gut kannte, obwohl sie alle dieselbe Grundschule besuchten, machten eine Übung, in der es darum ging, sich im Wald zu »verirren.« Eigentlich war das in diesem »Wald« kaum möglich, doch für Zehn- und Elfjährige fühlte er sich gefährlich genug an, um die Sache ernst zu nehmen. Gleich zu Beginn nahm einer der Jungs den Kompass an sich und begann, der kleinen Kompanie Befehle zu erteilen und allen zu sagen, was sie zu tun hatten. An ihn hatte Annie keine weitere Erinnerung, als dass er eher schmächtig und sein dunkles Haar kurz geschnitten war. Er war einfach das Kind von irgendjemandem, und es war ziemlich offensichtlich, dass er mit einem klassischen Rollenbild aufgewachsen war.

Als sie durch den Wald unterwegs waren, bemerkte jemand in der Gruppe einen toten Vogel, der irgendwo im Unterholz lag.

»Ein toter Vogel!«, rief er oder sie aus.

Die anderen Kinder standen um den Vogel herum, und einige von ihnen begannen sofort, mit Stöckchen hineinzupiksen oder danach zu treten. Aus irgendeinem Grund fühlte sich Annie schlecht, als sie ihre Klassenkameraden sah, wie sie den Körper des toten Vogels behandelten. Sie liebte Tiere, und auch wenn dieses hier tot war und nichts mehr spürte, störte sie das Verhalten der Kinder. Für sie machte es keinen großen Unterschied, ob man ein Lebewesen malträtierte, das aufgehört hatte zu atmen, oder es bei lebendigem Leibe quälte, weshalb sie laut zur Gruppe sagte: »Ich finde, wir sollten ihn beerdigen.« Einen Moment lang verstummten alle, doch dann sagte der Junge, der immer die Befehle erteilt hatte: »Sie hat recht. Wir sollten ihn beerdigen.« Die ganze Gruppe stimmte zu. Annie war beflügelt. Auf einmal kam sie sich mächtig vor. Zugegeben, es war eine Macht, die durch einen Penis gefiltert war, doch in diesem Moment fühlte es sich unglaublich gut an, dort, in diesem Pseudo-Wald zu stehen, ohne einen Kompass in der Hand.

Als sie älter wurde, setzte sich dieses Muster fort. Wieder und wieder waren es die Jungs, die am College das Wort ergriffen, während sich die Mädchen im Hintergrund hielten. Annie fand es deprimierend, aber sie merkte, dass sie bei dem Spiel mitmachte, dass sie sich anpasste und darauf wartete, dass ein Penisträger ihr sagte, was Sache war. Ganz langsam jedoch änderte sich etwas für sie. Auf einmal kehrte der Mut zurück und damit die Lebenskraft.

Dann kam die Geschichte mit dem Schreibworkshop, in dem sich eine kleine Gruppe männlicher Studenten zusammengerottet hatte. Alle waren boshaft und lästerten, und sie klüngelten miteinander. Besonders einen gab es, von dem sich Annie sicher war, dass er noch nie mit jemandem geschlafen hatte. *Garantiert hat noch nie jemand seinen Penis in der Hand gehabt*, dachte sie. Aus irgendeinem Grund bekam sie von ihm am allermeisten ab. Ganz gleich, was für eine Geschichte sie vorlas, er machte eine abfällige Bemerkung nach der anderen, bis zu dem Punkt, an dem sie in Tränen aufgelöst den Raum verließ. Der Professor meinte es sicher gut, griff trotzdem nicht ein. Später würde Annie denken: *Wir haben keine Bezeichnung für das, was hier abgeht. Es gibt keine Worte, um zu erklären, warum eine Gruppe von Leuten denkt, sie dürfte laut sein, und die andere bleibt stumm, willentlich stumm.* Und: *Wieso eigentlich willentlich?*, ging es ihr durch den Kopf. Doch irgendwann würde sie überhaupt nicht mehr darüber nachdenken. In ihrem Leben war einfach zu viel los, um sich mit diesen Gedanken weiter zu befassen. Sie konzentrierte sich auf sich selbst und auf das, was sie brauchte. Manche dachten vielleicht, sie verhalte sich wie eine »gute Geschäftsfrau«, für andere wäre sie deshalb eine »hinterhältige Schlampe«, doch eigentlich wollte Annie gar nicht mehr so viel darüber nachdenken, weil Wut sich besser anfühlte als alles andere. In dem Workshop jedoch hatte sie verzweifelt nach einem Gefühl gesucht, das die Sache in eine größere Dimension versetzte. Sie wollte Rache.

Annie wusste, dass sie im Workshop nicht anfangen konnte herumzuschreien, und sie konnte auch nicht einfach aufstehen und sagen: »Du bist nicht mehr wert als ich«, weshalb sie sich lieber an ihren Schreibtisch setzte und eine Geschichte über Masturbation schrieb, die alle Männer bloßstellte. Die Geschichte war der Bewusstseinsstrom einer Frau, die sich selbst befriedigte, und Annie benutzte namentlich jeden der Jungs in dem Kurs als Hürde, die ihre Protagonistin überwinden musste, um zum Höhepunkt zu gelangen. Sie nannte es »Die mentalen Prozesse einer Frau auf dem Weg zum Orgasmus.« Als sie den Text der Klasse vortrug, waren alle begeistert, und die Jungs wagten es nicht, etwas dazu zu sagen. Der Professor strahlte, als sie den Text besprachen, und als sie das Manuskript zurückbekam, sah sie, dass er an die Stelle, an der sie die Teilnehmer des Kurses namentlich erwähnte, geschrieben hatte: »Sehr lustig …« Doch noch besser war die Tatsache, dass ein Kommentar dieses Jungen an sie lautete: »Meine Freundin sagt, der weibliche Orgasmus ist ganz anders als das«, und in dem Moment, als Annie das las, erfasste sie eine große Ruhe. Sie war nicht mehr das dankbare kleine Mädchen, das neben dem toten Vogel stand. Sie hatte das Ruder in der Hand, und es fühlte sich gut an, großartig. Und ohne dass sie sich dessen bewusst war, wurde jener Moment zum Katalysator für den Umgang mit Reid, ein Moment, der zwar vielleicht nicht so entlarvend, aber nicht weniger befriedigend war.

Es war eine lange Woche gewesen, und unüblicherweise wurde am Freitag noch ein Meeting anberaumt. Als Gast für die Show nächste Woche erwarteten sie eine Abgeordnete des Kongresses, und Arly hielt es für notwendig, alle Abläufe noch einmal durchzusprechen. Annie hatte den größten Teil des Meetings vorbereitet, sie war es auch gewesen, die die Abgeordnete für die Show gewonnen hatte, und so fühlte sie sich in besonderem Maße verantwortlich. Sie wusste, dass Reid neidisch auf sie war, doch Annie hatte sich verhalten wie immer und seine Missgunst einfach ignoriert. Am Tag der Sitzung sorgte sie dafür, dass alles reibungslos verlief. Sie blickte auf ihre Heftmappe und spürte, wie Stolz sie durchflutete, weil es ein besonders schönes Papier war und sie eine Schrift gewählt hatte, die klar und effizient wirkte. Manchmal fühlte sich harte Arbeit einfach gut an und benötigte kein Beiwerk. *Dann braucht man keine Belohnung, weil man sich selbst belohnt hat,* dachte sie.

Als sie in den Sitzungsraum kam, saß Reid schon da, hatte vor allen anderen am Tisch Platz genommen. Sein Stuhl befand sich direkt vor der Stelle, an der sie stehen würde. Normalerweise versuchte sie, während Sitzungen nicht so zu sitzen, dass Reid direkt in ihrem Blickfeld war, doch diesmal machte er ihr einen Strich durch die Rechnung.

»Hi, Reid«, sagte sie.

»Annie«, sagte Reid.

Zu Beginn des Meetings setzte ihr die Situation zu. Annie spürte, wie ihr Körper sich verspannte, als sie Reid direkt vor sich sah, wie er sie direkt anstarrte, mit einem feisten Grinsen auf dem Gesicht. Sie schwitzte an den Händen, und sie wusste, dass ihre Stimme zittrig klang.

Lass das nicht zu, lass niemals zu, dass er gewinnt, dachte sie, als sie sah, wie er etwas auf seinem Handy tippte.

Sie dachte an ihre Mutter, und sie dachte an das Gefühl zurück, das sie gehabt hatte, als sie zum allerersten Mal hohe Absätzen getragen hatte.

»Fortschritt – das ist das Thema, auf das wir uns für diese Show fokussieren wollen. Das ist der Ton, den wir anschlagen werden«, sagte sie betont, als sie sah, wie Reid gähnte und dann wieder sein Grinsen zeigte. Sie redete weiter und weiter, in treffenden, kraftvollen Worten. Als sie fertig war, zeigte sich Arly tief beeindruckt, dem Rest der Zuhörer schien es ebenso zu ergehen, und dann tat Reid das, was er oft tat, wenn sich das Ende einer Sitzung näherte: Er ergriff das Wort – um überhaupt etwas zu sagen und damit Arly ihn reden hörte.

»Du bist ja offenbar ein großer Fan dieser Abgeordneten«, sagte er.

Und ohne sich auch nur das kleinste bisschen anzustrengen, ohne auch nur nachzudenken, ergriff Annie die Gelegenheit beim Schopf.

»Na, dann sag mir doch, Reid, wie heißt sie eigentlich? Nicht schummeln!« Und sie schaltete die PowerPoint-Präsentation aus.

Reid wurde knallrot. Er holte tief Luft, und es wurde mucksmäuschenstill im Raum. Zwischen ihnen bestand so etwas wie Elektrizität – Strom, der ein Feuer entzündet.

»War nur ein Spaß. Ich weiß doch, dass du ihren Namen kennst. Tut mir leid, war eine lange Woche«, sagte Annie.

Arly lachte wissend, und auf einmal durchflutete genau

diese Energie den ganzen Raum. »Das war es für uns alle, Annie. Mal wieder eine großartige Leistung«, sagte er.

Nach dem Meeting kam Patrice zu ihr herüber und drückte Annie mit einem boshaften Grinsen die Hand, und ein paar andere Leute sagten, wie toll sie gewesen sei, und sie sah dabei zu, wie Reid leicht geduckt das Zimmer verließ, und dachte: *Dinge, die am Leben sind, und Dinge, die tot sind.* Dann brummte ihr Handy, und als sie einen Blick darauf warf, sah sie, dass Jason ihr geschrieben hatte: *Hey, die haben meine Miete erhöht. Hast du Lust, zu mir zu ziehen?* Annie freute sich so sehr, über sich selbst und darüber, wie weit sie in ihrer kleinen Welt gekommen war, dass sie in diesem Moment vielleicht sogar hätte denken können, dass sie ihren Freund dazu gebracht hatte, mit ihr zusammenzuziehen. Doch natürlich stimmte das nicht.

Darunter

Joy, hast du das gehört?«

»Was denn?«

»Der Typ unten. Er trommelt.«

»Ist das das Geräusch?«

»Ja. Es ist zwei Uhr morgens.«

Theo redete durch die Wand zwischen ihren Zimmern hindurch. Er wusste, dass sie noch wach war, weil sie bis spät in die Nacht Netflix geschaut hatten. Filmabend war mittlerweile fast jeden Abend, auch wenn Annie fast nie mit dabei war. Sie war meistens bei Jason oder blieb in ihrem Zimmer. Oft machte sie auch Überstunden. Joy war es egal. Im Grunde war es ihr sogar lieber so. Gewöhnlich waren es sie, Theo und Simon, der zwischen ihnen auf der Couch lag, lässig die Pfoten nach vorne gestreckt.

Am Anfang, an dem Morgen nach dem Tag, an dem sie mit Annie die Speisekammer ausgemistet hatte, machte es Joy nervös, Theo zu begegnen. Am Abend zuvor war sie ihm aus dem Weg gegangen, hatte stattdessen in ihrem Zimmer gesessen und endlos Make-up-Tutorials gegoogelt. Es war derselbe Abend gewesen, an dem sie sich online mit einer Frau gestritten hatte, die unter eines der Videos geschrieben hatte: *Was für eine hässliche Kuh!* Normalerweise reagierte Joy nicht auf jemanden, der auf Konfrontation ging, doch der Tag hatte ihr so sehr und in vielerlei Hinsicht zugesetzt, dass sie sich am Abend selbst fühlte wie eine hässliche Kuh.

Ihre Hände zitterten, während sie tippte, doch sie konnte einfach nicht anders, als ihren Kommentar zu schreiben: *Wir sind Frauen. Wir sollten uns gegenseitig unterstützen*, etwas, von dem sie überzeugt war, dass es als Antwort auf einen derartigen Post genau das Richtige war. Die Frau hatte prompt geantwortet: *Bist du auch eine hässliche Kuh? Hässliche Kühe, vereinigt euch!* Worauf Joy, ohne lange nachzudenken, zurückschrieb: *Du bist sehr unhöflich.* Sie versuchte, das Niveau des Gesprächs auf ein höheres Level zu ziehen. Sie war älter geworden, und irgendwie kam es ihr unreif vor, nicht so mit anderen Menschen zu reden, wie es ihre Mutter getan hätte. Sie versuchte, sich vorzustellen, wie sich ihre Mutter in einer solchen Situation verhalten hätte, doch das Einzige, was ihr in den Sinn kam, war, dass ihre Mom dem Mädchen ins Gesicht schauen und den Kopf schütteln würde. »Wahrscheinlich wurde sie irgendwann in ihrem Leben verletzt«, hätte sie gesagt. »Verletzte Menschen verletzen gern andere.« Und obwohl Joy ihre Mom für ihren gesunden Menschenverstand bewunderte, machte es sie traurig, dass ihre Mom die Partei des unhöflichen Mädchens ergriff. Sie versuchte trotzdem, entsprechend zu antworten.

Das Mädchen feuerte zurück. *Ich habe dein Profil angeschaut. Du siehst total beschissen aus.*

Joy merkte, wie ihr das Herz in die Hose sank, als sie die Worte *Du siehst total beschissen aus* las. Jedes einzelne Wort war wie ein Schlag ins Gesicht. Zuerst lachte sie, eine konditionierte Reaktion, die sie vermutlich auch gezeigt hätte, wenn jemand sie in der Öffentlichkeit runtergemacht hätte, ein Lachen, das natürlich überhaupt nicht dem entsprach, was sie empfand. Sie ging auf Facebook und klickte sich schnell durch ihre Profilfotos. Da war sie mit Sonnenbrille und etwas verkniffenem Gesicht (es war ein Selfie, aber wer wusste das schon?). Dann sie am Strand (nicht im Badeanzug, Gott bewahre), zusammen mit Freunden, die Gesichtszüge undeutlich durch den Blitz, wobei sie fand, dass sie netter aussah, wenn ihre Nase mit dem Rest ihres Gesichts verschwamm. Und dann ein weiteres Bild, auf dem sie ein Buch hochhielt, wodurch man nur ihre Stirn und die Augen sehen konnte (das war wieder ein Selfie, aber wer wusste das schon?). Der Rest der Fotos war alt, und sie hatte diese Bilder privat gestellt, deshalb konnte das Mädchen sie nicht gesehen haben. *Die sind doch gar nicht so schlecht. Ich schau doch nicht schlecht aus,* dachte Joy. *Ich sehe doch nicht total beschissen aus, oder?* Sie wünschte, sie würde diese Gedanken nicht haben. Sie wünschte, sie könnte einfach darüber lachen und es damit gut sein lassen. Erwachsen sein, etwas, von dem sie sich vorgestellt hatte, es würde sie über den Dingen stehen lassen. *Ich bin gegen etwas ins Feld gezogen, das gar nicht existiert,* dachte sie. Sie war traurig und hatte tatsächlich das Gefühl, total beschissen auszusehen. Sie kehrte zu dem Video auf YouTube zurück, dachte über ein paar wirklich fiese Kommentare nach und tippte dann einen, der eher ausführlich war.

> Du weißt nicht, was ein anderer Mensch im Leben gerade durchmacht. Du solltest niemanden so beleidigen. Es könnte das sein, was ihn über die Klippe stößt. Was, wenn ihre Mutter an dem Tag gestorben ist, oder wenn sie selbst eine Krebs-Diagnose erhalten hat – und du nennst sie hässlich? Du solltest jemanden immer so behandeln, als hätte er gerade erst eine Krebs-Diagnose erhalten.

Doch dann überlegte sie es sich anders und löschte die Nachricht wieder. Stattdessen meldete sie den Post des Mädchens an YouTube und änderte ihre Privatsphäreeinstellung auf Facebook, sodass jetzt all ihre Fotos privat waren.

Danach machte sich Ruhelosigkeit in ihr breit. *Warum ist das ausgerechnet an dem Tag passiert, als mir das andere passiert ist?*, fragte sie sich, blieb die ganze Nacht wach, dachte über Annie in der Speisekammer nach und über diese unbekannte Fremde auf YouTube, und sie war sich sicher, wenn sie am nächsten Morgen Theo sah, würde alles anders sein, es würde schlimmer sein. Doch am nächsten Morgen war er in der Küche und machte sich Toast, und als er sie sah, schaute er sie von Kopf bis Fuß an und lächelte und sagte: »Guten Morgen! Willst du auch einen Toast?«, und Joy fühlte sich nicht schlechter. Stattdessen ging es ihr auf der Stelle besser, ihr war leichter ums Herz, und die Kommentare aus der Nacht zuvor lösten sich in Luft auf, während sich das, was mit Annie in der Speisekammer vorgefallen war, sehr präsent anfühlte und ihr fast wie ein Geschenk des Himmels vorkam. *Okay, ich empfinde etwas für Theo, aber dadurch haben sich die Dinge nicht geändert,* war ihr Gedanke. Doch die Dinge hatten sich durchaus geändert. Sie waren besser geworden.

»Ich kann nicht schlafen, wenn das so weitergeht«, rief Theo jetzt. »Wer zum Teufel trommelt um zwei Uhr morgens in einem Mietshaus?«

Joy holte tief Luft. Sie hätte gern irgendetwas Witziges oder Charmantes geantwortet, doch ihr fiel nichts ein. Deshalb sagte sie einfach gar nichts, was in einer anderen Situation absolut in Ordnung gewesen wäre. Tatsächlich war Schweigen etwas, mit dem Joy gut zurechtkam. Wenn etwas Stressiges passierte und jeder um sie herum hektisch wurde oder den anderen Fragen stellte, blieb sie normalerweise ganz ruhig und ernst und wirkte bei weitem nicht so aufgeregt wie ihre Umgebung. Die Leute hielten sie dann für stoisch. Sie gingen davon aus, dass Joy ein schweigendes Genie war, dabei war sie doch eigentlich unendlich gestresst und hatte keine Ahnung, was sie tun sollte. Doch Theo wusste nicht, wie sie im Büro war, wie ernst und stoisch sie wirkte, und so suchte sie in diesem Moment eben nach etwas, das sie sagen könnte. Und als ihr nichts einfiel, machte Panik sich in ihr breit. *Sag was! Sag doch was! Sag was!*, dachte sie. Doch noch bevor sie dazu kam, klopfte es zu ihrem Glück an der Tür.

»Joy?«, fragte Theo mit angenehmer Stimme.

»Ja.« Sie setzte sich im Bett auf. Soweit sie sich erinnern konnte, hatte er sie nie im Liegen gesehen, eine potenziell intime Situation, die sie erschreckend fand, weshalb ihr gar nichts anderes übrig blieb, als sich aufzusetzen. Sie dachte sogar daran, ganz aufzustehen, doch dazu war keine Zeit. Theo machte die Tür auf und spähte herein.

»Ich habe eine Idee«, sagte er lächelnd.
»Was denn?«
Er hielt etwas hoch.
»Was ist das?«, fragte sie.
»Mundharmonikas.«
»Was?«
»Ja. Lass uns runtergehen.«
»Wo runter?«
»Vor seine Tür.«
»Bist du verrückt?«
»Ein bisschen vielleicht.«
»Das können wir nicht.«
»Warum nicht?«
»Weil es verrückt ist.«
»Ach, komm schon, bitte.«

Joy konnte sich ein Lächeln nicht verkneifen. Die Sache war aufregend. Das war es, was sie in ihrem Leben vermisst hatte: einen Mann, der sie um zwei Uhr morgens aus dem Bett zerrte, um einem Nachbarn mit Mundharmonikaklängen seine Grenzen aufzuzeigen.

»Na komm«, sagte er.

In einer ausladenden Bewegung sprang er auf ihr Bett zu und packte sie am Arm. Dieses Gefühl seiner Haut an ihrer Haut war schuld daran, dass sie sich auf einmal nicht mehr unter Kontrolle hatte. Und ja, sie stand auf, und sie ging mit ihm.

Sie liefen durch den Flur, machten die Wohnungstür auf. Beide kicherten. Zwischen ihnen war eine Wärme, während sie in stiller Hektik weiterliefen. Theo sorgte dafür, dass sie nicht über die wackelnde Treppenstufe stolperte. Er sorgte dafür, dass sie nicht losließ.

»Pst«, machte er, während sie durch das Treppenhaus hinabliefen.

Sie konnten den Nachbarn immer noch trommeln hören. Das Trommeln war auch nicht langsamer geworden. Joy lauschte dem Geräusch. Sie hörte, dass es lauter wurde, je näher sie kamen, und das riss sie aus ihrer Verzückung. Das Kichern hörte auf, doch Theo lächelte immer noch, als er ihr eine Mundharmonika reichte. *Bumm, bumm, bumm,* sie schaute in seine Augen. *Bumm, bumm, bumm,* er hielt sich die Mundharmonika an die Lippen. *Bumm, bumm, bumm,* sie hielt sich ihre Mundharmonika an die Lippen. *Bumm, bumm, bumm,* eine Sekunde waren sie beide ganz still. *Bumm, bumm, bumm,* dann bliesen sie fest in die Instrumente. *Bumm, bumm, bumm,* der Klang zu ihrem Klang.

Zweiter Teil

Joy

Ich will ehrlich sein: Für ihn hätte ich fast meinen Job sausen lassen. Ich weiß, das klingt albern, aber er lag zwei Wochen mit einer schlimmen Grippe im Bett, und ich hatte wirklich das Gefühl, ich sollte für ihn da sein. Ich übertreibe nicht, es war wirklich heftig. Er schrieb mir eine Nachricht, er würde ins Krankenhaus fahren, doch ich sah sie zu spät, weil ich in einem Meeting war, und bekam deshalb das Gefühl, ihn total im Stich gelassen zu haben. Als ich meinem Chef sagte, mein Mitbewohner sei krank, schaute er mich nur an, als hätte er nicht den blassesten Schimmer, was das hieß. Er hatte keine Ahnung, was mir Theo bedeutete. Vermutlich wissen die Leute oft nicht, was Menschen für einen bedeuten, so wie man sich das eigentlich wünschen würde. Er war nicht dazu in der Lage, das Wort Mitbewohner zu hören und daraus auf unsere Beziehung oder mein Leben zu schließen. Dabei geht es doch im Grunde im Leben darum, dass jemand einen sieht, so wie man ist. Ist das nicht auch die Funktion von Sprache? Wir haben so viele Worte erfunden, damit wir uns nicht unsichtbar fühlen. Am liebsten hätte ich zu ihm gesagt: »Ich kündige, du Arschloch!«, und fast hätte ich es auch getan. Das stimmt wirklich, doch in der Sekunde, als ich diesen Gedanken hatte, bekam ich wirklich Angst, denn ich wusste einfach, dass ich irgendwo in mir drin tatsächlich bereit gewesen wäre, meinen Job wegen Theo zu kündigen, und das wäre natürlich absurd. Wer würde schon für seinen Mitbewoh-

ner seinen Job kündigen? Und so meldete ich mich stattdessen für einen Tag krank. Als ich dann nach Hause kam, war Theo schon aus dem Krankenhaus zurück, und ich kam mir ein bisschen blöd vor. Ich dachte wieder an meine Panik in der Arbeit, und auf einmal fand ich das alles absurd. Trotzdem kochte ich ihm eine Suppe, und darüber freute er sich sehr. Danach war ich glücklich. So fühle ich mich fast die ganze Zeit – glücklich –, und dann ist da noch dieses andere Gefühl: dass sich das Leben, wie man es kannte, mit einem Fingerschnipsen einfach in Luft auflöst.

Als Annie Joy sagte, sie würde ausziehen, tat sie es auf sehr rücksichtslose Weise. Sie sagte: »Stell dir vor, Jason will, dass ich bei ihm einziehe. Dann bin ich endlich weg aus dieser Bruchbude!« Das war Originalton Annie – gemein und unbedacht und von oben herab. Joy konnte nicht anders, als gekränkt zu sein, dabei wusste sie, dass es nicht die richtige Annie war, die sich in einem Moment wie diesem zeigte. In ihrem tiefsten Inneren war Annie eigentlich ein wunderbarer Mensch. Einmal hatte sie erlebt, wie ihre Freundin sich ein Video auf YouTube angeschaut und von Herzen gelacht hatte. Joy kam an Annies Zimmer vorbei, die Tür stand offen, und sie hörte sie auf eine laute und herzliche Art lachen, ein Geräusch, das sie so von ihr noch nie gehört hatte. Es war ein echtes Lachen. Sie lag bäuchlings auf ihrem Bett und lachte, und zum Glück für Joy schaute sie in die andere Richtung, sodass Joy einen Moment stehen bleiben und sie beobachten konnte. Das Video zeigte ein Baby, das lachte, immer wenn sein Dad ein Blatt Papier zerriss. Das Baby gluckste und lachte jedes Mal mehr. Eigentlich war der Film gar nicht übermäßig lustig, aber das Ganze war so liebenswert, dass Joy jeden Augenblick der Szene genoss und dachte: *Annie, du bist wirklich wundervoll.*

Und deshalb reagierte Joy auf Annies gemeinen Satz mit der Bruchbude so, wie das in ihrer Freundschaft nun mal funktionierte.

»Du wirst mich vermissen«, sagte Joy.

Und Annie, von der plötzlich aller Zorn abzufallen schien, mit dem sie durchs Leben lief, ging zu Joy hinüber und nahm sie in die Arme.

»Ja, das werde ich«, sagte sie.

Das war's. Ein paar Wochen später zog sie aus. Sie bot ihnen an, noch einen Monat weiter ihren Mietanteil zu zahlen oder ihnen zu helfen, einen neuen Mitbewohner zu finden, doch Theo und Joy beschlossen, die Dinge zu belassen, wie sie waren.

»Ich denke, wir würden uns in der Wohnung besser fühlen, wenn wir nur zu zweit wären, meinst du nicht? Wir hätten mehr Platz zur Verfügung. Wenn es für dich okay ist, teilen wir uns einfach den Rest«, sagte Theo.

»Ich denke, das wäre perfekt«, sagte Joy, die mehr als bereit war, ihre kleine Blase noch kleiner zu machen, auch wenn das bedeutete, dass das Geld, das sie zum Leben hatte, noch knapper wurde. Was bezüglich des dritten Zimmers vorher immer unmöglich erschienen war, war auf einmal doch möglich, wenn man es im Glanze dessen betrachtete, was aus dieser Situation entstehen könnte.

Annie nahm die Hälfte der Möbel mit, die sie und Joy zusammen gekauft hatten, was unter diesen Umständen nur fair erschien. Die Wohnung sah so halb leer seltsam aus. Jeder Raum verströmte auf einmal eine Aura, die unverwechselbar zeigte, was verloren war. Zu ihrer Überraschung stellte Joy fest, wie traurig es sie machte, die Wohnung so zu sehen. Fast schien es, als würden diese Dinge, die Joy so sehr an Annie erinnerten – genauer gesagt ihre Abwesenheit, die Leerstellen, die sie hinterlassen hatte – Annie noch anwesender machen, als wenn sie alles dort gelassen hätte.

Erst durch die Tatsache, dass auch Simon auszog, wurde das alles real. Joy drückte ihn an sich und küsste ihn zehnmal auf den Kopf.

»Du kannst ihn jeden Tag besuchen, wenn du möchtest«, sagte Annie. »Und er wird dich besuchen, wenn ich in Urlaub fahre.«

Das ist nicht dasselbe, dachte Joy, aber sie brachte es nicht über die Lippen, weil sie mit den Tränen kämpfte. In dem Moment, als sich die Tür hinter Annie und Simon schloss, tat Joy vieles leid. *Das ist mein Leben, das ist mein Leben*, dachte sie, doch nur eine Stunde später waren sie und Theo auf Ethanallen.com, suchten sich ein Sofa aus, und alles war auf einmal wieder so, wie es sein sollte: sie und Theo und ihr kleines Zuhause, das jetzt ihnen ganz allein gehörte und niemandem sonst.

Nicht lange danach hatten sie sich auf ein häusliches Zusammenleben eingestellt. Sie kochten zusammen, sie aßen zusammen, sie organisierten den Haushalt, gestalteten die Wohnung um. Sie teilten jeden Raum in der Wohnung miteinander und verbrachten die meiste Zeit in einem einzigen Zimmer. Alles hatte sich zu einer Dynamik homogenisiert, die in keiner Weise dem ähnelte, wie man in einer Wohngemeinschaft zusammenleben sollte. Und das alles ging so plötzlich vor sich, dass es einem fast absurd vorkam, wie sie überhaupt jemals anders zusammengelebt hatten. Als Annie noch dort gewohnt hatte – selbst so sporadisch, wie sie sich in der letzten Zeit dort gezeigt hatte –, sorgte sie automatisch dafür, dass die ursprünglich angedachte Dynamik aufrechterhalten wurde. Joy hatte sich oft gezwungen gefühlt, sich in ihr Zimmer zurückzuziehen, weil sie dachte, das mache man eben so in einer WG. Gemeinsam genutzte Räume brauchten Zeit zum Atmen, damit sie angemessen geteilt werden konnten. Das waren die Regeln, die sie kannte, seit sie zwanzig gewesen und in ihre erste Wohnung gezogen war. Ihre damaligen Mitbewohnerinnen hießen Zoe und Claudia, und keine der drei verbrachte jemals Zeit mit einer der anderen. Man grüßte sich, wenn man einander auf dem Flur begegnete, oder führte ein kurzes Gespräch, wenn die Miete gezahlt werden musste, doch mehr war es nicht. Dann, eines Nachts, hatte Zoe an Joys Tür geklopft. Es musste Mitternacht oder ein Uhr morgens gewesen sein, aber Joy war noch wach. Sie las ein Buch für die Uni. Das Allererste, was sie dachte, als es klopfte, war, dass es brannte oder vielleicht die Überweisung der Miete nicht geklappt hatte.

»Ja?«, sagte sie.

»Joy?«, fragte Zoe. »Ist das deiner?«

Joy machte die Tür auf, nicht sicher, was sie erwartete – eigentlich erwartete sie gar nichts –, und da stand Zoe und hielt einen blutigen Tampon mitsamt baumelnder Schnur in einem Tempotaschentuch in der Hand.

»Ist das deiner?«, wiederholte sie. Vielleicht war einige Zeit vergangen zwischen dem Moment, in dem sie den Tampon sah und dem, als Zoe die Frage zum zweiten Mal stellte: *Ist das deiner?* Es war unmöglich, nicht zu erstarren wie das Kaninchen vor der Schlange, wenn man diese Szene sah: eine Frau, an der man bestenfalls mit einem Nicken vorbeiging, wenn man ihr auf dem Flur begegnete, und die nun dieses Ding mit dem Blut einer dritten Frau in den Händen hielt, als wäre das nichts.

»Nein, ist er nicht«, sagte Joy.

»Okay, dann muss er von Claudia sein. Sie hat ihn mitten auf dem Badezimmerboden liegen lassen.«

Joy war sprachlos. »Oh«, war alles, was sie hervorstoßen konnte.

»Sie ist ekelhaft«, sagte Zoe, drehte sich um und steuerte in Richtung Claudias Zimmer.

Wahrscheinlich hätte Joy besser gleich die Tür wieder zugemacht, aber sie konnte nicht anders – die ganze Sache war so bizarr, so unmenschlich, dass sie einfach stehen blieb und auf den Schrecken wartete, der jeden Moment stattfinden würde. Doch Claudia war nicht zu Hause, Gott sei Dank war sie es nicht. Zoe murmelte noch »unordentliche Schlampe« und ging davon.

Joy hatte keine Ahnung, was danach passiert war. Sie konnte wohl kaum zu Claudia gehen und fragen: »Und, was ist eigentlich aus deinem vollgebluteten Tampon geworden? Du weißt schon, den Zoe in der Wohnung herumgetragen hat? Genau, sie hat ihn mir nämlich gezeigt. Ich habe dein Blut gesehen. Ich habe deine Periode gesehen. Dein Körper ist für mich viel wirklicher, als es mein eigener womöglich je sein wird.« Und Zoe würde sie erst recht nicht danach fragen – was für eine widerliche Person. Vage assoziierte sie sie mit jedem Mann in ihrem Leben, der jemals etwas Abfälliges über den Körper von Frauen gesagt hatte, irgendetwas, das klarmachte, dass die Mechanismen des Lebens und das damit verbundene Blutvergießen einzig und allein Männern vorbehalten waren.

»Meine Freundin kackt ganz selten«, hatte ein Typ in ihrem Chemiekurs einmal gesagt.

»Sie ist unbehaart, stimmt's?«, hörte sie den Freund ihrer Freundin sagen.

»Cellulitis, igitt«, hatte ein Klassenkamerad in der sechsten Klasse gesagt.

Joy hatte all diese Momente in ihrem Kopf abgelegt wie Karteikarten, doch so selten sie auch daran dachte, waren sie in fast jeder Sekunde eines Tages, in jeder Bewegung ihres Lebens präsent. Sie hasste ihren Bauch. Sie hasste es zu sehen, wie ihr Körper Falten bildete, wenn sie saß. An manchen Tagen waren jene Männer und Zoe der Grund dafür, dass sie lieber stehen blieb, als sich zu setzen.

Claudia, Zoe und Joy hatten nur ein Jahr zusammengewohnt. Eine nach der anderen zog wieder aus und verließ die Gegend. Mit keiner der beiden hatte Joy noch Kontakt, was ihr auf gewisse Weise seltsam vorkam. Sie kannte die beiden Frauen auf so intime Weise und zugleich überhaupt nicht. Es fühlte sich irgendwie nicht gesund an, dass man jemandem so nahe war und doch vom anderen unberührt blieb. Vielleicht war das in vieler Hinsicht – und sogar über ihre Gefühle für ihn hinaus – der Grund, warum es ihr so gut gefiel, wie sie nun mit Theo zusammenlebte. Es kam ihr so vor, als würde sich das Leben, worauf sie schon eine Weile gewartet hatte, nun endlich für sie öffnen. Wenn du ein Kind bist, wirst du in die Arme anderer Menschen geboren. Andere Menschen – das ist deine Familie, du siehst sie jeden Tag, und jede Sekunde ist jemand in deiner Nähe, vor dem du weinen oder den du umarmen kannst. Aber dann wirst du erwachsen, und nur wenn du Glück hast, ist da immer noch jemand, mit dem du das tun kannst. Das von einem Fremden zu verlangen ist nicht leicht. Man sagt nicht einfach so: »Lieb mich, sei bei mir, halt mich fest.« Nur einer kleinen Anzahl von Personen in deinem Leben wird daran liegen, dich zu kennen, ganz zu schweigen davon, dich zu lieben, und jetzt, wo das mit Theo so war, hatte Joy das Gefühl, wieder eine Familie um sich herum zu haben. Sie fühlte sich wie ein kleines Mädchen und gleichzeitig so erwachsen.

Und eines Morgens würde Theo sagen: »Es ist Samstag, komm lass uns herumliegen, den ganzen Tag nichts tun und richtig fett werden.« Und dann machten sie genau das. Sie teilten sich die Räume, und es war nicht notwendig, dass sie diese Räume atmen ließen.

Nur ein paar Tage später sah sie im Bad Theos feuchtes Handtuch auf dem Boden liegen. Sie fuhr mit der nackten Fußsohle darüber, und zusammen mit dem Dampf, der immer noch im Bad hing, kam es ihr fast so vor, als würde sie sein Blut sehen. Und bei Gott, sie hoffte, irgendwann würde er auch ihres sehen.

Annie

Ich bin so verdammt froh, endlich von Joy weg zu sein. Ich fühle mich nicht gut, wenn ich das sage, aber sie ist so verliebt in Theo, und ehrlich gesagt ist es traurig, das mitanzusehen. Zuerst dachte ich, sie sei nur verknallt, aber es ist viel mehr. Sie ist bis über beide Ohren und wahnsinnig in ihn verliebt. Sie kennt vierundzwanzig Stunden am Tag und sieben Tage die Woche kein anderes Thema als ihn. Sie bleibt daheim, um bei ihm zu sein. Das ganze Wochenende über ist sie zu Hause. Wenn er da ist, verbringt sie die Zeit mit ihm, und wenn nicht, wartet sie auf ihn. Sie würde es nie zugeben, dass das so ist, aber sie macht nichts anderes. Ich habe sie gefühlt eine Million Mal gebeten, et-

was mit mir zu unternehmen, und jedes Mal sah sie nur auf ihr Handy und meinte dann: »Ach, warum bleiben wir nicht einfach hier? Ich bin irgendwie müde.« Und das ärgert mich mehr als alles andere. Eigentlich kann sie auch gleich sagen: Ich bin von Theo besessen und will nicht eine Sekunde der Zeit verpassen, die ich mit ihm zusammen sein kann. Das könnte ich in gewisser Weise ja sogar respektieren, aber stattdessen lügt sie mich an. Und ich sehe, was er tut. Er ist gern mit Joy zusammen, was auch nicht verwunderlich ist. Sie ist klug, sie ist so lieb, dass es schon fast unvernünftig ist, und es macht Spaß, Zeit mit ihr zu verbringen. Es ist leicht, man selbst zu sein, wenn sie da ist, und ich weiß, Theo liebt das. Er liebt alles daran, und was bekommt sie dafür? Nichts. Aber vielleicht weiß ich auch nicht, was sie will. Ich erinnere mich, wie ich ihr einmal ins Gesicht geschaut habe und einen winzigen Moment lang Angst hatte, weil mir der Gedanke kam, ich würde sie überhaupt nicht kennen. Vielleicht ist das, was sie denkt, überhaupt nicht das, was sie mir zeigt. Es ist leicht, das über Joy zu denken, weil sie immer so kontrolliert wirkt. Einmal habe ich diesen Artikel über siamesische Zwillinge gelesen, und darin hieß es, dass die Leute immer wissen wollen, wie siamesische Zwillinge eigentlich Sex haben, und es wurde die Theorie aufgestellt, dass siamesische Zwillinge Sex vielleicht nicht so brauchen wie Leute, die keine siamesischen Zwillinge sind. Der Grundgedanke war, dass es einem Menschen, wenn er mit einer anderen Person sein ganzes Leben lang auf diese besondere Weise verbunden ist, eine Intimität schenkt, die dazu führt, dass er weniger einen Partner braucht oder auch gar keinen. Darüber denke ich die ganze Zeit nach: dass es Leute gibt, die auf eine Weise etwas bekommen, das ich auch will, die ich nicht einmal ansatzweise begreife. Ich komme mir blöd vor, wenn ich etwas Definitives über jemanden sage. Wie komme ich zu der Annahme, ich wüsste, was andere Menschen brauchen? Wie komme ich zu der Annahme, ich wüsste, was Joy braucht? Vielleicht ist sie ja ein siamesischer Zwilling, der getrennt wurde, und ihr anderer Zwilling ist irgendwo da draußen in der Welt, deshalb braucht sie womöglich auch nur die Hälfte von alldem. Vielleicht braucht sie es nicht, dass Theo sie in den Arm nimmt, sie liebt und mit ihr schläft. Aber die Wahrheit ist, dass ich das nicht glauben will. Ich möchte glauben, dass meine Freundin genauso fühlt wie ich, und vielleicht suchen wir ja beide nach dem, was diese siamesischen Zwillinge haben. Vielleicht sind wir ja alle vor der Geburt von der realsten Liebe getrennt worden, die wir jemals kennen werden. Und was ich eigentlich sagen will: Ich bin begeistert davon, zu Jason zu ziehen.

Die allererste Nacht, nachdem sie zu Jason gezogen war, wurde zu einem Alptraum, der langsam Fahrt aufnahm. Annie merkte es erst etwa achtzehn Stunden nach ihrem Einzug, aber dann ließ es sich nicht länger leugnen: Sie war nie entspannt, wenn sie mit ihrem Freund zusammen war. Sicher hatten sie viele Nächte miteinander verbracht, mal bei ihm, mal bei ihr, sie waren übers Wochenende verreist, doch aus irgendeinem Grund reichte das nicht. Das hier war das reale Leben, und es war nicht so leicht, das reale Leben mit ihm zu verbringen, wie sie sich das gedacht hatte. Das merkte sie als Erstes daran, dass sie vollkommen übertrieben über seine Witze lachte.

»Dieser Trottel«, sagte er und bezog sich damit auf einen Typen, der in ihrer Straße schlecht geparkt hatte.

»*Hahahahahahahaha.*« Sie hörte sich selbst lachen, auf diese große, laute Weise, ein Lachen, das genauso klang wie bei all den anderen Menschen, die sie für dieses Lachen hasste. *Was zum Henker mache ich eigentlich?*, dachte sie. *Lache ich immer so?* Und als sie darüber nachdachte, wurde ihr bewusst, dass sie genau das tat. Ohne es zu wollen hatte sie in den vergangenen zwei Jahren wie eine Geistesgestörte über jeden von Jasons Witzen gelacht, als befänden sie sich immer noch auf einem missglückten ersten Date.

Als Nächstes bemerkte sie, wie sie aß. Sie machten eine Pause beim Auspacken und gingen zum Abendessen in ein Chipotle. Sie entschied sich für eine Burrito Bowl, und als sie am Tresen die Zutaten auswählte, merkte sie, dass sie auf einmal all die gesunden Dinge bestellte, die sie eigentlich nie aß, wenn sie nicht gerade mit Jason zusammen war.

»Nein, kein Käse«, hörte sie sich selbst sagen. *Will ich denn wirklich für den Rest meines Lebens keinen Käse mehr essen?*, dachte sie und sah zu, wie die Frau hinter dem Tresen Salat auf ihren Teller häufte.

Dann stellte sie fest, dass sie sich immer wieder beim Kauen den Mund zuhielt und fast manisch darauf achtete, dass nichts auf ihrem Gesicht landete. Bei Dates tat sie das oft, aber das hier war kein Date. Sie würde ab jetzt mit diesem Mann zusammenwohnen. Konnte sie denn nicht einfach normal essen, wenn er dabei war? Sie liebte es, Eiscreme genüsslich von der Rückseite ihres Löffels zu lecken oder sich drei Kräcker auf einmal in den Mund zu schieben. Wenn sie Salsa aß, bedeckte sie ihre Chips über und über mit Sauce, bis nur noch ein einziges kleines Stück vom Chip frei blieb. War das also auch vorbei, so wie Käse vorbei war? Sie spürte, wie Panik sich in ihr breitmachte.

»Ich muss pinkeln«, sagte sie und stand auf, um auf die Toilette zu gehen. Sie benutzte bewusst das Wort *pinkeln,* weil es ihr gegenüber Jason auf die eigene Person bezogen nicht peinlich war. Pinkeln war vollkommen in Ordnung. Es war so harmlos, dass man es durchaus sagen konnte. Jetzt war es an der Zeit, alles auch nur halbwegs Unanständige rauszuhauen – alles, das ihnen erlauben würde, endlich in widerwärtiger Menschlichkeit zusammenzuleben.

Als Annie ins Bad kam, wusste sie nicht, was sie tun sollte. Sie hatte gedacht, dass die Toilette in diesem Chipotle nur eine Kabine hätte, doch das stimmte nicht. Sie würde nicht allein sein, so wie sie gehofft hatte. Eine Frau mittleren Alters stand vor dem Spiegel und frischte ihr Make-up auf. Sie merkte, dass Annie einfach nur dastand.

»Ach, Verzeihung, meine Liebe, brauchen Sie das Waschbecken?«, fragte sie. »Ich kann rüberrücken.«

»Nein, sorry«, sagte Annie. Sie sah, dass die Frau einen Ehering trug, und einen kurzen Moment lang durchfuhr sie der Impuls zu sagen: »Essen Sie noch Käse?«, doch stattdessen ging sie in die Kabine, zwang sich zu pinkeln und kehrte dann zu Jason zurück.

Als sie wieder in der Wohnung waren, brachten sie die letzten Kartons vom Mietwagen nach oben, und die ganze Zeit über war ihr bewusst, was sie alles machte, und alles, was sie machte, war nicht sie selbst. Zweimal ertappte sie sich dabei, dass sie *wow-ee* sagte, und mehr als einmal zog sie den Bauch ein, wenn sie sich nach vorne beugte, um einen Karton hochzuheben. Selbst die Art und Weise, wie sie ging, kam ihr fürchterlich künstlich vor. Sie ging wippend, als wäre sie viel glücklicher, als sie sich wirklich fühlte oder jemals gewesen war. Wenn sie versuchte, das zu stoppen, brachte sie es einfach nicht über sich. Ihr Körper war nicht dazu in der Lage, auf dieselbe Weise zu entspannen, wie wenn sie allein gewesen wäre. Jeder Versuch, den sie machte, wurde nur immer unbeholfener. Schließlich sagte Jason: »Hast du dir am Rücken wehgetan?« Und sie hörte mit dem pseudo-echten

Pseudogang auf und kehrte zu ihrem normalen Pseudogang zurück.

Kaum waren sie wieder drinnen, zog sie sich den Pyjama an, den sie sich extra für ihr Zusammenleben mit Jason gekauft hatte. Selbst der Akt des Kaufens war etwas gewesen, an dem sie willentlich teilgenommen hatte, ohne auch nur einen Moment nachzudenken. Sie war in einen schicken Laden gegangen, hatte die Verkäuferin um Hilfe gebeten und sich dann diesen sehr teuren Schlafanzug ausgesucht. Sie hatte sogar ein altes Sweatshirt entsorgt, das sie früher mal geliebt hatte, alles im Namen dieser wie auch immer gearteten Person, die sie versuchte zu sein. Sie saß neben Jason und bemühte sich, ihm zuzuhören, dachte dabei aber an nichts anderes als daran, wie es wohl am nächsten Tag sein würde, und am Tag danach und noch einem Tag danach. Sie schaute zu Simon hinüber, der auf dem Boden lag und sie anschaute. Die ersten paar Stunden in der neuen Umgebung hatten ihn offenbar gestresst, doch mittlerweile sah er wieder genauso aus, wie er immer ausgesehen hatte. *Verurteil mich nicht*, dachte sie. Würde er es überhaupt bemerken, dieses bessere Ich, das sie kreiert hatte? Er hatte immer nur das schlechtere Ich erlebt. Er liebte ihr schlechteres Ich.

»Simon«, rief sie. »Komm her.«

Doch er kam nicht zu ihr. Er saß nur in seiner Ecke, beobachtete sie und verurteilte sie, oder zumindest sah es so aus.

Der Rest der Nacht zog sich hin. Annie gingen jede Menge abstruser Dinge durch den Kopf, und sie bemerkte viele abstruse Dinge. Sie versuchte, sich zu erinnern, wie sie als Kind gewesen war, und dass es ihr damals immer so vorgekommen war, als könnte sie alles tun, was sie wollte. Als sie noch klein war, hatte sie oft eine Parodie von Mae West zum Besten gegeben. Das tat sie auf Verlangen ihrer Eltern für erwachsene

Gäste. Nur ein wirklich unbedarfter Mensch würde so etwas freiwillig tun und hätte dann noch Spaß dabei. Alles von früher war verschwommen und vermischte sich zu der Person, die sie jetzt war, und dann der Person, die sie mit Jason zusammen war. Sie dachte an ihre alte Wohnung und an den Haufen schmutziger Wäsche, die sie faulerweise immer auf dem Boden liegen ließ. *Es macht Freude, Dinge einfach nicht zu tun*, dachte sie und lachte dann wieder über etwas, das sie Jason sagen hörte, weil sie einfach nicht anders konnte. Das alles baute sich in ihrem Leben auf, in ihr und jetzt auch in ihrem gemeinsamen neuen Zuhause. Das machte ihr Angst, es machte sie verrückt, doch dann spürte sie, wie ihr Handy vibrierte. Eine neue E-Mail. Sie öffnete sie. Es war eine Erinnerung an Beths Hochzeit. Sie zu sehen machte der bevorstehenden existenziellen Krise ein Ende, und es dauerte nicht lang, bis sie sich weniger verrückt und weniger ängstlich fühlte. Sie nahm ihren Laptop und begann, sich Kleider anzuschauen, die sie bei der Hochzeit tragen könnte. Es funktionierte als willkommene Ablenkung, das wusste sie, und genau damit ließ sie die Sache auch bewenden. Sie würde nicht weiter in die Tiefe gehen, würde nicht mehr darüber grübeln, dass die Mail sie um einen Hauch bekümmert hatte, weil es nicht ihre eigene Hochzeit war, und kurz darauf durchströmte sie Erleichterung, weil sie einen Mann hatte, einen Mann, der sie liebte, der beschlossen hatte, an ihrer Seite zu sein, und der jetzt mit ihr und niemandem sonst zusammenlebte, und mit dem sie durchs Leben gehen würde. Annie war nicht allein. Deshalb war es auch egal, was für einen Gang sie hatte. Ein neuer Pyjama war etwas Schönes. Und es dauerte nur wenige Minuten, bis sie zu Bett ging, obwohl sie noch geschminkt war, und dann postete sie ein Foto von sich und Jason, wie sie auf der Couch saßen und kuschelten, und schrieb dazu in die Caption: *Erster Abend in der gemeinsamen Wohnung!* <3, <3, <3

Am nächsten Morgen wartete sie mit dem Kacken, bis Jason das Haus verlassen hatte, und am Abend darauf sagte sie noch zweimal *wow-ee*. Es war ziemlich schlimm, aber schlimm war eigentlich alles. Annie würde damit zurechtkommen, und als ein paar Tage ins Land gegangen waren, wurde sie allmählich wieder mehr sie selbst und weniger ihr Pseudo-Selbst. Doch dieses echte Selbst wurde zugleich auch mehr zu ihrem Pseudo-Selbst, also lag sie nun wohl irgendwo in der Mitte. Schwer zu sagen, wie sich das anfühlte. Wie ein Dornröschenschlaf. Oder als wäre sie tot.

Verbrannt

Joy wusste nicht, was genau sie ihrer Mutter über Theo erzählen sollte, doch sie beschloss, dass es heute so weit sein würde. Sie rief ihre Mom fast jeden Tag an, und auch wenn sie beide nur selten etwas wirklich Wichtiges mitzuteilen hatten, gab es immer jede Menge zu besprechen. An diesem Tag war das nicht anders. Joy wollte nicht gleich die Katze aus dem Sack lassen und wartete, bis der richtige Moment für sie gekommen war. Sie war nervös.

»Ich mache fast an all meine Gerichte Schnittlauch«, sagte ihre Mom.

»Was machst du dran?«, fragte Joy.

»Schnittlauch.«

»Ach wirklich?«

»Ja, der schmeckt so intensiv. Ich finde, alles schmeckt besser, wenn Schnittlauch dran ist. Sogar Pizza.«

»Tiefkühlpizza?«, wollte Joy wissen. Sie spürte, wie sie versuchte, immer weitere Fragen zu stellen und den großen Moment so lange wie möglich hinauszuzögern.

»Nein, richtige Pizza.«

»Das muss ich auch mal probieren.« Joy überlegte krampfhaft, was sie noch sagen sollte, doch ihr fiel nichts ein. Sie spürte, wie Panik in ihr aufkam. Jetzt, wo sich Schweigen zwischen ihnen breitmachte, würde ihre Mom bestimmt das Thema auf Joy bringen.

»Und, wie läuft es so bei dir?«

»Ach, ganz gut.« Joy zögerte. »Ich dachte, ich könnte heute mal wandern gehen.«

»Ach, schön, wohin denn?«

»Irgendwo in der Nähe.« Joy kannte keinen einzigen Ort, wo man wandern könnte.

»Wie geht's Annie? Das wollte ich dich schon die ganze Zeit fragen.«

Das war der Moment, auf den sie gewartet oder vor dem sie sich gefürchtet hatte, das spürte sie, seit sie dieses Telefonat begonnen hatten.

»Ach, Mom, Annie ist ausgezogen. Das wollte ich dir schon die ganze Zeit sagen.« Joy stellte sich vor, ihre Mom würde total schockiert sein. *Du hast mir nicht erzählt, dass Annie ausgezogen ist????? Annie ist deine beste Freundin!! Wir reden jeden Tag miteinander, und du erwähnst so etwas nicht?????* Genau eine solche Reaktion stellte sie sich vor, doch ihre Mom sagte nur: »Ach, wow! Wann denn?«

»Vor drei Monaten«, sagte Joy. Sie holte tief Luft, wappnete sich für die Reaktion ihrer Mutter.

»Und wo ist sie hingezogen?«, wollte ihre Mom wissen.

»Sie ist zu Jason gezogen.«

»Oh, das ist schön.«

Das ist schön? Wo war denn die Empörung darüber, dass sie ihr diese Neuigkeit vorenthalten hatte? Es war das allererste Mal überhaupt, dass sie ihrer Mutter etwas verschwiegen hatte. Sie erzählten einander alles. So war das ihr ganzes Leben lang gewesen. In dem Sommer, als Joy dreizehn war, waren sie jeden Freitagabend miteinander Eis essen gegangen. Genau das war es, was Joy dachte, wenn sie sich ihre Beziehung vorstellte: wie sie beide im Auto ihrer Mutter saßen und lachten und lästerten und dabei Moose-Tracks-Eiscreme mit Marshmallows und warmem Fudge futterten. Doch das jetzt sah mehr nach zwei erwachsenen Frauen aus. Zwei Frauen, die sehr weit voneinander entfernt waren.

»Ich dachte, du würdest sauer sein«, sagte Joy.

»Worüber?«

»Dass ich es dir nicht gesagt habe«, antwortete Joy.

»Warum sollte ich darüber sauer sein?«

»Ich weiß nicht.« Joy hatte keine Ahnung, wie sie dieses Gefühl in Worte fassen sollte.

»Was ist denn mit deinem anderen Mitbewohner? Dem Typen.«

Joy spürte, wie ihr Herz einen Satz machte. »Theo«, sagte sie.

»Ja, Theo. Wohnst du denn noch mit ihm zusammen?«

»Ja«, sagte Joy, und ihre Stimme klang einfältig und doof, als sie das sagte.

»Sucht ihr nicht nach einem dritten Mitbewohner?«, wollte ihre Mom wissen.

»Nein, wir haben beschlossen, zu zweit zu bleiben.«

»Ach so.«

»Er und ich, wir …« Joy nahm all ihren Mut zusammen. »Wir verstehen uns wirklich gut.«

»Das ist toll«, sagte ihre Mom.

»Ja, wir verbringen viel Zeit miteinander.«

»Das ist wirklich super. Es ist immer ein Pluspunkt, wenn man sich mit einem Mitbewohner gut versteht. Hey, weißt du was? Ich habe Gutscheine von Trader Joe's für dich. Eigentlich wollte ich sie meiner Schwester schicken, aber du weißt ja, wie sie ist. Sie wird sie verfallen lassen oder aus Versehen wegschmeißen oder so was. Ich will nicht, dass sie vergeudet werden.«

Und das war's. Damit war das Gespräch beendet. Joy fühlte sich in einer Weise allein, wie sie sich nie gefühlt hatte. Ihre Mom war verheiratet, sie hatte Kinder und ein ganzes Leben, wie man es sich nur wünschen konnte. Mit sechsundzwanzig hatte sie geheiratet. Hatte sich in Paris verlobt, wie im Märchen. Den Ausdruck »in Paris verlobt« hatte Joy schon gekannt, bevor sie wusste, was Paris war. Mit dreißig war ihre Mutter, wenn man alles zusammennahm, erfolgreicher im Leben gewesen, als es Joy momentan war. Ihre Mutter besaß ein Haus. Sie hatte eine Familie. Arbeitete als Geschäftsführerin einer Firma. Und Joy schaffte es nicht einmal zu sagen: »Ich bin so sehr in diesen Mann verliebt, dass es mich so glücklich macht, wie ich es in meinem ganzen Leben noch nicht war.« Für eine Frau wie ihre Mutter würde das keinerlei Sinn ergeben. Sie konnte nicht sagen: »Gestern Abend haben wir Kekse gebacken und sie anbrennen lassen, und dann haben wir gelacht. Ich möchte nirgendwo anders sein als hier.«

Sie konnte auch nicht sagen: »Vor zwei Tagen hat er sich zu mir ins Bett gelegt, um einen Film mit mir anzuschauen, und ich wünschte mir nichts mehr, als mich über ihn zu beugen und ihn zu küssen, aber ich habe es nicht getan, weil ich so große Angst habe vor dem, was dann passiert. Ich habe solche Angst davor, auch nur das allerkleinste Stückchen Glück zu verlieren, nur weil ich einen winzigen Fehler mache und versuche, ihm näherzukommen, als es mir gestattet ist. Ich bin deine Tochter und weißt du was, aus irgendeinem Grund ist es mir verwehrt, diesem Mann nahe zu sein oder vielleicht überhaupt irgendeinem Mann, aber das ist okay. Ich bin glücklich. Und heute werden wir den Samstagabend damit verbringen, Paella zu machen und Wein zu trinken. Ich habe schon die Zucchini dafür geschnitten. Er nennt mich ›liebste Joy‹. Das ist sein Spitzname für mich, den er sich ausgedacht hat. Alles an mir ist voller Fehler und Makel, und da ist dieser Mann, Theo, und ich bin eine Frau in seinem Leben und seinem Zuhause. Wir leben *zusammen*, was für ein Gedanke.«

Zwei Nächte vorher, der Nacht, in der sie neben ihm im Bett gelegen hatte, hatte Joy ihren Handrücken geküsst. Das war, als er schon weg war. Nachdem sie das Licht ausgemacht hatte und unter die Decke geschlüpft war. Als junges Mädchen hatte sie eine Million Mal ihren Handrücken geküsst und sich vorgestellt, wie es wohl wäre, einen Jungen zu küssen, doch als sie dann wirklich einen geküsst hatte, hörte sie damit auf. Es war kein Bedürfnis mehr für sie, sich diese Frage zu stellen. Doch jetzt küsste sie ihre Hand und dachte an Theo, doch statt sich weiteren Phantasien hinzugeben, statt Paris zu finden oder den Geruch der verbrannten Kekse, fand sie das: Ihre Hand fühlte sich älter an. Ihre Hand fühlte sich alt an.

Sechzehn

Seit sie zusammengezogen waren, arbeitete Jason auch am Sonntag. Annie hatte gehofft, er könnte wenigstens Homeoffice machen, doch er hatte ihr erklärt, an bestimmte Dinge komme er mit seinem privaten Rechner nicht heran, nur wenn er im Büro sei, und so kam es, dass sie die meisten Sonntage allein in der Wohnung verbrachte. Manchmal fuhr sie zu ihren Eltern, oder sie traf sich mit Freunden. Einmal, nach langer Sendepause, sah sie sogar Joy, doch oft wollte sie einfach nur zu Hause sein. An den Wochentagen arbeitete sie lange, am Samstag war immer viel los, und so fehlte ihr am Sonntag meistens die Energie, um etwas zu unternehmen. Wenn sie allein zu Hause war, las sie oder schaute fern. Eigentlich plante sie, ein Scrapbook anzulegen, doch im selben Moment, als sie damit anfing, wurde ihr klar, dass es eigentlich nichts für sie war. Warum hatte sie also überhaupt mit dem Gedanken gespielt? Dass sie 1998 einmal ein Scrapbook mit Fotos des Schauspielers Devon Sawa angelegt hatte, hatte sie vergessen, doch das war anscheinend der Auslöser gewesen. In ihn war sie mit zehn, mit elf und mit zwölf verliebt gewesen. Sein harmlos gutes Aussehen und sein professioneller Haarschnitt waren für ihr vorpubertäres Ich unwiderstehlich, und ihre Verknalltheit würde für immer die heftigste und am längsten andauernde Verknalltheit ihres Lebens bleiben. Sie war die Grundlage dafür gewesen, wie Annie in ihrem späteren Leben lernen würde zu lieben, wenn der Mann im richtigen Leben mehr tat als nur sanft zurückzulächeln, wenn sie vorsichtig sein Foto aus einer Zeitschrift schnitt.

Trotzdem dachte sie nicht an Devon Sawa, als sie begann, in alten Fotos von ihr und Jason zu blättern. Ihr Plan war gewesen, ein Scrapbook von ihrer Anfangszeit zusammenzustellen und es ihm zum Valentinstag zu schenken, doch selbst wenn ihr dieses Anlegen eines Erinnerungsalbums nicht vom ersten Moment an zuwider gewesen wäre, hätte sie dieses Vorhaben niemals erfüllen können, denn sie besaß nur etwa ein Dutzend Fotos aus jenen ersten paar Monaten. Auf acht von ihnen fand sie sich selbst schrecklich, und auf zwei weiteren hatte Jason die Augen zu. Doch wenn sie sich die Fotos von vor zwei Jahren, nur zwei Jahren, anschaute, sah sie sehr genau, dass sie jünger aussah, weil man auf keinem einzigen der Fotos ihre Stirnfalten erkennen konnte. Zum ersten Mal hatte sie sie bemerkt, als sie etwa sechsundzwanzig war, doch nur bei direktem Sonnenlicht oder im Vergrößerungsteil eines Make-up-Spiegels. In letzter Zeit jedoch war sie sich sicher, dass diese Fältchen immer zu sehen waren, auch auf Fotos. Das erste Mal war ihr das aufgefallen, als sie Joy ein Bild auf dem Handy geschickt hatte. *Mittlerweile sieht man meine Stirnfalten sogar auf Selfies*, schrieb sie und hoffte inständig, ihre Freundin würde die richtigen Worte finden, wenn sie ihr antwortete.

Ich kann sie nicht sehen, schrieb ihr Joy zurück, was gut war, aber noch besser wäre gewesen, wenn sie geschrieben hätte: *Die hattest du immer schon.*

Die hattest du immer schon, ist genau das, was man gerne hören möchte, wenn es um die eigenen körperlichen Veränderungen geht. Wenn man eine Beule oder ein Muttermal hat, eine Brust mehr hängt als die andere, oder auch, wenn das erste graue Haar kommt – wenn man sich sagen kann, das war immer schon da, kann man zufrieden sein. Darüber war Annie sich sicher, und so begann sie überall und bei allen

Menschen nach Stirnfalten zu suchen. Selbst bei Babys. Wenn Babys Stirnfalten hatten, gab es noch Hoffnung. Doch jetzt, wo sie sich diese zwölf Fotos von ihr mit achtundzwanzig anschaute, konnte sie keine einzige Stirnfalte entdecken, während bei jedem einzelnen der vielen Selfies, die sie jetzt machte, eine Stirnfalte nach der anderen zu sehen war.

Sie hatte ein Gefühl des Kontrollverlusts und wusste nicht, was sie tun sollte. Sie stand auf und machte sich einen Salat, doch ein Salat würde nicht verhindern, dass sie alterte. Dann duschte sie, schminkte sich mit einem auffallenden Lippenstift, Smokey Eyes und jeder Menge Grundierung, doch das alles konnte nichts gegen diese Stirnfalten ausrichten. Einmal hatte sie einen Artikel über eine junge Frau gelesen, die am Boden zerstört war, weil ihre Haare grau wurden, und ihre Schwester sagte: »Färb es oder hör auf, drüber zu reden.« Annie hatte die Meinung dieser Schwester sehr tröstlich gefunden, besonders, weil sie gerade dann über den Artikel gestolpert war, als sie mit dreiundzwanzig ihr erstes graues Haar entdeckt hatte. Doch Falten konnte man nicht durch Färben beseitigen, und älter auszusehen war eine eigene Art von Tod. Der Tod von Macht. Die Jugend bedeutete etwas in dieser Welt, besonders für eine Frau. Wie würde das Leben sein, wenn man nicht mehr sexy war? Wenn man nicht mehr in einem Alter war, in dem man etwas zählte? In Filmen ging es um junge Leute. In Popsongs ging es um junge Leute. Bei Sex ging es um junge Leute. Und all das war dabei, ihr zu entgleiten. Das Gefühl hatte sie damals vollkommen überrumpelt. Als sie noch Mitte zwanzig gewesen war, hatte sie über das Altern nie wirklich nachgedacht, doch jetzt, mit dreißig, fiel es ihr sehr schwer, sich selbst einzuordnen. Seit ihrer Kindheit hatte alles in einer Vorwärtsbewegung stattgefunden: Sie war erwachsen geworden, aufs College gegangen, um Karriere zu machen, und dann hatte sie das College beendet und mit dem Leben begonnen. Doch jetzt fühlte es sich so an, als läge das bereits lange hinter ihr, und alles, was noch blieb, war Vergänglichkeit. Ihr Körper spiegelte das wider, eigentlich das Schlimmste an der ganzen Sache. Manchmal ertappte sie sich selbst bei dem Gedanken: *Na ja, was macht das schon, eines Tages bin ich sowieso tot,* immer dann, wenn eine Drecksarbeit zu erledigen war, wenn sie den Toast anbrennen ließ oder sich den Finger am Falz eines Kuverts schnitt. Das Leben fühlte sich so anders an, seit ihre Jugend vorbei war, und so kam es, dass das Foto einer runzligen Stirn an einem Sonntagnachmittag allein in ihrer Wohnung sie vollkommen ausrasten ließ, sodass sie, ohne groß darüber nachzudenken, wie besessen alle möglichen Fotos von berühmten Teenagern auf Instagram durchschaute.

Die meisten von ihnen waren frühere Reality-Stars aus der Tanzshow, die sie gern auf Lifetime anschaute, andere die Kinder von berühmten Leuten, manchmal auch irgendein Musiker, von dem sie mal gehört hatte. Sie alle waren gutaussehend und jung, und keiner hatte Angst, sich in der Öffentlichkeit in Badekleidung zu zeigen. Annie googelte sie und schaute sich ihre Make-up-Tutorials auf YouTube an. Sie waren genauso, wie sich Annie in ihrer Erinnerung Teenager vorstellte. So viel hatte sich geändert, seit sie jünger gewesen war, durch das Internet und Social Media, und doch schien es ihr, als wäre alles genauso wie früher. All diese Menschen drückten Macht aus und Glamour und Geistlosigkeit. Als Teenager war Annie nicht beliebt gewesen, und sie erinnerte sich, dass sie vor den Mädchen mit perfektem Haar und einem Freund in Ehrfurcht erstarrt war. Den Mädchen, die Kaugummi kauten und Männern einen Blowjob verpassten. Damals fühlte sie sich klein im Vergleich zu ihnen, doch das

Gute war, dass sie dank Social Media von vielen wusste, was aus ihnen geworden war, und es bestand kein Zweifel daran, dass Annie erfolgreicher war als die meisten von ihnen und in vielen Fällen sogar hübscher, was mindestens genauso wichtig war, wenn nicht sogar wichtiger. Und so kam es, dass Annie an Sonntagen, an denen Jason arbeitete, einen großen Teil ihrer Zeit damit verbrachte, diese Leute im Internet zu stalken und sie für alles, was sie waren, zu verfluchen: die Teenager, weil sie jung waren, schlank und Sex hatten – was ihr aus irgendeinem Grund unfair erschien –, oder die Leute, die sie früher mal gekannt hatte und bei denen sie nach irgendeinem Grund suchte, sich überlegen zu fühlen.

Sie klickte sich durch die Bilder eines Reality-Sternchens, dem sie folgte. Ein Mädchen, das so viele sexuell angehauchte Fotos gepostet hatte, dass Annie sogar eines davon auf Instagram gemeldet hatte. *Sie ist sechzehn,* hatte Annie damals gedacht. *Nur weil sie sich das selbst antut, heißt es noch, dass es nicht übergriffig ist.* Sie klickte auf ein Selfie, das erst vor kurzem gepostet worden war. Das Mädchen hatte die Haare zu einem Dutt aufgesteckt und schaute lasziv in die Kamera. Stumpfsinnig las sich Annie die Kommentare durch.

Du bist so hübsch!

Ich liebe dein Haar! Bitte folge mir!

Ich wünschte, ich wäre du!

Kristin Stottier, dachte Annie. Etwas an dem Post, den Kommentaren und an ihr selbst, wie sie stark geschminkt in ihrem Zimmer saß, erinnerte sie an diese Klassenkameradin. Kristin hatte nicht zu den beliebtesten Mädchen gehört, aber sie war wirklich sehr hübsch gewesen, und irgendwann hatte sie einen durchsichtigen Rucksack besessen, um den sie jedes Mädchen in der sechsten Klasse beneidete. Mit sechzehn trug Kristin in der Schule mal einen so kurzen Rock, dass ein Klassenkamerad von Annie den Witz gemacht hatte, man sehe den Faden ihres Tampons. Annie dachte daran zurück, wie Kristin gelacht hatte, oder an die Zeit, als sie und Kristin gemeinsam ein Projekt über Wale gemacht hatten. Kristin hatte damals weniger Arbeit reingesteckt als Annie. Aber konnte sie ihr das zum Vorwurf machen? Damals war sie wirklich sauer gewesen, weil sie das größere Pensum zu bewältigen hatte, doch wenn sie zurückblickte, war das womöglich ein wenig unfair von ihr gewesen. Sie wollte damals der Star der Klasse sein, wollte eine gute Note haben und dafür sorgen, dass alles perfekt war. Für Kristin spielte Perfektion bei den Wanderrouten der Buckelwale keine große Rolle, und eigentlich hätte sie sowieso lieber ein Projekt über Papageientaucher gemacht, doch Annie hatte darauf bestanden. Kristin war ein Mädchen gewesen, das Annie Macht gegeben hatte, und unsinnigerweise hatte sie sie dafür gehasst. *Ich hätte sie einfach in Ruhe lassen können,* dachte Annie. *Und sie hatte so schönes Haar.* Annie suchte Kristin auf Facebook und stieß schnell auf sie, weil sie viele gemeinsame Freunde hatten. Sie klickte ihr Profil an, auf dem ein glänzendes Foto von Kristin, lächelnd am Strand, zu sehen war, doch als sie weiterklickte, sah man weder Freunde noch Partys noch eine Hochzeit oder eine neue Arbeit oder ein neugeborenes Baby oder eine Familie oder einen Urlaub oder einen schön dekorierten Teller oder ein Haustier oder ein neues Zuhause oder auch nur ein weiteres Selfie von diesem schönen Mädchen. Nein – Kristin war tot. Sie war mit sechsundzwanzig gestorben. Es stand nicht da, wie, und auch nach einigem Googeln würde Annie nicht schlauer. Sie las sich die Nachrufe von Freunden und Familie durch. Die Liebe, die dabei zum Ausdruck kam, berührte sie, obwohl sie

Kristin eigentlich gar nicht besonders gut genug gekannt hatte. Annie spürte, wie ihr die Tränen kamen. Kurz überlegte sie, ob sie Jason oder Joy schreiben sollte. Sie überlegte, ob sie eine ihrer alten Freundinnen von der Highschool anschreiben sollte, um herauszufinden, was passiert war, verwarf den Gedanken aber wieder. Stattdessen ertappte sie sich dabei, dass sie selbst einen Nachruf für die Seite formulierte, aber natürlich postete sie ihn nicht. Man konnte nicht Liebe zum Ausdruck bringen nur um der Liebe willen. Man konnte nicht jemanden vermissen oder um ihn weinen und trauern, der einen überhaupt nichts anging. Ein transparenter Rucksack, ein kurzer Rock, Papageientaucher, die in den Himmel flogen – Kristin hatte nichts mit ihr zu tun. Doch Annie schrieb den Nachruf trotzdem und las ihn sich leise vor, bevor sie ihn löschte:

Kristin, du warst schön. Ich wünschte, ich wäre du.

Bikini

An jenem Morgen hatte Joy eine Orange zum Frühstück gegessen. Sie war zufrieden mit ihrer Wahl. In der vergangenen Woche hatte sie nur ungesundes Zeug in sich hineingestopft, und so empfand sie es als motivierend, den Tag einmal nicht mit einer Menge Zucker oder Kohlenhydrate zu beginnen. Sie dachte sogar: *Wow, das mache ich richtig gut,* als sie die Orangenschale in den Abfall warf. Das war der Bewusstseinszustand, in dem sie sich gerade befand, und man musste es sich auf der Zunge zergehen lassen: Sie freute sich wie eine Schneekönigin darüber, dass sie eine Orange gegessen hatte.

Theo war erst spät nach Hause gekommen, und Joy hatte es gar nicht richtig bemerkt. Sie war müde und wollte einfach nur ins Bett. Im Laufe des Tages hatten sie sich wegen der Miete geschrieben. Sie war erhöht worden. Joy musste sich darum kümmern, weil ihr Name auf dem Mietvertrag stand (ihrer und der von Annie). Theo wohnte gar nicht offiziell bei ihnen. Dem Vermieter war es egal, solange er seine Miete bekam, doch eigentlich war es Joy nicht recht, dass sie mit ihm verhandeln musste. Vorher hatte sich immer Annie um die Dinge gekümmert, die mit der Wohnung zu tun hatten. Wenn der Abfluss leckte oder an der Heizung etwas zu richten war, dann war Annie diejenige gewesen, die Joe anrief.

»Ich rufe Joe an«, sagte sie dann, und Joy wusste, dass alles klappen würde. Das Leben lief wie durch Zauberhand, fast so wie damals, als sie noch ein Kind gewesen war und immer eine Mahlzeit auf dem Tisch stand, wenn sie Hunger hatte, und frische Kleidung sauber gefaltet in ihrer Schublade lag. Doch damit war es jetzt vorbei, und sie musste sich selbst um alles kümmern. Sie mochte Joe nicht besonders. Er war ein grober Klotz mit einer barschen Stimme. Wann immer er da war, fühlte sie sich unwohl. Ihre Sorge war nicht, dass er sie vergewaltigen könnte, weil es nicht wahrscheinlich war, dass er jemandem Gewalt antat, der ihm jeden Monat so viel Geld überwies, aber Joy hielt es für nicht abwegig, dass er irgendwann irgendeine Frau vergewaltigt hatte. Sie hasste es, mit ihm allein zu sein. Wann immer es vorkam, dass sie beide allein miteinander in der Wohnung waren, hatte sie das Gefühl, nicht richtig durchatmen zu können. Manchmal tauchte er einfach unangekündigt in der Wohnung auf, statt sich anzumelden. Sie hörte es an der Tür klopfen, brutal und rücksichtslos. Sekunden später stand er da, beängstigend und real.

»Die Heizung ist kaputt«, sagte er dann. »Morgen schicke ich jemanden.«

Und bevor sie auch nur die Möglichkeit hatte zu reagieren, drehte er sich um und ging davon, und sie stand allein in der Tür, wo gerade er noch gestanden hatte.

Immerhin hatte er an diesem Morgen nur eine Nachricht geschickt, statt einfach aufzutauchen.

Die Miete wird nächsten Monat um hundert Dollar erhöht, schrieb er.

Joy war sich nie sicher, ob es eigentlich legal war, dass er einfach so eine Erhöhung verkündete, ohne sie zu begründen, aber sie hatte nicht vor, es zu hinterfragen.

»Okay. Danke, Joe«, lautete ihre Antwort.

Sie leitete die Nachricht an Theo weiter, der nur mit ein paar verdrossen dreinblickenden Emojis antwortete. Sie schickte ihm welche zurück, und das war die einzige Kommunikation gewesen, die sie an diesem Tag geführt hatten. In der Arbeit hatte es Joy mit mehreren Beschwerden zu tun, bei denen es um die hohe Raumtemperatur im Büro ging.

Ich kann mich nicht konzentrieren. Es muss dringend kühler werden, hieß es in einer Mail.

Sie ging nach Hause und machte sich zum Abendessen ein Sandwich. Dazu ein paar Chips, weil sie sich wegen der Orange vom Morgen immer noch gut fühlte. Sie fläzte sich auf die Couch und schaltete den Fernseher ein. Theo war nicht da, aber sie dachte sich nichts dabei, bis es schon fast neun war. In diesem Moment drehte sich der Schlüssel im Schloss der Wohnungstür, doch das war nichts Bemerkenswertes. Joy zuckte nicht einmal zusammen. Nicht einmal in dem kurzen Moment, als sie Schritte auf dem Parkettboden hörte, das beherrschende Klicken von hohen Absätzen, die sich näherten wie das Ticken einer Uhr, und dann trat jemand ins Zimmer und wurde Teil ihrer Wirklichkeit.

Joy richtete sich abrupt auf, als ihr klarwurde, dass Theo nicht allein war. *Was zum Teufel …* dachte sie noch, ehe er in der Tür erschien. »Hey, Joy«, sagte er und trat beiseite, damit sie die andere Person sehen konnte. »Das ist Celine.«

In ihrem Leben hatte Joy schon viele Frauen kennengelernt, von denen sie dachte, sie seien hübsch oder hübscher als sie selbst. Tatsächlich dachte sie von den allermeisten Frauen, die sie kennenlernte, dass sie hübscher waren als sie. Es war nicht schwer, eine andere Frau für ihre muskulösen Beine oder ihre durchtrainierten Arme zu beneiden. Es war auch nicht schwer, sich im Vergleich mit anderen Menschen minderwertig zu fühlen. Dennoch hatte jede Frau, die sie bisher kennengelernt hatte, irgendeinen Makel gehabt, der sichtbar war und sie menschlich machte, einen Makel, der es Joy ermöglichte, mit ihr in Kontakt zu treten, auch wenn sie sich selbst als unvollkommen erachtete. Doch bei Celine war das nicht so. Celine war so unvernünftig, unentschuldbar, unvergleichlich schön, dass Joy sofort das Gefühl hatte, ihre eigene Existenz würde einfach weggeschnipst, einfach nur dadurch, dass sie da war. *Nein*, dachte sie. *Nein.*

»Hi«, sagte Celine.

»Hi«, sagte Joy.

Jetzt wusste Joy nicht so recht, was sie tun sollte. Sie wollte nicht aufstehen. Sie trug ihren besten Pyjama, weil sie wegen Theo auch im Haus nur noch ordentliche Klamotten anzog, aber neben Celine wollte sie sich damit ungern so präsentieren. Dass sie saß, während die beiden anderen standen, machte die Situation allerdings auch nicht entspannter. Es gab für sie einfach keine Möglichkeit, ihren Körper erfolgreich neben dem von Celine zu präsentieren, deshalb ließ sie die Dinge so, wie sie waren, ein Abbild ihrer blöden Wirklichkeit. *Ist das real?*, dachte sie und sah zu, wie Celine die perfekte Hand hob, um eine Strähne ihres perfekten Haars zurückzuschieben, wodurch ein perfekter Wangenknochen und ein perfekter Augenwinkel sichtbar wurden.

»Wir sind in der neuen Pizzeria gewesen«, sagte Theo.

»Ach, wirklich?«, antwortete Joy, ohne Celine eine Sekunde aus den Augen zu lassen.

»Ja, es war toll«, sagte Theo.

»Pizza Hawaii«, sagte Celine und presste eine Hand an ihre Brust, als könnte sie es kaum glauben, wie köstlich diese blöde Pizza gewesen war.

Joy starrte sie nur an. Sie suchte nicht einmal nach einer Antwort.

»Na ja, dann zeige ich jetzt Celine mal mein Zimmer«, sagte Theo und ging, mit Celine an seiner Seite. »Gute Nacht, Joy.«

Joy reagierte immer noch nicht, aber das spielte auch keine Rolle. Celine winkte, als sie weggeführt wurde; Theo war bereits auf dem Weg in sein Zimmer, angeführt von seinem Penis. Und Joy blieb ganz allein im Wohnzimmer zurück, in ihrem schönsten Pyjama und sonst nichts. Sie saß eine Sekunde da, spürte, wie ihre Hände taub wurden. Eigentlich wollte sie gleich aufspringen und in Richtung ihres Zimmers gehen, hatte aber Angst, die beiden würden merken, wie hektisch und panisch sie war. Sie schaute auf ihre Oberschenkel, die sehr massiv wirkten, wenn sie zusammengepresst wurden. *Ich nehme so viel Platz ein*, dachte sie und zog eine Decke darüber, die in der Nähe lag, um sie nicht mehr zu sehen. Nachdem ein, wie es schien, angemessener Zeitraum vergangen war, in dem sie wie benommen dagesessen hatte, stand sie auf und lief den Flur entlang. Als sie an seinem Zimmer vorbeikam, hörte sie ihn lachen, dieses tiefe, herzhafte Lachen, das sie so liebte, das sie jetzt in dieser Situation jedoch auf die Palme brachte. Sie bewegte sich schneller, und als sie in ihrem Zimmer angekommen war, schloss sie die Tür ab. Es war sinnlos, aber das Geräusch fühlte sich gut an.

Das Allererste, was sie tat, war, auf allen Social-Media-Accounts von Theo nach Celines Namen zu suchen. Es dauerte nicht lange, da hatte sie Celine auf Instagram gefunden. Sie klickte sich durch die vielen, vielen Fotos, ein jedes erstaunlicher als das andere. Wie konnte es sein, dass es diesen Menschen wirklich gab? Ihr Körper wurde allen Ansprüchen gerecht, die man an einen Körper stellen konnte. Ihr Gesicht war sexy und ausgewogen. Es gab eine hemmungslos hohe Anzahl von Bikinifotos. Joy versuchte, sie zu zählen, gab aber auf halber Strecke auf, um sich eine Erkenntnis zu ersparen, die längst bedeutungslos geworden war, als sie Celine kichernd im Sand sah, mit perfekt geformten Brüsten, einem perfekten Hintern und – das war der Gipfel – einem makellos flachen Bauch, der Galaxien von allem entfernt war, was Joy war oder was sie bieten konnte. Joy hatte schon mit etwa zwölf aufgehört, an den Strand zu gehen, einer Zeit, in der die meisten ihrer Gleichaltrigen vom Einteiler zum Bikini gewechselt waren. Schon damals wusste sie, dass sie mit ihrem Babyspeck definitiv niemals etwas anziehen konnte, bei dem ihr Bauch unbedeckt blieb. Eine Poolparty zu Beginn jenes Jahres, bei der sie während eines grauenvollen Marco-Polo-Spiels den Spitznamen »Oma« bekommen hatte, würde das letzte Mal sein, dass sie in der Öffentlichkeit einen Badeanzug getragen hatte. Joy klickte auf eines der Fotos und musterte konzentriert Celines perfekten Körperbau: den feinmodellierten Brustkorb, die straffe Taille, den Bauchnabel, der prall wirkte statt schlaff und eingesunken. Sie saß auf einem Strandtuch, und statt Fettröllchen war nur ihr knackiger Bauch zu sehen.

An diesem Punkt hätte sich Joy schonen können. Sie hätte zu Bett gehen und versuchen können zu schlafen, doch da war ein selbstquälerischer Zug in ihr. Es war genau dieser Wesenszug, der dazu führte, dass sie in Tränen ausbrach, wenn sie beim Arzt auf die Waage musste oder dafür gerügt wurde, dass sie Brot aß. Und er führte auch dazu, dass sie um ein Uhr morgens Hampelmann-Sprünge machte oder in Gesellschaft beschloss, lieber zu stehen als zu sitzen. Und so war Joy jetzt allein in ihrem Zimmer, so verletzlich, wie sie es nie gewesen war, zog ihr Pyjamaoberteil aus und betrachtete in ihrem Ganzkörperspiegel ihren Bauch. Sie sah, wie sie mit der Hand über ihren Körper strich und seine Linien nachzog. Sie sah, wie sie ihre Fettpolster glattstrich. Sie sah, wie sie die Arme um ihre Taille schlang. Sie sah, wie sie den Bauch einzog und wieder herausstreckte, soweit es eben ging. Sie sah, wie sie die Augen zusammenkniff, das Gesicht verzog, und wie sie anfing zu weinen.

Den Rest der Nacht fand sie nicht viel Schlaf. Sie versuchte, nicht zu lauschen, ob aus dem Zimmer nebenan Geräusche kamen, was zum Glück nicht der Fall war. An einem Punkt hörte sie jemanden über den Flur in Richtung Bad gehen, doch sie war sich ziemlich sicher, dass das Theo war. *Geht die überhaupt aufs Klo?*, fragte sich Joy und glitt in einen verschwommenen Schlaf hinüber, in dem sie von Pizza Hawaii und von High Heels träumte, die laut über einen Betonboden klackerten. Als sie am nächsten Morgen aufwachte, stand sie rasch auf und machte sich bereit für die Arbeit. Theos Tür war immer noch zu. Joy würde es schaffen, die Wohnung als Erste zu verlassen und ihnen nicht zu begegnen. Sie ließ das Frühstück ausfallen und griff nach ihrem Mantel. Auf Zehenspitzen ging sie zur Wohnungstür, öffnete sie vorsichtig und ganz leise, doch als sie einen Schritt nach draußen machen wollte, stand Joe vor ihr. Offenbar hatte er gerade klopfen wollen.

»Oh, hi«, sagte sie und konnte sich gerade noch verkneifen zu sagen: »Sie haben mich erschreckt.« Es war furchtbar, ihm unerwartet in seiner ganzen Grobschlächtigkeit gegenüberzustehen. Sein Atem hing wie eine Dampfwolke in der Luft. Wie immer war er unrasiert, doch jetzt, am frühen Morgen, wirkte das besonders ungepflegt.

»Der Abfluss wird morgen saubergemacht«, sagte er und wandte sich, so selbstverständlich, wie er es immer tat, zum Gehen, bevor sie reagieren konnte.

»Joe«, rief sie ihm hinterher.

Er drehte sich zu ihr um.

»Um wie viel Uhr?«, wollte sie wissen.

»Halb zwölf.«

»Okay, danke«, sagte sie.

Joe drehte sich wieder um und ging davon, schien aber immerhin zum Abschied zu nicken. Joy empfand es als Anerkennung, und manchmal ist in der Gewalttätigkeit des Lebens eine Anerkennung wichtiger als alles andere.

Auf dem Weg zur U-Bahn schrieb sie Theo eine Nachricht: *Joe war heute schon da. Der Abfluss wird morgen um halb zwölf gereinigt, nur dass du's weißt.* Sie rechnete nicht damit, dass er sofort reagierte, und war deshalb umso überraschter, als sie nur Sekunden später spürte, wie das Handy in ihrer Tasche vibrierte. Sie öffnete es mit einem Swipe und sah, dass sie eine Nachricht mit einem einzelnen, verdrossen dreinblickenden Emoji von ihm bekommen hatte. Sie lächelte. Manchmal brauchte man nicht mehr.

Befreundet

Heilige Scheiße«, sagte Annie.

Joy hatte ihr eine Nachricht geschickt und von Celine erzählt, jedoch darauf verzichtet, den Link zu ihrem Instagram-Account anzuhängen. Sie bat Annie, zu ihr zu kommen. Im Rahmen einer Freundschaft zwischen zwei Frauen war das Anlass für die größtmögliche Beunruhigung. Sie hatte Annie einfach geschrieben: *Theo hat eine Freundin. Sie ist eine Granate. Kannst du heute Abend vorbeikommen?* Und obwohl sie in letzter Zeit kaum Kontakt gehabt hatten, musste Annie darüber nicht lange nachdenken. *Natürlich! Um wieviel Uhr?* Jetzt saßen sie in Joys Zimmer. Theo war nicht zu Hause, aber sie wussten, es war in jedem Fall besser, die Tür geschlossen zu halten.

Als Annie in die Wohnung kam, hatte Joy ihr iPad in der Hand.

»Ist das ihr Instagram-Account?«, wollte Annie wissen.

»Ja. Sie ist der reinste Wahnsinn«, sagte Joy.

»Ach, komm«, erwiderte Annie und stieg aus ihren Schuhen. Sie warf ihren Mantel auf den Stuhl neben der Tür, auf den sie ihn immer geworfen hatte, auch wenn über dem Stuhl jetzt eine Hakenleiste hing, die Joy und Theo irgendwann aufgehängt hatten, seit Annie ausgezogen war. Es fühlte sich seltsam an, wieder in ihrem alten Zuhause zu sein, und ihr Mittel, um mit diesem Unbehagen umzugehen, war, so zu tun, als wären die Räumlichkeiten immer noch die ihren. Es machte ihr nichts aus, das in Joys Gegenwart zu tun. Das war ja das Schöne, dass ihre Freundin sie nie dafür verurteilen würde. Es würde niemals Joy sein, die sie auf die Haken in ihrem Leben aufmerksam machte. Es würde nie Joy sein, die sagte: »Häng deinen Mantel auf, Annie.«

Annie griff nach dem iPad.

»Nein.« Joy schüttelte den Kopf. »Nicht hier.«

Sie gingen zu ihrem Zimmer. Joy bewegte sich schnell. Annie bemerkte, dass sie im Nacken schwitzte, als hätte sie gerade Sport gemacht. Soweit Annie wusste, machte Joy nie Sport. Sie wollte sie schon danach fragen, ließ es dann aber.

Kaum hatte Joy ihre Zimmertür geschlossen, reichte sie Annie das iPad.

»Heilige Scheiße«, platzte es aus Annie heraus. Eigentlich hatte sie nicht vorgehabt, so zu reagieren. Sicher wäre es am besten gewesen, etwas zu sagen wie: »Du denkst, sie ist hübsch? Finde ich nicht«, oder: »Du bist doch viel hübscher als sie.« Aber sie konnte nicht anders. An diesem Mädchen in dem iPad gab es wirklich nichts auszusetzen. Sie war der Perfektion näher, als Annie es jemals erlebt hatte.

»Ich hab's dir ja gesagt.«

»Sie kann doch unmöglich so aussehen.«

»Ich habe sie getroffen. Sie *sieht* so aus.«

Annie schüttelte den Kopf.

»Wirklich«, sagte Joy.

Annie schaute ihre Freundin an, die irgendwie atemlos wirkte, als wäre sie gerannt oder hätte geweint. »Nichts gegen Theo, aber wie ist das möglich?«, sagte sie.

Sie war sich nicht sicher, ob es das Richtige war, das zu sagen. Auch wenn Joy nie offiziell zugegeben hatte, was sie für Theo empfand, hatte Annie begonnen, die Situation so zu behandeln, als wäre er in vielerlei Hinsicht ihr Freund.

Joy zuckte mit den Achseln. »Na ja, er ist ein toller Typ.«

»Joy, ich meine, na komm schon, dieses Mädchen ist auf lächerliche Weise schön. Auch wenn er ein toller Typ ist, ist das doch verrückt.« Annie war sich immer noch nicht sicher, ob das die richtige Herangehensweise an das Problem war; ganz sicher wollte sie ihre Freundin nicht kränken, aber irgendwo in ihr drinnen hätte sie auch gute Lust gehabt, auf Joy zuzugehen und sie zu kneifen. In den Arm oder in die Backe. So fest, dass ein paar Äderchen platzten, damit sie vielleicht endlich den Sauerstoff spürte, der blau und warm durch ihre Gefäße floss, und sich lebendig genug fühlte, um zu begreifen, wie absurd das alles war.

»Okay, ich weiß, was du meinst. Ich habe noch nie jemanden wie sie gesehen«, sagte Joy. »Weißt du, angeblich ist sie mit Emily Ratajkowski verwandt.«

»Mit wem?«

»Erinnerst du dich an das Mädchen aus dem Musikvideo *Blurred Lines?*«

»Du machst Witze, oder?«

»Nein.«

»Wie hast du das herausgefunden?«

»Ich habe es aus einem Kommentar zu ihrem Instagram-Account.« Joy nahm sich das iPad und scrollte durch die Fotos. An der flinken Art, mit der sie das tat, erkannte Annie, welche Vertrautheit ihre Freundin bereits zwischen sich und dieser Instagram-Seite hergestellt hatte. Sie konnte sich noch gut an ihre eigene Besessenheit von einer von Jasons Exfreundinnen erinnern. Das war ein paar Monate nach den ersten Treffen zwischen ihr und Jason gewesen. Seine Ex hatte ein Foto kommentiert, auf dem Annie Jason markiert hatte; darauf waren sie beide zu sehen, wie sie einfach nur nebeneinander beim Abendessen saßen.

Süß!, hatte seine Ex geschrieben.

»Wer ist das?«, wollte Annie von Jason wissen und hatte mit einer Antwort gerechnet, die weniger aufwühlend war als »meine Ex«, doch genau das sagte er.

Das ganze Ding – dass Jason so beiläufig »Meine Ex« sagte; dieses »Süß!«; die Nerven, die diese Frau haben musste, um dieses »Süß!« zu schreiben; und vor allem sie selbst, die stumm neben ihm saß und einfach nicht das sagen konnte, was sie ihm gern an den Kopf geworfen hätte: »Ist es dir komplett egal, was für Gefühle du in mir auslöst, wenn du mir antwortest? Und warum gefällt dir eigentlich das Foto nicht?« – hatte dazu geführt, dass Annie in eine nicht enden wollende Spirale des manischen Cyberstalkings seiner Exfreundin gestürzt war.

Nach etwa einer Woche, in der sie Joy all die vielen Dinge anvertraute, die sie über diese Frau herausgefunden hatte (ihr Name war Shai, auf dem College hatte sie in einem Restaurant gejobbt, war irgendwann in Thailand gewesen, und sie streckte gern die Zunge raus), sagte Joy: »Ehrlich, Annie, warum ist es dir denn wichtig? Er ist jetzt mit dir zusammen, das ist doch das Einzige, was zählt, oder?« Doch Annie konnte nicht in Worte fassen, warum sie sich angesichts der Existenz dieses Mädchens und ihrer ehemaligen Liebesbeziehung verraten fühlte. Vielleicht hätte sie so etwas sagen können wie: »Ich will ihn komplett für mich haben und dass sie nichts von ihm hat, auch nicht das, was früher war«, oder: »Es tut weh zu lieben, und es gibt keinen Grund, warum.« Das hätte genügt, doch stattdessen zuckte sie nur mit den Achseln und sagte: »Ist mir wurscht.« Und von da an hatte sie ihr Stalking für sich behalten und zeigte Joy nicht das Foto, das sie von den beiden gefunden hatte, auf dem sie sich an seinem Geburtstag vor einem Jahr küssten, obwohl ihr, als sie es sah, das Herz in die Hose gerutscht war, was sie, wie eigentlich alle Dinge auf der Welt, dem Tod ein Stückchen näherbrachte. Jetzt sah sie die gleiche Manie bei Joy, den gleichen Schmerz, die gleichen kostbaren Sekunden ihres Lebens, die verschwendet wurden, während sie sich wie irre im Kreis drehte.

»Hier.« Joy zeigte ihr die Kommentare zu einem Bild von Celine, auf dem sie einen großen Hut trug und aus einer Kokosnuss trank.

Es gab jede Menge Kommentare dazu, weshalb Annie sie nur kurz überflog. War das hier der Beweis dafür, dass Celine mit Emily Ratajkowski verwandt war? Vielleicht, das war nicht sicher, aber wenn man sich dieses Mädchen mit der schmalen Taille und den großen, perfekten Brüsten anschaute, dann kam einem der Gedanke, dass es durchaus sein konnte.

»Weißt du was, Joy?«, sagte sie.

»Was denn?«

»Ich gehe jede Wette ein, dass er nur mit ihr geschlafen hat und hinterher nichts mehr mit ihr zu tun haben will. Ich weiß, das ist Scheiße, aber ich bezweifle wirklich, dass du dieses Mädchen noch einmal sehen wirst. Wie stehen denn die Chancen, dass sie wirklich was von Theo will, und wie stehen die Chancen, dass sie so abartig gut aussieht und nicht dumm ist wie Bohnenstroh? So ein Mädchen würde Theo doch gar nicht daten wollen.«

»Du meinst, die haben miteinander geschlafen?«, fragte Joy mit großen Augen und immer noch verschwitzt von dem, was sie gemacht hatte, bevor Annie kam.

»Na ja, ich meine, ich weiß nicht. Ich habe nur gesagt, dass ich nicht glaube, dass es ernst ist.«

Und dann, als wären sie mitten in einem Horrorfilm, hörten sie, wie die Wohnungstür mit einem Klicken aufging und die Schritte von zwei Menschen den Flur entlangklapperten, und dann war da Theos Stimme und noch eine weitere Stimme, die munter sagte: »Ach, richtig, Sonntag.« Und dann schaute Annie Joy an, und Joy schüttelte den Kopf, doch Annie tat es trotzdem: Sie ging zur Tür, machte sie auf und ertappte die beiden, wie sie gerade an Joys Zimmer vorbeigingen.

»Oh, hey, Annie«, sagte Theo, während sie den Blick nicht von Celine losreißen konnte, die vor ihr stand. Sie sah genauso aus wie auf jedem der Fotos, nur in real. Annie wollte nicht glauben, dass Frauen wie sie existierten, doch so war es.

»Das ist Celine«, sagte Theo und fügte dann mit Nachdruck hinzu: »Meine Freundin.«

Nicht allzu viele Stunden später würde Joy allein in ihrem Zimmer sein und abwechselnd schluchzen und verzweifelt Hampelmann-Sprünge machen. Und Annie würde an jenem Abend zwei Dinge empfinden: Das Erste, und darauf war sie nicht stolz, war ein Gefühl der Überlegenheit ihrer Freundin Joy gegenüber, denn immerhin war Jason hier, und jede Person, die sie kränkte, wurde »Ex« genannt und nicht »Freundin«; und das andere, was sie an jenem Abend spüren würde, waren ihre Brüste. Sie würde sie in die Hand nehmen. Die Brustwarze an ihrer Hand, den Puls nicht weit weg. Das würde sie ein paar Sekunden lang tun und dann noch einmal ein paar Sekunden. Oh, wie war das, auf diese Weise die Zeit in Richtung Tod verstreichen zu lassen!

Dritter Teil

Celine

Es gibt Hunderte von Sachen, die mit meinem Körper nicht stimmen. Meine Knie haben diese komischen Fettfalten darüber. Meine Ellbogen haben harte Knubbel am Ende. Es hat mir nie gefallen, wie meine Nasenlöcher aussehen. Ein Doktor hat einmal zu mir gesagt, ich hätte eine unglaublich kleine Nase, als er meine Nasenlöcher anschaute, und ich weiß nicht, was das bedeutet, aber es klang nicht wie ein Kompliment. Mein Hintern hängt durch. Einmal habe ich meinen damaligen Freund danach gefragt. Er gab mir keine Antwort, dadurch hat er es in gewisser Weise bestätigt. Was für ein gemeiner Typ. Nicht mal anständig genug, um zu lügen.

Ich weiß, die meisten Frauen halten mich für verrückt. Genau das sagen sie, wenn ich mich über etwas beklage. So ist das schon lange. Als ich zwölf war, trug ich bereits ein C-Körbchen, was an meinem dünnen Teenagerkörper ziemlich groß aussah. Am Geburtstag meiner Freundin Becca ging ich auf eine Poolparty. Ich sprang in den Pool, und als ich zum Luftholen wieder an die Oberfläche kam, merkte ich, dass keine Gruppe schreiender Kinder um mich herum war – ich war allein. Alle anderen Mädchen standen am Beckenrand und schauten auf mich dort im Wasser herab. Ich werde nie ihre Gesichter vergessen. Jede von ihnen hatte genau den gleichen Gesichtsausdruck. Es sah aus, als wäre ihnen gerade etwas über mich klargeworden, und auch über sie selbst. Ich hielt mich noch eine Weile über Wasser, und ein paar

Minuten später kam Becca im Pool zu mir herübergeschwommen und sagte so was wie: »Celine, du weißt, dass du eine Granate bist.« Und ich erinnere mich noch, wie sie danach einfach von mir wegschwamm, wie ihre Füße im Wasser strampelten und sich ihr junger Körper von meinem jungen Körper entfernte.

Damals begann ich, meinen Körper als etwas zu verstehen, das abgetrennt von mir existierte. Er hatte Macht. Er bedeutete etwas, einfach nur dadurch, wie er war. Verändert mich das, weil ich die ganze Zeit so hart zu mir selbst bin? Überhaupt nicht. Wenn überhaupt, macht es mich nur noch härter mir selbst gegenüber.

Einmal sagte die große Schwester meiner besten Freundin in der Highschool zu mir: »Wenn du der Perfektion so nahekommst, ist es noch leichter, wie besessen nach Perfektion zu streben.« Sie trug gerade Lippenstift auf und schaute in den Spiegel. Vielleicht ist das so. Oder vielleicht erschreckt der Gedanke, diese Perfektion zu verlieren, einen zu Tode, wenn man erst die gewaltige Macht entdeckt hat, die dahintersteckt. Ich weiß es nicht. Aber ich weiß, dass mein Körper mein Leben auf eine gewisse Weise verändert, die nichts mit meiner Person zu tun hat.

Ich erinnere mich, wie ich mich einmal im zweiten Studienjahr am College einem Mädchen gegenüber über einen Typen in meinem Kurs beschwerte, der ständig versuchte, mich anzumachen. Wir saßen gerade in der Bibliothek und arbeiteten an einem Projekt für das Seminar.

»Er hat mir Blumen geschickt. Kannst du dir das vorstellen?«, fragte ich.

»Was ist so falsch daran?«, wollte sie wissen. Ich erinnere mich noch, dass sie ein Sweatshirt mit der Aufschrift PENN STATE trug, obwohl wir gar nicht auf die Penn State gingen.

»Ich will keine Blumen von ihm. Ich bin nicht mit ihm zusammen.«

»Ja, das ist schon ein bisschen gruselig.«

»O mein Gott, und weißt du noch, der Typ im Bagel-Laden, der so abartig mit mir geflirtet hat?«

»Ja.«

»Er hat mich nach meiner Nummer gefragt, aber es war so unbeholfen, weil er versucht hat, mir weiszumachen, es hätte mit dem Bagel zu tun.«

»Was meinst du damit?«

»Ich habe nicht den blassesten Schimmer. Warum machen Typen so was?«

»Was denn?«

»Dass sie einen nicht einfach direkt fragen. Als hätten sie Angst, abgewiesen zu werden.«

»Ich weiß nicht.«

»Ich wünschte mir nur, sie würden sich ein bisschen verletzlich zeigen, wenn sie mich fragen, ob ich mit ihnen ausgehe. Wir sind doch alle ein bisschen verletzlich, oder nicht?«

Und dann, erinnere ich mich, sah sie auf einmal ganz erschüttert aus, dabei wirkte sie sonst immer so ruhig und abgeklärt. Das überraschte mich, und dann drehte sie sich zu mir, schaute mich an und sagte: »Mir passieren solche Sachen nie.«

»Was meinst du?«, fragte ich.

»Hinter mir sind keine Jungs her, keiner flirtet mit mir. Mich hat noch nie jemand nach meiner Nummer gefragt. Mich hat noch keiner gefragt, ob ich mit ihm ausgehen will. Insgesamt hatte ich drei Verabredungen mit Jungs. Zwei davon hat meine Cousine ausgemacht, ein Typ war aus dem Internet.«

An diesem Punkt hielt ich den Mund, weil mir eins klarwurde: Mein Körper bestimmt mein Leben, und ihr Körper bestimmt ihr Leben, und es wäre gedankenlos und absurd, so zu tun, als würden wir das gleiche Leben führen.

Und ich erzähle euch noch den zweiten Teil der Geschichte, und zwar folgenden: Dieser Bageltyp hat mir von drei verschiedenen Handys aus sieben Dick Pics geschickt, sodass ich am Ende die Nummer wechseln musste. Und das Allerschlimmste war, dass ich nie wieder in diesen Bagel-Laden gehen konnte, dabei war das auf dem Weg zur Uni immer so praktisch gewesen.

Lasst mich das noch einmal klarstellen: Es gab da diese Bäckerei auf dem Weg zur Uni, die ich mochte, und die wurde mir nur deshalb genommen, weil es dort einen Typen gab, der mit mir ins Bett wollte.

Und noch etwas: Monatelang wurde ich jedes Mal nervös, wenn mein Handy vibrierte. Wenn dir jemand das antut, bekommst du das Gefühl, dein Körper, von dem du bereits weißt, dass er abgetrennt von dir ist, sei überhaupt nicht deiner. Irgendwo auf der Welt gibt es einen Mann, der mir an die Wäsche will. Irgendwo auf der Welt gibt es einen Mann, dem ich selbst absolut nichts bedeute.

Deshalb seid mir nicht böse, wenn ich mich dick fühle oder mich um meine Ellbogen, meinen Hintern oder die Falten über meinen Knien sorge.

Celine war nach einer Handtasche benannt. Ihre Mutter hatte sich mit dreißig eine Celine-Tasche gekauft, um eine große Beförderung zu feiern, etwas, das sie Celine gegenüber oft so beschrieb: »Ich war die einzige Frau im Büro, und ich habe meinen Job besser gemacht als alle Männer.« Ihre Mutter besaß bereits eine schöne Sammlung von Handtaschen, der sie ein paarmal im Jahr ein neues Stück hinzufügte. Dabei waren sie nicht reich oder so etwas; ihre Mom musste sparen, um sich Luxushandtaschen leisten zu können, doch ihr bedeutete es viel.

»Lass dir niemals von jemandem ein schlechtes Gewissen einreden, nur weil du Geld für Mode ausgibst«, hatte sie einmal gesagt. »Entschuldigen sich etwa Männer dafür, dass sie sich ein schönes Auto kaufen? Ein Boot? Dass sie Uhren sammeln? Niemals. Das ist sexistischer Müll, der dazu dient, Frauen das Gefühl zu geben, was sie lieben, sei weniger wert. Es gibt keinen Unterschied zwischen einer schönen Tasche und einem schönen Auto, vergiss das nicht.«

Es war nicht ganz so, dass Celine nach der Tasche benannt worden war. Der Name gefiel ihrer Mutter einfach, so hatte sie es ihr zumindest erklärt. Doch als Celine noch ein Kind war, hatte es sich toll angefühlt, nach etwas benannt zu sein, das ihrer Mom so viel bedeutete, und so gefiel ihr der Gedanke, dass beide Erklärungen stimmten. Sehr oft öffnete sie, als sie noch klein war, den Schrank ihrer Mutter und probierte ihre Taschen aus oder stieg in ihre Schuhe. Dort in der Verschwiegenheit jenes kleinen Raumes fühlte sich Celine ihrer Mutter näher als sonst. Sie konnte den süßlichen Geruch ihres Parfüms riechen. Sie konnte auf sehr sinnliche Weise die kleinen Fehler und Makel im Leben ihrer Mutter sehen. Da war eine Sandale, die zerrissen war, als sie mit ihr an einem Bahngleis hängenblieb. Da hatte ihr ein Fremder auf der Straße einen Faden aus dem Pullover gezogen. Damals war Celine noch zu jung, um es zu verstehen, doch es ging um nichts anderes als Intimität, etwas, das Kinder bei ihren Eltern suchen und woran sie sich mehr festklammern, als sie es in ihrem ganzen Leben mit anderen Dingen tun werden. Wenn Celine auf ihre Kindheit zurückblickte, sah sie fast immer eine Art von Verzweiflung. Nicht, weil es ihr an etwas gefehlt hätte, sondern weil in ihr, so wie in allen Kindern, der leidenschaftliche Wunsch geherrscht hatte, die Einheit ihrer Familie möge nicht nur existieren, sondern aufrechterhalten werden und Liebe und Trost verbreiten, die sie alle wie lange Fäden untrennbar miteinander verbanden. Und so kam es, dass sie immer begehrte, immer ausprobierte, dass sie immer wieder in Schuhe stieg und sich Seidenschals um die Hände schlang. Doch als sie älter wurde, waren diese Gefühle, war dieses Bedürfnis, diese Verzweiflung weniger geworden, und in ihr kam Groll auf. Sie hasste die Taschen. Hasste die Klamotten. Hasste es, wie ihre Mom sprach, und dass sie glaubte, so viel über das Leben zu wissen und über die Liebe und über die Art und Weise, wie Zeit verstrich.

»Weil es mir egal ist!«, hatte sie ihre Mutter in einem Jahr am Valentinstag angeschrien.

»Celine, was soll diese Wut?«, hatte ihre Mutter gefragt. Sie stand unten im Treppenhaus; ihr Gesicht sah elegant und erschöpft aus.

Celine wusste nicht, was sie sagen sollte, doch sie war immer noch wütend, weshalb sie antwortete: »Du kümmerst dich doch nur um dich selbst!« Und dann war sie davongestürmt, hatte die Tür ihres Zimmers hinter sich zugeschlagen und gelauscht, ob die Schritte ihrer Mutter ihr folgten. Doch sie kamen nicht.

So war es also gewesen, und so blieb es auch in ihrer Pubertät, und als sie über zwanzig war. Die meisten Leute hätten die Hormone dafür verantwortlich gemacht oder den kindischen Wunsch nach Reife, doch wenn Celine darauf zurückblickte, wusste sie, was es wirklich war – das Akzeptieren von Vergänglichkeit. Sie konnte dieses Kind nicht mehr sein, das sich im Schrank einschloss, nach Parfüm schnupperte und in einem Wollschal nach dem Gefühl der Ewigkeit suchte. Nichts war ewig, der Tod würde kommen, und so war es notwendig, dass sie sich sagte: *Mom, ich muss alles hassen, was mit dir zu tun hat, damit ich später ohne dich hier leben kann. Bitte versteh, dass das der Grund ist, warum ich wütend bin. Bitte versteh, dass das der Grund ist, warum ich meinen Namen hasse.*

Mittlerweile war Celine dreißig. Sie und ihre Mutter redeten viel miteinander, und sie nahm alles zur Kenntnis, was ihre Mutter sagte. Doch wenn es um ihren Namen ging, so war er ihr gleichgültig. Spürte sie, dass sie nach einer Tasche benannt worden war? Vielleicht. Sie war sich nicht sicher, ob das in der einen oder anderen Weise eine Rolle spielte. Sie und ihre Mom waren verschieden, o ja, und sie liebte sie sehr, so unterschiedlich sie auch waren. Es ist schwer, den Tod zu akzeptieren, auch das. Eine Familie sollte zusammen sein, auch das. All das war wichtig für sie, um sich selbst zu begreifen. Das alles ging ihr wieder und wieder im Kopf herum, ein ewiges Kreisen, ein Ausgleich, von dem sie in diesem Leben zehren konnte. Das war Erwachsensein. Das war für sie eine Möglichkeit, sich so in Kontrolle und eigenständig zu fühlen, dass sie es schaffen würde, das Leben allein durchzustehen, wenn es so weit war.

Doch an ihrem dreißigsten Geburtstag hatte ihre Mom gesagt: »Celine, ich möchte dir eine Chanel-Tasche schenken. Das würde mir sehr viel bedeuten.« Und auch wenn ihr Taschen nicht wichtig waren und ganz bestimmt nicht das für sie bedeuteten, was sie ihrer Mutter bedeuteten, spürte Celine doch, wie ihr das Blut ein wenig schneller durch den Körper strömte. Und wenn dir das Blut schneller durch die Adern gepumpt wird, entsteht mehr Energie, und aus Energie wird Hitze. Und wer könnte schon sagen, was Liebe ist und was Wärme?

»Das würde mich freuen«, sagte Celine. Und was am allerwichtigsten war – sie meinte es auch so.

Joy

Heute Morgen habe ich fünfundfünfzig Hampelmann-Sprünge gemacht, und genauso viele will ich machen, wenn ich Feierabend habe. Ich weiß, das bringt nicht viel, aber es verschafft mir das Gefühl, die Kontrolle über die Situation zu haben, was ich dringend brauche, denn in den vergangenen zwei Wochen habe ich nie mehr als drei Stunden am Stück geschlafen. Ich trinke vier Tassen Kaffee am Tag. Ich bin zu Vanilla Lattes übergeschwenkt. Eigentlich mag ich die gar nicht so gern, aber ich brauchte einfach eine Veränderung. Celine hat in diesen zwei Wochen dreimal hier geschlafen. Ich bekomme es nicht mit, wenn sie Sex haben, aber einmal habe ich gehört, wie sie gesagt hat: »Das mache ich unter gar keinen Umständen.« Und ich fragte mich unweigerlich, was das denn ist, das sie nicht machen will. Etwa einen Blowjob? Anal? Vielleicht etwas mit einem Fetisch? Ich habe mir jedes einzelne sexuelle Szenario, von dem ich jemals gehört habe, durch den Kopf gehen lassen, doch jedes einzelne davon scheint mir entweder eins zu sein, das sie machen würde, oder worum er nicht zu bitten bräuchte. Und wenn sie es nicht täte, würde ich es denn tun? Ich glaube nicht, doch als sie das sagte, hätte ich am liebsten laut geschrien: »Ich mache es!« Und es bereitet mir Angst, dass ich mich zu etwas bereiterkläre, ohne auch nur zu ahnen, was das überhaupt ist. Ich weiß nicht, ich bin einfach nur erschöpft. Einmal habe ich einen Dokumentarfilm über einen Mann gesehen, der nur einen Tag in der Woche schlief. Die Ärzte waren so besorgt, er könnte einen Herzinfarkt bekommen, dass sie ihn verkabelten und über einen Monitor überwachten. Ich hatte die Hoffnung, bis zum Ende des Films würde er eine Lösung gefunden haben und endlich wieder schlafen können, doch stattdessen ging er weiter durchs Leben wie ein Zombie. Was ist das nur für ein Ding mit unserem Körper und dem Schlaf? Du bist kaputt und erschöpft, und doch lässt dein Verstand dich nicht ausruhen. Er hält dich wach. Einmal habe ich mit einem Friseur gesprochen, der eine Theorie dazu hatte. Ich war damals an dem Tag zu ihm gegangen, an dem ich einen großen Vortrag in der Arbeit halten sollte. Ich war deshalb wirklich nervös und hatte die Nacht davor fast gar kein Auge zugetan. Ich sagte ihm, ich fürchtete, für die Präsentation nicht fit genug zu sein. Und er meinte: »Nein, das ist eine gute Sache. Das ist das natürliche Valium. Es gleicht deine Nervosität aus, und so hast du das perfekte Energielevel.« Ich versuche, mir einzureden, dass das stimmt. Ich versuche, mir einzureden, dass Theo, weil ich so erschöpft bin, nicht merken wird, wie elend mir zumute ist. Außerdem sage ich mir, dass es jeden Tag wieder ein Ende haben könnte. Leute trennen sich. Das sage ich mir. Aber wer weiß schon, was richtig ist. Ich kann nicht sagen, warum ich bestimmte Dinge tue. Ich fühle einfach eine solche Intensität in meinem Herzen, als würde alles, was wichtig ist, zwischen ihm und mir stattfinden, und ohne das gibt es nichts mehr. Das werde ich nicht laut aussprechen oder es durch die Wand schreien, deshalb versuche ich, nicht so genau darüber nachzudenken. Und außerdem möchte ich ein bisschen abnehmen.

Annie war damit einverstanden, in jener Woche zum Filmabend zu kommen. Die beiden Wochen, seit es Celine gab, hatten die Abende nicht stattgefunden, aber nur, weil Joy sich ausgeklinkt hatte.

»Ich bin müde.«

»Ich bin krank.«

Das war es, was sie ihm gesagt hatte, aber in Wirklichkeit befürchtete sie einfach, Celine wäre dabei. Bis dahin hatten Celine und sie nicht mehr miteinander gesprochen als am allerersten Abend, als Celine »Pizza Hawaii« gesagt hatte. Die Erinnerung an Celine, wie sie die Hand aufs Herz legte und diese beiden Worte »Pizza Hawaii« sagte, ging Joy seither nicht mehr aus dem Kopf. Zum Beispiel war es einfach wieder da, wenn sie im Büro etwas mit dem Tacker zusammentackerte – »Pizza Hawaii«. Oder sie wachte morgens auf, warf die Bettdecke ab, und kurz bevor ihr Fuß den Boden berührte – »Pizza Hawaii«. Oder wenn sie einen Brief öffnete – »Pizza Hawaii« – oder ihre Zähne putzte – »Pizza Hawaii« – oder auf der Toilette war – »Pizza Hawaii«, »Pizza Hawaii«, »Pizza Hawaii«. Und sie wollte nicht die Hölle durchleben, indem sie Zugriff auf Hunderte weitere Bilder von Celine erhielt, wie sie noch etwas Blödes und noch etwas Blödes sagte, und so mied sie den Filmabend wie der Teufel das Weihwasser.

Seltsamerweise ließ Theo nicht locker. Seit der Sekunde, als er Celine als seine Freundin vorgestellt hatte, war Joy wie selbstverständlich davon ausgegangen, dass dies das Ende ihrer gemeinsamen Filmabende bedeutete. Tatsächlich hatten sie in den vergangenen paar Monaten aus dem ein oder anderen Grund die Filmabende abgesagt, und sie waren öfters ausgefallen, als sie stattgefunden hatten. Joy und Theo verbrachten immer noch viel Zeit miteinander, aber das eigentliche »Sich-zusammensetzen-und-einen-Film-anschauen« war einfach nicht passiert, und so kam es, dass sie, als Theo sie in der ersten Woche auf dem Weg nach draußen aufgehalten und gesagt hatte: »Dann morgen Filmabend, oder?«, fast gestürzt wäre.

Zuerst sagte sie »Ja«, aus reiner Freude darüber, dass er gefragt hatte, doch das sollte sie ein paar Momente später bereuen. Sie war sich absolut sicher, dass Celine dabei wäre, und sie konnte ihn unmöglich fragen, ob das wirklich so sein würde. Den ganzen Tag über auf der Arbeit hatte sie darüber gegrübelt und in der Nacht kaum ein Auge zugemacht. Allein in ihrem Zimmer, während draußen die Sonne aufging und sich durch die Lamellen der Rollläden stahl, dachte sie: *Es kommt überhaupt nicht in Frage, dass ich das mache, auf gar keinen Fall.* Und so sagte sie ihm am nächsten Tag, sie sei müde, und schlug die nächste Woche vor, in der Hoffnung, er würde es dann einfach unter den Tisch fallen lassen. Aber in der nächsten Woche fragte er wieder, und da drei Ausreden hintereinander zu auffällig wären, erkundigte sie sich bei Annie, ob sie die Bürde eines Filmabends auf sich nehmen könnte, mit Celine, die perfekt aussah, »Pizza Hawaii« sagte und die Hand vor die Brust schlug.

Den ganzen Tag über war Joy nervös. Zum Mittagessen aß sie einen Salat, und obwohl sie im Büro jede Menge zu tun hatte, klickte sie sich auf Pinterest durch Fotos von Ponchos (in letzter Zeit hing sie dem Glauben an, ein Poncho könne ihr mehr Selbstbewusstsein verleihen). Gegen drei Uhr rief ihre Mutter sie an, und Joy trat nach draußen, um ans Telefon zu gehen.

»Tut mir leid, dass ich dich auf der Arbeit störe«, sagte ihre Mom. »Aber deine Tante meint, sie hätte nie irgendeine Mail wegen unseres Familientreffens im Frühjahr bekommen. Dabei weiß ich, dass ich sie ihr geschickt habe. Macht es dir was aus, ihr die Mail weiterzuleiten? Ich bin den ganzen Tag unterwegs, und ich finde auf meinem Handy nie irgendwelche Nachrichten.«

»Klar.« Joy hörte gar nicht richtig zu.

»Ihr muss man immer alles hinterhertragen. Ich bin es so leid.«

Das Allerletzte, was Joy von ihrer Mutter hören wollte, waren Klagen über ihre Tante. Ihre Tante war allein. Kinderlos. Sie lebte irgendwo in der Pampa. Doch der Filmabend mit Celine war derzeit das einzig Deprimierende, wofür Platz in Joys Kopf war.

»Mom, ich muss weitermachen, aber ich schicke ihr die Mail.«

»Okay, tut mir leid, Liebes. Bei dir alles okay?«

»Ja, alles gut.«

»Ruf mich heute Abend noch mal an.«

»Mach ich.« Aber Joy wusste, dass sie das nicht tun würde.

Etwa um fünf fuhr sie ihren Computer herunter und machte Feierabend. Sie nahm den langen Fußweg zur U-Bahn. Sie hatte keine Eile, nach Hause zu kommen und sich ihrem Elend zu stellen. Das Gute war, dass es bereits wieder früher dunkel wurde. Aus welchem Grund auch immer fand sie das tröstlich. Fast fühlte es sich an wie in der Vorweihnachtszeit oder um ihren Geburtstag herum, der ebenfalls im Winter lag. Plötzlich fiel ihr wieder ein, wie sie mit elf auf dem Parkplatz des italienischen Restaurants gestanden hatte, in dem sie und ihre Familie meistens ihren Geburtstag feierten. Partys hatten Joy nie besonders interessiert, weshalb sie, bis auf ein paar Male, als sie noch klein gewesen war, ihren Geburtstag zu Hause mit ihrer Familie gefeiert hatte. Ihre Mutter machte einen Kuchen für sie. Es gab Geschenke und jedes Jahr die gleichen Knallbonbons. Wenn sie kein Essen bestellten, gingen sie in das gute altmodische Restaurant und ließen sich einen Tisch weit hinten geben, wo ein Gemälde von Robert de Niro hing, das Joy immer geliebt hatte. Einmal hatte der Kellner sie für einen Jungen gehalten. Das war während ihrer burschikosen Phase, als sie nur Sweatshirts und einen dünnen Pferdeschwanz trug.

»Was kann ich dir bringen, junger Mann?«, fragte er.

Ihre Mutter korrigierte ihn, und als er weg war, lachten sie und ihre Familie darüber, aber Joy war es peinlich, und sie ging auf die Toilette, um den Zopf zu lösen. Doch ihr Haar war so lange hochgebunden gewesen, dass es nun komisch fiel. Etwas an diesem Anblick gab ihr ein Gefühl der Leere, sie kam sich älter vor als je zuvor. Als sie an den Tisch zurückkehrte, war sie besonders nett zu dem Kellner, der ihr das Parmesanhuhn auf den Tisch stellte. Ein paar Wochen später fing sie an, für die Schule ein Kleid anzuziehen. Ein Junge aus ihrer Klasse warf ihr einen Luftkuss zu, und sie fühlte sich irgendwie anders als vorher und trotzdem noch genau gleich. In jener Nacht lag sie im Bett und dachte an den Jungen. Ein Gedanke ging ihr durch den Kopf, der ähnlich widersprüchlich war: *Schlaf ist die einzige Zeit, in der ich ich selbst bin.*

Als Joy nun vor ihrem Mietshaus stand, sah sie, dass in der Küche das Licht an war. Über dem Dach flackerte eine Sternschnuppe am sich verdunkelnden Himmel. Sie beobachtete ihren schimmernden Weg, war aber zu zerstreut, um sich etwas zu wünschen. Bevor sie hineinging, holte sie tief Luft.

Drinnen roch es sehr gut, nach Keksen oder Cupcakes oder irgendetwas in der Richtung. Noch bevor sie in die Küche trat, rief Theo nach ihr: »Liebste Joy!«

Sie ging in Richtung Küche, ohne sich die Schuhe auszuziehen. Ihre Schritte waren auf dem Holzboden laut zu hören, aber sie achtete nicht darauf. Als sie in die Küche kam, sah sie, dass er allein war, und das war die allererste gute Nachricht des Abends.

»Du bist daheim«, sagte er, und dieses Wort *daheim* war die zweite gute Nachricht des Abends.

»Ich habe uns was gekocht«, sagte er. »Überbackene Aubergine.«

»Wirklich?«

»Wir können uns aber auch eine Pizza bestellen, wenn du willst.« Theo zog ein Blech mit Chocolate-Chip-Cookies aus dem Ofen. »Ich dachte, wir sollten diesen Filmabend würdevoll begehen. Es ist einfach viel zu lange her, liebste Joy«, sagte er und schaute ihr dabei direkt in die Augen. Joy spürte, wie es ihr durch und durch ging.

»Ich hab Annie eingeladen«, sagte sie.

Theo sah enttäuscht aus. »Ach ja?«

»Kommt Celine?«

»Nein, ich dachte, wir machen das nur zu zweit … Aber natürlich ist Annie willkommen.«

»Na ja, ich meine, ich bin mir gar nicht sicher, ob sie kommt. Ich habe sie eingeladen, aber sie hat noch nicht zugesagt.«

»Oh, klar, na ja, also ich hatte gehofft, es würden nur wir zwei sein.« Er hielt einen Moment inne. »Weißt du, so, wie es eben sein soll.«

Oh, und wie er das gesagt hatte …

Sie griff nach ihrem Handy und schrieb hektisch eine Nachricht an Annie.

Könntest du doch heute Abend weckbleiben? Celine komt nicht, schrieb sie, nicht ganz fehlerfrei, schickte die Nachricht trotzdem ab.

Ernsthaft? Das ist krass!, schrieb Annie zurück, doch Joy gab ihr keine Antwort mehr. Sie würde Aubergine essen und hinterher Cookies, und sie würde hören, wie Theo lachte und redete und knirschend auf Popcorn biss. Sie würden bis zwei Uhr aufbleiben, und auch wenn danach jeder in seinem eigenen Zimmer verschwand, würde sich Joy nicht allein fühlen, und sie würde in einen tiefen Schlaf fallen, der herrlich und entspannend war, und sie würde viel träumen, aber bis am Morgen alles wieder vergessen haben. Und wenn sie aufwachte, würde sie sich in glücklicher Hast anziehen. Sie würde sich das Gesicht waschen und die Zähne putzen. Sie würde in die Küche gehen und hoffen, mit ihm frühstücken zu können, doch es würde nicht lange dauern, bis sie merkte, dass er schon weg war, und das Wohnzimmer, in dem vom vorigen Abend immer noch Chaos herrschte, würde wie etwas aussehen, das sie sich fast eingebildet hatte. *Aber das ist nicht schlimm, Joy,* würde sie denken. *Mach einfach weiter.*

Annie

Brautpartys sind das Bescheuertste, was es gibt. Was macht es für einen Sinn, fünfzig Vorpartys für das große Ereignis zu machen? Reicht es etwa nicht, uns vier Stunden zu quälen statt gleich zehnmal so viel? Es gibt die Verlobungsparty und die Brautparty und dann noch die Junggesellinnenparty. Wenn ich heiraten würde, würde ich es so machen, dass es in zwanzig Minuten vorbei ist, und danach alle zu einer Pizza einladen. Ich würde von niemandem verlangen, rumzusitzen und meine Beziehung mit einer solchen peinlichen Veranstaltung zu feiern. Eigentlich habe ich fest vor, nicht hinzugehen, aber selbst wenn ich nicht hingehe, kann ich dem Ganzen kaum entkommen, weil die Leute im Büro nichts anderes zu erzählen haben und deshalb ein solches Thema ausschlachten, solange es geht. Es gab mal einen Monat, in dem wir siebenundzwanzigmal über eine kaputte Kaffeemaschine geredet haben. SIEBENUNDZWANZIGMAL! *Ich habe wirklich mitgezählt. Jeder ist so unsicher, was er überhaupt sagen soll, dass er Ewigkeiten über etwas so Langweiliges redet, nur damit er nichts über sich selbst verraten muss. Vermutlich kann man das aber niemandem zum Vorwurf machen. Arbeit ist ein seltsames Umfeld. Wir alle müssen arbeiten, um irgendwie über die Runden zu kommen, wollen dabei aber die Illusion aufrechterhalten, das sei gar nicht der Grund, warum wir dort sind. Auch wenn das vermutlich nicht für jeden gilt. Die Leute, denen die Eltern die Wohnung bezahlen, würden wahrscheinlich trotzdem arbeiten, weil sie etwas brauchen, auf dem ihre Selbstachtung beruht. Wie auch immer will ich nicht im Fokus ihrer Sicherheitsnetzgespräche stehen, deshalb gehe ich auch zu Beths Brautparty. Der andere Aspekt dieser Sache ist der, dass ich mir das eigentlich nicht leisten kann. Jason und ich müssen eh schon sparen, seit wir zusammengezogen sind. Er noch mehr als ich, und bei mir ist es auch schon knapp. Ich kann es mir nicht leisten, Beth ein Besteck zu schenken. Ich kann kaum meine Handyrechnung bezahlen. Aber ich kann mich schlecht davor drücken, deshalb habe ich im Internet dieses verdammte Besteck für sie bestellt. Zuerst konnte ich Beths Hochzeitsliste gar nicht finden. Ich brauchte eine Minute, um darauf zu kommen, dass sie sich unter seinem Familiennamen, Whitstead, eingetragen hatte. Sie heißt dann Beth Whitstead. Was mich eine Sekunde, obwohl ich sie gar nicht so gut kenne und wir eigentlich keine dicken Freundinnen oder so was sind, wirklich traurig gemacht hat. Da war dieses Gefühl in mir, dass ich mir nie die Zeit genommen habe, die Person kennenzulernen, die sie bald schon nicht mehr sein wird. Ihr Leben wird dann ganz anders aussehen, und ich kenne sie nicht genug, um zu wissen, was genau sie aufgeben wird, um eine Whitstead zu werden. Ich sehe Beth jeden Tag, und doch war sie kaum mehr für mich als jemand, mit dem ich damals über die Kaffeemaschine geplaudert habe. Vielleicht ist das auch der Grund, warum ich eigentlich nicht hinwill.*

Annie konnte sich partout nicht entscheiden, was sie auf der Brautparty anziehen sollte. Sie hatte das Gefühl, in jedem Kleid, das sie besaß, würde sie irgendwie an ein aus den Fugen geratenes Kind erinnern. Sie wollte gut aussehen. Sie wollte so hübsch aussehen, dass alle sie beneideten. Die meisten Menschen dort würden entweder Leute sein, die sie nicht kannte, oder Leute von der Arbeit, mit denen sie kaum zu tun hatte. Sie wollte einen Eindruck hinterlassen, als jemand, der schick und gut drauf war. Jemand, der keine Probleme hatte und Kohlenhydrate essen konnte, ohne zuzunehmen. Keines der Kleider, die sie besaß, sah wirklich so aus, deshalb zog sie am Ende ein Kleid vom College an, das wahrscheinlich zu kurz und definitiv zu durchsichtig war.

Als sie auf den Veranstaltungsort zuging, sah sie Patrice, die neben einer Tafel auf sie wartete, auf der in schnörkeliger, aber eher schludriger Schrift WIR FEIERN DIE BRAUT BETH! stand.

»Ich wollte nicht ohne dich reingehen«, sagte Patrice. Sie sah so aus, als hätte sie einen ähnlichen Kampf mit der passenden Kleidung für dieses Event hinter sich. Patrice hängte sich bei Annie ein, und gemeinsam gingen sie auf den Eingang zu. »Übrigens ist ihr Verlobter auch da.«

»Was?«

»Ich weiß.«

»Ich dachte, eine Brautparty ist nur für Frauen.«

»Das dachte ich auch, aber er ist da drinnen.«

»Wie heißt er noch mal?«

»Benny.«

Annie versuchte, sich zu erinnern, wie Benny aussah. Sie wusste nur, dass Patrice ihn mal als hässlich bezeichnet hatte, aber ansonsten fiel ihr nichts dazu ein.

Als sie den Saal betraten, saßen die meisten Frauen an einem langen Tisch. Es gab Luftballons und Blumen. Auf der Rückseite jedes Stuhls hing ein gelbes Band über einem hellblauen Band. Überall standen beschriftete Tafeln.

Beth unterhielt sich gerade mit einer älteren Verwandten. Sie lächelte und lachte. Sie sah glücklich und selbstbewusst aus, so wie eine Frau eben aussah, die bald jede Menge Besteck bekommen würde. Als sie Annie und Patrice erblickte, winkte sie ihnen begeistert zu und kam zu ihnen herüber.

»O mein Gott, ich freue mich so sehr, dass ihr Mädels es geschafft habt!« Sie umarmte zuerst Annie und dann Patrice.

»Das wollten wir auf keinen Fall verpassen«, sagte Patrice. Sie war sonst immer eher kurz angebunden und schnippisch, dass es fast erschütternd war, sie nun so höflich gegenüber Beth zu erleben.

»Das sieht alles wundervoll aus«, sagte Annie.

»Ja, nicht wahr? Ein Werk meiner Brautjungfer. Sie ist so gut in diesen Dingen. Ich kann mich wirklich glücklich schätzen.«

Glücklich. Annie hatte das Gefühl, das Wort schwebte in der Luft. Annie fand es immer ärgerlich, wie falsch manche Frauen es verwendeten. *Glücklich* hatte mit Glück zu tun, doch ihr kam es so vor, dass die Frauen gar nicht Glück meinten, wenn sie es sagten. Ihr schien es, sie meinten stattdessen *besser als andere*. Annie hatte einmal eine Instagram-Seite einer Freundin von der Highschool angesehen, die drei Kinder hatte und sich regelmäßig die Zähne bleichen ließ, und ersetzte jedes #glücklich durch #besseralsdu.

Habe die Kinder zum Weihnachtsbaumaussuchen mitgenommen. #besseralsdu

Schönen Hochzeitstag, Babe! #besseralsdu

Ferien mit der Familie. #besseralsdu

Es gab keine einzige Stelle, an der es nicht funktionierte.

Annie und Patrice fanden ihre Plätze mit den Tischkarten und nahmen Platz. Annie saß gegenüber einer Blondine, die genauso aussah wie Beth. Sie bestrich eine Scheibe Brot mit Butter und wirkte dabei irgendwie traurig. Zur Rechten des Mädchens saß eine weitere Frau, die etwas in ihr Handy tippte. Patrice hatte ein Gespräch mit der Frau zu ihrer eigenen Rechten angefangen. Der Platz links von Annie war noch leer, auf der Tischkarte stand »Ellen«. Sie war sich nicht sicher, was sie mit sich anfangen sollte, und holte ihr Handy aus der Tasche. Sie hatte gehofft, Jason würde ihr eine Nachricht schreiben, aber das hatte er nicht. Sie tippte: *Bäh, so langweilig.* Auf eine solche Nachricht antwortete er eigentlich nicht, aber vielleicht machte er heute ja eine Ausnahme. Zu Beginn ihrer Beziehung hatte er noch einen zweiten Job in Teilzeit bei ZARA gehabt, und sie erinnerte sich, wie er an seinem ersten Arbeitstag geschrieben hatte: *Stehe kurz vor dem Selbstmord bei ZARA*. Es war so aufregend gewesen, dass er etwas gepostet hatte, das auf einem emotionalen Level etwas über ihn aussagte, dass sie spontan mit der Aufforderung antwortete, sie könnten doch etwas zusammen unternehmen. Normalerweise hätte sie das nie gewagt.

O *nein, du Armer! Wir sollten uns treffen. Wie wär's mit Sushi?*, lautete der Post.

Natürlich antwortete er nicht darauf. In dieser frühen Zeit ihres Kennenlernens endete es jedes Mal in einer Katastrophe, wenn sie zu sehr betonte, wie sehr sie sich auf ihn freute.

Sie saß noch einen Moment da und beschloss dann, Joy zu schreiben. *Diese Brautparty bringt mich um.* Doch bevor sie die Nachricht abschicken konnte, machte das Mädchen gegenüber von ihr auf sich aufmerksam.

»Hi, ich bin Jordan. Beths Kusine.« Sie streckte ihr die Hand hin.

»Annie. Ich arbeite mit Beth zusammen.« *Hätte sie besser »eine Freundin von der Arbeit« gesagt?*, fragte sie sich.

»Oh, cool. Hast du denn Benny schon kennengelernt?«

»Nein, habe ich noch nicht.«

»Er ist wirklich nett. Beth wollte, dass er hierherkommt, weil sie wusste, die meisten ihrer Freundinnen kennen ihn noch nicht. Er bleibt auch nicht die ganze Party über.«

»Aha. Krass«, sagte Annie.

Eine Sekunde lang schwiegen sie.

»Brot?«, bot Jordan ihr an.

»Oh, danke!« Annie nahm sich ein Brötchen.

Sie kaute auf dem Brot herum und nahm einen Schluck aus dem Marmeladenglas vor ihr auf dem Tisch.

»Ich frage mich, wo sie die ganzen Marmeladengläser her hat«, sagte Annie, damit das Gespräch weiterging. »Dafür hätte sie eine Menge Marmelade essen müssen.«

»Mittlerweile kann man die kaufen. Ich glaube, die hat sie bei Target besorgt.«

»Ach, wirklich?« Annie nahm noch einen Bissen Brot. »Kommt mir irgendwie lustig vor, wenn man so drüber nachdenkt. Ich meine, sollen Marmeladengläser nicht für etwas stehen wie, ich weiß nicht, Wiederverwertung, Nachhaltigkeit, das Gegenteil von Konsum?«

Jordan starrte sie an.

»Sie sind hinreißend«, kam Annie ihr entgegen.

Sekunden später schlug jemand an eines der Marmeladengläser. Beth stand am Kopfende des Tisches auf; neben ihr saß ein Mann, bei dem es sich wohl um Benny handeln musste. Er wirkte irgendwie schwabbelig, war seltsam geformt, kleiner als Beth und sah eindeutig schlechter aus als sie.

»Benny und ich möchten euch danken, dass ihr alle zu dieser Brautparty gekommen seid. Wir können uns so glücklich schätzen, so viele Menschen in unserem Leben zu haben, denen wir etwas bedeuten und die mit uns feiern wollen.«

»Leute, ihr seid verdammt noch mal die Allerbesten«, sagte Benny.

Alles lachte, als wäre Benny witzig gewesen. Dann gab er aus heiterem Himmel ein seltsames kleines Tänzchen zum Besten, während Beth mit ihrer Rede weitermachte. Wieder lachten die Leute. Sekunden später sagte er noch etwas Blödes.

»Babe.« Beth berührte ihn an der Schulter. Ein »Babe«, das so viel ausdrückte.

»Das ist doch eine verdammte Freakshow hier«, flüsterte Patrice Annie zu.

Zum Glück war die Rede bald zu Ende, und es sah so aus, als würde Benny gehen, doch bevor er das tat, begann er, noch eine Runde um den Tisch zu drehen, um jeden zu begrüßen.

»Heilige Scheiße«, sagte Patrice.

Annie wartete und beobachtete, wie er von Frau zu Frau ging und ein Witzchen nach dem anderen machte. Sie spürte seine bescheuerte Energie, die immer näher kam. Es ging ihr ans Nervenkostüm. *Schau nicht angewidert*, dachte Annie. *Lächele wenigstens.*

»Annie!«, sagte er, als er endlich bei ihr angekommen war.

»Hi! So schön, dich kennenzulernen«, antwortete sie, als er sie umarmte.

»Du weißt schon, woher ich deinen Namen kenne, oder?«, fragte er. Sie wartete eine Sekunde ab, weil sie davon ausging, dass es eine rhetorische Frage war, aber als sich das Schweigen zwischen ihnen immer weiter hinzog, wurde ihr klar, dass er auf eine Antwort wartete.

»Äh … Beth hat es dir gesagt?«, fragte sie.

Er zeigte auf die Tischkarte und kringelte sich vor Lachen.

»Vergiss nicht, ein paar Krabbenküchlein in deiner Handtasche mitzunehmen!«, sagte er, und dann umarmte er sie noch einmal und ging zu Patrice weiter.

Anschließend beruhigte sich alles ein wenig. Sie spielten ein paar Spiele. Dann wurde ein größeres Marmeladenglas herumgereicht, und jede Frau sollte einen Zettel hineinwerfen, auf dem stand, was für sie eine glückliche Beziehung ausmachte.

»Wäre es blöd, wenn ich schreibe, man soll mit Fremden flirten?«, fragte Patrice.

Annie schüttelte den Kopf mit einem Lächeln. »Mach das nicht.«

»Aber ich finde wirklich, dass es stimmt. Ach, ich weiß: Ich schreibe *jede Menge Klunker.*«

Als Annie dran war, versuchte sie, sich etwas zu überlegen, was auf ihre eigene Beziehung zutraf, doch alles, was ihr einfiel, klang irgendwie traurig.

Mach bei Rechnungen immer halbe-halbe.

Nicht streiten vor dem Schlafengehen.

Nimm dir kleine Auszeiten vom anderen.

Genau in diesem Moment surrte Annies Handy. Es war Jason. *Vermisse dich,* hatte er geschrieben, und auf einmal fühlte sich ihr Herz randvoll an.

Überraschungen sind das Salz in der Suppe, schrieb sie und warf den Zettel ins Marmeladenglas.

Der Rest der Brautparty verlief gut. Sie aßen die Krabbenküchlein, die Benny angekündigt hatte. Jede bekam einen der Cupcakes, bei denen feinsäuberlich die Buchstaben BB auf die Glasur gemalt waren. Ellen tauchte nie auf, aber das schien niemanden zu stören. Beth machte ihre Geschenke auf und zog ein verlegenes Gesicht bei der Reizwäsche und der Peitsche, die Patrice ihr geschenkt hatte.

»Damit du ihn auf Trab halten kannst«, rief ihr Patrice über die Gäste hinweg zu.

Beth schien sich über das Besteck, das Annie ihr gekauft hatte, aufrichtig zu freuen. Dann war es schon Zeit zu gehen. Beth drückte sie an sich, und Patrice und sie suchten lachend das Weite.

»Gott sei Dank ist das vorbei«, sagte Patrice.

Doch auf dem Weg zu ihrem Auto entdeckte Annie eine einzelne Chrysantheme, die während der Lieferung offenbar aus einem der Blumenarrangements gefallen war. Sie hob sie auf und nahm sie mit zum Auto. Sorgfältig brachte sie sie am Rückspiegel an und spürte, wie sie ein Gefühl der Ruhe und vielleicht sogar der Freude überkam. Es war ein schöner Tag gewesen. Doch hier, tief vergraben unter alldem, was heute passiert war, gab es auch diese Wahrheit: Annie hatte deshalb nicht zu der Brautparty gehen wollen, weil sie neidisch war.

Geliebt

Celine mochte Theo. Er war nett, er sah gut aus, und er war witzig. Sie gingen beide gerne auf Konzerte und probierten trendige neue Lokale aus. Beide hatten bei ihren Aufführungen von *Wicked* in der sechsten Klasse ähnlich gruselige Erfahrungen gemacht. Sie hatte ihn auf Tinder kennengelernt. Ihr gefiel das etwas dämliche Foto von ihm neben einem Lama, das er gepostet hatte. Es hatte etwas Lebensfrohes an sich, und was Celine damals in ihrem Leben brauchte, war Lebensfreude. Sie war immer noch in ihren Ex verliebt. Für die Beziehung bestand keine Hoffnung, und das wusste sie mittlerweile auch, aber sie träumte dennoch die ganze Zeit von ihm. Wenn sie aufwachte, dachte sie, er würde neben ihr liegen. Oft griff sie nach ihrem Handy und wünschte sich, seinen Namen in Großbuchstaben auf dem Display aufleuchten zu sehen, und manchmal weinte sie aus keinem wirklichen Grund außer dem, dass ihr etwas Albernes eingefallen war, das sie ihm gerne erzählt hätte. Sie war erschöpft von der ganzen Geschichte, und so hatte sie, als sie Theos Gesicht neben einem Lama schimmern sah, nach rechts gewischt. Nur wenige Sekunden später, eigentlich noch nicht einmal ganze Sekunden, waren die beiden bereits ein Match.

Das erste Date verlief gut. Sie kamen leicht ins Gespräch. Celine fand, dass eine gute Chemie zwischen ihnen herrschte. Trotzdem stellte sie fest, dass es sie irgendwann langweilte. Ein paarmal schaute sie auf ihr Handy, und als sie sich entschuldigte, um auf die Toilette zu gehen, ließ sie sich Zeit, bis sie wieder an den Tisch zurückkam. Ein Kellner zwinkerte ihr zu, als sie an ihm vorbeikam, und sie lächelte. Es fühlte sich gut an. Es erinnerte sie daran, dass sie durchaus Chancen hatte, wenngleich die Anmache etwas plump und sehr vermessen gewesen war.

Als sie und Theo sich verabschiedeten, fühlte es sich ganz natürlich an, dass sie sich umarmten und vorsichtig ein weiteres Date ausmachten. Sie nahm den Zug nach Hause und ließ das ganze Treffen mit Theo Revue passieren, wie sie Pasta gegessen und Theo zugehört hatte. Sie versuchte, sich an eine einzige Sache zu erinnern, die er gesagt hatte und die bemerkenswert war, aber es fiel ihr nichts ein. Sie versuchte, sich auch an etwas zu erinnern, was sie selbst gesagt hatte. Eine lustige Geschichte, ein wichtiger Gedanke, etwas Banales und doch Freundliches, aber sie konnte sich auch an nichts erinnern, was sie gesagt hatte. *Was ist denn überhaupt gewesen?*, fragte sie sich, während sie in der U-Bahn saß und die Lichter draußen verschwammen. Und das war auch die Erinnerung, die ihr von dem Abend blieb: wie sie in einem leeren Zug nach Hause fuhr und über dieses erste Date nachdachte, das so ereignislos verlaufen war.

Trotzdem war sie nervös, als sie nach Hause kam, und machte sich Sorgen, Theo würde ihr nicht mehr schreiben. Sie schaute ein paarmal auf ihr Handy und ging sogar noch einmal auf sein Dating-Profil, zu dem Bild von ihm und seinem Lama. Während aus der Nacht langsam der nächste Morgen wurde, merkte sie, dass die Aussicht, tatsächlich nichts mehr von ihm zu hören, sie zunehmend nervös machte. Das Date selbst, ihre Langeweile, auch andere Gedanken, die eher traurig waren – das alles verschwand, als hätte es jemand den Abfluss hinuntergespült. Auf einmal fand sie ihn lustig und charmant. Und ihr gefiel sein graumeliertes Haar.

In der Arbeit tat sie ihr Bestes, sich beschäftigt zu halten. Sie arbeitete bei einer Firma namens Loom, die darauf spezialisiert war, Frauen das Gefühl zu vermitteln, es gebe ein Defizit in ihrem Leben, das sie durch Kerzen mit Ledergeruch und überteuerte Gesichtscremes ausgleichen könnten. Celine hatte eigentlich nicht vorgehabt, sich einen Job in der Wellness-Industrie zu suchen. Bevor sie bei Loom anfing, waren die meisten Beauty-Produkte in ihrem Badezimmerschrank ein Geschenk ihrer Cousine. Eine Freundin, die bei Loom arbeitete, hatte von dem Job gehört und sie in einer Mail dazu ermutigt, sich zu bewerben.

»Du würdest super reinpassen!«, hatte ihre Freundin gesagt, was Celine erst verstand, als sie in das Büro kam und sah, dass alle Frauen dort hübsch und/oder gertenschlank waren. Als Vi, die Frau, die ihr Boss sein würde, sie erblickte, leuchtete ihr Gesicht sofort auf. »Ach, hallo!«, sagte sie, und der Rest des Bewerbungsgesprächs lief wie von selbst. »Sie haben es drauf, Sie haben es wirklich drauf«, sagte Vi an einem bestimmten Punkt, als Celine etwas tendenziell Beeindruckendes gesagt hatte.

Zuerst war das Arbeiten dort ganz okay gewesen. Es war durchaus inspirierend zu erfahren, wie viel es darüber zu wissen gab, was eine Frau für ihr eigenes Wohlbefinden tun konnte. Celine war immer davon ausgegangen, es genüge, gesund zu essen und Sport zu machen, doch in Wirklichkeit gab es einen ganzen Lifestyle, durch den man seine Suche nach dem besseren Ich unterstützen konnte. Atmen und Meditation und seltsamerweise sogar strategisch günstig platzierter Schmuck konnten ein wichtiger Teil sein, wenn man das sein wollte, was sie ein »Loom Girl« nannten. Doch mit der Zeit fand Celine das Ganze albern und oft nervig. Keine einzige Frau im Büro war sich anscheinend darüber bewusst, wie privilegiert sie sich schätzen konnte, wenn sie heilende Kristalle für fünfundsiebzig Dollar kaufte oder tagelang über die Wirkung von alkalischem Wasser für den Säure-Basis-Haushalt ihres Körpers nachdachte. »Meine Großmutter hat mich mal angeschrien, weil ich Fettreste aus der Pfanne weggeschmissen hatte, die sie am nächsten Tag noch einmal verwenden wollte« war eine Anekdote, die Celine am liebsten bei einer Sitzung zum Besten gegeben hätte, bei der sie eine Liste der besten Trainingshosen aus Kaschmir anlegen wollten. Alles hier fühlte sich so kostbar an. Selbst wenn es um eine auf Grünkohl basierende Diät ging, waren ihre Kolleginnen so voller Ernst und Konzentration bei der Sache, wie man sich das kaum vorstellen konnte. Celine hingegen konnte mit Grünkohl nicht viel anfangen, genauer gesagt bedeutete er ihr gar nichts.

»Zum allerersten Mal in der Geschichte sind Frauen dazu in der Lage, die Gesundheit ihrer Seele und ihres Körpers auf bislang ungekannte Weise ernst zu nehmen«, hatte Vi bei einer Versammlung der gesamten Firma gesagt. »Es ist eine neue Zeit angebrochen, und endlich setzen wir uns selbst an die erste Stelle.«

So war es gekommen, dass sich Celine zunehmend entfremdet fühlte, und um das zu kompensieren, sah sie sich in der Arbeit den ganzen Tag Videoclips von *Judge Judy* auf YouTube an. Es war nicht ideal, aber es half ihr, durch den Tag zu kommen, und sie dachte, irgendwann würde sich ein anderer Job auftun oder sie würde sich für die Grad School bewerben und endlich den Weg gehen, der für sie bestimmt war – dann würde sie etwas haben, das ihr wirklich etwas bedeutete, an einem Ort, wo sie das Gefühl haben könnte, verstanden zu werden.

Heute wurde bei der Richterin ein Fall gezeigt, in dem eine Frau dachte, sie habe das Auto ihres Freundes mit ihrem

Schlüsselbund zerkratzt, obwohl es sich eigentlich um das Auto des Nachbarn gehandelt hatte. Ihr Ex behauptete, sie seien nie ein richtiges Paar gewesen. Vielmehr, so sagte er, sei es eine »Freundschaft-plus«-Konstellation gewesen. »Hat sie denn jemals ein Glas Wasser bei Ihnen zu Hause getrunken?«, wollte Judge Judy wissen. »Ja«, antwortete er. »Hatte sie vielleicht auch einen Drink mit Ihnen?«, fragte Judge Judy. »Ja«, antwortete der Mann. »Na ja, das ist dann doch wohl eine Art Beziehung, oder?« Der Mann stimmte ihr zähneknirschend zu.

Celine schaute auf ihr Handy; von Theo nichts, aber sie hatte eine ganze Reihe Posts auf Tinder.

»Mach's mir«, schrieb einer der Männer. Sie blockierte den Typen sofort. Nachrichten dieser Art bekam sie praktisch den ganzen Tag. *Es ist fast so, als würden die denken, sie müssen sich gar keine Mühe geben,* dachte sie. Sie wollte eigentlich ihr Handy weglegen, doch nichts von Theo zu hören, machte sie nervös, und so wischte sie sich durch einige der Profile. Rechts, Match. Rechts, Match. Es fühlte sich gut an, und sie schaffte es, mit dem Videoclip weiterzumachen.

»Ich bin nicht verrückt«, sagte die Frau zu Judge Judy. »Sie verstehen es nicht. Ich bin nicht verrückt.«

Celine stand auf und ging in den Pausenraum, um sich etwas zu essen zu holen. Dort lagen jede Menge proteinlastige, glutenfreie Snacks, an denen sich die Angestellten nach Herzenslust bedienen konnten, meistens Körnerzeug oder Eiweißriegel von Firmen, bei denen man nicht wusste, wie man ihre Namen richtig aussprach. Wahrscheinlich wäre Celine doppelt so oft dorthin gegangen, wenn der Flur, der zu dem Raum führte, nicht komplett verspiegelt gewesen wäre, und sie hasste es, dort vorbeizugehen. *Es ist, als wollten sie einem ein schlechtes Gewissen machen, wenn man sich einen Snack holt*, dachte sie oft. Doch mehr als das hasste sie es, sich während des Tages überhaupt im Spiegel zu sehen. Sie sah darin nie so gut aus wie in ihrer Vorstellung. Ihr Körper war seltsam geformt, ihr Gesicht wirkte immer müde. Sie zog den Bauch ein, verfluchte sich für ihr wirkliches Ich und vermied es, überhaupt etwas anderes anzusehen als ihre Füße, die gerade dabei waren, sie zu einem Hanfsamenriegel zu bringen.

Als sie in den Pausenraum kam, war niemand zu sehen, aber sie hörte leises Weinen. Ihr erster Impuls war, wieder zu gehen. Leute, die in der Arbeit zu weinen begannen, wollten normalerweise nicht von ihren Kollegen getröstet werden, zumindest hatte Celine das Gefühl, sie stünde niemandem im Büro nahe genug, dass es angemessen gewesen wäre. Doch bevor sie dazu kam, hatte die Kollegin sie bereits erblickt. Sie saß in einer Ecke des Raumes auf dem Boden, den Rücken an den Spind gelehnt. Celine hatte sie ein paarmal im Büro gesehen, wusste aber nicht, wie sie hieß. Vielleicht war sie ja nur eine Volontärin? Älter als Anfang zwanzig konnte sie nicht sein. Ihr Gesicht sah so aus, als hätte sie lange geweint, doch als sich ihre Blicke begegneten, hörte sie damit auf. Bevor Celine die Gelegenheit hatte, sie zu fragen, ob alles in Ordnung sei, sagte sie: »Finden Sie, dass ich einfach gestrickt bin?«

»Was?«, fragte Celine.

»Einfach gestrickt. Er hat gesagt, ich bin einfach gestrickt.«

»Weil Sie bei Loom arbeiten?«, mutmaßte Celine.

Sie nickte. »Meinen Sie denn … meinen Sie, das macht jemanden zu einem Menschen, der einfach gestrickt ist?«

»Ich …«

»Ich will nicht einfach gestrickt sein.«

Celine wusste nicht, was mit diesem Mädchen geschehen war. Vielleicht war es etwas Schreckliches. Vielleicht hatte sie aber auch nur einen schlechten Tag. Was auch immer es war, es fühlte sich auf der Stelle an wie das Wichtigste, was es momentan in Celines Leben gab.

»Ich glaube, ich glaube … einfach gestrickt ist etwas, das man nur zu Frauen sagt, damit sie sich schlecht fühlen. Und mal im Ernst – Männer sind doch von allen Menschen am allereinfachsten gestrickt.«

Es fühlte sich gar nicht so eloquent an, als sie das sagte, doch offenbar befriedigte es das Mädchen, zumindest stand sie kurz darauf auf und entschuldigte sich dafür, geweint zu haben. Sie ging, und Celine aß ein Päckchen Körner, bevor sie sich auf den Rückweg an ihren Schreibtisch machte, wo sie eine E-Mail zum Thema Soaps verschickte und weitere Folgen von *Judge Judy* anschaute. Für den Rest des Tages fühlte sie sich gut, sie dachte sogar *Ich weiß, wie man anderen Menschen helfen kann*, doch als sie schließlich Feierabend machte und immer noch nichts von Theo gehört hatte, war nichts mehr von diesem Gefühl übrig. Und so kam es, dass sich Celine, als sie an jenem Abend ihr Gesicht mit einer teuren Reinigungsmilch säuberte, die sie im Büro von einer kleinen Firma bekommen hatte, welche es auf Looms »Yeah!-Liste« schaffen wollte, und als Theo sich endlich meldete und schrieb: *Ich hatte gestern so viel Spaß! Vielleicht dieses Wochenende wieder ein Abendessen?*, auf der Stelle erleichtert fühlte, ja sogar siegesgewiss. Sie ließ sich Zeit mit ihrer Antwort und wusste auch nicht gleich, was sie schreiben sollte, weil sie noch nach den richtigen Worten suchte, um aufgeregt genug zu klingen, aber nicht so aufgeregt, wie sie sich fühlte. *Ich auch! Ich glaube, am Wochenende habe ich noch nichts vor, also gern! Lass mich wissen, wo und wann!*

Das nächste Date war genauso nett, und am Ende küssten sie sich. Ja, sie fand es immer noch ein bisschen langweilig.

Und ja, sie saß wieder am Ende des Abends allein in der U-Bahn und dachte an das Gefühl in ihrem tiefsten Inneren, ausgehöhlt zu sein, wie zerschrammt. Doch hier war sie auch immer noch am Hoffen, am Wünschen, am Beten, dass es mit allem vorwärtsgehen würde. *Lass mich wissen, wo und wann!* Es war ein Zeichen ihrer Zeit.

Eggnog-Pfannkuchen

Joy hatte sich ein System zurechtgelegt, um mit der ganzen Celine-Situation umzugehen. Am Morgen fragte sie Theo immer beiläufig: »Pläne für heute Abend?« Zu Beginn hatte sie die Sorge, er würde das seltsam finden, doch glücklicherweise war es mittlerweile üblich, dass sie über ihre Termine sprachen, sodass die Frage nahtlos in die meisten Gespräche eingebaut werden konnte. Wenn er abends mit Celine verabredet war, sorgte sie dafür, früh Feierabend zu machen und genügend Zeit zu haben, um zu Abend zu essen, bevor die beiden auftauchten. Und so sah das dann aus: Sie stand am Arbeitstresen der Küche, schaufelte jede Menge Salat in sich hinein (sie versuchte immer noch abzunehmen) und schaute ständig auf die Uhr. Spätestens gegen acht war sie wieder in ihrem Zimmer, die Tür fest verschlossen, und es lief Musik oder der Fernseher, was auch immer dazu diente, alle anderen Geräusche zu übertönen. Manchmal klopfte Theo an ihre Tür und fragte: »Alles okay, liebste Joy?« Worauf sie öfters sagte: »Klar, bin nur müde!« Perfekt war das nicht, aber es funktionierte. So schaffte sie es, das Ganze auszublenden, und konnte nach wie vor die Zeit allein mit Theo genießen.

Vielleicht war es ja ein Versehen, denn sie war tatsächlich vorsichtig gewesen und hielt sich akribisch an die Routine. Es war an einem Samstag. Normalerweise schlief Celine am Freitag bei ihnen, ging aber am nächsten Tag früh, und wenn sie nicht früh weg war, dann machten sich sie und Theo später gemeinsam auf den Weg zum Brunch. Tatsache war, dass sie nie zu Hause blieben, weshalb Joy den Morgen ungestört in ihrem Zimmer verbringen konnte (auch wenn das nicht immer schön war). An diesem Samstag hatte sie die Tür klickend ins Schloss fallen gehört, in der Wohnung wurde es still. Joy war erleichtert, weil sie nicht in der Stimmung war, sich stundenlang in ihrem Zimmer zu verschanzen. Sie hatte in ihrer hässlichsten Sweatpants geschlafen, die einen großen braunen Fleck hatte (von einem Missgeschick mit heißem Karamell vor ein paar Jahren) und ihrem großen Weihnachtssweatshirt, das leuchtend rot war und einen Adventskranz auf der Vorderseite hatte. Beide Kleidungsstücke hätten eigentlich längst auf den Müll gehört, aus verschiedenen, aber gleichermaßen gültigen Gründen, doch Joy liebte sie, und das einzig Schöne an dieser Wandlung in Theos und ihrem Leben war die Tatsache, dass sie, wenn er mit Celine brunchen ging, einen angenehm ruhigen Morgen verbringen konnte, ohne sich um irgendetwas kümmern zu müssen.

Sie öffnete ihre Zimmertür und machte sich auf den Weg ins Bad. Sie musste bereits seit einer Weile dringend pinkeln. Sie wusch sich das Gesicht und putzte sich die Zähne. Ein Glücksgefühl durchströmte sie, als sie Theos Zahnbürste sah, die stolz neben der ihren stand. Sie zu sehen war immer beruhigend und sonderbar aufregend zugleich. Als sie im Bad fertig war, ging sie in Richtung Küche. Es gab nicht einmal einen Moment zwischen dem, als sie vor der Küche stand, und dem, als sie sie betrat, in dem sie hätte Verdacht schöpfen können. Stattdessen wurde sie einfach in die Situation hineinkatapultiert, heftig, mit braunem Fleck auf der Hose und bereit für Weihnachten.

Celine war da.

Sie trug die kürzesten Shorts, die Joy jemals aus Sweatpants-Material gesehen hatte, darüber ein locker fallendes Top, unter dem man in den überdimensionalen Armlöchern deutlich ihr Spitzenbralett sehen konnte. Sie sah aus wie aus einer Werbeanzeige.

»O mein Gott, hi. Sorry, ich hoffe, ich bin dir nicht im Weg. Äh, wir waren gerade dabei, Pfannkuchen zu machen.«

Viel länger, als es vermutlich in Wirklichkeit war, stand Joy einfach nur da und starrte diese wunderschöne Frau an, die sich mühelos in der Küche bewegte. Kurz kam ihr wieder die Sache mit der »Pizza Hawaii« in den Sinn, eine Szene, die immer verzerrter wurde, je länger sie darüber nachdachte. Celine war bei weitem nicht so zickig, wie sie sie in Erinnerung hatte, und ihre Stimme klang auch nicht so doof. Zweifelsohne hasste Joy sie genauso wie vorher, doch Celine war nicht die, an die sie sich erinnerte.

»Wo ist Theo?«, fragte Joy. Wahrscheinlich hätte sie besser auf etwas geantwortet, das Celine sagte, bevor sie das fragte, doch ihr Hirn brachte es nicht zustande.

»Er ist losgegangen, um Eier zu kaufen«, sagte Celine. »Übrigens, ich mag dein Sweatshirt.«

Joy spürte, wie sie rot wurde.

»O ja, ich muss es mal wieder waschen«, sagte sie. An der gesellschaftlichen Interaktion haperte es immer noch.

»Ich liebe Weihnachten«, sagte Celine. Dann wurde es einen Moment lang still.

»Ich wollte mir nur eine Tasse Kaffee holen«, sagte Joy.

»Natürlich. Sag's ruhig, wenn ich im Weg bin.«

Joy ging an den Tresen und begann mit dem Kaffeekochen. Eigentlich hatte sie auch ein paar gefrorene Waffeln essen wollen, aber sie hatte nicht vor, Kohlenhydrate in Anwesenheit einer Frau zu sich zu nehmen, die eine Oberschenkellücke hatte und mit Theo ins Bett ging.

»Kann ich dir auch eine Tasse machen?«, fragte sie Celine. Vermutlich gehörte sich das einfach so.

»Nein, danke, aber nett, dass du fragst«, erwiderte Celine. Es blieb wieder eine Weile still.

»Ach, Theo hat gesagt, du arbeitest in einer Personalabteilung«, sagte Celine.

»Ja, das stimmt.« Joy holte sich einen Kaffeebecher aus dem Spülbecken. Weder sie noch Theo hatten in den letzten Tagen abgewaschen, weshalb sie die Tasse schnell ausspülte. Das Pinguinmuster der Tasse war stark verblichen. »Was machst du so?«

»Ich bin im Einkauf für eine Wellness-Firma tätig.« Celine schüttete eine Fertigteigmischung für Pfannkuchen in eine Schüssel. Seit Joy die Küche betreten hatte, war sie immer in Bewegung. »Ich mag es ganz gern dort, aber so ziemlich alle Frauen, die dort arbeiten, haben eine Essstörung.«

Joy fragte sich, wie dünn diese Frauen wohl sein mochten, wenn Celine zu der Annahme kam, dass ihr Essverhalten gestört war.

»Und erzähl bloß niemandem, dass man dir Antibiotika verordnet hat, weil die dir immer sagen werden, du sollst dir lieber Joghurt in die Muschi schmieren.« Celine schob sich die Haare aus dem Gesicht. »Aber ich habe früher im technischen Bereich gearbeitet, da ist mein Job jetzt um Klassen besser. Wenigstens sind es Frauen, alles Frauen, das liegt mir mehr. Wenn ich in einer Gruppe von Männern bin, merke ich, dass ich mich andauernd viel zu sehr anstrenge.«

»Aha.« Joy hielt die Pinguintasse einen Moment lang in die Luft. Sie versuchte, sich vorzustellen, was es für eine Frau wie Celine bedeutete, sich andauernd viel zu sehr anzustrengen. Es wollte ihr einfach nicht in den Kopf, dass diese Frau mit der perfekten Figur nicht alles mit Links machte.

»Und ich kann auch nie wirklich mit ihnen befreundet sein. Ich weiß nicht, wie es in deinem Leben so läuft, aber bei mir hat es noch nie funktioniert. Einer von beiden verliebt sich doch immer in den anderen. Nie ist es eine wirkliche Freundschaft.«

Joy konnte sich lebhaft vorstellen, dass es die Männer waren, die sich immer in Celine verliebten, und nicht umgekehrt.

»Aha«, sagte Joy. Eigentlich wollte sie mit einem eigenen Beispiel von einer Freundschaft mit einem Mann aufwarten, doch es fiel ihr keines ein. In der Grundschule war sie mit einem Jungen namens William befreundet gewesen, doch wenn sie ganz ehrlich zu sich selbst war, war sie damals in ihn verknallt gewesen. Dann, auf dem College, war da dieser Typ aus dem Rhetorikseminar namens Lloyd, der ihr nur wenige Minuten, bevor sie im Kurs ein Referat halten sollte, geholfen hatte, den Drucker zu reparieren. Sie war ihm so dankbar, dass sie von da an besonders freundlich zu ihm war, wenn sie ihn irgendwo im Institut traf, woraus sich eine Art schüchterne Freundschaft entwickelte. Eigentlich war sie gar nicht besonders gern mit ihm zusammen, doch wenn sie nach dem Seminar noch ein wenig miteinander plauderten, lief es meistens ganz gut. Dann, eine Woche vor dem Ende des Semesters, sagte Lloyd: »Hast du schon jemals eine verrückte Idee gehabt?« Er schwitzte deutlich, als er das sagte. Das kam aus heiterem Himmel und war selbst für Lloyd sehr seltsam. Joy war sich nicht sicher, wie sie antworten sollte, deshalb sagte sie einfach nur »Nein«. Ein paar Stunden später bekam sie eine Nachricht von ihm, die lautete: »Hast du Lust, in der Dunkelkammer zu knutschen?« Lloyd hatte Fotografie als Hauptfach. Joy gab ihm keine Antwort, und am letzten Tag blieb er dem Rhetorikkurs verdächtig fern. Von da an tat sie, wenn sie ihn auf dem Campus sah, immer so, als wäre sie mit ihrem Handy beschäftigt, und wenn sie es gerade nicht parat hatte, drehte sie sich einfach in die andere Richtung. Sie glaubte nicht, dass Lloyd in sie verliebt war, aber offensichtlich hatte er ihren Dank für seine Hilfe falsch interpretiert.

Abgesehen von ihm hätte sie alle Typen, die sie kannte, bestenfalls als flüchtige Bekannte bezeichnet.

»Ich …« Sie dachte an ihr Verhältnis zu Theo und geriet kurz aus dem Konzept. »Ich glaube, du hast recht, ja.«

»O mein Gott.« Celine hockte vor dem offenen Kühlschrank. »Ihr habt ja Eggnog.«

Joy starrte sie nur an.

Celine drehte sich um und hatte den Tetrapack in der Hand. »Was hältst du davon, wenn wir Eggnog-Pfannkuchen machen?«, fragte sie.

»Wie bitte?«, wollte Joy wissen.

»Du nimmst einfach Eggnog statt Milch.« Celine begann, den Eggnog in einen Messbecher zu gießen.

Joy schaute ihr einfach nur zu und lauschte dem Klirren von Glas, dem leisen Klacken der Keramikschüssel auf der Arbeitsfläche. Gerade fühlte sie sich wie ausgeschlossen aus ihrem eigenen Leben. Eigentlich hätte sie am liebsten gesagt: »Das ist übrigens mein Eggnog«, aber wozu sollte das gut sein? Es würde einen kurzen unangenehmen Moment zwischen ihnen geben, und dann würde Theo nach Hause kommen und sie korrigieren, nein, er hätte den Eggnog gekauft. Sie mochte Eggnog nicht einmal.

»Wird das denn schmecken?«, fragte Joy. Sie suchte verzweifelt nach etwas, das sie sagen könnte.

»Ich weiß nicht, aber es klingt gut, findest du nicht? So, als könnte es funktionieren.«

Genau in diesem Moment klapperte die Wohnungstür. Theo war wieder da.

»Wir sind hier in der Küche«, rief Celine.

Wir sind hier in der Küche?, dachte Joy. *In was für ein Alptraum bin ich da geraten?*

Theo kam herein, in der Hand eine Einkaufstüte. Es schien ihn zu überraschen, sie beide zusammen zu sehen.

»Oh. Hallo.«

Er schaute zu Joy hinüber. »Weihnachten?«, sagte er.

Sie blickte auf ihren Adventskranz hinab. Man sah deutlich ihre Brüste. Und ihren Bauch auch. Es war eine neue Dimension von Peinlichkeit.

»Ja, genau. Es ist Weihnachten, weil wir Eggnog-Pfannkuchen machen«, sagte Celine.

»Super«, erwiderte Theo. Er ging zum Tresen hinüber und legte Celine kurz den Arm um die Taille, als er an ihr vorbeiging.

Joy drehte sich um und verließ die Küche ohne ein Wort. Sie schleppte sich den Flur entlang. Bei jedem Schritt knirschten die Dielen des Holzbodens. An ihrer Zimmertür drehte ihre Hand den Türknauf. Sie ging hinein, machte die Tür hinter sich zu und brach in Tränen aus. Es ist schwer zu weinen, ohne ein Geräusch zu machen, aber sie schaffte es.

Ein paar Stunden später meldete sie sich bei Tinder an.

Ertappt

Sie saßen in ihrem Schlafzimmer, nachdem sie an diesem Sonntagmorgen miteinander geschlafen hatten. An Sonntagen kam das nur selten vor, erst recht nicht am Morgen, aber sie waren aufgewacht und hatten im Bett ein bisschen miteinander gekichert. Jason war gut drauf. Er war albern und lustig. Annie konnte kaum Luft holen, weil sie immer wieder loslachen musste. Irgendwann hatte sich die gute Laune gewandelt, und sie fingen an, sich zu küssen. Es war ein organischer Sex, anders als der, den sie sonst hatten, und so kam in Annie, als er sich danach aufsetzte und begann, sich anzuziehen, der Wunsch auf, Jason würde bei ihr bleiben.

»Kannst du dich heute nicht krankmelden?«, fragte sie ihn.

Er gab keine Antwort, lächelte aber.

»Na komm«, sagte sie.

»Du weißt, dass es nicht geht«, sagte er.

»Warum? Es ist Sonntag, ich bin mir sicher, die würden es verstehen, wenn du an einem Sonntag mal nicht da bist.«

Jason stand vor der Kommode. Er zog seine Uhr an; dann fuhr er sich mit den Händen über den Kopf.

»Na gut, ich sag dir jetzt was. Aber du darfst nicht sauer auf mich sein«, sagte er.

»Okay, werde ich nicht«, sagte sie. Annie hatte keine Ahnung, was er ihr gleich sagen würde, und da sie den Morgen gerade so nett begonnen hatten, machte sie sich auch keine großen Sorgen.

»Ich gehe am Sonntag überhaupt nicht arbeiten.«

In ihrem Kopf drehten sich die Rädchen. »Wie meinst du das?«

»Ich meine, ich habe dir das mit der Arbeit erzählt, weil ich wusste, wenn ich dir die Wahrheit sagen würde, wärst du sauer, und ich wollte deine Gefühle nicht verletzen.«

Annie setzte sich auf. »Wovon redest du?«

»Ich brauche einfach Zeit für mich selbst. Ich liebe dich, aber ich brauche einen Tag für mich, an dem ich meine Sachen machen kann.«

»Was soll das heißen? Was machst du denn?« Sie versuchte, sich vorzustellen, wie dieses andere stille Leben, das er führte, aussah.

»Alles Mögliche. Manchmal treffe ich mich mit Freunden. Manchmal muss ich was erledigen. Manchmal fahre ich einfach nur rum.«

»Das heißt, du musst weg von mir?«

»Nein, so ist das nicht. Es ist nur, dass wir viel zusammen sind, und ich brauche einfach meinen Freiraum, das ist es. Es hat wirklich nichts mit dir zu tun.«

Sie spürte in diesem Moment, wie sie einfach aus ihrem Leben weggezogen wurde, wie jede einzelne Faser ihres Ichs von der nächsten getrennt wurde. Sie hatte Angst, sie war verzweifelt. Wäre sie ehrlicher und mitfühlender zu sich selbst gewesen, wäre ihr klargeworden, dass sie nichts anderes empfand als tiefe Einsamkeit.

»Aber du hast mich angelogen.«

»Ich habe nur gelogen, weil ich dich nicht verletzen wollte.«

»Warum sagst du es mir dann jetzt?«

»Ich weiß nicht. Heute hat es sich irgendwie falsch angefühlt, dich anzulügen, und ich hoffe einfach, du verstehst, warum ich meine Sonntage brauche.«

»*Meine* Sonntage?«

Jason war einen Moment lang still. Annie zog ihre Beine bis zur Brust hoch. Plötzlich wurde ihr sehr stark bewusst, wie nackt sie war.

»Du hast gesagt, du würdest nicht sauer auf mich sein«, sagte Jason.

»Bin ich nicht.« Annie versuchte insgeheim, ihre Fassung wiederzuerlangen. Sie bemühte sich um eine ungerührte Miene und arbeitete sehr hart daran, alles von sich abperlen zu lassen.

»Mir kommt es schon so vor.«

»Wie ich gesagt habe, ich wünschte einfach nur, du wärst ehrlich zu mir gewesen, das ist alles.« Das war keineswegs *alles*, aber für mehr hätte sie ihn nicht verantwortlich machen können. Die Beziehung mit Jason musste im Gleichgewicht gehalten werden. Für jeden Moment musste man die passende Strategie parat haben, immer, aber besonders in einer Situation wie dieser. Nein, sie konnte einfach nicht ausflippen und ihn anschreien. Nein, sie konnte einfach nicht das fühlen, was auch immer es war, das sie fühlte.

Sie erinnerte sich, wie sie einmal als Teenager den Freund einer Freundin kennengelernt hatte. Sie waren auf ein Kürbisfeld gegangen, um Kürbisse für Halloween zu ernten. Beide hatten sie sich darauf gefreut, doch als Annie hinkam, war der Freund ihrer Freundin schlechter Laune.

»Zach ist nicht gut drauf«, flüsterte ihre Freundin.

»Warum denn?«, wollte Annie wissen.

Ihre Freundin zuckte nur mit den Achseln. Annie erinnerte sich, wie sie zu Zach hinüberschaute, der absurd weit weg von ihnen stand. Sein Gesicht wirkte grobschlächtig und muffig. Die Mädchen liefen zu ihm. Sie versuchten, ihn einzubeziehen, ihn in bessere Laune zu versetzen, doch es änderte sich nichts. Annie wusste noch, dass sie Zach beobachtete, wie er eine Zigarette gedankenlos auf dem trockenen Gras des Kürbisfelds ausdrückte, und wie dann ihre Freundin sich pflichtbewusst bückte, sie aufhob, damit über einen Stein rieb, um sicher zu gehen, dass sie nicht mehr brannte, und sie dann in ihre Manteltasche steckte. Damals hatte Annie den Moment fasziniert verfolgt. Doch jetzt war sie dreißig Jahre alt und hatte das Gefühl, dass sie den größten Teil ihrer Zeit damit verbrachte, Zigarettenkippen aufzuheben, die kurz davor waren, trockene Erde in Brand zu setzen.

»Ist okay«, sagte Annie zu Jason. »Du kannst gehen.«

Jason kam zu ihr herüber, küsste sie auf die Wange, und Momente später war er aus der Tür.

Am nächsten und am übernächsten Tag machte der Gedanke an das Gespräch Annie vollkommen krank. Sie dachte ständig darüber nach, doch meistens versuchte sie, sich einfach nur davon zu überzeugen, dass dieser Schmerz, den sie empfand, irrational war. *Er braucht einfach nur seinen Freiraum. Was ist so schlimm daran?*, dachte sie dann. *Gefällt es mir denn nicht, allein zu sein?* Doch wenn sie das dachte, fühlte sie sich auf einmal gar nicht getröstet, sondern spürte, wie ihr Bein zu zucken begann oder sie mit dem Finger auf den Schreibtisch klopfte. Nervosität machte sich in ihrem Körper breit, und es wurde immer schwerer, das zu leugnen. *Der Mensch, der dir am nächsten steht, tut alles, um von dir wegzukommen*, dachte sie dann, und sie spürte, wie sie zu fallen begann, wie sich alles drehte, und kam sich vor wie eine Idiotin. Doch heute war sie mit Arly verabredet und musste alles andere aus ihrem Hirn verbannen.

Sie war sich nicht sicher, worum es bei dem Treffen ging. Es kam nur selten vor, dass er sie allein in sein Büro bat.

Normalerweise kamen sie in einer Gruppe zu ihm, und wenn es etwas unter vier Augen zu besprechen gab, stand er einfach irgendwann vor ihrem Schreibtisch und nahm sich ein paar Minuten Zeit für sie.

Gestern hatte sie die Mail bekommen: *Kannst du morgen mal bei mir im Büro für ein kurzes Gespräch vorbeikommen? A.*

Sie schrieb zurück: *Klar. Welche Uhrzeit passt dir am besten? Viele Grüße, Annie.* Sie fühlte sich nie wohl damit, einfach nur mit ihrem Initial zu unterzeichnen, so wie er das tat. Sie dachte immer, er würde das vielleicht falsch verstehen und sie für übereifrig halten. Deshalb schrieb sie immer noch »viele Grüße« dazu, oder sie ließ ihren Namen ganz weg.

10? A.

Super! Bis dann!

Die Tür zu Arlys Büro stand halb offen, doch sie klopfte trotzdem. Von ihrem Standpunkt aus konnte sie Arly nicht sehen, merkte aber, dass Erin, seine Assistentin, anwesend war.

»Komm rein, komm rein«, rief Arly.

Annie trat ein und blieb direkt hinter Erin stehen. Sie wollte sie nicht unterbrechen. Sie hasste es, wenn Leute das mit ihren Assistentinnen machten, als wäre deren Arbeit aus irgendeinem Grund weniger dringlich. Ganz allgemein fand sie die Hackordnung im Büro unnötig grausam, weshalb sie, wann immer sich ihr die Gelegenheit bot, ihr Bestes tat, um dagegen aufzubegehren.

»Okay, alles klar, das mache ich«, sagte Erin zu Arly. Sie drehte sich um und lächelte Annie an. »Hey, Annie, wie geht's?«

»Mir geht's gut, und dir?«

»Großartig!« Wenn Erin lächelte, war es immer ein strahlendes Lächeln, doch meistens sah sie dabei auch erschöpft aus. Da war etwas an ihr, das sich Annie nicht recht erschloss. Selbst jetzt, wo sie neben ihr stand, war da etwas Schweres, Düsteres. Aber sie mochte Erin. Sie war eine kluge Frau, und sie zog sich immer klasse an, was nicht wichtig, aber irgendwie beneidenswert war.

»Ich lasse euch beide jetzt allein«, sagte Erin, drehte sich um und ging hinaus.

Arly saß am Schreibtisch, stand aber auf, als Annie näher kam.

»Nimm doch Platz«, sagte er und wies auf den Stuhl, der vor dem Schreibtisch stand. Sein Büro war auf lässige Weise elegant eingerichtet. Dutzende von Fotos hingen an den Wänden, die ihn über die Jahre mit irgendwelchen wichtigen Gästen zeigten. Auf seinem Schreibtisch lag, lässig verteilt, allerlei Krimskrams. Und auf jeder freien Fläche des Raumes stapelten sich Bücher. Wann immer sie hier war, hatte Annie das Gefühl, dass dies genau der Raum war, in dem sie sein wollte.

»So«, sagte Arly. Er ging um den Schreibtisch herum und lehnte sich mit dem Rücken daran, sodass er halb saß und halb stand. Er war ein dünner, schlaksiger Typ. Seine Haare waren grau, aber er sah jünger aus, als er war. Er strahlte immer eine gewisse Energie aus. »Ich habe dich hergebeten, weil ich dir einfach mal mitteilen wollte, dass du großartige Arbeit leistest. Das Team und ich sprechen momentan darüber, welche Rolle du hier im nächsten Jahr einnehmen solltest, weil wir wollen, dass diese Rolle deiner Qualifikation gerecht wird, und die ist galaktisch gut. In anderen Worten: Ich möchte, dass du genauso weitermachst wie bisher, und sehe eine große Zukunft für dich.«

Annie spürte, wie viele kleine Lichtblitze in ihrem Körper aufflackerten. Die Fasern, die Jason mit seinen Sonntagsausflügen in ihr zertrennt hatte, waren in Lichtgeschwindigkeit wieder zusammengefügt worden.

»Wow, ich weiß nicht, was ich sagen soll. Ich danke dir vielmals, Arly, ich … wow.«

»Nein, du musst gar nichts sagen, deine Arbeit spricht für sich.« Er ging wieder um seinen Schreibtisch zurück und nahm Platz. »Na gut, du kannst dann gehen, ich wollte es dir nur persönlich sagen. Also, gute Arbeit, meine Liebe. Weiter so.«

Annie stand auf und dankte Arly noch sicher weitere Dutzend Mal, bevor sie sein Büro verließ. Sie schwebte wie auf Wolke sieben, so lebendig hatte sie sich nur ein paarmal in ihrem Leben gefühlt. In der vierten Klasse hatte es einmal einen Lehrer gegeben, der ihr gesagt hatte, sie könne gut schreiben. Oder der Moment, als ihre Mom sagte: »Weißt du was, Annie, du bist die klügste Person, die ich kenne.« Und dann war da vielleicht noch das erste Mal, als Jason ihr gesagt hatte, dass er sie liebte. Es kam selten vor, dass sie so viel Macht verspürte. Es war eine Offenbarung.

Zuerst dachte sie, sie könnte es Jason schreiben, beschloss dann aber zu warten. Sie wusste, er würde sich für sie freuen, aber sie wollte es einfach noch eine Weile allein und für sich genießen.

Sie ging den Flur entlang und beschloss, bevor sie an ihren Schreibtisch zurückkehrte, auf die Toilette zu gehen. Vor dem Termin hatte sie zu viel zu tun gehabt, außerdem wollte sie nicht zu spät kommen. Als sie vor der Tür der Damentoilette stand und nach der Türklinke griff, sah sie, dass das Schild an der Tür zerbrochen war. Das dreieckige Röckchen, das die Streichholzfrau trug, war halb abgerissen. Das Komische daran war nicht das kaputte Zeichen selbst. Ein kaputtes Schild an der Toilettentür, was sollte das schon bedeuten.

Komisch war das Gefühl, das Annie durchströmte, als sie es sah. Es war nur ein blitzartiger Gedanke, der weder logisch war noch wirklich greifbar, und er tauchte auch nur ganz kurz und flüchtig auf, wie Nebel. Doch sie fühlte ihn. Sie fühlte ihn in ihrem Unterleib, und zusammen mit diesem Gefühl tauchte auch ein Wort auf, so lebendig, wie es nur sein konnte. Sie sah fast jeden Buchstaben davon vor sich, hörte den Klang in ihrem Kopf, als würde sie das Wort mit ihrer eigenen Stimme sagen. Dann war das Wort wieder weg, so schnell, wie es gekommen war.

Und dieses Wort lautete *Gewalt*.

Getanzt

Kürzlich war Celine auf ein altes Video von ihr selbst als Kind beim Ballett gestoßen. Von drei bis elf Jahren hatte sie Ballettunterricht gehabt, danach hörte sie auf und fing mit Fußball an, um mit ihren Freundinnen zusammen zu sein. Beim Fußball war sie nicht lange geblieben. Zwei Jahre, und sie hasste jede Minute davon. Ballett hingegen hatte sie geliebt. Sie freute sich jede Woche darauf. Am Samstag brachte ihre Mutter sie um halb zwölf zum Unterricht, dann tanzte sie, und ihre Mutter schaute ihr zu und sagte ihr, wie großartig sie sei, und hinterher gingen sie immer zusammen zu Burger King. Es war eine ganze besondere Art von wundervollem Zeitvertreib gewesen. Als Celine älter wurde, begann sie, Zweifel an sich zu hegen. Sie fand, dass sie sich die Schritte nicht mehr so leicht merken konnte wie früher, als sie noch klein war. Sie fand, dass ihr Körper nicht biegsam genug war. Und ja, so war es, als alle mit Fußball anfingen, und obwohl ihr selbst nicht viel an Fußball lag, ganz leicht, ihre Mom davon zu überzeugen, dass sie genau das tun wollte, und sie hatte ohne Umschweife mit dem Tanzen aufgehört, einfach so. Erst kürzlich hatte ihre Mom angefangen, all die alten Familienvideos zu digitalisieren, und die Bänder dann, eins nach dem anderen, Celine geschickt. Sie waren niedlich oder lustig oder lächerlich. Doch es gab das eine, auf dem sie neun Jahre alt war und an einer Tanzaufführung teilnahm, und sie konnte nicht aufhören, es sich anzuschauen. Hätte man sie gefragt, was sie denn für eine Tänzerin gewesen war, so hätte sie wahrscheinlich gesagt: »Nur Durchschnitt, ich habe mich nicht besonders hervorgehoben«, doch wenn sie sich jetzt so betrachtete, die gestreckten Füße, die straffen Linien ihres Körpers, dann erkannte sie, dass sie Talent gehabt hatte. Sie war kein Durchschnitt gewesen. Überhaupt nicht. Und so schaute sie sich wieder und wieder das Video an und dachte darüber nach, was gewesen war und was hätte sein können. Besonders traurig war sie allerdings auch nicht. Wäre sie denn wirklich Ballerina geworden? Natürlich nicht. Aber trotzdem: Warum hatte sie etwas aufgegeben, das sie so sehr geliebt hatte, in dem sie gut war, ohne auch nur eine Träne zu vergießen? Woran lag es nur, dass sie so vieles an sich selbst in Zweifel zog?

Am selben Abend, als ihre Mom ihr das Ballettvideo geschickt hatte, war sie zu Theo gefahren. Sie beschlossen, nicht zum Abendessen auszugehen, sondern in der Wohnung zu bleiben. Je mehr Zeit sie dort verbrachte, desto besser gefiel es ihr dort. Am Anfang hatte sie die Wohnung furchtbar gefunden. Als er sie zum allerersten Mal dorthin mitgenommen hatte, war ihr alles, was nicht so gut daran war, regelrecht ins Auge gesprungen. Die Wohnung war alt, abgewohnt. Im Badezimmer gab es ein paar Fliesen, die so kaputt waren, dass es einem fast absurd vorkam, dass der Vermieter sie noch nicht ausgetauscht hatte. Doch mit der Zeit war das Schlechte an der Wohnung in den Hintergrund getreten, und das Gute kam immer deutlicher zum Vorschein. Auf einmal breitete sich die Wohnung vor ihr aus wie eine bunte Wiese. Sie wirkte größer und weniger schäbig. Fast bekam sie die Anmutung eines Zuhauses. *Und eigentlich ist genau das alles, was ich will,* dachte sie vage, als Theo sich auf sein Bett setzte und sie neben ihm Platz nahm.

Sie bestellten sich Burritos und aßen sie auf seinem Zimmer. Während sie einen Taco-Chip nach dem anderen vorsichtig in die Guacamole dippte, die sie auf seiner Bettdecke abgestellt hatten, fragte sie sich, ob sie es nicht doch bedauerte, nicht auswärts essen gegangen zu sein. Danach streckten sie sich auf dem Bett aus und redeten über irgendwelche Belanglosigkeiten. Plötzlich, aus Gründen, die ihr nicht ganz klar waren, kam der Wunsch in ihr auf, Theo das Ballettvideo zu zeigen.

»Schau dir das mal an«, sagte sie und drückte auf Play. Während sie das Video ansahen, hörte sie die Geräusche des Fernsehens aus dem Zimmer seiner Mitbewohnerin im Hintergrund. Sie stellte es immer so laut, dass Celine Theo einmal gefragt hatte, ob Joy schwerhörig sei.

»Was meinst du?«, hatte Theo gefragt. Ihn schien die Frage vollkommen zu überraschen.

»Ich meinte nur, sie stellt den Fernseher so laut. Ich dachte, vielleicht hat sie was mit den Ohren.«

»Ach, nein. Ich weiß nicht, warum sie das macht.«

Zuerst fand Celine das irritierend, doch mit der Zeit gewöhnte sie sich irgendwie daran. Das Dröhnen, das durch die

Wand kam, durchschnitt die Stille und half ihr einzuschlafen, wenn sie über Nacht blieb. Selbst als sie Theo das Video zeigte, war Joys Fernseher noch zu hören, doch irgendwie fand sie es mittlerweile sogar beruhigend.

Während er das Video ansah, schaute sie in sein Gesicht, um seine Reaktion abzuwarten, doch er blieb die ganze Zeit bei seinem leichten Lächeln.

»Ach, wie niedlich«, sagte er, als das Video zu Ende war.

»Ich war gut, findest du nicht?«, wollte sie von ihm wissen.

»Yeah, richtig gut.«

»Ich habe damit aufgehört«, sagte sie.

»Warum?«

»Ich weiß nicht. Um Fußball zu spielen.«

»Fußball habe ich auch gespielt.«

Und damit war das Gespräch beendet. Celine war enttäuscht, obwohl sie nicht wusste, was sie eigentlich von ihm erwartet hatte.

Am nächsten Morgen stand sie auf einer der zerbrochenen Fliesen im Bad und versuchte, das Gleichgewicht zu halten, während sie in eine frische Unterhose schlüpfte (die hatte sie sich mitgebracht, als sie wusste, dass sie bei Theo übernachten würde). Ihr Körper geriet ein wenig ins Wackeln, aber sie fing sich wieder, als sie an die Spitzenschuhe und das Gefühl zurückdachte, in Richtung Himmel zu springen.

Sie nahm die U-Bahn in die Arbeit, und etwa um die Mittagszeit kam der einzige Mann, der bei Loom arbeitete, auf sie zu und versuchte, sie anzubaggern. Er war ein fleischiger Kerl mit einem großen Gesicht und allem Anschein nach noch größerem Hals, nicht ihr Typ, doch alle anderen Frauen in der Firma turtelten auf eine vage, unverbindliche Weise um ihn herum, und so kam es, dass sie sich, als er auf sie zuging und fragte, ob sie etwas mit ihm trinken gehen wolle, nicht nur geschmeichelt fühlte, sondern auch unglaublich erfolgreich. Sie kam aus dem Lächeln nicht mehr heraus, und die Arbeitszeit flog schneller vorbei als jemals zuvor. Als sie sich dabei erwischte, wie sie eine Mail, in der es um ein kommendes Meeting ging, mit einem Gefühl der Schadenfreude verschickte, hielt sie abrupt inne. *So zufrieden und glücklich habe ich mich noch nie in diesem Büro gefühlt*, dachte sie. Sie zerbrach sich den Kopf auf der Suche nach einer anderen Gelegenheit, irgendeines Erfolgs, der diesen Gedanken entkräften könnte, doch ihr fiel absolut nichts ein. Das war nicht nur ihre Schuld – die Arbeit war nicht besonders dankbar in dieser Hinsicht –, und trotzdem empfand sie es als zutiefst armselig.

Sie machte früh Feierabend, und als sie nach Hause kam, bereitete sie sich eine heiße Schokolade zu und setzte sich auf den Sitzsack, der neben ihrem kleinen Erkerfenster stand. Dort saß sie nur selten. Theoretisch war der Sitzsack für Gäste gedacht, doch das war nur sehr selten der Fall. Celines Apartment bestand nur aus einem Zimmer, und tatsächlich war es viel zu klein, um Gäste zu bewirten. Sie hasste die Vorstellung, jemand könnte sich, ohne länger darüber nachzudenken, einfach auf ihr Bett setzen. Das hätte sie als übergriffig empfunden. Bald würde ihr Mietvertrag auslaufen, und ihr Vermieter sprach davon, dass vielleicht seine Tochter einziehen würde.

»Sie hat einen Abschluss in Creative Writing. Sie weiß nicht, wo sie sonst hinsoll.«

Celine würde also ausziehen müssen. Vielleicht in ein anderes Apartment, doch sie bezweifelte, dass sie sich das leisten konnte. Ihre jetzige Wohnung war mietgebunden und damit besonders günstig. Außerdem wollte sie nicht umziehen.

Vielleicht könnte ich ja mit Theo zusammenziehen?, dachte sie, und dann: *Aber du magst Theo ja gar nicht.*

Genau in dem Moment, als ihr dieser Gedanke durch den Kopf ging, bekam sie ein weiteres Video von ihrer Mutter.

Mit Fingerfarben in der Badewanne!, hatte ihre Mom es betitelt.

Celine wollte das Video abspielen, ließ es dann aber. Stattdessen rief sie ihre Mutter an.

»Hi, Liebes«, sagte ihre Mom, als sie abhob.

»Hi.«

»Hast du dir das Video angeschaut, das ich dir geschickt habe?«

»Noch nicht.« Celine war enttäuscht. Das Gespräch verlief schon jetzt nicht so, wie sie sich das vorgestellt hatte, auch wenn dieses Gefühl vollkommen irrational war. »Eigentlich rufe ich dich an, weil ich mich gefragt habe, wieso ich damals mit dem Ballett aufgehört habe.«

»Du wolltest Fußball spielen.«

»Ich weiß, aber es war auch so, dass … Ach, nichts. Was treibst du so?«

»*Ich* war nicht diejenige, die wollte, dass du mit dem Tanzen aufhörst.«

»So habe ich das nicht gemeint, Mom.«

»Bleibst du kurz dran?« Für eine gute Minute wartete Celine, während ihre Mom im Hintergrund mit irgendetwas raschelte.

»Wie läuft's so mit dir und Theo?«, sagte sie schließlich.

»Gut«, sagte Celine. »Wir sehen uns oft.«

»Glaubst du, es ist was Ernstes?«

»Ja«, antwortete Celine, ohne auch nur darüber nachzudenken.

»Das ist gut. Bring ihn doch irgendwann mal mit!«

»Das mache ich«, sagte Celine. Auf einmal hatte sie das Gefühl, die Antworten rutschten ihr einfach heraus, ohne dass sie darüber nachdachte. *Meinen sie das, wenn sie von einer außerkörperlichen Erfahrung sprechen?*, ging es ihr durch den Kopf. »Kann ich dich was fragen?«

»Klar«, sagte ihre Mom.

»Wie würdest du mich als Kind beschreiben?«

»Oh. Du warst wagemutig.«

»Was?«

»Ja, und klug und schön, sehr süß.«

»Okay, aber zuallererst hast du wagemutig gesagt. Du sagtest ›wagemutig‹.«

»Ja.«

»Nun, aber warum hast du das gesagt? Warum ist dir als Erstes ›wagemutig‹ eingefallen?«

»Weil … ich weiß nicht, du warst es einfach. Du hattest vor nichts Angst. Ich meine, du warst ein Star.«

Celine holte Luft, atmete aber nicht durch. Sie hatte das Gefühl, alles stockte, bevor es sie erreichte.

»Das kann nicht sein.«

»Es stimmt. Ich erinnere mich an eine Szene, als du noch klein warst und einfach mitten durch den Spielzeugladen gingst und dabei die Arme hochhieltest. Bei einem anderen Kind hätte es einfach lustig oder liebenswert ausgesehen, doch bei dir, ich weiß nicht, ich habe dich sofort dafür bewundert.«

»Mich bewundert?«

»Ja, bewundert.«

»Ich kann das einfach nicht glauben.«

»Celine, glaub, was du willst, aber das ist die Wahrheit.« Auf einmal wirkte ihre Mutter frustriert, so wie damals, als sie so viel gestritten hatten. »Du erinnerst dich doch gar nicht, also halt den Mund«, hatte ihre Mom einmal gesagt, und manchmal hatte Celine das Gefühl, dass das der Grundtenor von allem war, was zwischen ihnen vorging.

»Ich will das nicht denken.«

»Warum?«, wollte ihre Mom wissen.

»Weil ich jetzt überhaupt nicht mehr so bin. Das passt überhaupt nicht zu mir.«

Am liebsten hätte Celine das alles vergessen, als wäre es nie passiert. Dieses Gespräch, das Wort *wagemutig*. Dass ihre Mutter sie als *Star* gesehen hatte. »Es macht mich traurig«, sagte sie.

»Was denn genau?« Ihre Mom schien nicht zu begreifen, dass das Gespräch gerade auf der Kippe stand, deshalb wechselte Celine das Thema, dann verabschiedeten sie sich und legten auf.

Celine war ruhelos. Sie stellte sich vor, wie sich das damals angefühlt hatte, mit erhobenen Armen herumzulaufen. Heutzutage hob sie nie die Arme, wirklich nie, wie ihr schien. *Vielleicht, wenn ich etwas Schweres hebe,* überlegte sie. Kurz dachte sie an Theo, an eines ihrer allerersten Dates, als sie ihm von einem Caféfenster aus zugewinkt hatte, um ihn auf sich aufmerksam zu machen. Er lächelte, doch er hatte nicht zurückgewinkt, weil für ihn dazu keine Notwendigkeit bestand. Der Gedanke machte sie noch unruhiger, und auf einmal kam der Wunsch in ihr auf, sich zu bewegen. Sie erhob sich und stellte sich auf den Sitzsack. In einer ausholenden Bewegung sprang sie herunter, als würde sie wieder tanzen. Die Beine weit ausgestreckt, die Arme in einer graziösen Haltung, an die sie sich noch gut erinnerte. Als sie landete, fühlte sich das in dem beengten Raum ihres Apartments lächerlich an. Dennoch machte sie eine kleine Verbeugung.

Auf Tinder

Joy fand erste Dates grässlich. Sie konnte sich nicht erinnern, dabei jemals auch nur eine Sekunde Spaß gehabt zu haben. Nicht ein einziges Mal waren die Vorbereitung auf ein Date, das Date selbst oder die Stunden danach etwas anderes gewesen als Folter. Wenn sie an das Daten dachte, hatte sie sofort das Bild vor Augen, wie schlaff und pummelig sie in dieser grauen Jeans ausgesehen hatte, etwas, das sie sich dank eines unglücklichen Zwischenfalls vor ein paar Jahren mit aller Klarheit wieder ins Gedächtnis rufen konnte. Ihre Familie hatte damals ihre große Party am Nationalfeiertag gefeiert, und ihr Onkel hatte eine Kamera aufgestellt, um zu filmen, wie ihre jungen Cousins und Cousinen zum allerersten Mal ein paar Wunderkerzen anzündeten. Alle wuselten um sie herum, und ohne es zu merken, stand Joy auf einmal vor der Kamera, die auf einem Stativ aufgebaut war. Als sie sich den Film ein paar Minuten später angeschaut hatten, sah man zu einem Viertel Kids, die Wunderkerzen anzündeten, und zu drei Vierteln ein schwabbeliges Hinterteil.

»Wer ist das?«, fragte ihr Onkel.

Joy brauchte ein paar Sekunden, bis sie sich selbst erkannte. Bis zu diesem Moment hätte sie sich nie vorstellen können, dass ihr Hintern so schlimm aussah. Sicher, sie hatte nicht den allerknackigsten Po, aber das hier war eine Monstrosität. Der Hintern sah schlaffer und seltsamer gefaltet aus, als sie erwartet hätte. Ihre Oberschenkel waren noch breiter als ihr Gesäß, was absolut keinen Sinn ergab, wenn man sich die Eigenheiten menschlicher Anatomie vor Augen hielt, von denen sie geschworen hätte, sie würde sie kennen.

»Das bin ich«, sagte sie.

»Ach, du standest im Weg«, sagte ihr Onkel.

»Tut mir leid.«

Und dann ging alles weiter wie gehabt, und sie aßen Kartoffelsalat. Was hätten sie sonst tun sollen? Doch etwas an der Selbstvergessenheit ihres schwabbeligen Ichs, das im Weg stand, war in ihrem Denken von nun an mit dem Daten verknüpft, und wann immer sie ein Date hatte, was sowieso schon ziemlich selten vorkam, schob sich das Bild von ihrem breiten, formlosen Gesäß neben ein paar kümmerlichen Wunderkerzen vor ihr inneres Auge.

Das Date von Tinder, für das sie sich an diesem Abend verabredet hatte, war mit einem Mann namens Rick. Von seinem Profil her und von den Nachrichten, die zwischen ihnen hin- und hergegangen waren, kam er ihr recht nett vor. Was sie an ihm am meisten mochte, war, dass sie auf Anhieb nichts an ihm finden konnte, das abstoßend war. *Ich bin mir sicher, er ist nett*, dachte sie an jenem Tag immer wieder, wenn es ihr durch den Kopf ging, ob sie das Date absagen sollte, was etwa achtundzwanzigmal in der Stunde vorkam, ein Impuls, dem sie bei vielen anderen Dates in der Vergangenheit nachgegeben hatte. Doch dieses Mal hatte sie eine extra Motivation. Ihr Plan war nicht, durch das Daten jemanden kennenzulernen und damit von Theo wegzukommen. Nein, ihr Plan bestand darin, Rick kennenzulernen – oder überhaupt irgendjemanden, den sie wirklich ertragen konnte –, in der Hoffnung, Theo eifersüchtig zu machen.

Sie ging früh in den Feierabend, um noch zu duschen und sich zurechtzumachen. Sie hatte das Date auf einen Mittwoch gelegt, denn am Mittwoch war es am unwahrscheinlichsten, dass Celine vorbeikam. Momentan war Celine normalerweise am Freitag, Samstag und an den meisten

Dienstagen bei ihnen, ab und zu kam noch der Donnerstag hinzu. Am Mittwoch musste sie lange arbeiten, was Joy daher wusste, weil sie genau aufpasste, wenn Theo etwas erzählte. Ihr Plan war, sich schickzumachen und Theo dazu zu bringen, dass er so etwas sagte wie: »Wow, Joy, du siehst phantastisch aus! Wo geht's denn hin?« Und dann könnte sie so etwas Lässiges sagen wie: »Ich habe ein Date mit einem tollen Typen. Er heißt Rick.« Und im allerbesten Fall würde Theo sagen: »O mein Gott, wag es bloß nicht. Ich bin verliebt in dich.« Und dann würden sie sich küssen, und es würde der Beginn all des Schönen und Wundervollen sein, das nach Joys festen Überzeugung zwischen ihnen sein konnte.

Was sie anziehen sollte, hatte sie noch nicht wirklich überlegt, doch ein paar Sachen fielen ihr ein: ein Kleid in zartem Blumenmuster mit hoher Empire-Taille; und es gab auch noch diesen weit fallenden Rock, von dem sie glaubte, er könne ihren Bauch gut kaschieren. Doch als sie diese beiden Kleidungsstücke anprobierte, merkte sie, dass erstens beide bei weitem nicht so schön waren, wie sie sie in Erinnerung hatte, und zweitens, dass sie in der Zeit, seit sie zu Hause um Theo herumschwänzelte, in der sie mit ihm auf der Couch saß und Süßigkeiten futterte oder aus lauter Frust irgendetwas in sich hineinstopfte, deutlich zugenommen hatte, und auch wenn sie in letzter Zeit mehr Salat gegessen hatte, war der Schaden nicht zu übersehen. *Was zum Henker soll ich nur machen?*, dachte sie. Ein etwas verschwommenes Bild von Celine, wie sie vor dem Kühlschrank hockte und ihr wohlgeformter Hintern sich unter der Pyjama-Shorts abzeichnete, ploppte in ihrem Kopf auf. *Ich hätte nie gedacht, dass ich auf einen Hintern so neidisch sein könnte,* dachte Joy. Am Ende war das Einzige, was halbwegs gut aussah, ein schwarzer

Oversize-Pullover zu Jeans, die fast ausschließlich aus Elasthan bestanden. Sie schminkte sich, so gut sie konnte, und schaute auf die Uhr. Es war siebzehn Uhr zweiundfünfzig. Theo hätte längst zu Hause sein müssen. In etwa einer Viertelstunde musste sie gehen. Langsam wurde sie nervös. *Werde ich also umsonst den ganzen Abend diesem Rick zuhören müssen?* Zum Glück fiel in diesem Moment die Wohnungstür ins Schloss. Sie lauschte den Schritten, die den Flur entlanggingen. Als sie hörte, wie Theo die Küche betrat, wusste sie, dass ihre Zeit gekommen war. Sie schlüpfte in das einzige Paar High Heels, das sie besaß, und klapperte in Richtung Küche.

Theo stand am Abfluss und spülte etwas ab. Er bemerkte nicht, wie sie hereinkam. Sie hatte sich vorgenommen, so zu tun, als wäre sie auf der Suche nach ihren Schlüsseln.

»Hey, Theo«, sagte sie und trappelte durch die Küche.

»Hey«, sagte er, schaute aber nicht von der Spüle auf.

Sie blieb einen Moment stehen.

»Hast du zufällig meine Schlüssel gesehen?«, fragte sie ihn.

»Nein, tut mir leid«, sagte er, spülte aber weiter ab.

»Nun, ich brauche sie dringend, sonst komme ich zu spät.« Sie hoffte, er würde sagen »Spät?«, doch er spülte einfach nur weiter.

»Zu meinem Date«, sagte sie laut, obwohl er gar nicht danach gefragt hatte.

Er stellte das Wasser ab und drehte sich um.

»Date?«, sagte er mit einem Lächeln. »Du hast ein Date?«

»Habe ich.« Ihr Herz klopfte so stark, dass sie Sorge hatte, man würde es hören.

»Mit wem?«

»Mit diesem Typen, den ich auf Tinder kennengelernt habe.«

»Ich wusste gar nicht, dass du auf Tinder bist.«

»Na ja, weißt du, ich wollte einfach mal wieder damit anfangen. Ich war so mit der Arbeit beschäftigt, dass ich mich gar nicht mehr darum gekümmert habe.« Das war erstunken und erlogen, aber sie fand, es klang gut.

»Das muss ich erst mal verarbeiten.«

»Wieso?« Das fragte sie so spontan zurück, dass sie überhaupt keine Zeit hatte, sich zu überlegen, welche Antwort sie sich erhoffte.

»Ich weiß nicht. Schätze, ich habe dich einfach nie als einen Menschen gesehen, der datet«, sagte Theo.

Einen Moment lang standen sie da und sahen sich nur an. Joy ging alles Mögliche durch den Kopf, aber vor allem war sie deprimiert. *Er hat mich nicht für jemanden gehalten, der datet?*

»Sehe ich okay aus?«, fragte sie ihn. In diesem Moment war sie so durcheinander, dass sie überhaupt nicht nachdachte, bevor sie es sagte. Sie wollte, wollte, wollte einfach irgendetwas.

»Du siehst gut aus«, sagte er, jedoch auf eine Weise, die ihr kein bisschen das Gefühl gab, sexy zu sein. Tatsächlich war es das enttäuschendste *Du siehst gut aus*, das sie jemals gehört hatte.

Ein paar Minuten später war sie auf dem Weg zu dem Treffen mit Rick. Der Satz *Ich habe dich einfach nie als einen Menschen gesehen, der datet* ging ihr in Endlosschleife durch den Kopf. Sie konnte sich beim besten Willen nicht vorstellen, wie sie diesen Satz auf eine Weise interpretieren sollte, die ihr Mut machen könnte.

Rick war älter und dicker, als er auf seinen Fotos aussah, doch Joy empfand das eher als Erleichterung. Wann sie selbst ein Dating-Profil anlegte, machte sie sich immer Sorgen, sie könnte Bilder von sich posten, die zu schmeichelhaft waren, und der Typ würde enttäuscht sein, wenn er sie persönlich kennenlernte. Es war besser, so realistisch zu sein wie möglich, vielleicht sogar ein bisschen zu untertreiben; die könnten ja auch positiv überrascht sein. *Vielleicht sollte ich einfach dieses Video von meinem Schwabbelarsch posten*, hatte sie schon hin und wieder gedacht.

»Hi, ich bin Rick«, sagte er und schüttelte ihr die Hand.

»Joy«, sagte sie und schüttelte zurück.

Sie hatte vorgeschlagen, sich auf einen Kaffee oder einen Drink zu treffen – es war am besten, die Sache für den Fall, dass das Gespräch holprig verlief, so kurz wie möglich zu halten, –, aber er schwärmte so vollmundig von einem neuen Italiener, den er die ganze Zeit schon ausprobieren wollte, dass sie sich verpflichtet fühlte, zuzustimmen. Und jetzt saß sie vor ihren Fettuccine und tat alles, was in ihrer Macht stand, um die Konversation am Laufen zu halten, eine Verantwortung, die sie sehr ernst nahm. Sie war permanent auf der Hut vor irgendwelchen Peinlichkeiten, die diesem Mann unangenehm sein könnten. Dabei hatte er sie noch nicht einmal darum gebeten. Sie fühlte sich verpflichtet, es zu tun.

»Aha, du bist Personalerin. Hast du eine Ausbildung dafür gemacht?«, wollte Rick wissen.

»Nein, ich habe einen Abschluss in Marketing, aber ich weiß gar nicht mehr, warum ich das überhaupt studiert habe. Schätze, ich mochte einfach diese Vorstellung, kreativ zu sein und mir jede Menge Werbeideen einfallen zu lassen. Ich hatte keine Ahnung, was auf mich zukam. Zum Beispiel bin ich viel zu schüchtern für so was.«

»Mir kommst du nicht schüchtern vor«, sagte er.

»Ach, in so einer Situation wie jetzt bin ich auch nicht super schüchtern, aber wenn es darum geht, mich in eine Gruppe einzubringen, bekomme ich kein Wort heraus. Eins zu eins klappt es ganz gut, aber selbst in einer Gruppe aus drei Leuten habe ich schon Schwierigkeiten damit.«

»Verstehe. Das ist bei mir manchmal auch so«, sagte Rick.

»Wo hast du denn deine Ausbildung gemacht?«

»Schlagzeug. Ich wollte Musiker werden.«

»Oh, wow, das ist sehr cool.«

»Kann schon sein, aber ich bin nicht so gut am Schlagzeug, wenn ich ganz ehrlich bin. Ich meine, ich bin gut genug, um irgendwo mitzuspielen, aber davon leben kann ich nicht.«

»Und jetzt bist du in der Immobilienbranche?«

»Ja.«

»Gefällt es dir?«

»Es gefällt mir, dass ich damit Geld verdienen kann.«

»Aha. Na ja, das sagt dir keiner, wenn du achtzehn bist, stimmt's? Da geht es nur darum, dass du deinen Träumen folgst und das tust, was du liebst. Ich denke aber, niemand liebt es, unter der Brücke zu schlafen.«

»Sehr wahr.«

Eine Sekunde lang blieb es still. Sie hörte, wie ihre Gabel auf dem Teller klapperte, als sie sich Nudeln nahm. *Überleg dir eine Frage, überleg dir eine Frage,* dachte sie. »Und bist du aus der Gegend hier?«

Noch bevor er die Gelegenheit hatte zu antworten, merkte sie, wie ihr Handy summte. Es war Theo. Ihr Herz machte einen Satz, als sie seinen Namen sah.

»Sorry, ich hoffe, es macht dir nichts aus, wenn ich kurz draufschaue. Das ist mein Mitbewohner. Will bloß sichergehen, dass zu Hause alles in Ordnung ist«, sagte sie. Ironischerweise klang sie, eben weil es um den Mitbewohner ging, ziemlich überzeugend. Es klang so, als machte sie sich tatsächlich Sorgen, es könnte eine Leitung geplatzt oder der Ofen kaputtgegangen sein.

Theo hatte ihr ein GIF geschickt. Darauf sah man eine Braut, die in ihrem Hochzeitskleid die Treppe hinunterfiel, ein GIF, das er schon oft geschickt hatte und über das sie immer lachen musste. Von dieser Sekunde an war das Date für sie nur noch weißes Rauschen.

Als sie in die Wohnung zurückkam, rechnete sie damit, dass Theo im Wohnzimmer saß und auf sie wartete. Sie hatte sich schon ein paar Dinge zurechtgelegt, die sie ihm über das Date sagen könnte. »Er sah überhaupt nicht so aus wie auf den Fotos.« – »Ich musste die ganze Zeit das Gespräch am Laufen halten.« – »Er hat furchtbar geküsst.« Diese letzte Bemerkung fand sie besonders aufregend, denn sie war sich sicher, wenn überhaupt etwas Theo eifersüchtig machen konnte, dann wäre es die Tatsache, dass sie Rick geküsst hatte (etwas, das sie nicht vorhatte und auf das sie auch keine besondere Lust hatte, aber für ein Gespräch wie dieses könnte es durchaus nützlich sein). Sie lief die Treppe so schnell hoch, wie sie es in ihren High Heels schaffte. *Theo*, dachte sie. Doch als sie in die Wohnung kam, war alles dunkel. Er saß nicht im Wohnzimmer und wartete auf sie. Er hatte nicht mal das Licht in der Küche angelassen. Das einzige Licht, das sie sah, kam unter der Türspalte ihres eigenen Zimmers hindurch. Sie holte tief Luft und stieß einen Seufzer aus, als sie darauf zuging, ihre Absätze klapperten, aber sie hatte es nicht mehr eilig, zu irgendeinem Ziel zu kommen. Sie warf ihre Handtasche aufs Bett, zog den Mantel aus, und dann hörte sie es klar und deutlich: »Fick mich, o ja, fick mich, fick mich.«

Celine war da. Sie hatten Sex miteinander. Auf der Stelle war ihr schlecht, und sie war sich nicht sicher, was sie tun sollte. Wenn sie den Fernseher anschaltete oder Musik hörte, würden sie wissen, dass sie sie hören konnte, und nichts war schlimmer in diesem Moment als das. Sie überlegte, ob sie aus dem Haus laufen und die Straße entlangrennen sollte, in der Kälte, einfach nur weg, weg, weg. Doch dafür war es zu spät, und so saß Joy da und lauschte den Geräuschen des Mannes, den sie mehr liebte als sich selbst, während er mit der schönsten Frau, die sie je gesehen hatte, Sex hatte. Es handelte sich höchstens um eine Spanne von vielleicht zehn Minuten, doch bis dahin wusste sie, dass etwas Großes getan werden musste. Es musste eine Veränderung geben, denn das hier, das war unerträglich, es war nicht richtig. Und so zog sie ihr Handy aus der Tasche und schrieb folgende Nachricht an Rick: *Hat großen Spaß gemacht heute Abend! Würde dich gerne wiedersehen! Vielleicht Drinks bei mir zu Hause?* Sie versuchte, nicht allzu fest nachzudenken, als sie die Nachricht noch einmal las, und drückte dann auf *Senden*.

Brief

Annie ertrug es nicht mehr, mit Joy über Celine zu reden. Eine Weile war es in Ordnung gewesen. Sie konnte verstehen, warum ihrer Freundin die ganze Sache so zusetzte, und versuchte, so mitfühlend wie möglich zu sein, doch mittlerweile fand sie das Ganze nur noch traurig. Joys Liebe zu Theo war schon eine Weile länger präsent in ihrer Freundschaft, als Joy es überhaupt zugegeben hatte. Sie war immer da gewesen, in jeder Interaktion, jedem Gespräch. Bevor Celine aufgetaucht war, hieß es zum Beispiel ständig: »Theo isst gern Candy Corn.«

Oder: »Letzte Woche, als Theo und ich den Kühlschrank ausräumten, haben wir drei Rollen Vierteldollar gefunden.«

Oder: »Ich werde Theo fragen.«

Gewöhnlich klang das so, als würde Joy über einen Ehemann oder einen Langzeitlover reden. Jemanden, der so permanent dazugehörte, dass es nicht mehr nötig war, zu erwähnen, wie er eigentlich dorthingekommen war. Doch Annie spürte, dass ihre Freundin permanent nach Gelegenheiten suchte, mehr zu sagen und eine weitere Intimität zum Besten zu geben. Manchmal unterbrach sich Joy mitten im Satz: »Weißt du, dass Theo …«

Dann tat sie Annie am meisten leid, doch es gab nichts, durch das man sie hätte retten können. Sie konnte nicht sagen: »Ach, erzähl doch mal. Ich möchte am liebsten alles über Theo erfahren!« Das gehörte sich nicht. Und gewöhnlich beendete Joy dann ihren Satz mit einem: »Ach, auch egal. Er bringt mich einfach immer zum Lachen.« Als würde sich damit alles klären, als würde es ihr genügen, dass er sie zum Lachen brachte. Und so war es dann eben – eine unausgesprochene Wahrheit, die ihnen beiden bewusst war, die aber nicht erwähnt werden durfte. Jetzt jedoch war Celine mit von der Partie, dieses ganze mühselig zusammengezimmerte Beiwerk war für die Tonne gewesen, und all das, was ruhig im Hintergrund gelauert hatte, war auf unerbittliche Weise in den Vordergrund gerückt.

»Weißt du eigentlich, dass die ständig an ihm dranhängt? Kann sie ihn nicht mal in Ruhe lassen? Er hat sein eigenes Leben.«

»Weißt du, dass ich es wirklich grässlich finde, dass sie überall ihr Zeug bei uns rumliegen lässt? Und zwar nicht nur in seinem Zimmer. Ich habe eine Haarklammer im Bad gefunden, die definitiv nicht mir gehört.«

»Sie hat meine Mandelmilch ausgetrunken! Diese blöde Kuh.«

Eine Weile war es sogar witzig. Wer findet es nicht toll, über eine Frau mit so perfekten Brüsten zu lästern? Doch umso länger es dauerte, desto klarer erkannte sie, dass das Ganze ungesund und obsessiv wurde. Es überschritt deutlich die Grenzen der Verknalltheit, und jetzt, wo es vollkommen ans Tageslicht gekommen war, wie ein Stück Gemüse, das man mitsamt seinem verschlungenen Wurzelwerk aus der Erde geholt hat, gelangte Annie immer mehr zu der Überzeugung, dass es schon vor dem Auftauchen von Celine einfach nicht richtig gewesen war. *Du solltest nicht in jemanden verliebt sein, der nichts von dir wissen will,* dachte sie, und auch wenn sie das gar nicht beabsichtigt hatte, war genau das das Gefühl, das unter der Oberfläche eines jeden Gespräches brodelte, das sie mit Joy hatte, und Annie fiel auf, dass sie immer ungeduldiger und genervter darauf reagierte.

»Aber sie ist seine Freundin, da macht es Sinn, dass sie viel telefonieren.«

»Ach, ich weiß auch nicht. Ich finde Händchenhalten in der Wohnung irgendwie süß.«

»Ich finde Sex unter der Dusche auch toll.«

Oft blieb der armen Joy nichts anderes übrig, als sich durch das Gespräch zu stammeln, und dann fühlte sich Annie schrecklich und verstummte. Das alles war einfach nur lieblos, und so sah sie keine andere Lösung, als sich noch weiter vor ihrer Freundin zurückzuziehen. Immerhin war sie in dem Gespräch, das sie an diesem Morgen geführt hatten, deutlicher geworden.

»Ich bin mir zu neunundneunzig Prozent sicher, dass Celine mein Shampoo benutzt. Kannst du das glauben?«, hatte Joy gesagt.

Annie holte tief Luft, um zu vermeiden, dass sie gleich losschrie. »Warum glaubst du das?«

»Weil ich mir ziemlich sicher bin, dass ich das Etikett nach vorne gedreht hatte, und auf einmal war es nach hinten gedreht.«

»Na komm, sicher kannst du dir aber nicht sein.«

»Ich bin mir ziemlich sicher. Ich finde es sowieso lächerlich, dass sie hier duscht. Sie wohnt hier nicht, dann kann sie doch auch nach Hause gehen und duschen!«

»Aha.« Annie versuchte, sich daran zu erinnern, wie es gewesen war, in dieser Wohnung zu duschen. Es erfüllte sie mit Mitleid, dass sie sich nicht erinnern konnte.

»Joy, kann ich dich was fragen? Gibt es etwas an dem, was Celine tut, ich meine eigentlich mehr als das, was sie eben tut – nämlich, dass du die beiden zusammen siehst –, das dich jemals auf den Gedanken bringt, auszuziehen?«

»Wovon redest du eigentlich? Wieso sollte ich ihretwegen ausziehen?«

»Ich weiß nicht. Ich denke einfach manchmal, wenn ich an deiner Stelle wäre, dann wäre ich irgendwann so wütend, dass ich es am liebsten hinter mir lassen würde.«

Joy war einen Augenblick lang ganz still, und Annie empfand überhaupt nicht das Bedürfnis, die Stille auszufüllen. Auf einmal hatte sie das Gefühl, alles andere als gemein oder rüde zu sein. Kurz sah sie sich als kleines Mädchen, das auf einer schmalen Bordsteinkante entlangbalancierte, und etwas an der Leichtigkeit, mit der sie diese Übung absolviert hatte, fühlte sich genauso an wie dieser Moment.

»Ich denke, ich bin einfach … ich bin einfach nicht wütend«, sagte Joy. »Ich bin nicht sauer.« Und das war alles. Sie redeten noch ein bisschen über das Shampoo, und dann legte Annie auf und ging zur Arbeit.

Als sie dort ankam, war Patrice dabei, in einer Schreibtischschublade zu wühlen.

»Erin hat gekündigt«, sagte Patrice, ohne aufzublicken. »Ich versuche, eine Haarbürste zu finden, die sie mir mal geliehen hat.«

»Sie hat gekündigt? Warum?«

»Ich weiß nicht, aber heute hat sie ihren letzten Tag«, sagte Patrice.

»Oh, wow, aber warum so plötzlich?«

»Ich weiß nicht, vielleicht hat es mit ihrer Familie zu tun. Das vermute ich jedenfalls.«

Annie blickte zu dem Platz, an dem Erin gewöhnlich saß. Sie selbst konnte sie nicht sehen, aber sie konnte einen Rockzipfel von ihr erkennen, der hinter der Abtrennungswand hervorlugte. Dann rückte Erin auf ihrem Stuhl nach vorne, und Annie verlor sie aus dem Blick.

»Na ja, hoffentlich ist alles okay«, sagte Annie.

»Ich hoffe, dass ich diese verdammte Haarbürste noch finde. Sie sah teuer aus.«

Um die Mittagszeit kam Arly an ihrem Tisch vorbei.

»Annie, hättest du was dagegen, ein paar Mädels für die bald – schon *sehr bald* – zu besetzende Position der Assistentin zu interviewen? Ich verlasse mich auf dein Urteil.«

»Natürlich!«, sagte Annie.

»Perfekt.« Er trommelte mit den Händen auf ihren Schreibtisch, bevor er wieder ging.

Danach machte sie kurz Mittagspause und arbeitete anschließend an der Show für die nächste Woche. Irgendwann kam Reid bei ihr vorbei, um ihr eine Frage zu stellen. Sie hatte das deutliche Gefühl, dass es ihm eigentlich nicht um ihre Antwort ging, sondern dass er nur ihre Aufmerksamkeit wollte. Das war etwas, was er oft machte.

»Oh, jetzt verstehe ich«, sagte er. »Cool, danke.« Und er ging weiter.

Danach schrieb sie Jason eine Nachricht und machte sich einen Kaffee. Sie schickte ein paar E-Mails ab, und etwa um drei leitete ihr Arly die Lebensläufe der Frauen weiter, die sie für ihn befragen sollte. Sie klickte sie durch, ohne näher auf Inhalte einzugehen. Alle Frauen kamen direkt vom College. Was sie als ihre Pluspunkte aufzählten, war ebenso aufgebauscht wie dürftig. Eine hatte *pünktlich* fettgedruckt hingeschrieben. *Vermutlich kannst du da so ziemlich alles hinschreiben,* dachte Annie. In gewisser Weise taten sie ihr alle leid. Wahrscheinlich wollten sie einfach unbedingt zum Radio. Sie dachte daran zurück, wie sie selbst früher Schriftstellerin werden wollte. Einmal war sie bei einer Lesung von Toni Morrison gewesen und hatte geweint, weil sie sich auf einmal ihrem Traum so nahe fühlte. Damals hätte sie sich auch als »pünktlich« bezeichnet.

Es war schon nach halb sieben. Die meisten Leute hatten schon Feierabend oder waren dabei zu gehen. Sie tippte noch ein paar Notizen für die Planung des nächsten Tages. Und zwei E-Mails musste sie auch noch beantworten.

»Hier.«

Sie blickte auf. Es war Erin. Sie hielt ihr einen weißen Umschlag hin.

»Erin, hi.« Sie war überrascht, dass sie plötzlich vor ihr stand. Den halben Tag hatte sie darauf gewartet, sie zufällig irgendwo im Flur zu treffen, um sich von ihr zu verabschieden.

»Ich wollte dir das hier geben«, sagte Erin.

Annie nahm den Umschlag entgegen. »Oh, danke.« Sie versuchte, sich vorzustellen, was es sein könnte. Nichts in Zusammenhang mit Erin, die mit verkniffenem Gesicht vor ihr stand, ergab einen Sinn. »Was ist das denn?«

»Das hat jemand für mich hinterlassen, als ich den Job bekam. Ich weiß nicht, was ich sonst damit machen soll«, sagte Erin. Und dann, ohne ein weiteres Wort, drehte sie sich auf dem Absatz um und lief davon. Annie hatte den Eindruck, wenn sie geblieben wäre, hätte sie angefangen zu weinen. Und Annie hatte auch den Eindruck, dass sie vorher schon geweint hatte.

Der Umschlag war an niemanden adressiert. Er sah alt aus, als hätte er lange Zeit unter einem Stapel Papier oder ganz hinten in einer Schublade gelegen. Sie klappte ihn auf. Er war nicht zugeklebt. Sie öffnete ihn und zog den Brief heraus.

An Arlys neue Assistentin.
Bitte sei vorsichtig. Arly war mir gegenüber oft übergriffig.
Für mich war es sexueller Missbrauch. Ich habe es bei der
Personalabteilung gemeldet, aber es ist nichts passiert,
deshalb kündige ich. Bitte sei vorsichtig.
Alles Gute,
A.

Annie kam es so vor, als würde jedes dieser Worte sie treffen. Als hätte jemand ihren Körper mit einem großen Löffel ausgekratzt. Sie dachte an viele Dinge: an Arly, den klugen Mann mit der leisen Stimme, der an sie glaubte und sie förderte. Sie dachte an Erin an ihrem ersten Arbeitstag, als sie diesen Brief bekam. Wie sie ihn durchlas. Vielleicht erwartete man von ihr, dass sie einen Kaffee machte oder eine E-Mail schrieb. Ganz sicher erwartete man von ihr, dass sie sich nichts anmerken ließ oder aussah, als hätte man sie geprügelt, also was hatte sie den ganzen Tag gemacht? Gelächelt? So getan, als gäbe es diese Warnung vor sexueller Übergriffigkeit gar nicht? Sie dachte auch an diese Frau, wer auch immer sie war. Annie verband kein Gesicht mit ihr, doch man muss auch nicht das Gesicht von jemandem präsent haben, um das Gefühl zu haben, man würde diesen Menschen *sehen*.

Sie schaute sich um. Soweit sie wusste, war sie allein im Büro. Auch die meisten Lichter waren bereits ausgeschaltet. Es war nur noch ihre Schreibtischlampe, die ihr Licht spendete. Sie wusste nicht, ob sie stehen oder sitzen sollte. Sie nahm den Brief, faltete ihn zusammen, überlegte es sich dann jedoch anders. Sie klappte ihn wieder auf und machte sorgfältig ein Foto davon. Es war Zeit, nach Hause zu gehen. Heim, manchmal war es einfach nur das.

Star

Es war das erste Mal, dass Celine seit ihrer Kindheit *Der kleine Kuschelhase* las. Sie und Theo waren nach Abendessen und Kino in einen Buchladen gegangen. Auf das Buch war sie gestoßen, als sie durch die Kinderbuchabteilung schlenderte. Sie setzte sich im hinteren Teil des Ladens auf einen Stuhl und vertiefte sich darin, bis sie es durchhatte. Natürlich musste sie weinen, aber zum Glück bekam Theo nichts davon mit. Irgendwie waren sie in ihrer Beziehung noch nicht so weit, dass sie in seiner Anwesenheit über ein Kinderbuch weinen könnte. Ihre Lehrerin in der allerersten Schulklasse hatte gesagt: »Wann immer du im Leben etwas klar erkennen kannst, dann bist du wie der kleine Kuschelhase. Wenn es einmal echt ist, dann ist es echt.«

Bis zum heutigen Tag war sich Celine nicht sicher, ob sie wirklich begriffen hatte, was die Lehrerin damals gemeint hatte; jedenfalls war es so berührend für sie, das Buch noch einmal zu lesen, dass sie kurz darüber nachdachte, es zu kaufen. Sie schob es sogar schnell unter das Buch von Noam Chomsky, das sie mitnehmen wollte, und unter ein Paar ungewöhnlich bedruckter Socken mit einem Bild von einem Mädchen, das zu seinem Pony sagte: »Ich hasse auch alle.« Sie stellten sich an der Kasse an, und Theo bemerkte den kleinen Stapel, den sie in der Hand hielt.

»Das kaufst du?«, fragte er.

Einen Moment lang kam sie sich blöd vor, doch dann merkte sie, dass auch er den Chomsky in der Hand hatte. »Natürlich leihe ich dir den auch gerne«, sagte er. Aus welchem Grund auch immer machte sie das, was er gesagt hatte, nervös, und so kam es, dass sie, kurz bevor sie an der Kasse war, auch den *Kuschelhasen* zurück auf den Tisch mit den Belletristik-Neuheiten legte und nur die Socken kaufte.

Sie kehrten zu seiner Wohnung zurück und hatten Sex. Danach redeten sie ein bisschen, dann schlief Theo ein. Celine lauschte, ob sie irgendetwas hören konnte, doch es war still. Joy hatte ihre Glotze ausgeschaltet. Auf den Straßen der Stadt war es offenbar leer. Durch das Fenster neben dem Bett konnte sie den Kleinen Bären erkennen, und so fing sie an, jeden einzelnen Stern zu zählen, damit sie endlich einschlief. Am nächsten Morgen wachte sie auf und fühlte sich kurz orientierungslos. War sie in ihrer eigenen Wohnung, bei ihren Eltern, in ihrem Zimmer im Studentenwohnheim oder in ihrem Kinderzimmer? Es war eine Enttäuschung, dass es keiner dieser Plätze war. Rasch zog sie sich an und gab Theo einen Abschiedskuss.

»Wie wär's mit Brunch?«, bot er an. Doch Celine wollte in

ihre Wohnung zurück. Sie überlegte sich schnell eine Ausrede, sie müsse noch etwas für die Arbeit tun – etwas vage –, und Minuten später saß sie bereits in der U-Bahn nach Hause.

Tatsächlich war es so, dass Celine immer noch ständig an das Gespräch mit ihrer Mutter denken musste. Sie hatte versucht, eine Beziehung zwischen sich als Kind und ihrem jetzigen Ich herzustellen. Für sie schien eine große Kluft zwischen den beiden zu bestehen, und sie kam einfach nicht darauf, warum. An die Stelle der Träume, die sie von ihrem Ex gehabt hatte, waren Alpträume getreten, von denen sie schweißgebadet aufwachte und sich daran erinnerte, wie sie im Alter von sechs Jahren Sandwiches mit Erdnussbutter und Bananen gegessen hatte. Das Wort *wagemutig* kam ihr wieder in den Sinn, als sie sich daran zurückerinnerte, wie es sich angefühlt hatte, den kühlen Plastikgriff eines Springseils in Händen zu halten.

Sie versuchte, sich zu beschäftigen, um der ganzen Sache aus dem Weg zu gehen, und arbeitete ziemlich intensiv an ihrer Bewerbung für die Grad School. Eigentlich hatte sie dafür nicht das Geld, aber sie hoffte, etwas, irgendetwas würde sie in die Lage versetzen, mehr zu verdienen. An diesem Punkt belief sich die Abzahlung ihres Studienkredits auf einen Betrag von 798 Dollar pro Monat. All ihr Geld ging in dieses Darlehen und die Miete. Ihre Mutter half ihr immer noch manchmal aus, besonders, wenn Celine unerwartete Ausgaben hatte. Sie lebte von Gehaltsabrechnung zu Gehaltsabrechnung, was sie aber viel weniger beunruhigte als gedacht. Das lag hauptsächlich daran, dass alle, die sie kannte, in einer ähnlichen Lebenssituation waren, abgesehen von den Leuten, die sich vollständig von ihren Eltern aushalten ließen.

Ihre Freundin vom College postete ein Bild von sich und ihrem Verlobten vor einem Haus, vor dem ein Schild mit der Aufschrift VERKAUFT! stand. Celine sprach nicht regelmäßig mit ihr, doch soweit sie wusste, arbeitete sie als Dokumentarfilmerin. Auch ihr Verlobter machte Dokumentarfilme. Woher sie mehrere Zehntausend Dollar aufgetrieben hatten, die man als Anzahlung für ein solches Anwesen aufbringen musste, schien Celine unergründlich. Sie schrieb ihr eine Nachricht: *Neues Zuhause? O mein Gott, herzlichen Glückwunsch! Ich bin so neidisch auf euch, Leute!* Ihre Freundin schrieb zurück: *Meine Eltern haben uns mit ihrem Hochzeitsgeschenk überrascht!* Aha, dachte Celine, offenbar lief das so. Lange Zeit war es Celine peinlich gewesen, dass sie sich an allen Ecken und Enden helfen lassen musste, doch je mehr ihr bewusst wurde, wie viele andere Menschen in ihrer Umgebung zu kämpfen hatten, desto klarer wurde ihr, dass es kaum jemanden gab, der es von allein schaffte. Mittellose Freunde ließen sich ebenso helfen wie Leute, die Geld hatten. In gewisser Weise war das auch der Grund, warum sie überhaupt auf die Grad School gehen wollte. *Ich will mir ein Haus kaufen, ohne dass jemand es mir schenkt,* dachte sie, und auch wenn das eigentliche Ziel erst einmal war, drei Monate in Folge zurechtzukommen, ohne jemanden um ein paar Hundert Dollar anpumpen zu müssen, versuchte sie, in größeren Dimensionen zu denken. Sie bezahlte ihre Bewerbungsgebühr mit der Kreditkarte und hoffte auf das Beste.

Als sie nach Hause kam, warf sie ihre Handtasche aufs Bett. Die Wohnung fühlte sich still und irgendwie traurig an. Sie hatte alles nur Erdenkliche getan, um die kleine Zimmerpalme am Leben zu erhalten, und brachte es jetzt nicht übers Herz, sie wegzuwerfen. Und dennoch schien sie Celine in ihrem vertrockneten Zustand vorwurfsvoll anzusehen. Celine beschloss, ein Bad zu nehmen.

Sie ließ sich eine Wanne einlaufen und löste eine Badebombe in Form eines blauen Sterns im Wasser auf. Dann sank sie genüsslich in die Fluten und beobachtete, wie sich die blaue Farbe sprudelnd im Wasser verteilte. Sofort roch ihr kleines Bad intensiv nach schwarzer Johannesbeere, ein Duft, der ihr besser gefallen hätte, wenn das Wasser, in dem sie saß, nicht so schnell abgekühlt wäre. Die Badebomben waren ein Versuch gewesen, so viel Spaß am Wannenbaden zu entwickeln, wie sie das ihrer Meinung nach als erwachsene Frau haben sollte. Während ihres ganzen Erwachsenenlebens versuchte sie nun schon, ein Bad zu nehmen, wann immer sie sich gestresst oder verspannt fühlte, so wie das in diesem Moment der Fall war. Doch es war nie so, wie sie es sich erhoffte, stattdessen starrte sie irgendwann zu der Stelle hoch, wo sich an ihrer Badezimmerwand Schimmel bildete, oder sie beobachtete ein abtrünniges Haar, das langsam an ihr vorbeidümpelte. Auch der Dampf nervte sie, und irgendwie fand sie nie eine bequeme Position in ihrer kleinen Wanne. *Vielleicht ist das Baden in der Wanne ja nur was für reiche Leute*, dachte sie manchmal. Die Badebombe war ein allerletzter Versuch gewesen, sich wenigstens von den Schimmelflecken und dem dümpelnden Haar abzulenken. In dieser Hinsicht hatte es funktioniert, doch der Geruch war so erstickend, dass sie kaum entspannter war als vorher und bei dem Geruch nach schwarzer Johannesbeere und dem harten, kalten Druck der steifen Badewannenwölbung in ihrem Nacken, in Gedanken doch wieder zu all den Beziehungen zurückkehrte, die sie bisher schon gehabt hatte.

Ihren allerersten »Freund« hatte sie im Alter von zwölf gehabt. Sein Name lautete Billy Savory, und jedes Mädchen in der siebten Klasse war in ihn verknallt. Besonders schlau war er nicht, auch in Sport war er kein besonderes As, doch mit seinen großen dunklen Augen und den T-Shirts und Shorts, die er jeden Tag trug, sah er zum Anbeißen aus. Eines Tages kam er in der Pause zu ihr und sagte: »Hey, Celine, hast du Lust, mit mir zu gehen?« Diese Frage war keine allzu große Überraschung, denn es hieß bereits seit Wochen »Billy steht auf dich«. Und schon den ganzen Schultag war geraunt worden: »Billy wird dich in der Pause fragen, ob du mit ihm gehen willst.« Sie war also bereit, und als er dann auf sie zukam und fragte: »He, Celine, hast du Lust, mit mir zu gehen?«, wusste sie ganz genau, was sie sagen würde – seit der ersten Schulstunde hatte sie lang und breit darüber nachgedacht –, und so antwortete sie »Ja«. Danach gab es jede Menge zaghaftes Erröten und Kichern, das war es dann, und Billy dampfte wieder ab.

Die gesamte siebte Klasse beschäftigte sich mit der Tatsache, dass Celine und Billy miteinander gingen. Mädchen, die sie kaum kannte, kamen auf sie zu und fragten: »Ich hab gehört, du und Billy, ihr geht miteinander?« Und sie sagte: »Ja, machen wir.« Und da war dieses Gefühl von Macht gegenüber dem Mädchen gewesen, das sich erkundigte. Noch nie in ihrem ganzen Leben hatte sich Celine so mächtig gefühlt. Sie wurde auf der Stelle respektiert, weil der beliebte Billy *sie* auserwählt hatte. Und tatsächlich – unter all den unterentwickelten oder überentwickelten zwölf- bis dreizehnjährigen Mädchen, die er hätte anbaggern können, hatte er ausgerechnet *sie* auserkoren.

In Wirklichkeit jedoch trafen sich Billy und sie fast nie. Sie aßen am selben Tisch in der Kantine, saßen jedoch niemals nebeneinander oder auch nur in der Nähe. Sie hatten Unterricht in der gleichen Klasse, und dann war er immer sehr nett zu ihr. Manchmal, wenn sie sich auf dem Flur trafen, druckste er ein bisschen vor ihr herum, aber das war es dann schon. Nur ein einziges Mal hatten sie wirklich etwas miteinander unternommen. Nach der Schule kam er zu ihr und sagte: »He, Celine, hast du ein bisschen Zeit?« Und dann gingen sie hinter der Schule spazieren, und Billy redete über Lacrosse. Sie war sich nicht sicher, was sie tun sollte, außer jede Menge zu lächeln und zu lachen. Ab und zu stellte er ihr eine Frage wie »Hast du einen Hund?«. Und sie sagte: »Nein.« Dann auf einmal, während sie noch gingen, blieb er vor ihr stehen und beugte sich viel zu nah zu ihr. Sie lachte etwas peinlich berührt, und dann küsste er sie. Es war kein gewöhnlicher Kuss. Vielmehr steckte er ihr, grob und unbeholfen, die Zunge in den Mund. Celine war so schockiert, dass sie einfach nur dastand und lachte, während er noch die Zunge in ihrem Gesicht hatte. Nach ein paar Sekunden zog er sich zurück und sagte: »Wir haben gerade geknutscht.« Erst als sie nach der ganzen Sache nach Hause kam, fing sie an zu weinen. Sie war sich nicht sicher, warum. Vielleicht aus Verlegenheit, oder weil sie in der Situation die Kontrolle verloren hatte. Jedenfalls war die ganze Macht, die sie in den vergangenen Wochen empfunden hatte, wie weggeblasen. Vor allem jedoch wusste sie, dass sie weder Billy noch sonst jemanden noch einmal auf diese Weise küssen wollte. Panik ergriff sie, weil sie nicht wusste, was passieren würde, wenn sie ihn das nächste Mal traf, doch zum Glück kamen die Ferien, und sie würde ihn eine Weile gar nicht mehr sehen. Als sie in die Schule zurückkam, ging das Gerücht, er würde jetzt »Ashley mögen« und »mit Celine Schluss machen«. Wenn man bedachte, wie groß das Entsetzen war, das sich ihrer bei dem Gedanken ermächtigte, auch nur eine Sekunde in seiner Nähe zu verbringen, hätte sie diese Neuigkeit eigentlich mit

Erleichterung erfüllen sollen, doch stattdessen war Celine am Boden zerstört. Die Vorstellung, dass er, der sie erwählt hatte, nun diese Wahl rückgängig machte und stattdessen auf Ashley stand – was bedeutete das alles? War sie etwa nicht mehr die Hübscheste? Doch offiziell machte Billy nie mit ihr Schluss. Es genügte die Gerüchteküche in ihrer kleinen, kindlichen Beziehungswelt, schon bald danach »ging« er mit Ashley, und Celine »ging« mit niemandem mehr. Ein paar andere Jungs wollten mit ihr anbandeln, doch sie sagte zu allen Nein. Ihr kleines Middle-School-Herz gehörte einzig und allein Billy Savory.

Auf der Highschool datete sie Austin, der in jeder Hinsicht genauso war wie Billy, doch seine Mom fand heraus, dass er rauchte, und schickte ihn auf eine Privatschule, was der ganzen Sache nach drei Wochen ein Ende bereitete. Danach datete sie Sean. Er war auch sportlich, jedoch klüger als Billy und Austin. Es gefiel ihr, wie er sie »Babe« nannte und dass er immer mit ihr Händchen halten wollte, wenn sie durch den Schulflur gingen. Sie und Austin hatten nicht die Gelegenheit gehabt, einander zu küssen, weshalb Sean seit dem Alptraum mit Billy der erste Junge war, den sie küsste. Die Erfahrung, dass das mit dem Küssen bei weitem nicht so traumatisierend war, wie sie gedacht hatte, machte sie glücklich, aber sie hatte trotzdem keinen besonderen Spaß an der ganzen Sache. Was ihr allerdings gefiel, war, wie glücklich und aufgeregt es ihn machte. Sie liebte es, dass er wie bezirzt von ihr war, wenn es zwischen ihnen körperlich wurde. Es war, als befände er sich in einem anderen Bewusstseinszustand. Das fand sie so unfassbar faszinierend, dass sie sogar, als er sie bat, ihr Top auszuziehen, seinem Wunsch Folge leistete, obwohl sie es gar nicht wollte. Ihm einfach nur dabei zuzusehen, wie er sie anstarrte, verschaffte ihr das gleiche

Machtgefühl, das sie damals auf dem Spielplatz durchströmt hatte, als sie den anderen Mädchen sagte, ja, sie sei tatsächlich mit Billy zusammen. Doch dann war Sean mit der Zeit immer ruheloser und erwartungsvoller geworden. Er sagte Sachen wie: »Du weißt schon, dass Cameron und Aaron Sex miteinander haben.« Schon bald entwickelte Celine Schuldgefühle, weil sie für Sean nicht so gut war wie Cameron für Aaron. Sie dachte mehr über Blowjobs nach als alles andere, und allein aus Angst, ihre Beziehung könne sonst in die Brüche gehen, blies sie ihm, ohne es eigentlich zu wollen, einen in seinem Auto. Kurz darauf hatten sie dann Sex miteinander, was eine schmerzhafte und armselige Angelegenheit war, und wieder einmal fühlte sie sich wie damals, als sie auf einmal eine Zunge im Mund hatte, die nicht die ihre war. Aber diesmal weinte sie nicht; das brachte die Reife mit sich – weniger Entsetzen, mehr die Fähigkeit, etwas hinzunehmen.

Damals dachte sie, sie sei wirklich in Sean verliebt, doch wenn sie sich heute daran zurückerinnerte, während das erkaltete Badewasser um ihre Knie spielte, konnte sie sich nicht einmal mehr annähernd einreden, dass sie ihn wirklich geliebt hatte. Sie hatte es geliebt, ihn zu haben, und es hatte ihr gefallen, wie besessen er von ihrem Körper war, doch ihn selbst, als Mensch? Das war keine Liebe gewesen. Wenn sie ganz ehrlich all die Dinge hätte abziehen können, die damals nicht in Ordnung gewesen waren, dann hätte sie wahrscheinlich auf der Highschool überhaupt keinen Freund haben wollen.

Eigentlich war ihr erster richtiger Freund ihr Ex. Nachdem mit Sean alles zu Ende ging, war sie lange Single. Auf dem College ging sie gelegentlich mit jemandem aus, hatte ein paar One-Night-Stands, fühlte sich dabei aber jedes Mal beschissen.

»Unsere Mütter sind für die sexuelle Befreiung auf die Straße gegangen, nur damit ich mit einem ungewaschenen Volldepp ins Bett gehen kann«, sagte ihre Zimmergenossin einmal zu ihr.

»Ich glaube nicht, dass es damals darum ging«, erwiderte Celine.

»Ich weiß nicht, worum es ging, aber die Lage ist trotzdem beschissen«, sagte ihre Mitbewohnerin.

Kurz nach diesem Gespräch lernte sie Derk kennen. Mit Derk war sofort alles klar. Es war Magie. Er spielte Gitarre und war Volontär in einer Werbefirma. Bei den meisten Gelegenheiten waren seine Haare schön gekämmt, und er trug Shirts von Bands, von denen Celine noch nie gehört hatte. Sie hatte ihn auf einer Party kennengelernt, wo er sie mit seinen Kenntnissen über Kokosnussöl beeindruckte. Schließlich fragte er sie nach ihrer Nummer und schickte ihr ein paar lustige Memes. Sie konnte nicht aufhören, an ihn zu denken. Wann immer sie seinen Namen auf dem Display ihres Telefons sah, fühlte sie sich lebendiger als je zuvor. Wenn er ihr lange Zeit keine Nachricht schickte, begann sie sogleich, ihre gesamte Existenz in Frage zu stellen. *Ich bin so blöd,* dachte sie zum Beispiel. *Ich bin so nutzlos,* befand sie. *Warum gibt er mir denn bloß keine Antwort mehr?,* grübelte sie. Irgendwann begannen sie dann, sich regelmäßig zu sehen, und schliefen miteinander. Der Sex war immer noch nicht toll, aber immerhin hatte Celine zum ersten Mal das Gefühl, daran beteiligt zu sein. Sie liebte es, wie er lachte, und sie liebte es, wie er redete. Sie liebte es, an seiner Seite zu sein, und sie liebte es sogar, auf ihn zu warten. Und das tat sie oft, sehr oft. Sechs Monate waren sie bereits zusammen, und er hatte immer noch nicht klar in Worte gefasst, was sie füreinander bedeuteten.

»Das ist Celine«, stellte er sie immer vor, und sein Beziehungsstatus auf Facebook lautete »Verheiratet mit dem gesunden Menschenverstand«. Das Ganze machte Celine wahnsinnig, sie fand es anstrengend, doch statt etwas zu ihm zu sagen oder sogar auch zu sich selbst, arbeitete sie unablässig daran, ihn in Schutz zu nehmen und dem Ganzen etwas Gutes abzugewinnen. *Wer braucht schon solche Bezeichnungen? Was für einen Unterschied macht es denn, wie man das nennt? Wir mögen uns, das sollte doch reichen.* So ging das anderthalb Jahre lang. Irgendwann dann, aus heiterem Himmel, sagte er, als sie auf dem Weg zur U-Bahn waren, in Bezug auf Celine: »Hoffentlich erwischt meine Freundin den Zug noch.« Sie spürte, wie ihr Herz einen kleinen Satz machte. Auf einmal sah sie wieder sich selbst als kleines Mädchen vor sich, wie einen Wassertropfen, der geschmeidig in eine Pfütze fiel und sich auflöste. Doch sie tat nichts. Sie lief einfach weiter an seiner Seite, ganz cool und ruhig, während ihr Inneres in großem Aufruhr war. Danach benutzte sie den Ausdruck *mein Freund* ganz oft, und nicht lange danach sagte er zum ersten Mal, dass er sie liebe. Derk gab seine Stelle als Volontär bei der Werbeagentur auf und bekam eine unbezahlte Hospitanz bei einer Plattenfirma. Celine jobbte als Kellnerin. Seine Familie hatte mehr Geld als ihre und konnte ihn unterstützen, während er umsonst arbeitete und in einer Fünfer-WG wohnte. Es störte sie eigentlich nicht wirklich, aber dass er selten zahlte, wenn sie verabredet waren, fand sie nicht toll. Fast immer übernahm sie die Rechnung, und wenn es ein Konzert gab, zu dem er gerne wollte, ließ er so lange kleine Andeutungen im Raum stehen, bis sie anbot, für sie beide Tickets zu kaufen. Das frustrierte sie zunehmend, doch sie war trotzdem immer noch in ihn verknallt. Er war sehr meinungsstark, und immer, wenn sie glaubte, voraussehen zu können, was er dachte, sagte er etwas Unerwartetes. Es war ein aufregendes Gefühl, zu versuchen, mit ihm mitzuhalten, aber es war auch immer wieder eine Herausforderung.

»Irgendwann werde ich vegan, und ich werde Pelz tragen«, hatte er zum Beispiel gesagt, und sie spürte, wie sie nickte.

»Die Gesetze zum Thema Sicherheitsgurte sind absurd.«

»Wenn ich Kinder hätte, dürften sie sich ihren Namen selbst aussuchen.«

Wenn Celine wirklich nicht seiner Meinung war, dann hielt sie einfach den Mund. Einmal fuhren sie zu einem unbekannten Strand fünfundsiebzig Meilen entfernt, und er redete die ganze Zeit darüber, dass das Recyclen nur etwas für Leute sei, die die Kontrolle über ihren ökologischen Fußabdruck haben wollten, es aber in Wirklichkeit überhaupt keine Bedeutung habe. Celine war nicht dieser Meinung, doch statt etwas zu sagen, saß sie einfach nur schweigend da. Während sie sich der Küste näherten, zählte sie Möwen, und als sie in der Meeresbrandung spazieren gingen, fühlte sie sich traurig und bedauerte alles, fragte sich jedoch keine Sekunde nach dem Grund. Stattdessen machte sie weiter mit dem Bezahlen und pflichtete ihm bei. Ihr Leben war erfüllt von ihm. Ganz langsam und unerbittlich verformte sie sich und passte sich Derk an. Sie machten Dinge, die ihm gefielen, und verbrachten Zeit mit seinen Freunden. Sie begann, so ähnlich zu sprechen wie er. Das Wort *galvanisieren* (was ein Lieblingswort von ihm war) kam ihr leicht über die Lippen. In jeder einzelnen Tasche und Falte ihrer selbst konnte sie ihn unterbringen. Es war verrückt, aber es fühlte sich an wie Feuer. Sie war in ihn verliebt, und es war erhebend, jede auch noch so unbedeutende Seite ihres Selbst in seinem Prisma gebrochen zu sehen. Und dann, an einem Samstagmorgen, an dem es unerwartet einen Schneesturm gab, machte er vollkommen schnörkellos und per Textnachricht mit ihr Schluss.

Sie bat ihn, es sich noch einmal zu überlegen, hinterließ ihm schluchzend ein paar Sprachnachrichten, doch Derk war sich sicher, dass er Single sein musste, um »ein paar Sachen« zu überdenken, und so war an seiner Entscheidung nicht zu rütteln. Celine blieb nichts anderes übrig, als ihn sich aus dem Herzen zu reißen. Und das gelang ihr, wenn sie ehrlich war, nicht besonders gut. Sie war deprimiert. Ohne Sinn und Verstand verabredete sie sich mit Männern und ließ sich auf bedeutungslose Beziehungen ein. Es war ein einziges, sinnloses Hin und Her, während sie versuchte, wieder Fuß zu fassen. In vieler Hinsicht war es die schlimmste Zeit ihres Lebens. Und darüber war sie sich nicht einmal bewusst. Wenn sie jetzt über jene Zeit und über sich selbst nachdachte, dann bekam Celine dieses eine fassbare Wort nicht aus dem Kopf: *Löschen.* Sie war sich nicht sicher, wieso sie, seit ihr Herz im Einklang mit seinem geschlagen hatte, so unermüdlich daran gearbeitet hatte, alles von sich selbst auszulöschen. Und konnte sie denn selbst jetzt, wo sie in ihrer Badewanne saß, wissen, dass sie wieder ganz sie selbst war? Nachdem Derk sich von ihr getrennt hatte, hatte sie furchtbare Angst davor gehabt, allein zu sein. Da war jeder Typ, auf den sie sich seither eingelassen hatte, besser gewesen. Ein Funke Selbstwertgefühl, nur um es ein Stück weiter zu schaffen, bis zum nächsten Augenblick ihres Lebens.

»Du bist so rattenscharf«, hatte ein Typ mal zu ihr gesagt, als sie ihm erlaubt hatte, sie nackt zu sehen. »Du hast die *absolut perfekten* Brustwarzen.«

Und nun, wo sie mit Theo zusammen war, empfand sie mehr oder weniger das Gleiche. Noch mehr stille Ekstase. Noch mehr Löschen und sich etwas Wünschen, das sie sich kaum erklären konnte. *Wagemutig,* dachte sie. *Oh, wie sehr wünschte ich mir, ich wäre es.*

Bei diesem Gedanken beschloss sie, aus der Wanne zu steigen und die schäumenden Überreste des aufgelösten Sterns abzubrausen. Nach der Dusche putzte sich Celine die Zähne, und als sie sich im Spiegel sah, war die Erinnerung wieder genauso frisch und schmerzhaft da wie vorher. Sie versuchte, nicht mehr daran zu denken, und machte mit ihrem Alltag weiter, so wie sie es immer tat. Doch ein paar Tage später kam sie an der Buchhandlung vorbei, in der sie und Theo gewesen waren, und dachte, aus welchem Grund auch immer, wieder an das Buch. Diesmal jedoch konnte sie einen Gedanken nicht abschütteln, so wie sie es immer und immer wieder getan hatte, Jahr um Jahr. Sie dachte an ihre Mutter, sie dachte an sich selbst. Ein Stern schmolz auf ihrer Haut. Sie würde in den Buchladen gehen und nach dem *Kleinen Kuschelhasen* suchen. Sie würde das Buch in den Händen halten und sie würde denken: *Wenn es echt ist, dann ist es echt.*

Glas

Joy hatte nie guten Sex. An diesem Punkt in ihrem Leben war sie sich ziemlich sicher, dass es so etwas wie guten Sex eigentlich nicht gab. Sie fand Sex lästig und unbequem, manchmal sogar schmerzhaft. Niemals hatte sie sich auch nur entfernt in der Nähe eines Orgasmus befunden. Und das Schlimmste von allem war, dass sie sich während der Sache so furchtbar unattraktiv fand. Die Vorstellung fiel ihr schwer, dass ein Mann, überhaupt irgendein Mann, aus freien Stücken ihren Körper betrachten und so etwas wie Begierde empfinden könnte, weshalb sie jedes Mal, wenn sie in Anwesenheit eines Mannes nackt war, schnell den Bauch einzog, sich hinlegte und alles Erdenkliche mit ihrem Körper machte, nur um den Ansprüchen zu genügen, die sie selbst bekleidet nicht erfüllen konnte, geschweige denn nackt. Es war deprimierend und schrecklich anstrengend. Doch in letzter Zeit fühlte sie sich nach einem Gespräch mit Annie in dieser Hinsicht allmählich besser. In der Vergangenheit hatte Annie nur selten über den Sex gesprochen, den sie mit Jason hatte. Das war seltsam, denn über Sex im Allgemeinen zu reden, fiel ihr überhaupt nicht schwer. Sie sprach oft darüber, und sie nahm dabei kein Blatt vor den Mund. Joy war das oft genug sogar peinlich.

»Ach, wirklich, Annie?«, sagte sie dann.

»Was denn? Es stimmt doch«, sagte Annie darauf. Aber so war es. Ihre Gespräche zu dem Thema blieben immer distanziert und unpersönlich. Doch dann, eines Tages, saßen sie zusammen auf der Couch und schauten sich *Seinfeld* an. Es war die Folge, in der Elaine sagt, sie täusche bei Jerry immer einen Orgasmus vor, und Joy meinte: »Weißt du, mir ist überhaupt noch nicht in den Sinn gekommen, einen Orgasmus vorzutäuschen.« Woraufhin Annie meinte: »Wirklich? Ich mache das die ganze Zeit.« Und Joy erwiderte: »Tatsächlich?« Doch Annie gab keine Antwort, und sie schauten sich den Rest der Folge schweigend an. Es war wirklich nur ein kurzer Moment, nichts Aufregendes, doch er veränderte Joys Denkweise von sich selbst und von Sex ganz grundsätzlich. Sie fragte sich intensiver denn je zuvor, ob es guten Sex überhaupt gab. Und sie fragte sich, warum Frauen einander eigentlich anlogen.

Joy wollte, dass es mit Rick gut lief. Sie nahm sich fest vor, dass sie noch so selbstkritisch ihrem Körper gegenüber sein konnte, sie jedoch nicht hinterfragen würde, warum er mit ihr schlief. Sie würde sich auf die Sache so sehr einlassen, wie es nur ging. Sie würde sich sogar ein Mieder kaufen, ein Kleidungsstück, von dem sie bislang immer sicher gewesen war, es sei nur für Frauen gedacht, die es leichter hatten, weil sie einen Trenchcoat tragen konnten, ohne wie Inspektor Clouseau auszusehen. Jetzt würde sie wie diese Frauen sein. Sie war bereit, sich begehrt zu fühlen, sexy, eine Frau, nach der man sich verzehrte. Und ganz weit hinten in ihrem Hinterstübchen hoffte sie, dass das Theo eifersüchtig machen würde.

Joy verbrachte eine ganze Stunde damit, ihr Zimmer aufzuräumen. Eigentlich hielt sie sich nicht für eine besonders unordentliche Person, doch ihr Zimmer schien ihr im Naturzustand einfach zu viele Dinge zu enthalten, die etwas über sie aussagten. Ein fadenscheiniger Morgenrock mit einer gestickten Ente auf der Tasche, eine CD aus dem Jahre 1998, die immer noch in einem Stapel weiterer CDs aus dem Jahre 1998 auf ihrem Schreibtisch lag. Der ganze Schnickschnack auf ihrem Nachttischchen deutete auf Dinge hin, die mit ihr persönlich zu tun hatten: eine Schildkröte, weil sie Schildkröten mochte, ein Delfin, weil sie Delfine mochte, ein Streichholzbriefchen von einer Kreuzfahrt, das sie mitgenommen hatte, als sie eine Kreuzfahrt gemacht hatte. Einen Gegenstand nach dem anderen schob sie in ihren Schrank oder in eine Schublade und machte ihr Zimmer damit so nackt, dass es nichts mehr darin gab, das Joy von Rick abgrenzen könnte. Am Ende waren die beiden einzigen Dinge, die sie draußen ließ, eine Spieluhr, die kaputt war, und eine Kerze, die sie niemals angezündet hatte. Seltsam, doch als sie begann, den Rest der Wohnung zu putzen, kam es ihr so vor, als gehörte ihr nichts mehr davon. Alles war entweder ein Relikt der Entscheidungen, die sie und Annie damals getroffen hatten, als sie zusammenzogen, ein kindlich-optimistisches Zeichen dafür, wie sie sich ihr Zuhause vorstellten, oder eine Spiegelung ihres Zusammenlebens mit Theo, die jedoch keinerlei Optimismus verströmte, weil Joy Theo in allem folgte, was er entschied. Zum Beispiel hatte er ein Set Kühlschrankmagneten mit unanständigen Wörtern gekauft. Und nun las sie jeden Tag, wenn sie sich ein Ei braten wollte, das Wort »Möse«. Sie mochte diese Magneten nicht, und doch hatten sie sie gemeinsam im Internet ausgesucht. Sie hatte gelacht, als Theo den Vorschlag machte, und den größten Teil der Zeit hätte sie nicht zugegeben, wie sehr sie es hasste, diese Dinger jeden Tag zu sehen. Da war auch sein Craft-Bier, von dem er die leeren Flaschen auf die Fensterbank stellte. Sie hasste Bier, doch dann trank sie doch wieder eins mit ihm und übte sich in gewählten Kommentaren zum Thema Hopfen. Später würde sie den Großteil der Flaschen entsorgen, nicht alle, damit er es nicht merkte. Dann waren da seine DVDs und seine Decken auf der Couch. Auch seine Sneakers standen immer draußen, während sie ihre Schuhe in ihrem Schrank aufbewahrte. Als sie nun für Rick aufräumte, war es das erste Mal, dass sie sich überhaupt in den Räumlichkeiten umschaute, die sie ihr Zuhause nannte, und sah, dass wirklich alles, was ihr gehörte – die Schildkröte, der Bademantel, ein gehauchter Song aus dem Jahre 1998 –, nirgendwo zu sehen war, nur in ihrer kleinen Höhle von Schlafzimmer. Das hätte alle möglichen Gefühle in ihr auslösen können, doch vor allem empfand sie eins: Sie fühlte sich wie ein Kind. *Es ist, als würde ich immer noch in einem Wohnheimzimmer oder bei meinen Eltern woh-*

nen, dachte sie und staubte eine der Pflanzen ab, die Annie zurückgelassen hatte.

Theo war immer noch nicht zu Hause, als Rick kam, was wirklich eine Enttäuschung war, weil Joy es sich sehr gewünscht hatte, die beiden einander vorzustellen.

»Das ist Rick«, würde sie sagen. »Und das ist Theo, mein Mitbewohner.« Sie freute sich sehr darauf, Theo als ihren Mitbewohner titulieren zu können, wenn er dabei war. Sie hoffte, er würde wenigstens ansatzweise empfinden, wie untertreibend und unwahr diese Bezeichnung war, wenn man bedachte, was sie für ihn empfand.

Rick hatte Blumen mitgebracht, etwas, das noch kein Mann jemals getan hatte. Sie war so überrascht, dass sie nicht einmal wusste, wie sie reagieren sollte. »Das wäre aber nicht nötig gewesen.« Das sagte sie mehrmals, bis sie sich selbst bremste. *Sag jetzt bloß nicht noch mal »Das wäre aber nicht nötig gewesen«, Joy. Halt den Mund.* Sie war sich nicht sicher, wo sie ihn hinbringen sollte. In die Küche? Ins Wohnzimmer? Gleich in ihr Zimmer wollte sie ihn eigentlich nicht mitnehmen, aber jeder andere Raum fühlte sich falsch an. »Und hier koche ich mit dem Mann, in den ich unsterblich verliebt bin.« – »Nimm doch Platz, auf der Couch, auf der ich oft mit dem Mann herumhänge, in den ich unsterblich verliebt bin.« – »In diesem Bad hier duscht er, und ich auch!« Am Ende machte sie den Vorschlag, sich in die kleine Essnische zu setzen, die sie und Theo fast nie benutzten.

»Das ist wirklich eine schöne Wohnung«, sagte Rick und nahm einen Schluck Craft-Bier.

»Danke«, sagte Joy. Es juckte sie in den Fingern, gleich von Theo zu reden, doch sie verkniff es sich.

»Mein Apartment ist viel kleiner«, sagte er.

»Aber du wohnst auch allein«, kam ihm Joy entgegen.

»Ja, das stimmt«, sagte er.

Sie redeten noch ein bisschen weiter, doch Joy achtete kaum auf das Gespräch, weil sie die ganze Zeit über eine möglichst unverfängliche Methode nachdachte, den Mann in ihr Schlafzimmer zu bitten. Daran hatte sie vor dem Date nicht viele Gedanken verschwendet, doch jetzt, als sie hier mit ihm saß, wollte ihr einfach keine gute Formulierung einfallen, die sie nicht wie ein Flittchen klingen ließ. Sie spürte, wie ihr langsam flau wurde, je länger sie dort saßen.

»Letzten Sommer sind wir Wasserski gefahren«, hörte sie ihn sagen.

Wasserski?, dachte sie. *Aber wie soll ich es nur schaffen, mit dir zu schlafen?*

Am Ende beschloss sie, es mit der einfachen Frage »Möchtest du mein Zimmer sehen?« zu versuchen, was die absolut beste Idee war, auf die man kommen konnte. Rick errötete, und es trat eine Pause ein, die ihr ewig vorkam.

»Klar, würde ich gerne.« Sie standen auf, und Joy führte ihn etwas unbeholfen über den Flur.

Als sie die Tür öffnete, sah das Zimmer fast gar nicht mehr wie ihr eigenes aus, weil sie alles weggeräumt hatte. Es war erschreckend.

»Nett«, sagte Rick. »Mir gefallen deine Vorhänge.«

Die Vorhänge waren schon in der Wohnung gewesen, als sie einzogen; sie waren beige und hätten vermutlich eine Wäsche nötig gehabt, doch das wollte sie ihm nicht zum Vorwurf machen. Hier drinnen gab es sowieso nur noch wenig, das man hätte kommentieren können. »Danke«, sagte sie.

Glücklicherweise hatte sie außer dem Bett keine andere Sitzmöglichkeit, sodass ihm nichts anderes übrig blieb, als neben ihr Platz zu nehmen. Zumindest darum musste sie sich also nicht weiter Gedanken machen. Sie redeten noch eine Weile, dann war es eine Sekunde lang still, und er beugte sich vor, um sie zu küssen. Der Kuss war besser als erwartet. Kurz fühlte sie sich glücklich und fast präsent, doch dann griff er nach ihrem Shirt, und auch wenn damit alles nach Plan lief, spürte sie, wie sie sich versteifte. Er holte ihre Brust aus dem BH-Körbchen und beugte sie dann vor, damit er auf ihr liegen konnte, wobei er sie weiter küsste und etwas linkisch ihre Brust hielt. Das Mieder blieb unbeachtet. Stattdessen versuchte sie mit allen Mitteln, sich im Einklang mit ihm zu bewegen, einen Rhythmus zu finden, der einen Sinn ergab, wenn sie seinen unbeholfenen Bewegungen folgte. Er hatte den Arm auf das Kissen gestützt und unbeabsichtigt eine ihrer Haarsträhnen eingeklemmt. Sie versuchte, es zu ignorieren, hoffte, er würde sich bewegen, doch er stützte sich nur noch fester darauf. Langsam wurde es unbequem und schmerzhaft, doch es kam ihr einfach nicht richtig vor, etwas zu sagen. Sie wollte die Stimmung nicht verderben. Überhaupt wollte sie keine wie auch immer geartete Illusion verderben, sie sei sexy, oder was auch immer sie zu sein versuchte, und so blieb sie einfach so, wie sie war, bis zum Glück eine Minute später Bewegung in ihn kam. Er zog sein Hemd aus. Er zog seine Hose aus. Er holte ein Kondom aus der Tasche. Sie half ihm, wo es nötig war. Sie verhielt sich sexuell in den Momenten, in denen sie das Gefühl hatte, das würde von einer Frau erwartet. Sie machte jede einzelne Bewegung richtig. Aber eigentlich wollte sie das:

Sie wollte einen Seelenverwandten.

Sie wollte einen Ehemann.

Sie wollte ein Baby.

Sie wollte geliebt werden.

Sie wollte lieben.

Sie wollte sich schön fühlen.

Sie wollte sich angenehm fühlen.

Sie wollte jemanden haben, der nur ihr gehörte.

Sie wollte glücklich sein.

Was sie eigentlich nicht wollte, war Sex mit Rick, aber genau den hatte sie.

Als es vorüber war, lagen sie ein paar Minuten lang nebeneinander und redeten. Rick sagte: »Möchtest du, dass ich hierbleibe?« Und obwohl sie sich das wünschte, antwortete sie: »Nur, wenn du willst.« Und Rick sagte: »Ich muss früh raus. Ich denke, ich sollte wahrscheinlich eher gehen.« Und so saßen sie nebeneinander auf dem Bett und zogen sich an. Und dann standen sie an der Tür und küssten sich. Rick wirkte irgendwie trauriger als vorher. Seine Schultern kamen ihr breiter vor, als er in die Nacht davonging.

Joy duschte und legte sich in ihrem Zimmer hin. Sie spielte eine Playlist trauriger Songs, die sie immer anklickte, wenn Melancholie sie überkam, und versuchte krampfhaft, nicht an Theo zu denken. Sie widerte sich selbst an. Ihr kleines Leben machte sie krank, und alles, was sie glücklich machte. Ihr Handy summte. Eine Nachricht von Rick.

Ich hoffe, es hat dir heute Abend gefallen. Du bist eine nette Frau. Sie spürte, wie sich ihr Magen auf angenehme Weise zusammenzog. *Vielleicht läuft ja doch was zwischen uns*, dachte sie vage. Sie schrieb ihm irgendwas zurück, und am nächsten Tag antwortete er, und sie schrieb wieder, und er schrieb wieder, danach sie, aber dann antwortete er nicht mehr. Das war's wohl. Sie pressten ihre Körper aneinander, wie es intimer nicht mehr ging, dann ein paar läppische Worte auf dem Display, und da war sie wieder – genauso einsam wie vorher.

Ein paar Tage später stand sie in der Küche und spülte ein Glas ab. Ihr Handy brummte, eine Nachricht von ihrer Mutter. In letzter Zeit hatten sie nicht mehr so viel Kontakt gehabt. Es war nicht so sehr das Geheimnis selbst, das sie vor ihrer Mutter hatte, wenn man es denn überhaupt als Geheimnis bezeichnen konnte. Mehr das Gefühl, dass sie nicht offen mit ihr reden konnte, darüber, wo sie in ihrem Leben stand und was darin vorging.

»Weinst du?«, hatte ihre Mom sie einmal gefragt.

»Nein, ich bin erkältet«, hatte Joy gesagt, aber sie hatte tatsächlich geweint.

Sie schaute auf die Nachricht. *Noch ein paar Gutscheine von Trader Joe's. Habe sie deiner Tante geschickt, es dann aber bereut. Hätte sie für dich aufheben sollen.*

Joy begann, eine Antwort zu tippen, hörte dann aber wieder auf. Ihre Mom beklagte sich die ganze Zeit über ihre Tante. Das war so sehr ein Teil ihrer Gespräche und ihres Lebens geworden, dass sie kaum mehr darauf achtete. Doch etwas daran fiel ihr erst jetzt auf. Wie die Dinge mit Theo standen, der Sex mit Rick – in ihrem eigenen Leben gab es eine deutlich spürbare Einsamkeit, und die ließ sie an ihre Tante und an das Familientrauma denken, das ihr während ihrer gesamten Kindheit immer wieder von ihrer Mutter erzählt worden war.

Joy blickte zu der zu Kristall gefrorenen Kondensation an der Fensterscheibe hoch. Ihre Hand fuhr über das Glas, das sie spülte, das Spülmittel machte ihre Fingerspitzen glitschig. Sie holte ihr Handy wieder hervor und schrieb: *Kannst du mir ihre Nummer schicken? Ich glaube, ich würde sie gerne besuchen.*

Kleine Pünktchen tauchten auf dem Display auf, als ihre Mutter eine Antwort schrieb. Während sich Joy auf das

Handy konzentrierte, rutschte ihr das Glas aus der Hand und fiel mit einem lauten Klirren ins Spülbecken. Es zerbrach nicht, bekam aber einen Riss, der ganz durch ging. Noch ein winziges bisschen Druck, dann würde es in Scherben springen. Joy zögerte einen Moment lang, hielt es in der Hand und beobachtete den Riss, der sich verzweigte und immer größer wurde, lauter feine Linien, die die ganze Zerbrechlichkeit des Glases zeigten; es würde ihr nichts anderes übrigbleiben, als es wegzuwerfen.

Kuh

An jenem Wochenende beschloss Annie, nach Hause zu fahren und ihre Eltern zu besuchen. Von dem Brief hatte sie niemandem etwas gesagt. Ein paarmal hatte sie in Erwägung gezogen, Jason davon zu erzählen, doch wann immer sie es versuchte, fühlte sich etwas daran falsch an, und sie nahm wieder Abstand davon. Es war nicht so, als wollte sie es ihm gar nicht erzählen, aber sie brauchte einfach noch Zeit zum Nachdenken. Sie wollte eine klare Vorstellung davon haben, was sie tun würde, bevor sie etwas zu ihm sagte. Außerdem hatten sie und Jason sich in den vergangenen zwei Tagen nur gezofft. Sie waren zum Abendessen ausgegangen, und er hatte gesagt: »Du weißt doch, dass die Leute sagen, sie hätten es sofort gewusst, als sie ihre Frau kennenlernten. Du siehst sie und weißt einfach: ›Diese Frau wird eines Tages meine Ehefrau sein.‹«

»Was meinst du?«, wollte sie wissen.

»Ich meine nur, dass du das die ganze Zeit hörst, und ich könnte wetten, dass es auch genauso ist.« Er nahm einen Schluck von seinem Cappuccino. Annie hätte gern einen Nachtisch gehabt, hatte sich jedoch keinen bestellt, um Geld zu sparen.

Normalerweise hätte Annie ganz genau darüber nachgedacht, was sie auf etwas so teuflisch Unsensibles sagen sollte. Sie behandelte vieles in ihrer Beziehung, als wäre es ein Minenfeld, doch diesmal kamen ihr die Worte schneller über die Lippen, als ihr lieb war. »Hast du denn dieses Gefühl gehabt, als du mich kennengelernt hast?«, fragte sie.

Jason lächelte nervös und zuckte kurz zusammen. »Was?«, sagte er, aber sie brachte es nicht über sich, das zu wiederholen, was sie gerade gesagt hatte. Sie kannte bereits die Antwort, nachdem sie sein Gesicht gesehen hatte, und eigentlich hatte sie sie schon vorher gekannt. Ein paar Minuten saßen sie noch etwas peinlich berührt da, bestellten dann die Rechnung, teilten sie und traten schweigend die lange Fahrt nach Hause an.

Die nächsten zwei Tage fühlte Annie sich elend, und sie merkte, dass sie selbst zu den winzigsten Kleinigkeiten Streit mit ihm anfing. Als sie ihm sagte, am Wochenende würde sie zu ihren Eltern fahren, kam in ihr die Frage auf, ob er den Verdacht hatte, sie fahre deshalb weg, weil es nicht gut zwischen ihnen gelaufen war, doch ihr fehlte die Energie, seine möglichen Ängste zu bestätigen oder auszuräumen. Stattdessen stellte sie ihm das Futter für Simon hin und erklärte ihm lang und breit, wie man eine Dose öffnete und das Futter in den Napf schüttete.

Ihre Eltern waren nach ihrer Pensionierung in ihr »Haus in den Bergen« gezogen. Eigentlich lag es gar nicht in den

Bergen, sondern nur ein paar Stunden nördlich der Stadt, in der Nähe einer großen Milchfarm. Es war immer schon das Ferienhaus der Familie gewesen, war aber an sich nicht besonders beeindruckend. Nur wenige Leute hätten sich als Feriendomizil ein Haus ausgesucht, das nur zwei Stunden von der Stadt entfernt lag und so wenig zu bieten hatte, doch ihre Eltern hatten es für sehr wenig Geld erstanden und daraus einen gemütlichen Rückzugsort für lange Wochenenden und ein paar Wochen im Sommer gemacht. Es gab einen See in der Nähe, in dem man schwimmen konnte, und einige anständige Wanderwege, wenn man etwa dreißig Minuten nach Norden in Richtung Berge fuhr.

Annie rollte die Einfahrt hoch und sah, dass der Briefkasten seitlich auf dem Boden lag. Als sie das letzte Mal dagewesen war, hatte er noch am Pfosten gehangen, und das Mal davor war er schief gewesen. Jedes Mal, wenn sie zu Besuch kam, gab es ein neues physisches Anzeichen für den langsamen Verfall ihrer Eltern, und die daraus folgende Panik, die sie erfasste, war so präsent wie ihr eigener Herzschlag oder der tiefe Atemzug, mit dem sie nun die Luft in den Himmel ausstieß. Sie parkte ihr Auto und ging langsam zum Briefkasten hinüber. Sie bückte sich, um ihn aufzurichten, doch das Gefühl des Metalls an ihrer Hand ließ sie innehalten. Es war kalt. Der Kasten war unförmig. Er hatte sein eigenes Gewicht und sein eigenes Leben. Ganz sicher war nicht sie diejenige, die ihn wieder aufrichten würde und erneut zum Briefkasten werden ließ. Sie blickte die Straße entlang. Kühe standen am Hügel und grasten. Kurz zählte sie, wie viele es waren, dann drehte sie sich um und ging auf das Haus zu.

Ihre Mom öffnete die Tür. Sie sah älter aus. Das fiel Annie jedes Mal auf. Als sie noch in der Vorstadt gelebt hatten, war Annie ziemlich oft zu Besuch gekommen und hatte Veränderungen kaum wahrgenommen, doch nachdem jetzt immer größere Pausen zwischen ihren Besuchen lagen, erschrak Annie jedes Mal. Das Haar ihrer Mutter wurde immer grauer. Die Haut schlaffer. *Stirb nicht, Mom,* dachte sie, doch es war weniger ein Gedanke als ein Gefühl, wie ein tiefgehender Riss, der durch ihr eigenes Leben ging.

»Liebes«, sagte ihre Mom und beugte sich vor, um sie in die Arme zu nehmen.

»Der Briefkasten, Mom. Er liegt auf dem Boden.«

»Ich weiß. Ich muss einen neuen kaufen.«

»Und wann hast du das vor?«, erkundigte sich Annie. Ihre Mom hatte eine ganze Liste von Dingen, die wahrscheinlich nie erledigt würden. Das Bad oben war unbenutzbar. In den Schlafzimmern konnte nicht geheizt werden. Der Esstisch war unter einem riesigen Berg Papierkram begraben. Annie sah, wie das Haus immer mehr ein Eigenleben führte und um ihre Eltern herum langsam in die Brüche ging, fühlte sich aber machtlos, irgendetwas dagegen zu tun.

»Weißt du, ich kann dir fürs Bad einen Klempner besorgen«, hatte sie immer wieder vorgeschlagen, doch ihre Mutter wollte nichts davon wissen. »Hör auf damit, das musst du nicht tun«, sagte sie dann und machte einfach weiter mit dem, was sie eben gerade tat: eine Zwiebel schneiden, Erdnussbutter auf einen Toast schmieren, ein Buch lesen, das sie schon viele Male gelesen hatte.

Annie empfand die Beziehung zu ihr als lähmend. Sie hatte das Gefühl, sie wie ein hilfloser Fisch aus einem Goldfischglas zu beobachten, aus dem es kein Entrinnen gab. Doch ihre Eltern schienen vollkommen damit zufrieden zu sein, die Dinge laufen zu lassen und das aufreizende Ticken ihrer Lebensuhr hinzunehmen, sodass Annie einen Besuch bei ihnen auf ein oder zwei Übernachtungen begrenzte, weil sie es nicht ertragen konnte, Zeugin ihrer Vergänglichkeit zu werden. Nein, Briefkästen konnten nicht einfach wieder aufgestellt werden. Ja, im Bad floss kein Wasser.

»Hi, Dad«, sagte Annie. Ihr Dad saß am Kamin und löste ein Kreuzworträtsel.

»*Müde* mit sieben Buchstaben«, sagte er zu ihr.

»*Erschöpft.*«

»Das sind keine sieben Buchstaben.«

»Na ja, ich habe nie behauptet, dass ich gut im Rechnen bin«, gab Annie zurück.

»Sag das nicht«, warf ihre Mutter ein. »Ich finde das schrecklich, wenn Frauen sagen, sie sind nicht gut im Rechnen, als wäre das nichts, das ihnen peinlich sein müsste. Du würdest doch nie sagen, du bist schlecht im Lesen, oder? Warum sagst du also, du bist nicht gut im Rechnen? Siehst du nicht, wie verdreht das ist?«

»So tiefschürfend würde ich das nicht sehen, Mom«, sagte Annie, hatte aber das Gefühl, ihre Mutter habe noch etwas anderes im Sinn.

»Möchtest du ein Stück Melone?«, rief ihre Mom aus der Küche. »Ich habe eine besonders leckere gekauft.«

»Nein, danke.« Annie war bereits erschöpft von dem Besuch, obwohl sie gerade mal zwanzig Minuten da war (wenn man die paar Minuten Grübeln vor dem Briefkasten dazuzählte).

Sie ging in den ersten Stock, um ihr Gepäck in ihr Kinderzimmer zu bringen. Da es sich bei dem Haus um ihr altes Ferienhaus handelte, waren in dem Raum bei weitem nicht so viele von ihren Sachen wie in ihrem alten Kinderzimmer, trotzdem hatten ihre Eltern daran gedacht, ein paar Erinnerungsstücke mitzunehmen. An den Wänden hingen Poster von ihren alten Lieblingsfernsehshows, die sie in der Middle

School geschaut hatte, und eine Reihe Teddybären saß, ordentlich verstaubt, auf dem Bett. Da war ihr alter Spiegel, der Rahmen gespickt mit den abgerissenen Eintrittskarten zu den Konzerten, die sie besucht hatte, und ein Stapel DVDs. Sie legte sich auf ihr altes Bett, das in der Mitte immer mehr durchhing und ihr jedes Mal, wenn sie darauf lag, kleiner vorkam.

In der Hoffnung auf eine Nachricht von Jason zog sie ihr Handy aus der Tasche, doch da war nichts. Nur eine von Joy, die kurz und eher belanglos war. Die letzten paar Male, wenn sie sich geschrieben hatten, hatte Annie das Gefühl gehabt, Joy sei trauriger als sonst. Eigentlich wollte sie ihre Freundin danach fragen, wusste aber, dass Joy ihr nicht so einfach sagen würde, was los war. Vermutlich wusste sie es selbst nicht genau.

Annie klickte auf ihre Fotos und schaute sich noch einmal das Bild von dem Brief an. Es machte sie krank, es zu sehen, und doch sah sie es sich wieder und wieder an. Ihr erster Gedanke war gewesen, sich an die Personalabteilung zu wenden, die in solchen Fällen zuständig war. Doch in dem Brief stand, dass von den Personalern nichts unternommen worden war, und wenn das mit Arly wirklich stimmte (Warum sollte diese Frau so etwas erfinden?), war es auch nicht richtig, die Sache auf sich beruhen zu lassen. Annie war in der Arbeit nie belästigt worden, aber auf dem College hatte sie einige Profs gehabt, die sich unangemessen verhalten hatten. Der eine hatte sie zu sich nach Hause eingeladen, und kurz hatte sie sogar mit dem Gedanken gespielt, hinzugehen. Sie bewunderte ihn. Sie mochte es, wie er sprach, und dachte gern an die netten Dinge zurück, die er zu einer ihrer Seminararbeiten gesagt hatte. Mit ihm schlafen wollte sie nicht, doch sie wollte sich respektiert und geschätzt fühlen, und die Einladung abzulehnen schien ihr nicht der richtige Weg dorthin zu sein. Damals hatte sie ihrer Freundin Renee davon erzählt.

»Der will was von dir«, sagte Renee und lachte. Annie hatte sich wieder und wieder eingeredet: *Vielleicht ist das alles vollkommen harmlos, vielleicht mag er mich einfach als Studentin, und an der Sache ist nichts Ungehöriges,* aber in dem Moment, als ihre Freundin das laut ausgesprochen hatte, wusste sie, dass ihre Befürchtungen berechtigt waren, und beschloss, das Angebot abzulehnen. Das war die Macht anderer Menschen in einer solchen Situation. Worte, die laut ausgesprochen erst ihre volle Bedeutung entfalteten; auf sie kam es an. Und so wusste sie, dass sie in der Sache mit dem Brief etwas unternehmen musste. Sie würde alles tun, was in ihrer Macht stand, um dieser Frau zu ihrem Recht zu verhelfen.

Im Kopf war sie jede Einzelne von Arlys früheren Assistentinnen durchgegangen, von denen sie wusste, doch es hatte eine ganze Reihe davon gegeben. Und stammte der Brief überhaupt von einer Assistentin? Sie konnte nicht sicher davon ausgehen. Soweit sie sich erinnern konnte, hatte jedenfalls der Name von keiner mit »A« angefangen, weshalb sie mittlerweile vermutete, dass dieses *A* für *anonym* stand.

Annie drehte sich auf die Seite und betrachtete ihr altes Zimmer. Sie hatte sich nicht verändert, doch der Raum fühlte sich anders an. Alles wurde alt und immer schmutziger, obwohl niemand ihn mehr benutzte. *Du wirst alt, Annie,* dachte sie. Ihre Vergänglichkeit schien ihr unausweichlich mit der ihrer Eltern verknüpft zu sein. Doch ihre Eltern schienen sich weder dessen bewusst zu sein, noch machte es ihnen Angst. Ihre Mutter war erst kürzlich einem Chor beigetreten.

An den Wochenenden sang sie. Das war doch etwas ganz anderes als der staubige Bär, der auf Annies alter Frisierkommode saß.

»Annie«, rief ihre Mom die Treppe hoch. »Möchtest du was mitessen? Ich mache eine Lasagne.«

Annie war gerade auf dem Weg nach unten, als das Handy in ihrer Hand summte. »Jason« stand da.

Ich finde, wir sollten mal über das Thema Hochzeit reden, lautete die Nachricht.

Annie spürte, wie ihr Herz einen Satz machte. Sie empfand zu gleichen Teilen Freude und Schrecken. Ihr erster Instinkt war, gleich zurückzuschreiben.

Was meinst du? Soll ich dich zurückrufen?, was im Grunde gleichbedeutend gewesen wäre mit *Du meinst, du willst mich HEIRATEN??????????? Bitte lass uns telefonieren, und du sagst mir, dass es genau das ist, damit ich den Rest des Wochenendes auf Wolke sieben schweben kann!!!!!!!!!*

Doch Annie wusste, dass es besser war, Jason nicht gleich zu antworten. Bei ihm musste man vorsichtig und raffiniert vorgehen. Sie musste warten und nach genau der richtigen Zeitspanne antworten. Wenn es zu früh war, würde er Angst bekommen, und wenn sie zu lange wartete, würde er denken, er habe sein Anliegen nicht drängend genug vorgebracht, und wahrscheinlich erst am nächsten Tag reagieren. Sie hatte sich so viele Verhaltensregeln im Umgang mit ihm zurechtgelegt, dass sie genau wusste, wie viel Zeit eine wichtige Nachricht zu brauchen hatte, ebenso wie sie wusste, wie ihr eigener Körper sich bei Nacht von einer Seite auf die andere warf, wenn sie unruhig schlief.

Als sie ins Erdgeschoss kam, war ihre Mutter immer noch in der Küche, und ihr Dad saß auf dem gleichen Platz wie zuvor.

»Isst du Gluten, oder bist du gegen Gluten?«, wollte ihre Mom wissen.

»Wieso soll ich gegen Gluten sein?«

»Ich habe gehört, viele junge Leute sind das jetzt«, sagte ihre Mom, die im Küchenschrank kramte.

In ihrem zweiten Studienjahr am College hatte Annie eine Weile vollkommen auf Kohlenhydrate verzichtet, weil sie nach dem Ende des Semesters mit einigen Freundinnen nach Cabo fahren wollte. Sie war noch nie in ihrem Leben mit einer Gruppe Mädchen verreist, und der Gedanke, dass sie und ihre Oberschenkel an den Oberschenkeln anderer Mädchen gemessen würden, die über deutlich weniger Speck verfügten, hatte genügt, um sie in große Nervosität zu versetzen. Monatelang hatte sie Brot gemieden wie der Teufel das Weihwasser. Ihre Mutter war damals entsetzt gewesen und ließ es sie bis heute spüren, für wie dumm sie die Sache gehalten hatte. »Sie wollte nicht mal Pizza essen. Und ich musste stundenlang auf sie einreden, dass sie wenigstens an ihrem Geburtstag mal ein Stück Kuchen gönnt«, hatte sie erzählt. Annie konnte nicht von der Hand weisen, dass die Diät extrem und blöd gewesen war. Sie hatte fünf Kilo abgenommen, doch ihre Oberschenkel sahen genauso aus wie vorher, und auf der Reise hatten sie sowieso den größten Teil der Zeit nicht am Strand, sondern im Hotelzimmer verbracht, um ein Mädchen zu trösten, das herausgefunden hatte, dass ihr Lover mit ihrer besten Freundin geschlafen hatte. Annie würde nie vergessen, wie erbärmlich das Mädchen geweint hatte. Ihre Augen waren so verheult gewesen, dass sie aussahen wie Glas.

»Ich bin nicht auf Diät, Mom«, sagte Annie.

»Gott sei Dank. Iss einfach gesund, sei nicht eitel«, erwiderte ihre Mom.

Annie hätte ihr gerne Kontra gegeben, hielt sich aber zurück. Dabei erinnerte sich noch sehr gut daran, wie ihre Mom, als Annie noch ein Kind war, Unmengen Salat in sich hineingestopft hatte.

Sie nahm auf dem kleinen Sofa neben dem Lehnstuhl ihres Vaters Platz.

»Wort mit acht Buchstaben für *angeberisch*«, sagte er.

Annie zuckte mit den Achseln. »Kreuzworträtsel sind nervig.«

»Anscheinend weißt du kein Wort mit acht Buchstaben für *angeberisch*«, sagte ihr Dad.

»Wie geht's Jason?«, rief ihre Mutter aus der Küche.

»Es geht ihm gut«, sagte Annie.

Als sie und Jason damals zusammenkamen, hatte sie ihrer Mutter alles über ihre Beziehung erzählt; hauptsächlich hatte sie sich darüber beklagt, dass Jason sich wie ein Arschloch verhielt. Nach einer Weile fing ihre Mom an, Sachen zu sagen wie: »Du hast was Besseres verdient«, oder »Andere Mütter haben auch schöne Söhne«. Annie war lange Zeit überzeugt, ihre Mom hätte sich diesen Spruch ausgedacht, dabei war er in Wirklichkeit uralt.

»Kommst du mir jetzt mit Oma-Weisheiten?«, hatte Annie zu ihrer Mom gesagt, als ihr das klarwurde.

»Bist du nicht der Meinung, dass es eine blöde Zeitverschwendung für dich ist, als Frau, bei der die biologische Uhr schon bald zu ticken beginnt?«

Annie wollte eigentlich dagegen argumentieren, fand jedoch, dass der Oma-Spruch gar nicht so falsch war, und so hatte sie stattdessen einfach aufgehört, ihrer Mutter zu erzählen, wie frustriert sie war, und wenn ihre Mom fragte, wie es denn so mit Jason laufe, sagte sie »gut« und hoffte, ihre Mutter würde es dabei belassen.

»Du solltest ihn nächstes Mal mitbringen«, sagte ihre Mom. »Ich habe das Gefühl, ich habe ihn schon seit Ewigkeiten nicht mehr gesehen.«

»Aha«, sagte Annie.

»Willst du Zucchini dazu?«, fragte ihre Mom ihren Vater.

»Was haben wir denn?«

»Ich mache Zucchini, aber wir haben auch noch Brokkoli übrig, wenn du den lieber magst.«

Ihr Dad dachte einen Moment nach. Annie konnte es nicht fassen, dass sie ihn immer noch so bediente. Eigentlich hatte sie gehofft, jetzt, im Ruhestand, würden sie sich die Hausarbeit teilen, doch nichts hatte sich verändert. Wenn überhaupt war alles schlimmer denn je. Annie erinnerte sich daran zurück, wie ihre Mutter Vollzeit gearbeitet hatte, und wenn sie nach Hause kam, hatte sie Annie bei den Hausaufgaben geholfen, Abendessen gekocht und zwischendrin auch noch geputzt. Auch ihr Dad hatte ein paar Sachen gemacht. Wenn es schneite, schippte er die Auffahrt frei. Er brachte den Müll raus. Doch unter dem Strich war es ihre Mutter, die den Haushalt schmiss. Ohne sie wären sie vielleicht nicht verhungert, aber es hätte achtzehn Jahre lang vermutlich nichts anderes als Chicken Nuggets aus der Mikrowelle gegeben. Lange Zeit hatte Annie ihrer Mom das zum Vorwurf gemacht.

»Räum ihm doch nicht ständig hinterher«, sagte sie dann, oder: »Warum brät sich Dad seine Eier nicht selbst?« Doch als sie nun zu ihrem Vater schaute und sah, wie er einfach dasaß und seine Frau alles für ihn machen ließ, war sie plötzlich überzeugt davon, dass das alles seine Schuld war. Und sie fand es schrecklich.

»Zucchini sind gut«, sagte ihr Dad.

Nach dem Abendessen saß Annie noch eine Weile mit ihrer Mutter herum und redete. Ihr Dad ging früh ins Bett. Irgendwann beim Essen hatte sie Jason geantwortet, weshalb sie jetzt permanent auf ihr Handy starrte, während sie dasaß.

»Schaust du manchmal *Mad Men*?«, wollte ihre Mom wissen.

»Nein, habe ich noch nicht.«

»Ich finde es ziemlich gut«, sagte ihre Mom. »Und was ist mit *Breaking Bad*?«

»Ja, *Breaking Bad* habe ich gesehen.«

»Ich finde Jesse gut.«

Annie schaute auf ihr Handy. Nichts.

Nach einer Weile nahm sie eine Dusche und war wieder auf ihrem Zimmer. Ihr Mom blieb unten, um sich *Mad Men* anzusehen, doch Annie schloss sich ihr nicht an. Sie wollte Patrice wegen der ganzen Arly-Geschichte eine E-Mail schicken, und wenn sie ehrlich war, wollte sie auch einen Anruf von Jason nicht verpassen, einen Anruf, auf den sie so sehr hoffte.

Sie holte ihren Laptop heraus und begann an Patrice zu schreiben.

> Ich wollte dich in der Arbeit nicht darauf ansprechen, aber ich bin sehr besorgt. Erin gab mir diesen Brief hier. Ich finde ihn …

Sie unterbrach sich und schaute auf ihr Handy. Es war schon fast zwei Stunden her, seit sie Jason geantwortet hatte, und langsam wurde es spät. Sie hatte ihm geschrieben: *Ja, wir sollten definitiv darüber reden*, was sie für einen sehr cleveren Schachzug hielt, weil es einerseits keinen Druck auf ihn ausübte, sie ihm andererseits allerdings durchaus die Möglichkeit gab, doch noch anzurufen.

Sie konzentrierte sich wieder auf die Mail.

… unglaublich beunruhigend. Ich hänge dir ein Foto an, damit du dir selbst ein Bild machen kannst. Ich denke noch darüber nach, was die geeigneten Maßnahmen dafür wären, obwohl mir bewusst ist, dass diese Person offenbar bereits Hilfe gesucht und sie nicht bekommen hat.

Sie hielt inne und las sich das Geschriebene noch einmal durch, doch aus irgendeinem Grund fühlte sich alles nicht richtig an. Sie löschte den Entwurf. In diesem Moment vibrierte das Handy neben ihr. Es war wie ein Stromstoß, der sie durchfuhr, als sie die Buchstaben sah: J und A und S und O, und dann das N.

Hast du meine Nachricht bekommen?, lautete der Text.

Sie tippte rasch eine Antwort. *Ja, ich habe geantwortet. Hast du das nicht gesehen?* Doch der Text ging nicht durch.

Sie lief nach unten zu ihrer Mutter, die auf dem Sofa lag.

»Meine Nachrichten gehen nicht durch«, sagte sie.

»Ach ja, die haben diesen Handymast abgeschaltet. Wir haben fast kaum noch Internet, deshalb rufe ich immer vom Festnetz aus an. Aber wenn du rausgehst, ist der Empfang normalerweise gut.«

Annie rannte hinaus, bevor ihre Mutter den Satz ganz zu Ende gesprochen hatte. Draußen war es stockfinster. Straßenlaternen gab es nicht viele, und das nächste Haus stand weit von der Straße zurückgesetzt. Das hellste Licht kam von der Scheune der Molkerei, doch es beleuchtete nichts auf Annies Weg, während sie herumstolperte und nach dem Handyempfang suchte.

Plötzlich leuchtete ihr Handy auf. Jason war dran.

»Hallo«, sagte sie.

»He, ich hab dir geschrieben. Ist denn alles …« Doch seine Stimme brach ab.

»Warte kurz, ich kann dich nicht hören. Wir haben hier draußen keinen Empfang, bleib dran.«

Sie ging noch weiter in das Feld hinter dem Haus ihrer Eltern hinein.

»Jason, Jason, hallo«, sagte sie.

Ihre Füße bewegten sich über den schlammigen Boden. Es war kalt, das Gras feucht und platt gedrückt.

»Jason, kannst du mich hören?«

»Ja, ich kann dich hören, hast du …«

»Nein, sorry, der Empfang geht wieder weg, bleib dran.«

Jetzt war ihr Haus noch weiter weg. Selbst die Straßenlaternen waren nicht mehr zu sehen.

»Hallo. Hallo«, hörte sie ihn sagen; seine Stimme klang fern und nah zugleich. Sie war in Gedanken bei ihm und doch ganz weit weg. In diesem Moment blieb sie stehen. Eine Kuh stand direkt vor ihr. Ihr Körper war bullig. Das Gesicht sah vor dem Nachthimmel aus wie gemeißelt. Sie starrte Annie an. Um sie herum waren nur Dunkelheit und der Erdboden, auf dem Annie stand. Sie hatte keine Angst, aber ein bisschen mulmig war ihr doch. Sie ließ das Handy sinken.

»Hallo, hallo«, hörte sie Jason sagen. Dann wurde es still, und sie starrte in die dunklen Augen des Tieres vor ihr.

Vierter Teil

Anonym

Es war ein Traumjob. Ich wollte immer schon beim Radio arbeiten – und mit Arly! Jeder wollte mit Arly arbeiten. Er ist eine Legende. Er ist der Grund, warum man glaubt, dass einem große Dinge passieren können, wenn man für sich selbst und für sein Leben von großen Dingen träumt. Zuerst mochte ich ihn richtig gern. Er war immer respektvoll und nett. Er fragte mich sogar manchmal nach meinem Rat zu Dingen, mit denen ich gar nichts zu tun hatte. Überhaupt glaube ich, dass er Frauen als Menschen schätzt. Ich weiß, das klingt nicht besonders bedeutsam, doch so viele Männer, mit denen ich zusammengearbeitet habe, verhalten sich zwar nicht gerade frauenfeindlich oder sexistisch, aber sie nehmen dich trotzdem nicht ernst. Sie schauen dich mit diesem besonderen Blick an. Eigentlich kann ich ihn nicht beschreiben, es ist ein ausdrucksloser Blick, und trotzdem hat man den Eindruck, man wird beurteilt. Die Hindernisse, die der Karriere von Frauen entgegenstehen, sind genau dieser Glanz in den Augen der Männer, denke ich. Wahrscheinlich hatten ihn vor langer Zeit alle Männer, und jetzt sind es nur noch die meisten von ihnen.

Als mich Arly dann bat, am Wochenende in sein Sommerhaus zu kommen und ihm beim Aufräumen zu helfen, habe ich keine Sekunde gezögert. Er sagte zu mir, er hätte diese vielen alten Ordner in seinem Büro, die er auf Vordermann bringen wolle, aber es seien zu viele, um sie dafür in die Stadt zu karren.

Er sagte, ich würde im Gästehaus schlafen und könne gerne auch einen Freund oder »Partner«, wie er sagte, mitbringen. Er meinte auch, er würde mir dreitausend Dollar für das Wochenende zahlen, und damals war das unendlich viel Geld für mich. Ich hatte zwei unbezahlte Volontariate hinter mir und gerade die Rückzahlung meiner Studentenkredite verschoben, sodass ich bereits mehr als zehntausend Dollar an Zinsen angehäuft hatte. Jeder in meiner Position hätte diese Möglichkeit mit Kusshand angenommen, für so viel Geld zwei Tage ein paar alte Akten hin- und herzuschieben und dabei das Wochenende in einem schicken Gästehaus an einem beliebten Ferienort zu verbringen. Ich fragte sogar tatsächlich eine Freundin, ob sie mitkommen wolle, doch die musste an dem Wochenende arbeiten, und so fuhr ich allein. Das mache ich mir bis heute zum Vorwurf. Ich weiß, das sollte ich nicht, aber ich tue es. Ich kann mir gar nicht sicher sein, dass dann alles anders gelaufen wäre, doch ich wünschte trotzdem, ich hätte jemanden dabeigehabt, um das alles nicht allein durchstehen zu müssen. Aber ob das etwas an dem geändert hätte, was passiert ist, weiß ich nicht.

Sein Haus lag mit dem Auto etwa fünf Stunden von der Stadt entfernt, aber es war toll, und als ich dort ankam, konnte ich erst mal nicht glauben, wie großartig dieses Haus war. Es sah traumhaft aus und lag direkt an einem See. Als ich vorfuhr, kam Arly aus dem Haus und winkte mir mit beiden Armen zu. Aus irgendeinem Grund hat sich diese Erinnerung in mein Hirn eingebrannt, wie er da auf der Veranda steht und mit beiden Armen herumfuchtelt. Ich saß noch am Steuer, ich winkte trotzdem, weil er mit seinem Verhalten eine solche Reaktion geradezu hervorrief.

Das kleine Gästehaus war hübsch, und Arly war wie immer supernett. Ich packte aus und verbrachte den Nachmittag im Haus, wo ich Akten sortierte und aufräumte. Er hatte viel zu tun, schaute aber gelegentlich nach mir. Er bot mir eine Limonade an, was ich gerne annahm, aber statt sie selbst zu holen, rief er eine Haushälterin, die sie mir brachte. Aus irgendeinem Grund war das für mich der erste Schock des Wochenendes. Ich weiß nicht, warum, aber ich hätte nicht damit gerechnet, dass er Personal hat. Vorher war er mir immer so bodenständig vorgekommen. Kein Typ, der einer alten Dame ein Gehalt zahlt, damit sie ihm die Sachen hinterherträgt. Und die Dame war schon älter. Sie erinnerte mich an meine Mom oder an eine meiner Tanten. Mir war es unangenehm, dass sie mir ein Getränk einschenkte, das ich mir genauso gut selbst hätte holen können. Ich kam mir hilflos vor, als ich ihr dabei zuschaute, wie sie mit etwas wackeligen Schritten auf mich zukam, das Limonadenglas in der Hand.

Danach arbeitete ich noch weiter, fühlte mich aber nicht mehr so unbeschwert wie vorher. Den Rest des Nachmittags war ich hauptsächlich allein. Irgendwann sah ich Arly draußen Tennis spielen. Er schwang den Schläger wie wild und drosch auf den Ball. Aus meiner Perspektive konnte ich den anderen Spieler nicht erkennen. Für mich sah es so aus, als würde er allein spielen.

Es vergingen ein paar Stunden, langsam wurde es dunkel. Ich war fertig mit der Arbeit und wollte mich gerade auf den Weg ins Gästehaus machen, als Arly hereinkam. Er war verschwitzt.

»Ich bin dann jetzt fertig«, war alles, was ich zu ihm sagte.

»Und ich bin verschwitzt«, erwiderte er. Und ich lachte, aber irgendwie fand ich es komisch, wie er das gesagt hatte. Selbst diese unverfängliche Bemerkung kam mir etwas zu intim vor. Ich hätte so was nicht zu meinem Chef gesagt, nicht einmal zu einem Kollegen, aber ich dachte mir, dass es ihm vielleicht peinlich war, wie er aussah, und so ging ich darüber hinweg. So macht man das eben. Immer nehmen wir andere in Schutz. Wir denken uns

Ausflüchte aus, warum etwas unpassend ist oder seltsam oder falsch. Wir nehmen Leute für alles Mögliche in Schutz, ob es nun angebracht ist oder nicht. So macht man das. Oder zumindest eine Frau macht es.

»Hast du denn Pläne fürs Abendessen heute? Ich esse hier und würde mich freuen, wenn du mir Gesellschaft leistest«, sagte er.

Hättet ihr mir eine Woche vorher gesagt, Arly würde mich zum Abendessen einladen, hätte ich euch nicht geglaubt. Ihr dürft nicht vergessen, was der Mann für eine Bedeutung in der Branche hat. So jemand verschwendet keine Zeit an Leute wie mich, und deshalb fühlte sich das für mich, die in ihrem Beruf Karriere machen will, wie ein Sechser im Lotto an. Ehrlich gesagt war ich vollkommen hin und weg. Weiter habe ich nicht gedacht. Der Kommentar über das Verschwitztsein, die unangenehme Situation mit der Limo, das alles spielte in diesem Moment keine Rolle mehr.

Ich ging in das Gästehaus zurück, duschte und zog mich um. Die andere große Sache an dem Wochenende, die ich oft vergesse, wenn ich daran denke, war, dass meine Freundin mir ständig Nachrichten schickte, weil sie gerade mit ihrem Freund Schluss gemacht hatte. Sie wollte mich anrufen, doch immer, wenn sie es versuchte, war die Verbindung schlecht, und sie kam nicht durch. Um ehrlich zu sein war ich froh, dass ihre Beziehung zu Ende war. Ich meine, meine Freundin tat mir leid, weil ich natürlich nicht wollte, dass sie traurig war, andererseits war die Beziehung wirklich ungesund gewesen. Es war nicht so sehr, dass ich ihn nicht gemocht hätte – ehrlich gesagt kannte ich ihn nicht gut genug, um ihn zu mögen –, was ich aber schrecklich fand, war, wie sie sich verhielt, wenn er dabei war. Plötzlich fand sie jeden Blödsinn toll, den er mochte. Sie ging zu Baseball-Spielen und zum Fußball, sogar zu NASCAR. Einmal erzählte sie mir, sie würden

Videospiele miteinander spielen. Keine dieser Interessen hatte sie gehabt, bevor sie ihn kennenlernte, doch jetzt war seine Welt ihre Welt. Letzten Winter lud sie mich in die Hütte ein, die die beiden im Wald gemietet hatten. Als ich hinkam, wollte er jagen gehen, und sie hatte nichts dagegen, wie in einer Art Alptraum. Wir fuhren mit seinem Truck hinaus, und während wir durch den Schnee pflügten, hörte ich das Blut in meinen Ohren rauschen. Ich liebe Tiere. Ich wollte nicht dabei sein, wenn sie getötet wurden. Ich war entsetzt. Schließlich sagte ich: »Ich habe Angst. Das hier gefällt mir nicht.« Ich schaute zu meiner Freundin hinüber, und sie hatte Tränen in den Augen. Sie war wie ich. Danach fuhren wir in die Hütte zurück, aber auf dem Weg dorthin war auf einmal Blut im Schnee. Da war ein Tier gestorben und zerfleischt worden. Ich habe es nie geschafft, mir einzureden, dass wir nicht etwas mit diesem Tod zu tun gehabt haben. Später machte meine Freundin Kakao für uns und sah glücklich aus. Und jetzt ist das für mich alles, was übrig ist – Blut im Schnee und dieser zufriedene Ausdruck in ihrem Gesicht, als sie Schokolade in einer Tasse schmolz. Ich hoffe, sie spricht nie wieder mit ihm. Ich hoffe, was auch immer in ihr war, das dazu führte, dass sie weinte, aber nicht sprechen wollte, kommt nicht mehr wieder. Doch ja, an jenem Wochenende habe ich sie getröstet, und diese Gefühle vermischen sich jetzt mit der Geschichte mit Arly. Ich glaube, es ist wichtig, sich daran zu erinnern, weil … Ehrlich gesagt weiß ich nicht, warum.

Ich hatte keine Klamotten für so ein Abendessen dabei. Ich hatte nur Sachen zum Arbeiten, weil ich nicht damit gerechnet hatte, etwas anderes zu machen als arbeiten und schlafen. Es war zu warm für die Jeansjacke, die ich mitgebracht hatte, ich zog sie trotzdem an, weil es das professionellste und einzige halbwegs passende Kleidungsstück war, das ich besaß. Das zeigt, wie sehr ich mich täuschte, was an diesem Abend passieren würde.

Ich war sogar bereit, mich totzuschwitzen, nur weil ich glaubte, in der Jacke würde ich schlau wirken – als hätte ihm das irgendwas bedeutet.

Als ich zum Haus kam, ließ Arly mich rein. Wir umarmten uns, wie in der Arbeit, und er kaute bereits auf etwas.

»Komm rein, komm rein, komm rein«, sagte er.

Wir aßen am großen Esstisch. Die Haushälterin servierte uns Essen, das sehr exquisit aussah. Ich war unglaublich nervös.

Den größten Teil des Abends redeten wir über alles Mögliche, was man eben mit jemandem redet, den man nicht gut kennt. Er fragte mich nach meiner Familie und wo ich aufgewachsen sei. Er wollte wissen, was genau ich studiert und welche Pläne ich für die Zukunft hätte. Nach einer Weile sagte er so etwas wie: »Und was ist mit deinem Liebesleben? Gibt es da jemanden?« Ich fand die Formulierung Liebesleben sehr seltsam. Arly wirkte immer so eloquent, und da kam mir das altmodisch und unpassend vor, aber vielleicht lag es auch daran, dass es nichts mit mir zu tun hatte – einem Menschen, der da vor ihm saß und eigentlich keine Lust hatte, mit seinem Boss über sein Liebesleben zu plaudern.

»Oh, ich bin Single«, sagte ich.

»Single und glücklich?«, wollte er wissen.

»Schätze schon, ja.«

»Ich spüre da ein gewisses Zögern«, sagte er. An diesem Punkt fühlte es sich unangenehm an, dass er mich so bedrängte, aber ich ignorierte dieses Gefühl und beschloss, das Gespräch tapfer durchzustehen.

»Na ja, ich meine, vermutlich suche ich schon nach jemandem, so wie jeder das würde, aber ich bin nicht unglücklich, weißt du«, sagte ich.

»Das ist gut«, sagte er. Er nahm einen Schluck Wein, und dann lehnte er sich in seinem Stuhl zurück, etwas, das er oft tat.

Das ist auch etwas, das mir in Erinnerung geblieben ist – wie ich den ganzen Abend vorne auf der Stuhlkante saß. Eifrig, peinlicherweise geradezu beflissen, während er sich einfach nur entspannt zurücklehnte und sich die nächste unpassende Bemerkung überlegte, die er sagen könnte.

»Ich war nie gern Single. Ich bin geschieden, weißt du.«

Ich nickte. Ich wusste es in der Tat, war mir aber nicht sicher, was ich sagen sollte.

»Was ich mehr vermisse als alles andere, ist, mit jemandem das Bett zu teilen.« Hier legte er eine Pause ein, als wartete er auf eine Reaktion von mir, doch ich versuchte nur, mein Gesicht so ungerührt zu halten wie nur irgend möglich.

»Nicht sexuell, das meinte ich gar nicht, obwohl, natürlich, du weißt schon ...« Und er lachte. »Nein, ich meine, ich vermisse es, jemanden zu haben, der jede Nacht neben mir im Bett liegt.«

Langsam merkte ich, wie mir übel wurde. Mein Gehirn war schon ein Stück weiter. Das ist hier ist so abgefuckt, sagte es.

Danach wechselte er das Thema, und wir aßen weiter. Hinterher bot er mir noch einen Drink an, aber ich lehnte ab. Zum Abendessen hatte ich schon Wein getrunken, und das Letzte, was ich wollte, war, in seiner Anwesenheit betrunken oder auch nur beschwipst zu sein. Aber einen Kaffee nahm ich noch, in dem Versuch, höflich zu sein. An diesem Punkt hätte ich alles nur Erdenkliche getan, um mir sagen zu können, dass das Gefühl, das ich die ganze Zeit hatte, falsch war. Ich blieb nervös und vorsichtig, gab mir aber die größte Mühe, mir meine Besorgnis auszureden, und das war auch nicht allzu schwer, weil Arly sich wieder ganz normal verhielt. Er fragte mich, was denn meine Pläne für den Sommer seien und ob ich gern in der Stadt lebte. Er erkundigte sich nach einer Reise nach Paris, die ich ein paar Wochen vorher unternommen hatte. Langsam baute sich mein Vertrauen wieder auf, und ich fühlte mich ruhiger und hoffnungsvoll.

Es wurde spät, und Arly brachte mich zur Tür.

»Weißt du, auf dem Weg zurück solltest du dir unbedingt einen Moment am See gönnen. Wenn du zur Anlegestelle runtergehst, kannst du die Sterne sehen, die sich im Wasser spiegeln. Es ist großartig. Ich kann es wirklich nur empfehlen.«

»Das werde ich«, sagte ich, dann umarmten wir uns noch mal, so wie im Büro, und ich machte mich auf den Weg zurück ins Gästehaus.

Ich kann mich nicht einmal mehr erinnern, was ich auf dem Rückweg dachte. Ich weiß, dass ich erneut versuchte, mir das unruhige Gefühl auszureden, das mich ergriffen hatte. Dann kam ich ans Dock. Eigentlich hatte ich nicht vorgehabt, runter zu der Anlegestelle zu gehen, weil es schon spät war und der Gedanke mich nicht besonders reizte, auch wenn Arly so von dem Anblick geschwärmt hatte, doch ich hatte das Gefühl, ich müsste es tun. Wenn ich es nicht täte, würde er womöglich irgendwann das Thema darauf bringen, und ich würde unhöflich wirken oder als wäre es mir egal. In Wirklichkeit ist es so, dass ich in jenem Moment das Gefühl hatte, meine ganze Zukunft hinge davon ab, dass ich zu der Anlegestelle am See eines reichen Mannes hinuntergehen und zu den Sternen hochschauen würde, die mich anfunkelten. Und so ging ich und stand eine Minute dort. Es war so friedlich, und ich betrachtete all die Sterne über mir und um mich herum, dass es sich einen Augenblick lang okay anfühlte. Dann schaute ich auf oder zurück oder nach hinten, welche Richtung auch immer es war, und sah, wie Arly auf die Anlegestelle zukam. Und da war es wieder, dieses ungute Gefühl. Die Alarmglocken, gegen die ich so sehr angekämpft hatte, schrillten in voller Lautstärke. Mein Herz, das ganz allein in meiner Brust schlug, pumpte das Blut durch meinen Körper, fest und schnell und unnachgiebig. Ich dachte, und das werde ich nie vergessen: Jetzt sterbe ich.

Er trat zu mir und stand neben mir.

»Ist toll hier«, sagte ich ganz laut und forsch, in dem verzweifelten Versuch, das Sexuelle aus alldem herauszunehmen, was gleich geschehen könnte, indem ich so tat, als wäre es vollkommen normal, dass ich hier in der totalen Finsternis mit meinem Boss an meiner Seite stand. Er gab mir keine Antwort. Er stand einfach nur neben mir, sehr nah, legte seinen Arm um meine Schulter, und so standen wir und schaute zu den Sternen hoch. Vielleicht fragt ihr euch, warum ich nicht auf Abstand ging, und ich verfluche euch dafür. Danach war es noch eine weitere Minute still, dann drehte er sich um und marschierte wieder zurück.

»Dann eine gute Nacht«, sagte er noch.

Kaum war er außer Sicht, kehrte ich, so schnell ich konnte, zum Gästehaus zurück.

Ich weiß noch, dass ich zweimal die Tür abschloss. Ich war so verängstigt und überwältigt, und – das ist wirklich das Wichtigste daran – ich fühlte mich allein. Ich wusste nicht, wen ich anrufen oder was ich machen sollte. Hätte ich meiner Mom davon erzählt, dann hätte sie sich unglaubliche Sorgen um mich gemacht, und das wollte ich nicht. Hätte ich meinen Freundinnen davon erzählt, hätten sie gesagt, ich solle kündigen. Aber wollte ich das? Das hier war ein Traumjob. Das war es, wofür ich so hart gearbeitet und was ich mir für mein Leben gewünscht hatte. Sollte ich das alles aufgeben, nur weil der Typ an der Anlegestelle den Arm um mich gelegt hatte? Ich begann wieder, an mir zu zweifeln. Dass er mit mir flirtete, dessen war ich mir sicher. Doch hatte er damit eine Grenze überschritten, die bedeutete, dass ich auf der Stelle nach Hause fahren oder kündigen sollte? Mir war ganz schwindelig von den ganzen Überlegungen.

Ich fühlte mich wie jemand, der sich noch einmal fangen kann, kurz bevor er in die Tiefe stürzt.

»Er antwortet auf keine meiner Nachrichten. Ich möchte ihm sagen, wie es war, Bumble auf seinem Handy zu finden, aber zuerst soll er mir antworten, bevor ich ihm gegenübertrete«, schrieb mir meine Freundin. Ich war beinahe versucht, ihr zu antworten und zu schildern, was hier vorging, so etwas wie: Ich habe meine Tür zweimal abgeschlossen, damit mein Chef nicht kommt und mich heute Nacht vergewaltigt, aber ich verkniff es mir und schrieb ihr nur etwas Aufmunterndes zurück.

Ich kann mich nicht mehr an alles erinnern, worüber ich in jener Nacht nachdachte, aber ich weiß, dass es dabei viel über die Erfahrungen mit sexueller Übergriffigkeit und Gewalt ging, die ich in meinem Leben bereits gemacht hatte. In der siebten Klasse war mir ein Junge im Sportunterricht entgegengekommen, hatte mich an der Brust gepackt und ein Hupen nachgeahmt. Es war mir so peinlich, dass ich jahrelang niemandem davon erzählte. Der allererste Mensch, den ich einweihte, war mein Freund auf dem College, und er sagte: »Was für ein Scheißkerl.«

»Er war einfach nur ein Kind«, verteidigte ich ihn. »Für ihn war das ein Witz.«

»Nein«, sagte mein Freund. »Das war ein Scheißkerl.«

Sein Zorn, ob ihr es glaubt oder nicht, war der Anlass dafür, dass ich zum ersten Mal zu dem Thema etwas anderes empfand als Scham. Ich hatte den kleinen Vorfall als weiteres Beispiel für Peinlichkeit verstanden, das ich wegsteckte und mit mir rumschleppte, und das war's; niemals hätte ich die Schuld daran auf andere Schultern geladen als auf meine eigenen. Am College begrabschte ein Typ bei einer Party meinen Hintern, als ich an ihm vorbeiging. Dazu sagte er so etwas wie: »Hey, Süße.« Ich ging einfach weiter und tat so, als hätte ich nichts gehört. Am liebsten hätte ich mich umgedreht und ihm zugerufen: »Fick dich, du

Arschloch«, doch mein Instinkt sagte mir, es sei besser, die Party einfach so schnell wie möglich zu verlassen, was ich auch tat. Danach weinte ich. Auch damals war ich allein. Das Komische ist, dass es zwei Dinge gibt, die du empfindest, wenn dich jemand berührt, obwohl du das nicht willst: Du bist stocksauer, und du kommst dir blöd vor, weil du stocksauer bist. Das letzte Mal, dass mich jemand begrapscht hat, war in der U-Bahn. Es war während der Rushhour, und der Wagen voll besetzt. Als ich an meiner Haltestelle ausstieg, fasste mir jemand an den Hintern, als ich mich zur Tür hinausdrängte, doch ich konnte nicht erkennen, wer es gewesen war. Ich wusste, dass es passiert war, und ich drehte mich um, um die Person zu erkennen, konnte sie aber nicht ausmachen. Wisst ihr, wie viele Leute in meinem Leben meinen Po begrapscht haben? Fünf. Und zwei davon waren Leute, bei denen ich das nicht wollte. Bei dem einen weiß ich nicht einmal, wie er aussah.

Am Ende traf ich die Entscheidung, für den Rest des Wochenendes zu bleiben. Ich dachte mir, selbst wenn er mit mir flirtete, konnte ich damit umgehen, und es wäre vollkommen in Ordnung. Es waren keine wirklichen Grenzen überschritten worden. Ich war nicht in Gefahr, zum Opfer eines echten Angriffs zu werden. Ich würde meinen Job machen und am Montag ins Büro zurückkehren, wo ich in Sicherheit war. Doch ins Bett würde ich erst einmal nicht gehen. Stattdessen schaltete ich alle Lichter in dem Häuschen an und setzte mich voll bekleidet aufs Sofa. Irgendwann schlief ich ein, nachdem ich meiner Freundin Nachrichten schickte wie:

Du hast was Besseres verdient.

Du hast alles zu bieten.

Das hat nichts mit Liebe zu tun.

Für den nächsten Morgen hatte ich einen Plan: Ich würde versuchen, Arly aus dem Weg zu gehen und möglichst in der Küche zu bleiben, wo sich meistens auch die Haushälterin aufhielt. Als ich mich auf den Weg zum Haus machte, packte mich trotzdem auf einmal die Angst. Ich schaute zur Anlegestelle hinunter, als könnte er dort stehen und auf mich warten. Jede Minute rechnete ich damit, dass er irgendwo aus dem Busch sprang und ich wieder mit der Situation umgehen musste.

Doch tatsächlich sah ich Arly den ganzen Morgen nicht. Seine Haushälterin ließ mich herein, und nachdem ich ein paar Eier gegessen hatte, die sie mir auf Arlys Anweisung gebraten hatte, schlich ich mich in sein Büro, holte mir ein paar Ordner und brachte sie in die Küche, um sie zu sichten. Bis zur Mittagszeit waren immer noch nur ich und die Haushälterin da, und mich erfüllte ein Gefühl der Erleichterung. Das Mittagessen nahm ich allein zu mir und sortierte dabei weiter Ordner. Immer wieder holte ich mir neue und konzentrierte mich voll und ganz darauf.

Ich denke, es war etwa vier Uhr, als ich beschloss, mich den Regalen zuzuwenden. Sie säumten im Wohnzimmer die Wände, und Arly hatte mich gebeten, auch dort Ordnung zu schaffen. Die Haushälterin war in der Nähe am Arbeiten, weshalb ich mir keine großen Sorgen machte, dort zu sein statt in der Küche oder sonstwo. Ich hörte, wie sie in einem anderen Zimmer staubsaugte. Eine Weile war ich im Wohnzimmer, stapelte Bücher, legte manches beiseite, das mir zu schäbig vorkam, und dann erinnere ich mich, dass ich eins davon in den Händen hielt und überlegte, wie zerschlissen es an den Kanten war. Es sah so aus, als hätte jemand oder etwas es angenagt. Es war ein altes Buch, und ich dachte noch: Es sieht aber immer noch ganz anständig aus. Dann hörte ich, wie sich jemand von hinten näherte, und augenblicklich wusste ich, das war er. Ich wusste es in der Sekunde, als ich die Schritte hörte. Und so drehte ich mich um, und da stand er. Er war nackt, splitterfasernackt. Ich wandte mich sofort wieder um und sagte: »O Gott, Entschuldigung«, als wäre es meine Schuld. Ich war so schockiert. Ich wusste nicht, was ich sonst sagen sollte.

»Keine Sorge«, sagte er. »Ich war gerade in der Dusche.«

Und dann stand ich eine Sekunde da, doch er verließ den Raum nicht. Ich hörte, wie er sich irgendwie zu schaffen machte, als wäre nichts Außergewöhnliches dabei. Mir wurde schwindelig. Meine Ohren fühlten sich heiß an. Und doch zwang ich mich dazu, die Situation als ganz normal zu betrachten. So zu tun, als wäre alles selbstverständlich. Eigentlich wollte ich gar nichts tun. Ich wollte keine Reaktion zeigen, die alles noch unangenehmer machen würde. Könnt ihr euch vorstellen, dass genau das meine größte Sorge war? Dass ich mich sorgte, ich könnte die Situation noch unangenehmer machen? Ich hatte solche Angst, und das Ganze war abartig und bizarr und verwirrend. Gibt es überhaupt Worte dafür, was ich in diesem Moment empfand? Ich bin mir nicht sicher, ob die Sprache dafür etwas vorgesehen hat. Wahrscheinlich haben die Männer uns davon abgehalten, Worte für das Gefühl zu finden, das einen erfasst, wenn ein Mann so etwas mit einem macht.

Und so kam ich zu dem Entschluss, dass ich nichts anderes tun konnte, als dort zu bleiben. Und das tat ich. Ich blieb bei den Regalen und sortierte weiter Bücher. Ich erinnere mich, dass meine Hände zitterten. Innerlich war ich immer noch bei dem, was ich gesehen hatte. Ich drehte mich nicht um, aber ich glaube, irgendwann setzte er sich auf ein Sofa und las Zeitung. Es war still zwischen uns, und ich blieb einfach dort und hatte dieses Gefühl, für das es keine Bezeichnung gibt. Dann schließlich, nach einer Weile, verließ er das Zimmer. Ich schaute die Bücher durch, so schnell ich konnte, und dann ging ich hinüber in sein Büro, schnappte mir die letzten Aktenordner und brachte sie in die Küche, um sie in Windeseile durchzugehen. Ich wollte es einfach schnell hinter mich bringen. Ich wollte weg und ihm nicht entgegentreten und ihn fragen, warum und wie und was das alles sollte. Ich wollte meinen Job. Ich wollte mein Leben. Ehrlich gesagt wusste ich nicht, was zum Teufel ich tun sollte, denn – und das will ich klar und deutlich sagen – niemand weiß, was er tun soll, wenn einem so etwas passiert. Man könnte meinen, man wüsste es, aber so ist es nicht. Ich habe versucht, aus mir selbst schlau zu werden und zu begreifen, warum mir das Herz in der Brust so klopfte. Ich versuchte zu verstehen, wie schnell einem die Menschlichkeit entgleiten kann, wenn man ein Buch mit abgestoßenen Kanten in der Hand hält.

Es war fast sieben, und ich war gerade fertig geworden. Arly kam in die Küche herunter. Diesmal angezogen. Er ging an den Kühlschrank und goss zwei Gläser Wein ein.

»Das reicht dann jetzt«, sagte er. »Du hast so viel geschafft.«

Ich schaute auf die Reste der Arbeit, die ich in Händen hatte. Die Unterlagen, auf die ich trotz meines verängstigten Zustandes so viel Zeit verwendet hatte. Ganz offenbar war ihm das vollkommen egal. Es war nur ein Vorwand für die Scheiße gewesen, die er sich ausgedacht hatte. Wie viele Frauen hat man in der Geschichte wohl mit irgendwelchen Arbeiten beschäftigt, während die Männer Pläne schmiedeten, was sie ihnen antun könnten? Wie viele von ihnen hatten gedacht, sie hätten ihr eigenes Schicksal fest in den Händen? Was für eine bescheuerte Idiotin ich doch bin, dachte ich.

Er kam mit dem Glas zu mir herüber und stellte es vor mich hin.

»Lass uns den Abend genießen«, sagte er. »Gratulation zu einem Job, den du hervorragend gemacht hast.«

An diesem Punkt wollte ich nur noch weg. Es war vorbei. Ich wollte den Penis von diesem Mann nicht noch einmal sehen, so wahr mir Gott helfe.

»Danke. Ich bin leider ziemlich wetterfühlig. Heute Nacht hatte ich Probleme mit dem Magen.«

Ich hoffte, er würde nicht merken, dass es eine Ausrede war, aber ich musste jetzt unbedingt raus hier. Das Risiko ging ich ein. Selbst in dieser Situation machte ich mir weiterhin Sorgen, wie er mich wahrnehmen würde. Über mir lag immer noch der Schatten des Mannes, der er bis vor kurzem für mich gewesen war: Arly, ein Halbgott des Rundfunks.

Glücklicherweise ließ er mir die Ausrede durchgehen und begleitete mich zur Tür. Ich weiß, dass er noch sagte, ich solle wiederkommen und diesmal Haus und Umgebung genießen, ohne dort drüben im Gästehaus eingesperrt zu sein. Ich nahm das Angebot so freundlich entgegen, wie es mir nur möglich war, auch wenn ich wusste, dass ich es niemals annehmen würde. An der Tür wollte er mich umarmen, was ich, schnell und distanziert, über mich ergehen ließ.

Draußen sah ich, wie die Haushälterin in ihr Auto stieg. Außerhalb des Hauses wirkte sie mit einem Mal wie ein völlig anderer Mensch. Am liebsten wäre ich zu ihr gelaufen und hätte ihr alles erzählt. Hätte sie gebeten, mich für einen Augenblick in den Arm zu nehmen. Natürlich tat ich das nicht. Ich winkte ihr zu, doch sie winkte nicht zurück. Manchmal sehen einen Leute nicht in Momenten, in denen es einem wirklich wichtig wäre.

Ich rannte zum Gästehaus zurück. Dort packte ich schnell meine Sachen, stieg anschließend in mein Auto und fuhr in die Stadt zurück. Und als ich in meine Wohnung kam, meine vertrauten Räume, brach ich in Tränen aus. Ich fühlte mich so verängstigt und außer Kontrolle. Ich fühlte mich wie ein Witz in meinem eigenen Leben. Ich fühlte mich mutterseelenallein. Meine Mitbewohnerin schlief, und auch wenn wir uns nicht so nahestanden, weckte ich sie und erzählte ihr alles. Sie hörte mir zu und schwieg an den passenden Stellen und sagte das Richtige, wenn es notwendig war. Für jenen Abend könnte ich ihr kaum dankbarer sein. Wenn ich sie nicht gehabt hätte, weiß ich nicht, wie meine Nacht verlaufen wäre.

»Ich hab dich lieb«, sagte sie zu mir, bevor ich zu Bett ging. Ich glaube nicht, dass meine Mitbewohnerin mich liebhatte oder immer noch liebhat. Ich glaube, sie wollte damit Zuneigung und Mitgefühl ausdrücken. Es gibt wohl kaum Worte dafür, wie sich das anfühlte, was Arly mir angetan hat. Ich glaube nicht, dass man einer anderen Frau gegenüber genau das überhaupt zum Ausdruck bringen kann: Ich kenne den Schmerz, den du empfindest. Und so war ihre Wortwahl das Beste, was sie mir geben konnte.

Am nächsten Tag musste ich wieder zur Arbeit. Kurz überlegte ich, mich krankzumelden, entschied mich dann aber dagegen. Vor allem befürchtete ich, wenn ich es täte, würde ich nur die quälende Angst vor dem verlängern, was passieren würde, wenn ich Arly wieder begegnete. Doch als ich ihn dann sah, war alles wieder ganz normal. Er benahm sich genauso wie vor dem Wochenende. Professionell und distanziert und cool, genau die Art, für die jeder ihn schätzte. Ich hatte nicht damit gerechnet, dass er sich noch einmal nackt zeigen oder übergriffig verhalten würde, aber ich dachte, etwas würde da sein, das mir einen Einblick darauf verschaffen würde, wie das alles wäre – mein Leben, meine Zukunft. In so vieler Hinsicht wartete ich auf Arlys Reaktion. Der nächste Tag war genau gleich, und der Tag danach auch. Ich wartete einfach nur darauf, dass etwas passierte.

Und dann eines Tages war ich in einem Meeting mit ihm und einer Reihe anderer Leute, und als ich mich im Raum umschaute, sah ich, dass ich die einzige Frau war. Und ich schaute Arly an, und er lächelte über irgendetwas, und ich wusste einfach, dass ich das hier nicht mehr konnte. Ich konnte einfach nicht abwarten, um zu sehen, was sich diese Männer für mich ausgedacht hatten. Deshalb habe ich gekündigt. Und ich arbeite auch nicht mehr beim Radio. So leicht sind diese Jobs nicht zu bekommen. Im Moment lebe ich einfach und arbeite. Bin ich glücklich? Natürlich nicht.

Fünfter Teil

Joy

Auf der ganzen Fahrt zu meiner Tante dachte ich unablässig an Theo. Ich war einem Punkt angelangt, an dem ich ihn mir eigentlich aus dem Kopf schlagen wollte. Ich wollte nicht, dass jeder einzelne Gedanke von mir ihm galt, denn er war mit Celine zusammen, und das musste ich akzeptieren. Am vorigen Abend hatten wir uns eine Pizza bestellt und sie zusammen gegessen, und ich bemerkte, dass ich mittlerweile genauso kaue wie er. Wenn er Pizza isst, reißt er große Stücke mit den Zähnen ab, statt einfach nur ganz normal hineinzubeißen. Das sieht aus, als würde er die Pizza zerfetzen. Einmal habe ich ihn deswegen auf den Arm genommen. Ich sagte: »Oh, was hat dir denn die Pizza getan?« Und wir lachten. Gestern Abend habe ich dann festgestellt, dass ich irgendwann selbst angefangen habe, Pizza auf diese Weise zu essen. Ich habe nicht einmal darüber nachgedacht, es ist einfach passiert, und jetzt reiße ich auch. Das hat mich traurig gemacht, ich aß trotzdem weiter, und dann sahen wir noch ein bisschen fern. Er hat sich neuerdings angewöhnt, sein Handy beiseitezulegen, wenn wir Zeit miteinander verbringen. Vor Celine hat er oft Nachrichten geschrieben oder sonst aufs Handy geschaut, wie das jeder so macht, aber jetzt legt er das Handy weg. Für mich kommt das so rüber, als wollte er mir damit mitteilen, dass die Zeit, die wir miteinander verbringen, nur uns beiden gehört. Manchmal höre ich, wie sein Handy summt, und ich sage sogar: »Du bekommst eine Nachricht«, aber dann antwortet er nur: »Ist schon okay. Die schaue ich mir später an.« Das sollte bei mir eigentlich nicht den Eindruck erwecken, dass ich etwas Besonderes bin, aber das tut es. Und es erschöpft mich. Ich bin von mir selbst erschöpft. Es erschöpft mich, wenn ich denke, wie gut es sich angefühlt hat, als er sagte: »Was für eine Farbe haben eigentlich deine Augen? Es ist eine Mischung aus zwei Farben, oder?«

Das habe ich mir aufgeschrieben, damit ich es nicht vergesse. Manchmal lese ich es mir sogar noch mal durch. Ich frage mich, ob es irgendwo auf der Welt einen Mann gibt, der sich etwas aufgeschrieben hat, das eine Frau über seine Augen gesagt hat. Und ich frage mich, ob er es sich manchmal noch durchliest, um genauer zu verstehen, wer er ist.

Seit sich Joy erinnern konnte, wurde in der Familie über ihre Tante geredet. Es war unmöglich, den Finger auf genau den Punkt zu legen, an dem das zum ersten Mal der Fall gewesen war, dafür passierte es zu oft und zu regelmäßig, immer schon. Sie wusste noch, wie sie mit etwa neun Jahren auf dem Rücksitz im Auto saß und ihre Mutter sich wegen irgendetwas über ihre Tante ärgerte. Worum es dabei ging, daran erinnerte sich Joy nicht mehr. Und dann sagte ihre Mom: »Seit dem Vorfall mit dem Baby ist sie nicht mehr dieselbe. Wird sie nie wieder sein.«

Und obwohl sie oft von dem »Vorfall mit dem Baby« gesprochen hatte, hatte ihre Mutter bisher nie explizit: »Sie wird nie wieder dieselbe sein.« Angedeutet hatte sie es bestimmt eine Million Mal. Immer dann, wenn ihre Tante etwas Unangebrachtes sagte oder zu spät zu einem Familientreffen kam, rollte ihre Mom mit den Augen, und kurz bevor sie wirklich sauer wurde, sagte sie dann, als wollte sie vermeiden, die Fassung zu verlieren: »Ich sollte geduldig mit ihr sein. Wirklich. Sie hat es nicht leicht gehabt.« Und Joy wusste dann auf der Stelle, worauf sie sich bezog.

Als Joy älter wurde, änderten sich die Gespräche. »Deine Tante hat nie jemanden kennengelernt, und ich glaube wirklich, das hat mit dem Vorfall mit dem Baby zu tun. Sie wünschte sich eine Familie«, sagte ihre Mom oft, »glaub mir, sie wollte eine. Aber sie konnte sich einfach nicht genug zusammenreißen. Jetzt wird sie wahrscheinlich einsam sterben.«

Folgendes war passiert: Ihre Tante war mit dem Auto unterwegs gewesen, als ganz plötzlich, wie aus heiterem Himmel, ein neugeborenes Baby auf ihrer Kühlerhaube landete. Eine Frau hatte es gerade zur Welt gebracht und das Neugeborene vom Balkon geworfen, und ihre Tante war in genau diesem Moment an dem Haus vorbeigefahren. Das Baby fiel auf die Kühlerhaube, und sie fuhr rechts ran und stieg rasch aus. Doch das Baby war tot. Sein Körper sah fast nicht menschlich aus. Sie fing zu schreien an: »Hilfe, wir brauchen Hilfe!«, und bald waren Rettungsdienst und Polizei da. Die Frau auf dem Balkon wurde in Handschellen abgeführt. Nach diesem Vorfall war ihre Tante nicht mehr dieselbe. Sie wurde depressiv, von Alpträumen geplagt, hatte Angstzustände. Sie hörte mit der Grad School auf und kündigte ihren Job. Kurze Zeit darauf zog sie in ein kleines Haus mitten in der Pampa. Jetzt jobbte sie nur, um über die Runden zu kommen. Sie hatte weder eine Karriere noch eine Familie. Sie hätte sich mehr Hilfe holen können, doch damals war das noch anders. Es wurde von den Leuten erwartet, dass sie versuchten, allein zurechtzukommen, und genau das hatte ihre Tante getan. Sie hatte sich Räume geschaffen und einen Weg gefunden, zu leben, obwohl das grausam getötete Baby ihr immer noch im Kopf herumspukte.

Joy machte keine Pläne, was sie ihrer Tante sagen sollte. Sie wollte nur endlich begreifen, was geschehen war. Sie wollte nicht mehr, dass es nur der Familienklatsch war. Sie wollte nicht mehr, dass die Ansichten ihrer Mutter ihre Sichtweise prägten. Stattdessen verspürte sie das Bedürfnis, ihrer Tante selbst gegenüberzutreten.

Sie lebte etwa drei Stunden von der Stadt entfernt in einer sehr waldigen ländlichen Gegend. Joy war nur ein- oder zweimal dort gewesen, als sie noch sehr klein war, bis ihre Mom der Sache einen Riegel vorschob.

»Wir fahren doch nicht diesen ganzen gottverdammten Weg, wenn sie uns nicht mal ein Glas Leitungswasser anbietet«, hatte ihre Mom beim letzten Mal gesagt, als sie sich auf den Heimweg machten.

An das Zuhause ihrer Tante erinnerte sich Joy als einen Ort, an dem man Spaß haben konnte, wo sie frei und ungestört herumlaufen durfte, doch so viele Plätze aus ihrer Kindheit riefen eine ähnliche Reaktion in ihr wach, weshalb sie sich nicht sicher war, ob sie dieser Erinnerung trauen konnte.

Als sie vor dem Haus vorfuhr, sah es anders aus, als sie es in Erinnerung hatte. Es war kaum mehr als ein aufgestockter Wohnwagen, und der Garten ringsum befand sich in einem ziemlich schlechten Zustand. Offenbar hatte ihre Tante keine Zufahrt, weshalb Joy auf der Straße parkte. Einen kurzen Moment lang hatte sie keine Lust mehr, auszusteigen und hineinzugehen. *Ich lass es jetzt einfach …*, dachte sie vage und saß einfach nur da. Sie zog ihr Handy aus der Tasche und scrollte sich durch Instagram. Annie hatte ein Foto von einem Buch gepostet, das sie gerade las, und von dem Tee, den sie trank. Das machte Joy traurig, und in dieser Traurigkeit dachte sie, dass sie selbst ja vielleicht gar nicht so traurig war wie ihre Freundin, und es nur *diese ganze Traurigkeit zwischen uns ist, die uns zusammenhält.* Sie zoomte das Foto heran.

Plötzlich nahm sie am Rand ihres Sichtfeldes wahr, wie die Tür des Wohnwagens aufging. Ihre Tante kam heraus, um sie zu begrüßen. Rasch stieg sie aus und tat so, als hätte sie nicht gerade tatenlos herumgesessen.

Ihre Tante winkte ihr zu, während Joy durch den überwucherten Garten in Richtung Tür schritt.

»Joy! Du siehst toll aus«, sagte ihre Tante.

Es benutzte so selten jemand das Wort *toll*, um Joys Aussehen zu beschreiben, dass es sie fast aus der Fassung brachte. Einen Moment lang zögerte sie.

»Danke, du siehst auch toll aus«, erwiderte sie schließlich das Kompliment. Sie reichte ihrer Tante den Kuchen, den sie als Gastgeschenk mitgebracht hatte, und ihre Tante wirkte aufrichtig berührt.

»Das wäre doch nicht nötig gewesen!«

»Es ist ein Ingwerkuchen«, sagte Joy.

»Ich glaube nicht, dass ich schon mal Ingwerkuchen gegessen habe. Das ist so aufmerksam von dir.« Ihre Tante drückte den Kuchen an ihre Brust, was fast so aussah, als wollte sie ihn umarmen.

Sie gingen ins Haus, und Joy nahm sich einen Augenblick Zeit, um sich im Wohnzimmer umzuschauen. Es war ganz anders, als sie es in Erinnerung hatte. Zuallererst war es viel kleiner, und rein gar nichts daran war bemerkenswert. Hätte man die Sachen von ihrer Tante weggenommen, dann wäre es nichts anderes gewesen als ein weißer Kasten mit Fenstern, die noch dazu unpassend klein waren. Keines der Dinge, die herumstanden, sah so aus, als könnte es bereits vor über zwanzig Jahren hier gewesen sein, und so empfand Joy auf der Stelle, und ohne es eigentlich zu wollen, ein riesiges Gefühl des Verlusts, weil so viel Zeit vergangen war.

»Setz dich doch«, sagte ihre Tante und zeigte auf ein durchgesessenes Ledersofa.

Joy nahm Platz, und ihre Tante ging mit dem Kuchen in Richtung Küche.

»Möchtest du einen Tee?«, fragte sie über die Schulter hinweg.

»Das wäre super, danke«, sagte Joy.

Ihre Tante streckte den Kopf zurück ins Wohnzimmer. »Ach, du, weißt du was? Ich habe nur Ingwertee. Meinst du, der passt zum Ingwerkuchen? Wäre das nicht zu viel Ingwer?«

»Für mich ist es in Ordnung«, sagte Joy. Sie fand, dass ihre Tante mehr Aufhebens um das Treffen machte, als angemessen war. Auf einmal stürmten all die Beschwerden ihrer Mutter wieder auf sie ein.

»Die Leute denken, sie hätte den Kopf zu Hause gelassen«, erinnerte sie sich an einen Vorwurf ihrer Mom. »Aber ich glaube, da steckt noch mehr dahinter.«

»Okay, prima«, rief ihre Tante aus der Küche. »Dann gibt es die volle Ladung Ingwer.«

Nur wenige Augenblicke später saßen sie zusammen am Tisch, nippten an ihrem Tee und tauschten Freundlichkeiten aus, wie man das eben bei einem Gespräch zwischen Familienmitgliedern erwartete, die sich schon eine Weile nicht gesehen haben.

»Ich habe mir überlegt, mir Bienen zuzulegen«, sagte ihre Tante. Sie nahm ein Bissen Kuchen und schaute gedankenverloren in Richtung des Fensters hinter Joys Kopf. »Überall sind so viele Blumen, dass man das Gefühl hat, es könnten auch mehr Bienen hier leben.«

»Bienen klingen gut«, sagte Joy.

»Hast du gehört, dass Bienen aussterben?«, fragte ihre Tante.

»Habe ich. Das ist schrecklich.« Joy hatte keine Lust mehr, weiter über Bienen zu reden. »Und, arbeitest du viel im Moment?« Das Letzte, was Joy gehört hatte, war, dass ihre Tante versucht hatte, eine Lizenz als Immobilienmaklerin zu bekommen.

»Nicht so furchtbar viel«, sagte ihre Tante. Sie biss noch einmal vom Kuchen ab. Auf einmal sah sie trauriger und weniger umtriebig aus als vorher. »Ich verscherbele immer noch ziemlich viele antike Möbel auf eBay. Du wärst überrascht, wie viele Leute scharf darauf sind, ihre alten Möbel loszuwerden. Alles, was du tun musst, ist, das Zeug abzuholen, und oft geben sie dir Sachen, die vielleicht nicht gerade Tausende, aber manchmal Hunderte Dollar wert sind.«

»Hast du denn einen Transporter?«, fragte Joy.

»Nein, ich fahre nicht Auto«, sagte ihre Tante.

Joy spürte, wie ihr das Herz bis zum Hals klopfte. Das war der Moment, auf den sie gewartet hatte.

»Aber ich kenne einen Typen, der einen hat. Er hilft mir, die Möbel abzuholen. Ich will ihn immer dafür bezahlen, aber das lehnt er ab. Er ist sehr nett. Seine Frau auch. Sie leben weiter im Norden mit ihrem Sohn, der in deinem Alter sein müsste. Er wohnt noch zu Hause.«

»Warum fährst du nicht Auto?« Joy war flau im Magen, als sie die Frage stellte.

»Ich hasse einfach die kurvenreichen Straßen hier draußen. Und wenn ich ehrlich bin, ergibt es für mich nur wenig Sinn, ein Auto zu haben. Ich habe mein Fahrrad, mit dem ich in die Stadt und wieder zurück komme, und mehr brauche ich nicht. Falls ich doch mal ein Auto benötige, kann ich mir immer eins mieten.«

Einen Moment lang blieb Joy stumm. Sie schaute auf ihren Kuchen. Der Guss war seitlich aufgestrichen. Das Stück, von dem sie den größten Teil gegessen hatte, sah verunstaltet aus, nachdem sie mehrere Bissen davon genommen hatte. Auf einmal kam ihr das Ganze bescheuert vor. *Was habe ich mir eigentlich gedacht? Dass ich hierherkomme und wie Sherlock Holmes herumschnüffele, nur damit mein eigenes Leben wieder einen Sinn ergibt?* Sie kam sich so kindisch vor wie schon lange nicht mehr, und das hatte wirklich etwas zu bedeuten, denn während des größten Teils ihres Lebens, in der Arbeit wie auch zu Hause, hatte sie sich genau so gefühlt – wie ein Kind.

»Hast du denn gedacht, es hätte mit dem ›Vorfall‹ zu tun?«, wollte ihre Tante mit einem Lächeln wissen.

Joy starrte sie nur an, unfähig sich zu rühren.

»Deine Mom denkt, dass deswegen alles in meinem Leben schiefläuft. Aber ich habe keine Angst vor dem Autofahren.«

Joy wusste immer noch nicht, was sie sagen sollte, und dabei geriet sie ins Stottern. »Ja, ich habe immer … mich immer gefragt was denn damals eigentlich passiert ist. Meine Mom hat es mir erzählt, meine ich, die ganzen Einzelheiten. Ich hatte nur … na ja … Ich wollte gern mal deine Version hören.«

»Ja, es war schrecklich«, sagte ihre Tante. Sie stellte den Teller ab und griff nach ihrer Tasse. »Das Baby starb. Als es geschah, war ich dreiundzwanzig. Es war wirklich traumatisch.«

»Das kann ich mir vorstellen – ich meine, ich kann es mir *nicht* vorstellen. Ich weiß nicht, wie ich mit so etwas umgehen würde.«

»Nun, ich denke, ich bin so gut damit umgegangen, wie es eben ging. Ich bin zur Therapie gegangen. Deine Mom erzählt den Leuten, dass ich das nicht getan habe, aber ich war dort. Ich glaube, das große Ding, an das ich immer denken musste, war diese Mutter und wie sie ihrem Kind etwas so Furchtbares antun konnte. Sein eigenes Kind umzubringen, ist sowieso kaum nachzuvollziehen, aber wieso macht man es auf so grausame Weise? Ich schätze, sie hat die Beherrschung verloren. Und dann hat sie das Baby genommen und es aus dem Fenster geschmissen. Einfach so.«

Joy sah das alles vor ihrem inneren Auge. Eine junge Mutter, ein schreiendes Kind, eine rasche Bewegung, und dann der Tod, unten in der Tiefe. Es ging ihr durch und durch, dieses Gefühl, dass das Böse überall lauert. Mütter verlieren die Beherrschung, Babys sterben, Bienen werden ausgerottet, und irgendwann wird es die Menschheit nicht mehr geben.

»Jedenfalls, wie ich gesagt habe, bin ich zur Therapie gegangen, und das hat mir wirklich geholfen. Ich habe aufgehört, so viel darüber nachzudenken, und jetzt glaube ich, ich gehe damit so vernünftig um, wie man eben damit umgehen kann.«

»Kann ein Mensch denn mit so was vernünftig umgehen?«, fragte Joy.

»Na ja, ich meine, es gibt Ärzte, die Babys mit Gehirntumoren behandeln. Es gibt Feuerwehrleute, die zusehen müssen, wie ganze Familien bei lebendigem Leibe verbrennen. Denk an die Überlebenden des Holocausts. Du musst irgendwie damit umgehen, den Leuten bleibt nichts anderes übrig.«

Joy machte es fassungslos, wie ausgeglichen ihre Tante wirkte. Sie war überhaupt nicht so, wie man sie Joy jahrelang verkauft hatte.

»Glaubst du denn, dass es dein Leben beeinflusst hat?«, fragte Joy. »Ich meine, glaubst du, du hättest ein anderes Leben geführt, wenn es nicht passiert wäre?«

»Wahrscheinlich nicht. Ich vermute, deine Mutter macht sich Sorgen um mich, weil ich nie jemanden kennengelernt habe, aber die Wahrheit ist, dass es einfach nie passiert ist. Ich hätte so gern den richtigen Mann kennengelernt und ihn geheiratet. O ja, es wäre sicher hilfreich gewesen, nicht all die Jahre allein auf mich gestellt zu sein! Und es stimmt, ich hätte auch gern ein Baby gehabt, so wie jede, sich das wünscht – na ja, vielleicht nicht jede, aber ich schon. Und so kam es eben … na ja, ich habe diesen Typen einfach nicht getroffen.« Ihre Tante zuckte mit den Achseln. »Ist es kalt hier drinnen? Ich hab das Gefühl, ich könnte ein Holzfeuerchen machen.«

Joy starrte ihre Tante nur an, während sie aufstand und im Zimmer herumging, um Feuer zu machen. Sie dachte daran zurück, was sie am College zum Thema Glück gedacht hatte. Auf einmal kam ihr das Leben viel gefährlicher vor. So viel waghalsiger. Sie hatte ihre Tante als einen Menschen gesehen, der einem Baby zum Opfer fiel, das ihr vors Auto geworfen wurde, doch in Wirklichkeit war ihre Tante selbst diejenige, die unter die Räder gekommen war. Und sie hatte ihren Halt nicht mehr gefunden. Sie hatte weder Karriere gemacht noch sich verliebt. Es gab kein Baby. Joy spürte, wie sich eine Dimension des Wahnsinns vor ihr auftat, von dessen Existenz sie bisher nicht einmal etwas geahnt hatte.

Sie dachte an die hochmütige Art und Weise zurück, in der ihre Mutter sagte, ihre Schwester würde *einsam sterben*, als wäre dies das Merkmal, mit dem sie sich von allen anderen abhob: *Wir, die nicht einsam sterben. Sie, die einsam stirbt.* Ihre Mutter hatte den falschen Umgang mit einem Trauma als Ursache des Scheiterns ihrer Schwester festgemacht. Sie selbst hatte jemanden gefunden, den sie lieben konnte, und ihre Tochter, die vor Schmerz nicht zurückschreckte, würde auch jemanden kennenlernen und nicht *einsam sterben*. Ihre Mom hatte ein solch blindes Vertrauen in ihre Tochter und deren Zukunft, dass sie die große Tragödie im Leben ihrer Schwester zu einem beiläufigen Thema machte und nicht müde wurde, darauf zu beharren. Wie heftig die Liebe doch sein konnte. Und wie böse die Täuschung.

»Und was ist mit dir?«, fragte ihre Tante, während die Flammen in ihrem kleinen Ofen hochschlugen. »Gibt es in deinem Leben jemand Besonderes?«

»Ja«, sagte Joy. »Ich date meinen Mitbewohner.«

Annie

Am Sonntag haben Jason und ich einen Film angeschaut. Es war wirklich etwas Besonderes, denn, wie ihr wisst, ist er normalerweise am Sonntag mit seinen Freunden unterwegs. Ich war also ehrlich gesagt ziemlich aufgekratzt, als er mich fragte, ob ich mit ihm zu Hause bleiben und einen Film anschauen wolle. Denn auch wenn ich mir schon eine Weile vorzumachen versuche, dass es mir nichts ausmacht, wenn er mich jedes Wochenende allein lässt, macht es mir natürlich doch was aus. Einmal hat Patrice etwas in der Richtung zu mir gesagt. Sie meinte: »Bei miesen Typen ist das so: Wenn es gut läuft, ist es deshalb so gut, weil es sonst so grottenschlecht ist.« Sie bezog sich damals auf jemanden, den wir beide kennen, eine Frau, die bei uns im Büro arbeitete. Sie hatte eine Beziehung zu einem Typen, der sie nach Strich und Faden betrog. Ich dachte oft an diese Beziehung, wenn ich wollte, dass es mir mit meiner eigenen besser ging, aber mittlerweile denke ich genauso wie Patrice: Wenn es gut ist, dann ist es nur deshalb so gut, weil es sonst so schlecht ist. Der Film, den wir uns anschauten, war Free Solo, *ein Dokumentarfilm über diesen wahnsinnigen Typen, der ohne Seil auf alle möglichen Berge klettert. Ich dachte, es würde ein guter Film sein, weil ich bei Dokumentarfilmen immer das Gefühl habe, sie hätten nichts mit meinem eigenen Leben zu tun. Aber es stellte sich heraus, dass es eine furchtbare Idee war, weil in dem Film der Typ eine Freundin hat, die ihn überallhin begleitet und ihn unterstützt, und sie sagt: »Ich liebe dich«, aber er sagt erst »Ich liebe dich«, als er irgendeinen Wahnsinnsberg bestiegen hat. Sie ist so glücklich, dass er es endlich gesagt hat, anstatt sauer auf ihn zu sein, weil er erst jetzt damit rausgerückt ist. Warum sollte jemand demjenigen, den er liebt, so etwas antun? Warum sollte man darauf verzichten, »Ich liebe dich« zu sagen, es sei denn, es geht um Kontrolle? Ich sah mich selbst in der gleichen Rolle wie dieses Mädchen, das an einem Berg steht und zu einem Mann hochblickt, der sein Leben riskiert, dabei aber nicht den Mumm hat, sein Herz zu riskieren. Männer sind Feiglinge, dachte ich, aber mehr beschloss ich nicht zu denken. Auch ich hatte Angst, und wenn ich mich selbst so sah, wie ich voller Angst zu dem Berg hochblickte, fühlte ich mich traurig und wütend. Ich ging ins Bett und zwang mich zu schlafen, und als ich mitten in der Nacht spürte, wie Jason seinen Fuß an mein Fußgelenk presste, war ich glücklich, dass er da war. So ist das.*

Als Annie von ihren Eltern nach Hause kam und die Wohnungstür öffnete, war das Licht ausgeschaltet. Stattdessen standen überall Kerzen. Auf der Konsole, den Fensterbänken.

Auf jeder Tischplatte. O *mein Gott*, dachte sie. Doch sie war zu schockiert, um viel mehr zu denken. Sie trat durch die Tür.

»Jason«, rief sie, und während sie rief, merkte sie, dass Musik lief.

Sie ging den Flur entlang, und Simon kam auf sie zu. Zerstreut streichelte sie ihn und ging weiter. *Ist das etwa …* Doch sie war so aufgeregt, dass sie es nicht wagte, den Gedanken zu Ende zu denken.

»Jason«, rief sie noch einmal.

»Ich bin hier draußen«, rief er, und aus seiner leicht gedämpften Stimme schloss sie, dass er auf dem Balkon war.

Er öffnete die Glastür für sie.

»He, Annie«, sagte er. Er lächelte sie liebevoll an.

»Was ist das?« Sie trat nach draußen. Es war eisig. Viel zu kalt, um sich im Freien aufzuhalten. Ihre Zähne begannen zu klappern.

»Hier.« Er reichte ihr eine Decke.

»Eine Decke?«, fragte sie. Sie schlang sie um sich, und er zog ihren Körper nah an sich heran. Sie liebte das warme Gefühl seiner Arme, seinen kantigen Körperbau. Das alles war ihr so vertraut.

»Schau hoch«, sagte er.

Annie sah zum Himmel. Es war eine ziemlich klare Nacht. Der Mond war nur eine schmale Sichel. Trotz der Lichter der Stadt konnte sie einige Sterne erkennen.

»Annie, hör mal. Es mag sein, dass ich noch nicht bereit bin zu heiraten, aber ich weiß, dass ich das eines Tages sein werde. Und ich wollte einfach nur, dass du weißt, dass ich dich liebe.«

Ihr erster Gedanke war: *Ach, dann ist das also kein Heiratsantrag?* Und der zweite Gedanke: *Hier draußen ist es un-*

glaublich kalt. Sie war einfach zu müde, um mehr an Reaktion zu zeigen als das. Aber sie spürte, dass sie angesichts dieser Geste noch vor ein paar Monaten wesentlich begeisterter gewesen wäre.

»Ich liebe dich auch«, sagte sie.

»Alles wird gut für uns, Annie«, sagte er und zog sie an sich.

»Wo hast du denn die ganzen Kerzen her?«, fragte sie ihn.

»Die hab ich bei Amazon bestellt.«

»Oh, gut«, sagte sie. »Wir sollten sie ausblasen, bevor die Wohnung in Brand gerät.«

»Gefallen sie dir?«

»Sehr.« Tatsächlich gefielen Annie die Kerzen. Die Kerzen und das Gefühl, das sie in ihr ausgelöst hatten, waren das Beste, was dieser Abend zu bieten hatte.

Sie pusteten die Kerzen aus, eine nach der anderen, und im Haus roch es wie an jedem einzelnen Geburtstag, an den sich Annie erinnern konnte.

In jener Nacht, als sie im Bett lagen, erzählte sie Jason von Erin und dem Brief.

»Meine Güte«, sagte er. »Männer können echt scheiße sein.«

»Ich weiß«, sagte sie.

»Und was machst du jetzt? Willst du, dass ich ihn grün und blau schlage?«

Annie lächelte. Es gab nur wenige Dinge im Leben, die sie im Leben mehr liebte als einen Mann, der seinem uralten Verlangen Ausdruck verlieh, Frauen vor gewalttätigen Männern zu beschützen.

»Nein, ich regle das schon.«

»Du kannst alles regeln«, sagte Jason.

Und so kam es, dass sie von einem Moment auf den anderen aufhörte, sich wegen der nicht erfolgten Verlobung schlecht zu fühlen.

Annie zögerte nicht, als sie am Montag in die Arbeit kam, auch wenn sie spürte, wie heftig das Herz ihr den ganzen Morgen und den ganzen Tag in der Brust klopfte. Ihr fielen Dinge aus ihrer Kindheit ein, die ein ähnliches unbehagliches Gefühl in ihr verursacht hatten: wenn der Mann von nebenan sie anschrie, weil sie über seinen Rasen gelaufen war; wenn ihre Mutter über etwas weinte, wofür Annie zu jung war, um es zu verstehen; oder als ein Teddy, den sie geliebt hatte, spurlos verschwand. Es war Angst, unmissverständlich war es Angst, aber sie würde sich davon nicht aufhalten lassen.

Trotz allem beschloss sie, zuerst in die Personalabteilung zu gehen. So verlangte es das Protokoll, und sie wollte das Protokoll unbedingt einhalten. Sie schrieb Meredith eine Mail. Meredith war eine ältere Dame, die schon länger in der Firma war als alle außer Arly. Sie war sogar schon dagewesen, bevor es Kathys Show wurde, eine Zeit, in der ein sehr langweiliger Typ namens Roger der Talkmaster gewesen war. Annie hatte nur vage Erinnerungen daran, wie die Show gewesen war, bevor Kathy sie übernahm. Sie wusste noch, dass ihr Vater sie gelegentlich im Autoradio hörte, wenn er sie in die Schule fuhr. Meistens ging es darin um Zeitgeschichte, in die ein wenig Politik verwoben war. Einmal, das wusste sie noch genau, hatte ihr Dad »Schwätzer« geschimpft und das Radio abgeschaltet. Kathy dagegen war warmherzig und klug. Die Show war immer noch sehr akademisch, doch Kathy wusste genau, wie man Dinge interessant macht. Einmal hatte Annie mit angehört, wie sie sagte: »Den Leuten ist der Krieg egal, aber der Tod kümmert sie«, was Annie für brillant hielt. Genau wegen solcher Sätze war sie stolz, bei der Show mitzuarbeiten.

Bei Meredith dauerte es immer, bis sie antwortete. Normalerweise verging mindestens eine Woche, bis man aus der

Personalabteilung eine Antwort bekam, besonders jedoch von Meredith, die noch nach dem Ein-Finger-Suchsystem tippte. Deshalb konnte es Annie auch kaum glauben, als sie nur ein paar Minuten, nachdem sie die Nachricht abgeschickt hatte, bereits eine Antwort mit dem Titel »RE: Wichtige Anfrage bezüglich Vorwurfs der sexuellen Belästigung« vorfand. *Das ist die Wirklichkeit,* dachte sie unweigerlich, und einen Moment lang schwebte ihre Hand zitternd über der Tastatur, bevor sie die Mail anklickte. Sie lautete wie folgt:

> Liebe Annie,
>
> selbstverständlich nehmen wir Dinge dieser Art nicht auf die leichte Schulter. Ich würde gerne so bald wie möglich eine Kopie des Briefes sehen. Wäre es Ihnen möglich, im Lauf des Tages bei mir vorbeizuschauen? Jederzeit.
>
> Mit besten Grüßen
>
> Meredith

Zuerst fühlte sich Annie voller Hoffnung. Das war genau die Reaktion, die sie sich aus der Personalabteilung in einer solchen Situation gewünscht hatte, doch als sie später am Tag vor Merediths Büro stand, war die ganze Energie, der Wunsch, die Sache endlich anzugehen, verpufft, und sie war nur noch nervös und fahrig.

»Könnten Sie bitte die Tür hinter sich schließen?«, war das Erste, was Meredith sagte. Sie hatte also nicht vor, lange um den heißen Brei herumzureden. »Darf ich den Brief sehen?«

Sie nahm ihn entgegen und hielt ihn in beiden Händen, während sie las.

»Der ist nicht unterschrieben«, sagte sie am Ende.

»Ja, ich weiß«, antwortete Annie. »Ich glaube, die Person wollte nicht, dass ihre Identität bekannt wird.«

»Nun, ohne Unterschrift kann ich nichts machen«, sagte Meredith.

Annie spürte, wie Wut in ihr aufstieg. »Sie schreibt ja, sie sei deshalb in der Personalabteilung gewesen, und es sei nicht viel passiert. Erinnern Sie sich, ob jemand in einer solchen Angelegenheit bei Ihnen gewesen ist?«

»Nein, und wenn, dann wäre das Problem sofort gelöst worden. Wenn jemand wegen – wie nennt sie das doch gleich?« Sie schaute wieder auf den Brief. »… wegen sexueller Belästigung angezeigt wird, nehmen wir das sehr ernst. Niemand hier hätte das ignoriert.«

Aber warum zum Teufel hätte sie dann den Brief geschrieben?, war Annies erster Gedanke, verkniff es sich aber, die Frage zu stellen. »Ich weiß, dass Sie das hätten, aber auch ich muss es ernst nehmen, da mir der Brief von einer Mitarbeiterin übergeben wurde, und ich habe das Gefühl, man muss sich entsprechend darum kümmern.«

»Nun, und wer hat Ihnen den Brief gebracht?«

Annie zögerte. »Es ist mir nicht recht, diese Information an Sie weiterzugeben, ohne vorher ihr Einverständnis einzuholen.«

»Nun, ich weiß nicht, was Sie von mir erwarten«, sagte Meredith. Ihr Ton wurde zunehmend pampig. »Ich kann nicht jemanden der sexuellen Belästigung bezichtigen nur aufgrund eines anonymen Hinweises. Soweit ich es beurteilen kann, und wenn dieser Brief der Wahrheit entspricht, wurde das Thema bereits der Personalabteilung vorgelegt und entsprechend behandelt.«

»Und wie genau wurde es behandelt? Könnten Sie wenigstens nachschauen, ob wegen dieses Problems von der Personalabteilung gegen Arly vorgegangen wurde?« Der Name brannte auf Annies Zunge und auf ihren Lippen.

»Ich möchte wissen, was getan und wie das Problem gelöst wurde.«

»Diese Information kann ich nicht an Sie weitergeben. Wenn eine solche Anschuldigung vorliegt, dann sind die Person, die sie vorbringt, und der Angeschuldigte die Einzigen, die davon Kenntnis haben.«

»Dann sagen Sie mir also im Grunde, dass Sie nicht wissen, ob etwas unternommen wurde, und selbst wenn sie es wüssten, könnten Sie es mir nicht sagen. Und dass es absolut nichts gibt, was Sie tun können?«

Meredith starrte sie einen Moment lang an. Soweit Annie das beurteilen konnte, war sie nicht daran gewöhnt, dass junge Frauen ihr Widerworte gaben. Die meisten hatten Angst davor, Wellen zu schlagen, laut zu werden, sich mit anderen anzulegen, doch Annie hatte in den vergangenen zehn Jahren mit vielen Männern zusammengearbeitet und nicht vor zu kuschen, nur weil diese Frau es zugelassen hatte, dass der Bodensatz des Patriarchats bis in die tiefsten Abgründe ihres Herzens gesickert war. *Und was ist mit Ihnen? Wer hat Sie und Ihren Körper schlecht behandelt? Wer hat Ihnen Ihre Güte gestohlen?*, dachte Annie. *Seien Sie solidarisch!*

»Wenn nicht eine dieser Frauen sich hier meldet, kann nichts getan werden«, sagte Meredith.

»Danke für Ihre Zeit«, sagte Annie und wandte sich zum Gehen.

»Annie«, rief Meredith hinter ihr her. Annie blieb an der Tür stehen und drehte sich noch einmal um. »Ich kenne Arly seit mehr als dreißig Jahren. Er ist ein guter und anständiger Mensch.«

Annie gab keine Antwort. Sie stand da und schaute Meredith an. Sekunden später verließ sie das Büro.

Zurück am Schreibtisch versuchte sie, Ordnung in ihre Gedanken zu bringen. Sie holte tief Luft, stieß sie aus. Ihre Hände, ihre Beine, alles fühlte sich nach Bewegung an, sie war voller Energie und konnte kaum still sitzen. Sie würde es nicht zulassen, dass Meredith und ihr unergründliches Desinteresse dazu führten, dass die Sache im Sande verlief. Annie hatte weder Erins E-Mail-Adresse noch sonst eine Möglichkeit, in Kontakt zu ihr zu treten, aber davon würde sie sich nicht aufhalten lassen.

Celine

Ich war nicht so arm, als ich aufs College ging, dass ich es hätte tun müssen. Es war nur so, dass meine Freundinnen nach Paris fuhren und ich kein Geld hatte, um mitzufahren. Ich war nicht viel mit meinen Kommilitonen gereist. Und das Land hatte ich nie verlassen. Paris klang großartig, und ich wollte unbedingt hin. Meine Freundin Myriel machte mir den Vorschlag. Sie sagte, sie hätte es öfters gemacht, und es sei keine große Sache. Es klang auch nicht so, als wäre es das, und man bekam viel Geld dafür. Doch danach hatte ich deswegen sofort ein schlechtes Gefühl. Es war, wie wenn man etwas Kaltes trinkt und spürt, wie die Kühle der Flüssigkeit einem durch die Brust und den ganzen Körper sickert. Manche Leute würden sagen, dass es ein erfrischendes Gefühl ist, aber ich finde es immer verstörend. Ich versuchte, nicht darüber nachzudenken. Ich fuhr nach Paris, ich machte Fotos und lachte mit meinen Freundinnen. Alles um mich herum war schön, idyllisch, aber ich hatte immer noch dieses Gefühl in meiner Brust. Und als ich dann nach Hause kam, war es immer noch da und immer noch da und immer noch da. Man kann nicht immer alles zurücknehmen. Oder etwas bedauern, und dann bedeutet es nicht mehr so viel. Du kennst dich. Selbst hier und jetzt kann ich immer noch diese Kälte spüren, die in mich hineinkriecht. Damals war ich es, die sich entschied, jenen Schluck zu nehmen, und das Wasser ergießt sich bis heute über mein warmes Inneres, es strömt durch mich hindurch und legt sich wie eine Eisschicht darüber. Was ich damit sagen will, ist, dass ich es bereue.

Celine drehte das Video von sich selbst im Wohnheimbadezimmer. Man hatte ihr gesagt, sie müsse überhaupt nichts Sexuelles machen, sondern sich einfach ganz normal die Zähne putzen, so wie an jedem anderen Tag der Woche. Man würde ihr fünfhundert Dollar für das Video zahlen, und es würde nur an eine einzige Person gehen und nirgendwo sonst gepostet werden. Damals dachte sie nicht viel voraus. Sie empfand ein Gefühl der Entschlossenheit, als sie sich dafür entschieden hatte, und sorgte zumindest dafür, dass ihre Zimmergenossin Olivia nicht da war. Nicht dass Olivia in der Position war, sie zu verurteilen. Sie war die sexuell enthemmteste Person, die Celine jemals kennengelernt hatte.

»Gestern Abend habe ich es mit zwei Typen getrieben«, hatte sie einmal gesagt. Sie war gerade dabei, einen Stapel Post durchzuschauen, und Celine konnte erkennen, dass sie an beiden Armen blaue Flecken hatte.

»O mein Gott, was?«

»Ja, ich habe die beiden gestern kennengelernt. Mit dem einen hatte ich Sex auf dem Klo des Clubs, und mit dem anderen bei ihm zu Hause.«

Olivia tat so, als wäre sie glücklich damit, doch Celine fand nicht, dass Olivia glücklich wirkte. Von allen Frauen, die sie kannte, machte Olivia auf sie einen besonders frustrierten und verletzlichen Eindruck. Manchmal hörte sie sie bei Nacht leise in ihr Kissen weinen. Celine überlegte oft, ob sie etwas sagen sollte, so etwas wie: »Olivia, alles in Ordnung mit dir?«, oder: »Olivia, sei nicht so streng mit dir selbst.« Stattdessen wahrte sie das Recht ihrer Zimmergenossin auf Rückzug. Wer wusste schon, was richtig war? Wie auch immer, dieses Video würde sie jedenfalls nicht machen, wenn Olivia da war.

Celine stellte die Handykamera auf der Spiegelablage im Bad auf. Sie hatte lange überlegt, was sie anziehen sollte, obwohl ihr Körper im Bild gar nicht zu sehen sein würde. Sie wollte bedeckt sein, wollte, dass es bei diesem Video rein gar nicht um Sex ging – sie würde sich einfach die Zähne putzen, so wie jeden Tag. Sie zog sich ein USC-Sweatshirt an, das ihre Cousine ihr geschenkt hatte, die auf die University of Southern California ging. Es war alt und fleckig, und kein Mensch würde es im Entferntesten mit Sex in Verbindung bringen. Und dann machte sie genau das, was ihr Myriel gesagt hatte.

»Achte darauf, dass du die Zahnpasta vor der Kamera draufmachst. Die wollen den ganzen Prozess sehen.«

Myriel hatte Celine im ersten Studienjahr kennengelernt. Sie hatten beide ein Seminar über Filmtheorie besucht, bei dem Myriel oft zu spät kam oder sich über die komplexen Sachverhalte beschwerte, was alle anderen nicht weiter interessierte. Celine mochte sie nicht besonders, beachtete sie aber auch nicht. Erst später begegneten sie sich bei der Party einer gemeinsamen Freundin und verstanden sich unerwartet gut.

»Ich finde Leute schrecklich, die meinen, es macht sie interessant, wenn sie Drogen nehmen«, sagte Myriel. Celine lachte, und schon bald danach waren sie unzertrennlich.

Celine liebte es, wie schick Myriel immer aussah. Sie trug Sachen von H&M, als wäre es Haute Couture. Ihr Stil war lässig und trotzdem stylisch. Sie war genau das, was jedes Mädchen sein wollte. Myriel datete alle möglichen reichen und mächtigen Männer, und sehr oft war Celine neidisch darauf, an welch fabelhaften Orten sie landete und mit welch fabelhaften Leuten sie sich umgab. Es war Myriel, die die Idee mit der Reise nach Paris hatte. Sie wollte mit Celine und einer Gruppe ihrer Freundinnen fahren.

»Ich habe kein Geld«, sagte Celine.

»Was? Ach, komm schon. So teuer sind die Tickets nicht. Ich bezahle das Hotel, und du wohnst bei mir im Zimmer.«

»Ich kann wirklich nicht. Ich habe mir gerade die Bücher für das Semester gekauft, und die haben ein Vermögen gekostet.«

»Weißt du, was du machen kannst? Du solltest eins von diesen Zahnputz-Videos aufnehmen.«

»Bitte was?«

»Du putzt dir die Zähne, machst ein Video davon, und Typen kaufen es.«

»Kaufen es wofür?«

»Um sich einen runterzuholen.«

»Die holen sich einen runter, wenn jemand sich die Zähne putzt?«

»Ja, das ist ein Fetisch. Du zeigst noch nicht mal dein Gesicht oder machst irgendwas Sexuelles. Es ist nur eine Nahaufnahme von deinem Mund. Ich mach das öfters. Und ich hab schon drei Riesen damit verdient.«

»Drei Riesen?«

»Ja. Vermittelt wird es durch einen Typen, der diese Verbindung zu reichen Leuten hat.«

»Die bezahlen so viel dafür?«

»Das bezahlen sie, wenn du hübsch bist, und du bist wirklich hübsch. Wahrscheinlich könntest du mehr Geld damit machen als ich. Du hast tolle Lippen.«

»Und kommst du dir dabei nicht komisch vor?«

»Gar nicht. Es ist ja noch nicht mal mein ganzes Gesicht zu sehen. Ehrlich gesagt käme ich mir blöd vor, wenn ich es *nicht* machen würde.«

Zuerst hatte Celine überhaupt keine Zweifel. Das lag an der Selbstverständlichkeit, mit der Myriel darüber redete; das alles klang so einfach und harmlos, wie die großen Sommerhüte, die sie immer trug, oder die knallbunten Leggings, die ihre Beine auf eine Art und Weise dünn machten, wie sie es bei einer anderen Frau niemals geschafft hätten. Außerdem redete sich Celine bezüglich dieser Videos alle möglichen Dinge ein, die es rechtfertigten. *Unabhängige Frau*, dachte sie dann, oder: *Der Mann ist hier derjenige, der ausgebeutet wird.* Irgendwann fühlte es sich fast prickelnd an, es auszuprobieren.

Myriel lieh ihr die Kamera und sagte, sie würde das Video an den Typen weiterleiten, den sie kannte, und der würde es dann an den Typen schicken, der es kaufte.

»Es ist alles sehr professionell. Du wirst nie rausfinden, wer der Typ ist, der es hat, und er hat keine Ahnung, wer du bist.«

Celine nickte.

»Es ist leicht. Du schaffst das.« Myriel tippte Celine aufmunternd auf die Schulter, und dann, als sie schon am Gehen war, drehte sie sich noch einmal um. »Oh, und denk daran, dass du dir die Zahnpasta vor der Kamera drauf tust. Die wollen den ganzen Vorgang sehen, besonders, wenn du ausspuckst.«

Diese letzten Worte blieben bei Celine hängen, so beklemmend waren sie. *Wenn du ausspuckst.* Kurz dachte sie daran zurück, wie sie als Kind durch den dunklen Keller gelaufen war und eine Maus neben ihrem Fuß vorbeihuschte. Das gleiche Gefühl war jetzt auch da – der Schrecken vor etwas, das dich sieht, wenn du dich in der Dunkelheit bewegst.

»Hab verstanden, Myriel. Ich schreib dir, wenn ich fertig bin.« Ihr Körper, ihre Stimme, all das war immer noch in Bewegung, und sie war immer noch in dieser kleinen Dunkelheit, mit Ausspucken und einer Maus, die vor einem Jahrzehnt an ihr vorbeigehuscht war.

Sie achtete genau darauf, dass die Kamera sich nur auf ihren Mund richtete und sonst nichts zeigte, doch selbst nur ihren Mund im Sucher zu sehen, war seltsam. Es war, als würde man das Gesicht eines anderen Menschen sehen, wie wenn man einen Blick in das Leben eines Fremden erhascht. Als würde man jemanden beobachten, wie er etwas Sexuelles machte – und es fühlte sich durchaus sexuell an, auch wenn sie sich so bemühte, daran zu glauben, dass dies nicht der Fall war. Die Paste auf die Bürste zu bekommen, war schwierig, weil ihre Hand so sehr zitterte, und sie musste mehrmals neu anfangen, bis es einigermaßen aussah. Sie bürstete hin und her und rauf und runter, so wie sie das immer tat, doch das Ganze fühlte sich nicht normal an, und jede Sekunde fragte sie sich, ob ihre Hand wirklich das tat, was sie getan hätte, wenn es hier nicht um einen Porno gegangen wäre. Nach ein paar Minuten war sie bereit fürs Ausspucken. Doch jetzt wusste sie nicht genau, was sie tun sollte. Wenn sie sich nach vorn beugte, würde sie nicht mehr sichtbar sein, und die Kamera zu bewegen, kam ihr zu riskant vor, wenn sie ihre Identität nicht preisgeben wollte. Einen Moment lang zögerte sie, dann spuckte sie einfach dort, wo sie war, aus, auch wenn nichts davon ins Waschbecken fiel. Zahnpasta und Spucke landeten komplett auf dem Boden beziehungsweise vorne auf dem USC-Sweatshirt. Es war ihr peinlich, und sie schaltete die Kamera rasch aus. Jetzt, wo sie mitten im Schmutz stand, kam ihr alles, was sowieso schon schlimm genug gewesen war, noch schlimmer vor. Kurz warf sie einen Blick in den Spiegel. Sie war noch dieselbe wie bei ihrer Geburt oder mit drei oder sieben oder zehn Jahren oder während der Highschool. Sie war Celine, immer noch die Alte, aber für jemand anderen würde sie ein Bild mit schäumender Zahnpasta sein, Schaum, der aus einem Mund strömte und über ein Kinn lief.

Sie wischte sich das Gesicht ab und putzte den Boden. Ihr Sweatshirt kam in den Wäschekorb. Ein paar Minuten später spulte sie die Filmaufnahme zurück und schnitt sich selbst heraus, wie sie die Kamera einschaltete, auch die zittrigen ersten Versuche, und am Schluss wieder sich selbst, wie sie hastig die Kamera ausschaltete. Insgesamt sah das Ergebnis so gut aus, wie sie hatte hoffen können. Es war einfach nur ein Mund im Bild, er könnte zu fast jeder gehören, und so rang sie sich dazu durch, dass sie hier und jetzt das ganze Elend, das sie empfunden hatte, zurücklassen konnte. Die kalkweißen Streifen waren vom Boden und von ihrem Gesicht verschwunden. Es war möglich, sich vorzustellen, dass es von hier aus einfach weitergehen würde.

Sie schickte Myriel das Video, die zurückschrieb: *Perfekt! Ich geb dir den Scheck, wenn wir uns das nächste Mal sehen!* Nicht viel später würden sie dann im Flieger nach Paris sitzen. Wie so viele andere würde sie anstehen, um ein Bild von der *Mona Lisa* zu knipsen, und darauf warten, auf einen Turm hochzufahren, von dem aus man die ganze Stadt sehen konnte.

»Wow, das ist also Amerika?«, rief ihr ein Franzose in gebrochenem Englisch hinterher, als sie an der Notre Dame waren. »Wenn das Amerika ist, dann nehmt mich mit!«

»Alle Männer sind in dich verliebt«, sagte Myriel lachend.

»Das hat er zu uns allen gesagt«, meinte Celine.

»Nein, ganz sicher nicht«, sagte Myriel. »Er hat mit dir geredet.«

Celine konnte die ganze Reise über nicht aufhören, an das Video zu denken. Jedes Mal, wenn sie es tat, spürte sie, wie ein Beben in ihr aufstieg. Fast fühlte es sich so an, als wäre jener Moment eine Art Wiedergeburt für sie gewesen, doch keine Wiedergeburt in einer schönen, bewegenden, anspornenden Weise, als hätte sie in voller Überzeugung beschlossen, was sie als Mensch ausmachte. Ein Mund, ein Moment, fünfhundert Dollar: Diese Einschränkungen waren Einschränkungen, die sie für sich selbst beschlossen hatte. Dabei hatte sie ihr ganzes Leben immer für die richtige Definition ihrer selbst gekämpft.

»Lass es niemals zu, dass ein Mann dich so behandelt«, hatte ihre Mutter gesagt.

Doch hier war sie und ließ es zu, dass ein Mann sie so behandelte. Hier war sie und ließ es zu, dass sie sich selbst so behandelte. Sie legte den Preis fest. Sie stellte die Kamera auf. Sie spuckte auf den Boden.

In der letzten Nacht der Reise konnte sie nicht schlafen. Der Tag war lang und anstrengend gewesen, und ihre Gedanken waren böse, von der Minute an, in der sie aufwachte, bis jetzt. Sie konnte es nicht ertragen.

»Bist du wach?«, sagte Celine zu Myriel.

»Ja«, sagte Myriel, ihre Stimme war brüchig, als würde sie bereits schlafen.

»Ich mach mir Sorgen wegen dem Video«, sagte Celine.

»Was für ein Video?«

»Das ich gedreht habe.«

»Hör auf, du bist verrückt«, sagte Myriel, und dann drehte sie sich um, und das war's.

Sie flogen nach Hause, und das Leben lief wieder ganz normal weiter, doch Celine machte sich immer noch Gedanken. Sie versuchte, das Ganze nicht in Zusammenhang mit sich selbst zu setzen. Immer dann, wenn das Bild ihrer Lippen oder ihres Gesichts, mit Zahnpasta verschmiert, in ihren Gedanken auftauchte, begann sie innerlich zu zählen, oder sie machte das, was ein Mädchen mit Angstzuständen ihr einmal beschrieben hatte.

»Jedes Mal, wenn ich das Gefühl habe, ich bekomme eine Panikattacke, dann beschreibe ich für mich selbst ein Stoppschild: ›Es ist rot, es ist achteckig, und es bedeutet S-T-O-P-P.‹«

Es dauerte nicht lange, dann wiederholte Celine diesen einen Satz immer wieder in ihrem Kopf: »Es ist rot, es ist achteckig, und es bedeutet: S-T-O-P-P.«

Sie hatte geplant, ein paar Sommerkurse zu belegen und in einem Café in der Nähe der Uni zu jobben, doch im allerletzten Moment überlegte sie es sich anders und beschloss, die Sommerferien zu Hause zu verbringen.

Ihre Mom ging mit ihr shoppen, und sie verbrachten viel Zeit am See. Viele Freunde sah sie nicht. Es war eine Auszeit von ihrem Leben und alldem, was sie an das Video erinnerte. Sie geriet seltener in Panik. Sie fühlte sich weniger unsicher.

Doch kaum war sie wieder am College und in ihrem Wohnheim, war alles wieder da. Sie fühlte sich kein bisschen anders als an dem Tag, als sie weggefahren war. Es war immer noch »Es ist rot, es ist achteckig, und es bedeutet S-T-O-P-P.«

Sie begann, in der Öffentlichkeit Männer anzustarren, sich zu fragen, ob einer von ihnen vielleicht der Mann war, der ihr Video gesehen hatte. Es war nicht ausgeschlossen, dass einer von ihnen sie an ihrem Mund erkannte. Sie wurde von Alpträumen geplagt, in denen jemand auf sie zukam und so etwas sagte wie: »Oh, wow, du bist die kleine Nutte aus dem Video, das ich gekauft habe.«

Sie suchte in der U-Bahn, an der Uni, im Job. Sie kam auf der Straße an Männern vorbei und dachte: *Ist er das?* Wann immer sie mit einem Mann zu tun hatte, den sie noch nicht kannte, fragte sie sich, ob er beim Anblick ihres Gesichts einen Orgasmus gehabt hatte. Das machte sie ruhiger, reservierter.

»Du bist so kokett«, sagte einmal ein Typ bei einem Date zu ihr, dabei fand er sie nur zurückhaltend.

Wenn du wüsstest, dachte sie dann. Und niemand wusste es. Auch Derk sagte sie nichts davon, als sie sich kurz darauf kennenlernten und miteinander ausgingen. Es betraf nur sie selbst und Myriel und zwei fremde Männer, sonst niemanden. Sie war allein damit, und genau dort war es – ein kleines Loch in ihrem Herzen, das Celine mit sich herumschleppte. Und so versuchte sie weiterzuleben, konnte aber nicht aufhören, daran zu denken; stattdessen fand sie Mittel und Wege, es beiseitezuschieben, wegzuschieben und andere Leerstellen in ihrem Herzen zu füllen, die neben ihm lagen.

Doch jetzt wollte sie etwas tun, etwas fühlen, den Schmerz verändern, wenn sie ihn schon nicht lindern konnte. Das Erste, was ihr dabei einfiel, war, Myriel anzurufen.

Wäsche

Als Joy von dem Besuch bei ihrer Tante nach Hause kam, meldete sie sich zwei Tage krank und verbrachte die freie Zeit damit, die Wohnung zu putzen. Sie hatte bezüglich ihres Lebens eine Entscheidung getroffen. Auch wenn das nicht bewusst passiert war, sondern eher aus einem Impuls heraus. Vor allem ging es dabei um Angst. Von nun an würden die Dinge anders laufen. Sie würde nicht einsam sterben.

Sie räumte den Schrank im Flur auf und schrubbte die Badewanne. Seit sie dort wohnte, waren die Schränke nicht feucht ausgewischt worden, weshalb sie auch das tat. Danach bereitete sie das Abendessen zu. Sie plante, etwas aufwändiges Französisches zu machen. Theo war mit Celine unterwegs, aber damit wollte sie sich nicht weiter befassen. Stattdessen richtete sie ihren Körper und ihre Seele an dem Ort auf, der ihr Zuhause war. Sie faltete sich selbst tiefer und tiefer in den Raum hinein, bis sie die beste Version von sich selbst war, und dort hinein richtete sie ihre Empfindungen, die sich deutlich hochwertiger anfühlten als die, die sie vorher gehabt hatte. Und all das brachte ein deutliches Gefühl des Triumphs mit sich.

Am College hatte sie eine Literaturprofessorin gehabt, die sagte: »Putzen war die Arbeit von Frauen, weil es Arbeit ist, die sofort wieder ungeschehen gemacht wird.« Diese Feststellung war etwas, woran sie sich festhielt und an das sie jedes Mal dachte, wenn sie putzte oder kochte oder Make-up in ihrem Gesicht verteilte. Der Gedanke, dass es die Frauen waren, die dieser endlosen Auflösung entgegentraten, fühlte sich sehr wahr und sehr machtvoll an. Vielleicht war es ja andersherum gedacht, und es ging darum, dass man Frauen eine Arbeit auferlegt hatte, die in vieler Hinsicht undankbar war, doch in Joys Augen war es gerade diese Undankbarkeit, die sich machtvoll anfühlte. *Ja, wir sind stark genug, um eine Arbeit zu machen, die niemals ein Ende findet.* Jetzt jedoch, als sie die Couch von der Wand wegschob, um eine von Theos Socken aufzuheben, dachte sie nicht daran, was ihre Professorin gesagt hatte, sondern daran, wer diese Frau gewesen war. Es war die gehässigste Lehrerin, die sie jemals gehabt hatte. Nicht selten hatte jemand wegen ihr geweint. Vor allem auf eine bestimmte Studentin hatte sie es abgesehen. Außerdem – und das war etwas, das Joy erst jetzt so deutlich bewusstwurde – zog sie die männlichen Studenten vor. Wenn die etwas zu sagen oder hinzuzufügen hatte, dann schien sie ihnen auf der Stelle mehr Respekt entgegenzubringen als einer Studentin. Joy selbst war viel zu verängstigt, um sich überhaupt zu Wort zu melden, doch ein paarmal bekam sie Hausarbeiten mit Kommentaren zurück wie »Was soll das denn wieder heißen?« oder »Faul und unmotiviert«. Andererseits hatte Joy von jener Professorin jede Menge gelernt. Nicht nur über die Aufgaben von Frauen, sondern auch über Literaturtheorie. In diesem Seminar hatte sie zum ersten Virginia Woolf gelesen. Doch jetzt, so weit von alldem entfernt, während sie Müsli wegsaugte und in einem Job arbeitete, bei dem sie einen Großteil ihrer Zeit mit dem Verfassen von Mails verbrachte, die so banal waren, dass man sie ebenso gut von einer Maschine hätte anfertigen lassen können (was eines Tages auch so sein würde), schien es ihr, dass alles Gute, was diese Professorin ihr gebracht hatte, mehr oder weniger sinnlos war. *Freundlichkeit ist das, worauf es ankommt,* dachte Joy, schob die Couch wieder an die Wand und ging in die Küche, um das Abendessen zuzubereiten.

Als Theo nach Hause kam, staunte er.

»Wow, Joy, das sieht ja toll aus hier. Bist du den ganzen Tag zu Hause geblieben, um zu putzen?«

»Na ja, ich wollte einfach, dass es … ordentlicher aussieht.«

»Es ist perfekt.«

Sie aßen zu Abend und setzten sich dann nebeneinander auf die Couch, um fernzuschauen. Zu vorgerückter Stunde hatten sie noch eine Runde Brownies gebacken, und es fühlte sich an wie in alten Zeiten.

Theo lächelte, als er seinen Brownie in Erdnussbutter tauchte, eine Angewohnheit von ihm, die sie immer noch liebenswert fand, auch wenn so viele Dinge, die sie an ihm einmal liebenswert gefunden hatte, sich mittlerweile in Luft aufgelöst hatten.

»Weißt du was, liebste Joy?«, fragte Theo, den Brownie in der Hand und nachdenklich kauend.

»Was denn?«, sagte Joy.

»Du solltest nie wieder wegfahren. Das Haus ist viel zu leer ohne dich.«

Joy wurde es warm ums Herz. Sie lächelte und wandte sich ab, weil sie es nicht aushielt, länger Augenkontakt zu ihm zu halten. »Das sagst du doch nur deshalb, weil ich die ganze gottverdammte Wohnung geputzt habe.«

»Nein, das stimmt nicht«, sagte Theo. »Ich meine nur, das hier mit uns, diese ganze Sache, sie funktioniert. Ich bin glücklich hier, das meine ich. Weißt du, ich habe immer das Gefühl, dass das mein Zuhause ist.«

»Ich auch«, sagte Joy. *Ich liebe dich,* wäre eigentlich das Nächstliegende gewesen, das sie hätte sagen können.

Und dann nahm Joy die Worte *das ist mein Zuhause* und legte ihnen alles, was sie dachte und tat, zugrunde, diesen

Worten und dem Gefühl, hier mit Theo zu sitzen. Genau das wollte sie für ihn sein, und für sie beide. Und so machte sie eben weiter mit dem Putzen und mit dem Kochen. Sie packte ihm sogar etwas für die Arbeit ein. Er war so beeindruckt und überrascht von der Geste, dass er begann, jedes Mittagessen zu fotografieren und es auf seinem Instagram-Account mit dem Hashtag #*Joy* zu posten. Wenn Joy diese Posts sah, spürte sie wieder, wie ihr das Herz aufging. Das tote Baby auf dem Auto ihrer Tante, die schlechten Dates ihrer eigenen Jugend, das Gefühl, nicht gut genug oder dünn genug zu sein, all das war vergessen. Ihr ganzes Engagement, das sich früher darauf gerichtet hatte, irgendeine Art Beziehung zustande zu bringen, zielte jetzt darauf, dieses Gefühl zwischen ihnen beiden, dieses *Zuhause* lebendig und real zu halten. Es fühlte sich gut an, am Ende des Tages neben einem Mann zu sitzen, und was auch immer für eine Zukunft es gab oder eben nicht gab – von diesem guten Gefühl würde sie sich nicht abbringen lassen. In gewisser Weise war es das erste Mal überhaupt in ihrem Leben, dass sich Joy als Erwachsene erfolgreich fühlte. Es gab sogar Momente, in denen sie sich als glücklich bezeichnet hätte.

Doch es gab auch andere Momente, wie den, als sie am frühen Morgen noch verschlafen ins Bad ging und auf dem Flur nicht Theo hörte, sondern Celine. Sie machte die Tür einen Spaltbreit auf und sah Celine, wie sie dastand, in einem Crop-Top und kurzen Shorts, und ihr Körper war geschmeidig und perfekt und so schlank. Dort in dem Raum zwischen ihr und dieser perfekten Schlankheit waren Meilen und Dekaden und jede sich teilende Zelle des Universums. Joy fühlte sich, als wäre sie selbst ein Bauch. Durch ihn definiert und in ihm lebend. *Du blöde Kuh*, dachte sie, doch wem dieser Gedanke galt, war unklar.

Zwei Tage später ging Joy in Theos Zimmer. Sie machte die Wäsche, etwas, das sie mittlerweile für sie beide erledigte. Zuerst hatte er seinen Wäschekorb rausgestellt, doch mittlerweile ging sie einfach in sein Zimmer und hob alles auf, was schmutzig aussah. Sie kannte seine Klamotten und seine Routine, weshalb es nicht besonders schwer war. Als sie sich bückte, um ein graues T-Shirt aufzuheben, lag direkt daneben, und genauso deutlich erkennbar und so zart wie kürzlich der Anblick von Celine auf dem Flur, eine Unterhose von ihr. Und sie war unübersehbar schmutzig. Die Unterwäsche von Frauen konnte, ganz im Gegensatz zu so vielen anderen Aspekten im Leben von Frauen, nicht darüber hinwegtäuschen, dass Frauen auch einfach Menschen sind. Joy stand da und ließ ihren Gedanken freien Lauf, doch so viele Gedanken waren es gar nicht, sondern eher Gefühle. Da war das Gefühl, wenn man hört, dass die eigene Tante aufgrund eines Traumas eine alte Jungfer ist. Da war das Gefühl, dass man Sex hat, um sich zu beweisen, dass man etwas wert ist. Da war das Gefühl, wenn man sich fest in die Hand zwickt und sich wünscht, man könnte dieses Fleisch abreißen, um sich diesen Schmerz zu ersparen, der so höllisch und so tief ist, als stammte er aus den tiefsten Tiefen des eigenen Körpers, den Tiefen, die in deinem glühenden Herzen liegen oder sich eben in den deutlich sichtbaren Bremsstreifen auf deiner Unterwäsche ausdrücken. Joy holte tief Luft, bückte sich, hob die Unterhose hoch, wobei sie Theos T-Shirt wie einen Handschuh benutzte, und warf alles zusammen in den Wäschekorb.

Verheiratet

Annie hatte Joy seit Monaten nicht mehr gesehen. Sie schrieben sich ab und zu oder hinterließen einen Kommentar auf Instagram, doch jetzt wollte Annie hören, was Joy über die Sache mit Erin und dem Brief dachte. Vielleicht hatte Joy ja als Personalerin einen besonderen Zugang zu dem Thema, doch wenn Annie ehrlich war, hatte sie auch einfach Lust, sie anzurufen.

»Hallo?«, sagte Joy, als sie dranging.

Ihre Stimme – sie zu hören – war zuerst erschütternd. Sie klang fast wie die Stimme einer alten Dame. Eine kurze Sekunde lang hätte Annie am liebsten geweint. Sie wünschte, sie könne Joy umarmen und sagen: »Ich vermisse dich. Es tut weh.« Doch sie tat es nicht. Stattdessen tat sie das, was sie oft tat – sie machte ihr Vorwürfe.

»Du hast schon seit Monaten nicht mehr angerufen.«

»Ich weiß, tut mir leid. Ich hatte nur so viel zu tun.«

»Und wie ist es mit Theo?«, wollte Annie wissen.

Joy schwieg einen Moment lang. Annie hörte sie atmen, und wieder hatte sie das Gefühl, gleich weinen zu müssen. »Du, ich wollte nicht zickig sein. Ich brauche nur eine Idee, was ich tun soll.«

»Inwiefern?«

»Ich habe einen Brief bekommen. Mein Chef, genauer seine Assistentin – seine frühere Assistentin –, hat mir, als sie kündigte, einen anonymen Brief gegeben, den sie von einer anderen Assistentin von Arly bekommen hat. Darin beschuldigte diese frühere Assistentin ihn der sexuellen Belästigung.«

»O mein Gott.«

»Ja. Ich war auch wirklich erschüttert darüber.«

»Und, gehst du damit zur Personalabteilung?«

»Da war ich schon. Sie machen nichts. Die sind nutzlos.«

»Du hättest zuerst zu mir kommen sollen. Ich hätte dir wenigstens ein paar Hinweise geben können, wie man am besten an die Sache rangeht.«

»Hätte ich wahrscheinlich tun sollen.«

»Nein, im Ernst, ich hätte dir helfen können. Ruf mich das nächste Mal direkt an.«

Annie war erstaunt von Joys Nachdruck. Es war ein schönes Gefühl, ihn auf sich gerichtet zu spüren, auf ihre Freundschaft.

»Dann wollten die also nichts unternehmen?«

»Nein, sie sagen, weil der Brief anonym ist, könnten sie nichts tun. Ich habe das Gefühl, die einzige Möglichkeit, die ich jetzt noch habe, ist, zu versuchen, an Erin ranzukommen – das ist die Assistentin, von der ich den Brief habe –, damit sie sich zu erkennen gibt. Ich glaube nämlich, dass ihr etwas Ähnliches passiert ist. Deshalb hat sie vielleicht auch gekündigt. Aber ich weiß nicht, ob es eine gute Idee ist, auf sie zuzugehen, wenn sie offenbar selbst nichts unternehmen wollte.«

Annie wartete auf Joys Reaktion. Diese Ernsthaftigkeit von ihr, dieser Stoizismus – ihre Ruhe wirkte beruhigend und bekräftigend zugleich.

»Folgendes«, sagte Joy schließlich. »Ich glaube, es ist nicht verkehrt, dass du auf sie zugehst, solange du keinen Druck auf sie ausübst. Vielleicht braucht sie einfach das Gefühl, unterstützt zu werden, und mit deiner Hilfe ist sie dann womöglich sogar dazu bereit, die Sache zu melden. Manchmal hilft es schon, wenn man als Mensch, als Person wertgeschätzt wird.«

»Aber Erin hat eigentlich eine sehr starke Persönlichkeit.«

»Eins darfst du nicht vergessen: Die Leute bringen alles von sich in die Arbeit hinein und versuchen doch auch, alles davon wegzuhalten. Die Arbeit ist ein Ort, an dem Intimität nicht akzeptabel ist. Niemand darf verletzt werden, niemandem darf Schmerz zugefügt werden. Aber der Schmerz von allen ist dennoch da, die ganze Zeit. Manchmal braucht man einfach Aufmerksamkeit, Anerkennung, Menschlichkeit. Und das ist es, worum es in einer Personalabteilung geht, zumindest sollte das so sein.«

Annie hatte Joy nur selten so über ihre Arbeit sprechen hören, doch sie wusste, dass Joy großartig in ihrem Job war. Joy hatte Annie einmal erzählt, sie habe einer Mitarbeiterin kurz vor Weihnachten den Gehaltsscheck persönlich vorbeigebracht und ihn in den Briefkasten geworfen. »In einer Woche sind Ferien. Da brauchen die Leute ihr Geld«, hatte Joy gesagt. Annie war unglaublich beeindruckt, wenn sie daran dachte, wie ihre Freundin in der Eiseskälte zu ihrer Kollegin gegangen war.

»Weißt du denn, was er genau getan hat?«, wollte Joy wissen.

»Mein Chef?«

»Ja.«

»Nein.«

»Na ja, scheiß auf ihn«, sagte Joy.

»Scheiß auf ihn«, sagte Annie.

Annie nahm Joys Rat an und besorgte sich Erins Adresse von Beth, die sie zur Hochzeit eingeladen hatte.

»Sie hat nicht reagiert«, schrieb ihr Beth. »Ich glaube nicht, dass sie kommt.«

Annie verfasste mehrere Versionen ihrer E-Mail. So viel Zeit hatte sie schon seit Jahren nicht mehr gebraucht, um etwas zu schreiben, wenn sie ehrlich war, nicht mehr seit jenem Roman auf der Grad School. Überraschenderweise fühlte es sich ganz natürlich an, so genau über seine Wortwahl nachzudenken, und wie man aus Worten Bedeutung entstehen lässt. Ihre Sorge war gewesen, dass sie vergessen haben könnte, wie das ging, wie man verschiedene Schichten an Bedeutung mit so wenig Sprache wie möglich baute, aber da war es. Die Fähigkeit war immer noch da.

Liebe Erin,

ich hoffe, es geht dir gut. Zuallererst möchte ich dir danken, dass du mir den Brief gegeben hast, in dem von Arlys Verhalten die Rede ist. Ich bin darüber sehr besorgt und versichere dir, dass ich alles in meiner Macht Stehende tue, um dafür zu sorgen, dass sein Tun nicht folgenlos bleibt. Unglücklicherweise hat die Personalabteilung nicht vor, die Sache weiter zu verfolgen, solange keine Frau sich bereit erklärt, über ihre Erfahrungen mit Arly zu sprechen. Das empört mich sehr, denn ich bin der festen Überzeugung, wer auch immer diesen Brief verfasst hat, hat es nur mit den allerbesten Absichten getan, und ich glaube, auch du hast ihn mir mit den allerbesten Absichten gegeben. Ich würde dich nie bitten, etwas zu tun, mit dem du dich nicht wohlfühlst, aber wenn du bereit wärst, deine eigenen Erfahrungen zu schildern, könnte das unendlich hilfreich sein, um diese Sache voranzubringen. Ich möchte, dass unser Arbeitsumfeld für uns alle sicher ist, und ich werde alles mir Mögliche tun, um für diese Sicherheit zu sorgen. Ich danke dir noch einmal dafür, dass du mich auf diesen Brief aufmerksam gemacht hast.

Mit den besten Grüßen

Annie

Sie las die Mail ein letztes Mal und drückte dann auf *Senden*.

Zwei Tage vergingen, und es kam immer noch keine Antwort. Es war der Tag von Beths Hochzeit. Annie fürchtete sich aus verschiedenen Gründen davor: Sie konnte Beth nicht ausstehen, sie hatte kein Kleid, in dem sie sich wohlfühlte, und Jason wollte zuerst nicht mitgehen. Vor allen anderen Dingen jedoch war sie furchtbar neidisch. Zuerst hatte sie sich eingeredet, dass die Nichtverlobung sie nicht besonders störte. Dass es ihr nichts bedeutete. Doch als Zeit ins Land ging, fühlte sie sich zunehmend schlecht, und alles, was mit den Themen Hochzeit oder Ehe zusammenhing, machte sie so unglaublich wütend, dass das Beste, was sie tun konnte, war, sich zurückzuziehen und gar nicht mehr darüber nachzudenken. Sie machte sogar eine Social-Media-Pause und hatte alle Apps von ihrem Handy gelöscht, um bloß nicht mit dem Thema in Berührung zu kommen. Annie betrachtete sich selbst nicht als einen Menschen, der rasch aus der Fassung geriet, doch als sie das Bild eines perfekten Diamantrings am Finger einer Hand sah, die nicht ihre eigene war, stieg in ihr eine solche Wut auf, dass sie das Gefühl hatte, töten zu können.

Doch sie hatte schon vor Monaten zu Beths Hochzeit zugesagt, deshalb gab es kaum eine Möglichkeit, sich jetzt davor zu drücken. Und dann war da noch Patrice, die einfach nicht locker ließ.

»Wenn du nicht hingehst, bringe ich dich um«, sagte sie, als Annie andeutete, sie wolle vielleicht in allerletzter Minute kneifen.

»Was, wenn ich krank werde?«, fragte Annie.

»Besser krank als tot«, sagte Patrice.

Annie trug ein hellblaues Kleid, von dem sie sich ziemlich sicher war, dass sie es bereits bei der Hochzeit einer anderen

Kollegin getragen hatte, aber es war immer noch besser als das Kleid, das sie sich rasch aus dem Internet für die Feier bestellt hatte, das billig aussah und an der Brust spannte. Sie hatte sich bei einem neuen Stylisten die Haare schneiden lassen, weil ihre Stylistin nach Portugal gezogen war, nachdem ihr Mann einen neuen Job bekommen hatte.

»Du solltest zu Glen gehen. Er hat von uns die größte Erfahrung«, hatte ihre Stylistin vor ihrem Abschied noch zu ihr gesagt.

Annie bereute es auf der Stelle, dass sie zu Glen gegangen war. Er hörte überhaupt nicht zu, was sie zu sagen hatte, und machte ihr ein schlechtes Gefühl wegen der paar grauen Haare, die sie hatte.

»Du solltest dir Strähnchen machen lassen. Die würden das Grau überdecken«, sagte er. »Sonst macht dich das alt.«

Annie hätte Lust gehabt, ihm eine Million Gründe dafür zu nennen, warum sie ihr Haar noch nie gefärbt hatte, doch sie verkniff es sich. Der Mann, der sich vor ihr die Haare schneiden ließ, hatte eine kahle Stelle und Geheimratsecken. Hatte Glen das auch erwähnt? Hatte er gesagt: »Du solltest dir eine Perücke besorgen, damit die Frauen immer noch mit dir schlafen wollen und dich nicht Opa nennen.« Nein, hatte er nicht. Und so war sie bei dem gesamten Friseurbesuch wütend gewesen. Während sie dabei zusah, wie Strähnen ihres Haars zu Boden fielen und sie im Spiegel immer weniger wie die Frau aussah, die kurz zuvor den Salon betreten hatte, und immer mehr wie die Frau, die sie nach Glens Meinung sein sollte, fühlte sie sich so wütend und so traurig, dass sie am liebsten geweint oder laut geschrien hätte. Doch statt zu weinen oder zu schreien oder irgendetwas zu sagen, saß sie einfach nur da. Nicht nur, dass sie dasaß – sie versuchte, auch dafür zu sorgen, dass ihr Gesichtsausdruck möglichst neutral war, damit Glen keinen Hinweis darauf bekam, wie sie sich tatsächlich fühlte. Als er fertig war, sagte sie mit einem Lächeln: »Ich find's toll!« Glen würde mit seiner frauenfeindlichen Tour weitermachen, und ihre Frisur war gründlich ruiniert. An jenem Abend weinte sie, und Jason sagte: »Du siehst wunderschön aus, keine Sorge.« Aber es war mehr als nur ein schlechter Haarschnitt. Warum hatte sie nichts gesagt? Warum hatte sie es für nötig gehalten, Glen den Eindruck zu vermitteln, er könne mit seiner Arbeit zufrieden sein? Sie kam über diese Erfahrung nicht hinweg, und jedes Mal, wenn sie in den Spiegel schaute, sah sie sich selbst wieder in dem Frisierstuhl sitzen und mit den Tränen kämpfen, auf dem Gesicht ein gezwungenes Lächeln. Für die Hochzeit machte sie sich eine Flechtfrisur. Sie sah ziemlich erbärmlich aus, aber wenigstens erkannte sie sich im Spiegel wieder.

Jason war so schlechter Laune, wie sie es seit einer Weile nicht mehr bei ihm erlebt hatte. Mit Hochzeiten hatte er nie viel am Hut gehabt, aber an jenem Morgen schien er besonders mies drauf zu sein.

»Warum zum Teufel müssen wir auf die Hochzeit von jemandem gehen, den du nicht ausstehen kannst?«, fragte er sie, als sie ihm seine Manschettenknöpfe reichte, ein Geschenk, das sie ihm anlässlich einer anderen Hochzeit gemacht hatte, zu der er ebenso wenig hatte gehen wollen.

»Weil man das so macht«, sagte Annie.

»Nein, weil *du* das so machst.«

Beth hatte Patrice und Annie gebeten, ihr bei der Vorbereitung für die Trauung beizustehen.

»Sie hat ein schlechtes Gewissen, weil sie uns nicht gebeten hat, ihre Brautjungfern zu sein. Dabei hat sie gefühlt schon so um die siebzehn Brautjungfern«, meinte Patrice.

»Sie kann doch wohl nicht gedacht haben, wir stünden ihr nahe genug, um ihre Brautjungfern zu sein?«

Patrice zuckte mit den Achseln. »Ich glaube einfach, sie möchte unbedingt geliebt werden.«

Als sie zur Hochzeit fuhren, blieb Jason im Auto sitzen.

»Du musst nicht im Auto warten«, sagte Annie.

»Ich habe keine Lust, mit irgendwelchen wildfremden Leuten herumzusitzen, während ihr euer dämliches Mädelsding durchzieht«, sagte Jason. »Schreib mir, wenn ihr fertig seid.«

Patrice und sie gingen in die Suite hoch, wo sich mindestens zwei Dutzend Frauen an Beth zu schaffen machten, die inmitten einer Wolke aus Tüll und Glitzer im Raum stand. Sie nahmen am Rande des Geschehens Aufstellung und warteten darauf, das zu tun, was man von ihnen erwartete. Annie sah, wie eine von Beths Brautjungfern einen kleinen Schminkspiegel vor ihr Gesicht hielt und mit einem Stift die Konturen ihrer Nase nachzog. Innerhalb weniger Sekunden verwandelte sich ihre Nase von einer normalen Nase in eine winzige Elfennase. *Was ist das nur für eine Welt, in der wir leben?*, dachte Annie und trank einen Schluck Champagner.

Es dauerte eine Weile, dann nahm Beth endlich Notiz von Annie und Patrice, die untätig am Rande des Geschehens standen.

»O mein Gott, hi!« Sie lief auf sie zu und umarmte beide.

»Du siehst unglaublich aus!«, sagte Patrice. »Nicht zu fassen, dieses Kleid!«

»Danke. Ich kann es auch kaum glauben.«

»Wie aus dem Bilderbuch«, sagte Annie. Eigentlich fand sie das gar nicht, aber es war schwer, ihre wirkliche Einschätzung des Kleides von der Mischung aus Neid und Wut zu trennen, die sie empfand.

Beth ging wieder zu ihren Mädels zurück, um sich weiter herrichten zu lassen, und Patrice und Annie blieben an ihrem verwaisten Platz stehen.

»Wir sind früh dran«, sagte eine der Brautjungfern. »Die Trauung fängt frühestens in einer halben Stunde an.«

»Früh?«, sagte Beth. »Wer ist denn bei seiner eigenen Hochzeit zu früh dran?«

Ein paar der Frauen machten Witze über Beths übergroße Pünktlichkeit.

»Du hast so ein Glück, Beth«, sagte eine der Brautjungfern laut. »Ich habe es satt, Single zu sein.«

»Glück?« Beth schüttelte den Kopf. »Nein, ich habe beschlossen, dass die Zeit reif ist, und dann bin ich auf ein paar schreckliche Dates gegangen, bis ich schließlich Benny kennengelernt habe. Und ich liebe Benny. Aber eins will ich euch sagen: Habe ich bei Benny wirklich gedacht, dass er der Typ ist, den ihn heiraten will? Nein. Aber wir arbeiten dran.«

»Findest du denn nicht, dass es deshalb funktioniert, weil ihr euch liebt?«, fragte eine andere Brautjungfer. »Ich meine, das ist doch das Wichtigste, oder? Und das nennt man Glück.«

»Ich weiß, dass uns allen etwas anderes eingetrichtert würde, aber für mich ist Liebe eine Wahl, die man trifft. Es geht um den Kompromiss, was man in einer Beziehung tolerieren kann und was nicht, und dann bringt man die Sache zum Laufen. Wünsche ich mir etwa, immer noch eine Singlefrau zu sein, die auf der Suche nach der Friede-Freude-Eierkuchen-Beziehung mit einem Traumprinzen ist? Nein, ich stehe hier viel lieber in diesem Traumkleid mit euch allen und heirate einen großartigen Typen, der drüben auf mich wartet. Das ist das Wichtigste – *er ist hier.*«

Annie konnte es nicht glauben. Ausgerechnet Beth, die jede freie Minute damit verbrachte, ihr Leben als so unwiderstehlich und leuchtend erscheinen zu lassen, sagte im Grunde: *Du solltest heiraten, weil ich es auch getan habe.* Ohne nachzudenken, fragte Annie laut: »Wieso?«

Beth wandte sich ihr zu. »Wieso was?«

»Wieso sollten wir denn alle jemanden finden wollen?«

Und dann schauten all die Frauen zu Annie herüber, und sie empfand den Moment als sehr real und sehr lebendig, aber es tat ihr auch auf der Stelle leid, dass sie etwas gesagt hatte.

»Ich denke, wenn du den richtigen Mann findest, wirst du es wissen«, sagte Beth, und auch wenn dies nicht unbedingt die Antwort auf die Frage war, die Annie gestellt hatte, nickten alle, einschließlich Annie, und brummten zustimmend.

Die Trauung war genauso wie erwartet. Beth ging den Mittelgang entlang, umgeben von ihren Freundinnen, die alle lila Chiffonkleider trugen. Benny benahm sich wie immer unangemessen und machte ein paar blöde Witze, die alle höflich über sich ergehen ließen. Dann lasen sie einander ihr Hochzeitsgelübde vor, das bei Benny lautete: »Ich verspreche, dich alle Schuhe kaufen zu lassen, die du willst, solange du mich in Ruhe Football schauen lässt. Auf geht's, Pats«, während Beth unter Tränen verkündete: »Du bist mein Fels in der Brandung, mein Traum, mein Märchenprinz. Ich liebe dich mehr, als es Worte ausdrücken können.« Sie gaben sich einen kurzen Kuss und schritten dann den Mittelgang zurück, was eher verzweifelt und unglaublich banal wirkte.

Der Empfangsbereich war mit Sukkulenten in Einmachgläsern dekoriert. Auf den Wänden prangte eine lila Projektion der Initialen »BB«.

»Auweia, zu viel Pinterest«, sagte Patrice.

Annie lachte, war allerdings zu sehr mit Jason beschäftigt, um zu reagieren. Normalerweise hatte Jason bei Hochzeiten oder anderen sozialen Events seine Laune so weit unter Kontrolle, dass niemand außer ihr bemerkte, wie schlecht er drauf war, und sie allein war diejenige, die während der Autofahrt nach Hause alles ausbaden musste. Doch aus irgendeinem Grund hatte er diesmal beschlossen, es nicht wie sonst nur an ihr auszulassen. Während der gesamten Zeremonie saß er mit verschränkten Armen da. Als man sich auf den Weg in die Empfangshalle machte, ging er zwei Schritte hinter ihr und Patrice. Und am schlimmsten war, dass er, als Patrice ihn fragte, ob er etwas trinken wolle, nur muffig den Kopf schüttelte und nicht einmal in ihre Richtung schaute. Annie merkte, wie sich Verzweiflung in ihr breitmachte. Das hier war ihr schlimmster Alptraum. Sie machte sich immer Sorgen, die Leute würden etwas aufschnappen, würden ihre Traurigkeit oder Anspannung spüren, oder sie würden diese Leere wahrnehmen, die zwischen ihr und Jason herrschte und ihr Leben prägte. Doch jetzt ging es nicht mehr darum, ob sie es bemerkten oder nicht – es ging darum, wie sehr sie es ihr zum Vorwurf machten. Und es gab in ihrem Leben niemanden, dessen Urteil sie mehr fürchtete als das von Patrice. Sie konnte sich lebhaft vorstellen, wie der Montag werden würde.

»Dein Freund ist wirklich ein Arsch«, hörte sie Patrice schon sagen. »Warum schickst du den Loser nicht endlich in die Wüste?«

Es musste etwas getan werden. Sie nahmen ihre Plätze ein, und obwohl laut Platzkarten Jason neben Patrice sitzen sollte, bestand Annie darauf, mit Jason zu tauschen.

»Sorry, Jason. Schätze, sie mag mich lieber«, sagte Patrice.

Darauf sagte Jason nichts, und so blieb es das ganze Essen über. Er nahm fast nichts zu sich, weigerte sich, etwas anderes zu trinken als Wasser. Er schmollte, aus den unerfindlichen Gründen, aus denen Jason eben schmollte. Annie wusste, dass es besser war, nicht nach den Gründen zu fragen. Stattdessen lachte sie jede Menge und machte so viele Witze wie nur möglich. Zum Beispiel erzählte sie den Leuten am Tisch eine peinliche Geschichte von dem Sommercamp, an dem sie teilgenommen hatte, als sie etwa zehn war.

»Und ich hatte nicht die blasseste Ahnung, was da eigentlich vorging!«, sagte sie und lachte laut.

Es wurde getanzt, doch da Jason sich weigerte, stürmte Annie mit Patrice und den anderen Single-Frauen allein die Tanzfläche.

»Jason tanzt nicht?«, fragte Patrice über die hämmernde Musik hinweg.

»Er hat sich am Fuß verletzt«, sagte Annie, und auch wenn sie sich das für den Fall, dass jemand fragte, vorher genau zurechtgelegt hatte, klang es trotzdem nach einer faulen Ausrede.

Sie aßen Kuchen, und Patrice fragte Jason, wie es auf der Arbeit lief. Annie hatte Angst, sie müsse sich gleich übergeben, als Jason langsam antwortete: »Ziemlich gut.«

Patrice stellte ihm noch ein paar weitere Fragen, ehe Beth dankenswerterweise zum Mikrofon griff und den Wurf des Brautstraußes ankündigte.

Annie wollte eigentlich nicht mitmachen, doch Patrice packte sie an der Hand und zog sie zu der kleinen Schar von Frauen. Manche von ihnen waren Anfang zwanzig oder sogar unter zwanzig; Annie konnte, wenn sie junge Leute sah, kaum mehr den Unterschied feststellen zwischen denen, die jung und denen, die wirklich jung waren. Kurz dachte sie an die Teenager auf Instagram. Sie waren alle so übermütig und glücklich. Sie dachte an sich selbst, an das Gefühl, nach dem Duschen aus der Badewanne zu steigen. Ihre Knie, hatte sie bemerkt, sahen nach jeder Dusche schlimmer und älter aus. Dann flog das Brautbukett durch die Luft, und irgendeine der Frauen, deren Hand nicht von den anderen Händen, die nach oben gestreckt wurden, zu unterscheiden war, fing ihn und zog ihn in die Menge hinab.

»Mist, ich dachte schon, ich hätte ihn«, sagte Patrice.

Als der Abend sich dem Ende entgegenneigte, sagte Annie schließlich zu Jason, sie könnten gehen. »Ich will mich nur schnell von Beth verabschieden.« Sie steuerte die Ecke der Tanzfläche an, wo Beth mit Benny an ihrer Seite stand und mit ein paar Leuten plauderte, die wahrscheinlich auch am Gehen waren. Als sie näher kam, sah sie, wie sich Benny bückte und einen Zipfel von Beths Schleppe richtete, der sich um den Absatz ihres Schuhs gewickelt hatte. Etwas an der Behutsamkeit, mit der er sich an Beths Kleid zu schaffen machte – ganz bestimmt eine Sache in Beths Leben, die ihr etwas bedeutete und die nicht leicht von den Wünschen zu trennen war, die sie bezüglich dieses Lebens hatte –, war unglaublich berührend. Annie blieb stehen und drehte sich um. Sie konnte sich dieser Situation einfach nicht stellen und hätte nicht einmal sagen können, warum.

Patrice ging mit ihnen hinaus. Dieses Mal war Jason zwei Schritte vor ihnen statt hinter ihnen. Annie plauderte nicht, noch machte sie Witze; sie machte nicht einmal mehr den Versuch, etwas zu verbergen. Es war zu spät. Sie wartete darauf, ob Patrice einen bösen Kommentar abgeben würde, ob sie etwas Abfälliges und doch Treffendes sagen würde.

Als sie zum Parkplatz kamen, wandte sich Annie Patrice zu, während Jason einfach weiterging.

»Na ja, wir gehen dann jetzt hier entlang. Es war schön dich zu sehen, und …«

Patrice zog Annie an sich und umarmte sie. Sie drückte sie

an sich, ganz fest, und dann noch einmal und noch einmal. Annie spürte, was es war. Es war nichts anderes als Liebe.

Nach einem Augenblick lösten sich die Frauen voneinander. »Pass auf dich auf, Annie«, sagte Patrice und schaute ihr aufmerksam in die Augen. Dann ging Annie weg, versuchte, Jason einzuholen.

Als sie das Auto erreichten, war ihr klar, dass sie etwas sagen würde.

»Was war das?«

»Was meinst du?«, fragte Jason.

»Du warst den ganzen Abend in einer fürchterlichen Laune. Es war so peinlich.«

»Es ging mir nicht gut.«

»Es ging dir nicht gut? *Dir* ging es nicht gut?«

Genau in diesem Moment verkündete ein Brummton ihres Handys, dass sie eine Nachricht bekommen hatte.

Ich denke, Arly sollte seinen Job verlieren für all die ekelhaften Dinge, die er mir angetan hat, aber es ist mir nicht möglich, momentan damit an die Öffentlichkeit zu gehen, weil das bedeuten würde, dass ich nie wieder beim Radio arbeiten kann. Es tut mir leid, dass ich dir das alles aufgebürdet habe. Ich hoffe, du kannst das verstehen.

Annie las die Nachricht noch ein paarmal. Sie verstand, was Erin meinte, und fast kamen ihr die Tränen.

Song

Celine fand Myriel nur auf Instagram. Dafür war ihr Auftritt dort umso beeindruckender. Sie hatte zweiundzwanzigtausend Follower. Sie sah immer schön aus, oder sie machte schöne Dinge, oder sie aß etwas Schönes. Alles war glanzvoll und lebensfroh und gesund. Celine machte sich im Allgemeinen nicht viel aus Instagram oder anderen Social-Media-Kanälen. Dennoch hatte sie aus den paar Dutzend Fotos, die sie gepostet hatte, eine ganze Reihe von Followern. Die Hälfte der Fotos waren Selfies, die sie im Auto gemacht hatte. Ab und zu schickte ein Typ ihr dann eine Message: *Du siehst toll aus, bist du Single?* Gelegentlich antwortete Celine dann, indem sie schrieb, sie sei kein Single, aber wann immer sie das tat, kam nichts Gutes dabei heraus, meistens schickten die Typen dann ein Dickpic. Einmal zeigte sie das bei Instagram an. Sie schickte sogar eine E-Mail. *Dieser Typ hier hat mir unaufgefordert ein Bild von seinen Genitalien geschickt,* schrieb sie. Eine Antwort erhielt sie nie.

Sie schrieb Myriel und fragte sie, ob sie sich treffen könnten. Es war seltsam, nach so langer Zeit einfach um ein Treffen zu bitten, das wusste sie, doch sie hoffte, Myriel würde ihr auf die warmherzige Art antworten, in der sie Celines Erinnerung nach auf alles reagierte. Zum Glück hatte sie recht. Nur Sekunden, nachdem sie auf *Senden* gedrückt hatte, spürte sie, wie das Handy neben ihr vibrierte.

SEHR GERN, schrieb Myriel. *Wann hast du Zeit?*

Celine bot an, mit dem Auto zu Myriel nach Hause zu fahren; ihre Wohnung lag in einem Viertel, das besonders schwer zu erreichen war. Jahre zuvor hätte Celine die U-Bahn genommen. Damals hatte sie noch die Geduld für lange Anfahrten in öffentlichen Verkehrsmitteln, um an unmögliche Plätze zu gelangen, doch je älter sie wurde, desto mehr mied sie sowohl unmögliche Plätze als auch lange Anfahrten in öffentlichen Verkehrsmitteln. Hätte sie mehr Geld gehabt, so würde sie vermutlich mittlerweile in der Vorstadt leben. Die Großstadt hatte so viel von ihrem Charme verloren. Sie war schmutzig, gefährlich, anstrengend, und es war schwierig, von A nach B zu kommen. Außerdem wurde Celine in der Vorstadt wesentlich weniger angemacht. In der City hingegen gab es viel zu viele junge Männer. Zu viele gestörte Männer. Dass ihr jemand Gewalt antun könnte, fühlte sich wie eine konstante und sehr präsente Möglichkeit an. Je älter sie wurde, desto weniger Toleranz hatte sie für die Gewalttätigkeit von Männern, die überall um sie herum spürbar war. Eine Freundin von ihr vom College war zum Beispiel mit einem Typen zusammen, der regelmäßig Löcher in die Wand schlug.

»Er ist oft schlecht gelaunt«, sagte ihre Freundin.

»Wie viele Löcher hat er denn schon in die Wand geschlagen?«, wollte sie damals wissen.

»Nur zwei«, antwortete ihre Freundin.

Nur zwei?, dachte Celine. Irgendwo war ihre Freundin auf der Strecke geblieben und hatte aus den Augen verloren, was eine normale Anzahl von Löchern war, die man in die Wand schlagen durfte – nämlich genau null. Bevor sie ihren Abschluss machten, hatte er dann noch ein drittes Loch geschlagen, und jetzt, fast zehn Jahre später, waren sie verheiratet und hatten ein Baby namens Fynix.

Einmal hatte Celine die kleine Familie zufällig in einem Donut-Laden getroffen. Der Typ sah ruhig aus, gelassener. Ihre Freundin schien wie verzaubert von ihm zu sein. Celine versuchte, sich ihre Skepsis nicht anmerken zu lassen, während sie plauderten und mit dem Baby schäkerte. Es stand ihr nicht zu, sich ein Urteil über das häusliche Glück zu erlauben, das sich ihr hier präsentierte, und wie viel Glück oder Unglück tatsächlich dahintersteckte, doch irgendetwas musste ihre Freundin gespürt haben, denn nur ein paar Stunden nach der Begegnung bekam sie von ihr eine Nachricht.

So schön, dich heute zu sehen! Kann es kaum glauben, wie viel Zeit vergangen ist. Ich weiß, was für ein Freak Chase war, als du ihn am College kanntest, aber er hat sich wirklich geändert. Seine Ausbrüche hat er gar nicht mehr. Ich wollte nur, dass du das weißt.

Celine empfand Mitleid und schrieb ihr aufmunternd zurück. Sie hatte keinen Zweifel daran, dass Chase tatsächlich ruhiger geworden war, wahrscheinlich schlug er auch nicht mehr so schnell ein Loch in die Wand. Nach Celines Erfahrung gab es viele Männer, die reifer wurden und von Gewalttätigkeit Abstand nahmen, doch was, fragte sie sich, hatte beim Mann ihrer Freundin dazu geführt, dass er gereift war? Ihre Freundin selbst hatte niemals Löcher in Dinge geschlagen. Keine Frau, die sie kannte, tat das. Weder prügelten sich Frauen, noch ließen sie ihre Muskeln spielen. Stattdessen hatte ihre Freundin ihrem Freund am College den Dreck weggeräumt, und jetzt räumte sie ihn immer noch weg. Das fühlte sich ungerecht an, und vielleicht noch schlimmer als ungerecht – es war, als hätte sich überhaupt nichts verändert.

Danke dir so sehr <3, schrieb ihre Freundin zurück.

Celine schickte ihr ein Smiley-Emoji und fügte dann noch hinzu: *Deine Tochter ist übrigens wirklich süß.*

Worauf ihre Freundin antwortete: *Fynix ist ein Junge, aber danke!*

Während Celine die letzten paar Blocks in Richtung Myriels Adresse fuhr, überlegte sie, was sie wohl dort erwarten würde. Sie hatte sich verschiedene Szenarien zurechtgelegt, hatte darüber nachgedacht, wie sie das Thema des Videos und wie sie sich dabei gefühlt hatte, ansprechen sollte. Was sie im Rückblick auf die Dinge am meisten störte, war, dass sie Myriel nie gesagt hatte, wie sehr sie das Ganze aufgewühlt hatte. Dann dachte sie wieder an jene Nacht in Paris zurück, als sie versucht hatte, darüber zu reden, und ihr am Ende der Mut dazu fehlte. Trotzdem hatte sie nach wie vor die Hoffnung, wenn sie das Trauma ihrer Freundin gegenüber irgendwie in Worte fassen könnte, könnte ihr das helfen. Vielleicht würde sie es sogar schaffen, die ganze Sache zu überwinden.

In Wirklichkeit war jedoch ihre allergrößte Angst vor dem bevorstehenden Gespräch, dass Myriel die beiden zueinander passenden Tattoos ansprechen würde, die sie sich eines Sommers hatten stechen lassen. Damals waren sie den ganzen Tag am Strand gewesen und hatten über ein Mädchen aus ihrem Bekanntenkreis gelästert, das sie beide nicht ausstehen konnten.

»Sie ist so eine blöde Kuh«, hatte Myriel gesagt und sich auf den Bauch gedreht, damit ihr Rücken Sonne abbekam.

»Ich finde sie auch grässlich«, stimmte Celine ihr zu.

In so vieler Hinsicht war es ein perfekter Sommertag. Das Wetter war herrlich, sie waren beide fast nackt und fühlten sich jung und voller Tatendrang. Sie schlenderten die Promenade entlang, holten sich ein Zitroneneis und flirteten mit zwei Typen, die sie zu einem eisgekühlten Getränk einluden. Als es dunkel wurde, war es immer noch warm, und so aßen sie im Freien und gingen dann noch einmal die Promenade entlang, bevor sie sich auf den Heimweg machten.

»O mein Gott«, sagte Myriel, als sie an einem Tattoo-Laden vorbeikamen, der so spät noch offen hatte. »Komm, wir lassen uns gleiche Tattoos stechen.«

»Was?«, sagte Celine. »Kommt nicht in Frage. Ich will kein Tattoo.«

»Warum nicht? Nur was ganz Kleines. Lass uns einfach mal schauen.«

Sie sahen sich im Laden um, und Celine merkte, dass ihr Widerstand dahinschmolz.

»Eine Musiknote«, sagte Myriel und zeigte auf eine Zeichnung an der Wand. »Das ist super. Was hältst du von den Fußknöcheln?«

Celine war einverstanden, und keine halbe Stunde später war ihr Körper für immer mit einer Musiknote versehen.

Lange Zeit störte sie das Tattoo nicht. Celine liebte Musik, und es gab ihr das Gefühl, sexy und jung zu sein. Die Freundschaft zwischen Myriel und ihr wurde darüber noch fester, und oft stellten sie ihre Füße nebeneinander, wenn die Fesseln unbekleidet waren. Es machte Spaß. Celine kam es so vor, als hätte sie eine Schwester. Dann waren ein paar Jahre ins Land gegangen, sie sahen sich immer seltener, und Celine brachte das Tattoo immer weniger mit Myriel in Verbindung. Es war einfach ihr Tattoo, in ihrem Leben hauptsächlich präsent, wenn sie unter der Dusche oder am Strand war, oder wenn einmal ein Lover Notiz davon nahm.

So ging das weiter, bis sie weit über zwanzig war. Doch dann, eines Sommers, als sie sich ihr Bein mit Sonnenmilch eincremte, merkte Celine, dass sie verzweifelt versuchte, nicht auf ihr Tattoo zu schauen. Und als ihr das bewusst wurde, als sie sah, wie hastig sie sich die Creme auf ihren Fußknöchel strich, wie sie ein paarmal blinzelte, damit das dunkle Bild möglichst unscharf blieb, gestattete sie sich auf einmal diese

Wahrheit: *Ich hasse mein Tattoo.* Und prompt stellte sich ein weiterer Gedanke ein: *Musik ist mir nicht mehr wichtig.* Es war ein Gedanke, der sie erschütterte. Jahre ihres Lebens als Teenager und bis Anfang zwanzig hatte Musik zu ihr gehört wie ihr Herzschlag. Sie liebte Musik mit ihrer ganzen Seele. Die Texte, all die süßen Jungs von Bands, in die sie verknallt war, Konzerte, all das war so eng mit ihr und ihrem Lebensgefühl verknüpft. Doch als sie älter wurde, stellte sie fest, dass sich die Dinge änderten. Immer weniger war sie auf der Suche nach neuer Musik, und die alte Musik, die sie früher geliebt hatte, pulsierte nicht mehr in ihren Venen, wie sie es einmal getan hatte. Sie weinte nicht mehr, wenn sie traurige Songs hörte, und zum Tanzen war sie meistens zu müde. Gelegentlich kam es vor, dass ein Song in ihr die Sehnsucht nach früher aufleben ließ, doch es war kein gutes Gefühl. Es stimmte sie traurig und einsam, wie der Verlust von etwas, von dem sie gar nicht gewusst hatte, dass sie so viel davon hatte, um es zu vermissen. *Wenn ich ihr das sagen könnte, würde sie es nicht glauben*, ging es ihr durch den Kopf, und sie dachte an sich selbst zurück, an das Mädchen und später die junge Frau, die in den Tiefen der Klänge so viel Bedeutung gefunden hatte. War sie damals glücklicher gewesen? Celine war sich nicht sicher, aber sie war jünger gewesen, und in so vieler Hinsicht erschien es ihr als Glück in Ermangelung von etwas anderem. Ein paar Monate später ließ sie sich das Tattoo entfernen.

Sie hoffte, Myriel würde es nicht bemerken oder sie darauf ansprechen. Sie befürchtete, als neurotisch dazustehen, oder dass es auf das, was zwischen ihnen gewesen war, ein schlechtes Licht werfen würde. »Ich bin einfach kein Tattoo-Mensch«, plante sie zu Myriel zu sagen, wenn sie danach fragte. Ihr schien das die beste Antwort zu sein, die sie geben konnte, wenn man alles zusammen in Betracht zog.

Drei Blocks von Myriels Wohnung entfernt parkte sie. Die Adresse lag in einem schicken Teil der Stadt, den sich mittlerweile nur noch Leute leisten konnten, die reich waren. Celine ging schnell, die Arme vor der Brust verschränkt. Der Mantel, den sie angezogen hatte, war nicht warm genug. Ein Typ, etwa Mitte zwanzig, blieb abrupt stehen und starrte sie an, als sie an ihm vorbeikam. Das passierte oft, aber daran gewöhnen würde sie sich nie. Teilweise fühlte sie sich davon geschmeichelt. Dass ein Mann, wenn er an ihr vorbeiging, vor Bewunderung zur Salzsäule erstarrte – konnte man daraus etwas anderes ablesen als Macht, und fühlte es sich nicht einfach wundervoll an? Doch das war nicht der Fall. *Macht bringt Macht hervor* war ein Satz, den ihre Mutter immer sagte, und manchmal dachte Celine gnadenlos: *Und was, wenn es vorher überhaupt keine Macht gab? Was bringt dann was hervor?*

Sie schrieb Myriel eine Nachricht, als sie sich dem Gebäude näherte. Eine Sprechanlage gab es nicht. Die Haustür war schäbig, eines der Glasfenster fehlte, das Loch war einfach mit Folie überklebt. Die Minute, die sie auf Myriel wartete, nutzte sie, um sich auf der Straße umzuschauen. Sie sah heruntergekommen und hässlich aus; jemand hatte einen leeren Blumenkasten auf dem Gehweg entsorgt. Ein Obdachloser kam mit einer Plastiktüte voller leerer Dosen den Gehweg entlang. *So teuer und doch so abgefuckt*, dachte sie vage.

»Babe!«, rief Myriel, als sie die Tür aufmachte. »Du siehst großartig aus!« Sie drückte Celine fest an sich. Die Entschlossenheit, mit der sie sich bewegte, alles an ihr schien genau die Frau zu sein, die Celine in Erinnerung hatte. Das war auf der Stelle beruhigend, fast magisch, doch dann bemerkte sie eine Veränderung in der Umarmung. Den feinen Geruch von

Zigarettenrauch an Myriels Kleidung. *Myriel raucht?*, dachte sie. Sie konnte sich nicht erinnern, dass ihre Freundin jemals geraucht hatte. Das war so verblüffend, dass es sie aus ihrer Verzückung riss.

»Ich kann nicht glauben, wie lange das her ist«, sagte Myriel, während sie Celine ins Treppenhaus führte. »Ich wohne im dritten Stock.«

Celine ging hinter Myriel her und bemerkte, ohne es eigentlich zu wollen, wie alt der Körper ihrer Freundin geworden war. Myriel war ein paar Jahre älter als sie. *Dreiunddreißig? Vierunddreißig?* Sie versuchte, sich zu erinnern, als sie auf Myriels Hinterteil vor ihr schaute, während sie die Treppe hochstiegen. Es sah kleiner aus als früher, als hätte jemand die Luft rausgelassen. *Oder vielleicht war es auch nie so rund, wie ich es in Erinnerung habe*, ging es Celine durch den Kopf. Sie fragte sich, was wohl Myriel von Celines Hintern hielt oder von den Krähenfüßen, die sich um ihre Augen bildeten, wenn sie lächelte. *Wir sind beide* … und dann ließ sie den Gedanken offen, bevor sie ihn zu Ende denken konnte.

Myriel schloss die Tür zu ihrer Wohnung auf. »Wir haben Glück«, sagte sie. »Meine schreckliche Mitbewohnerin ist übers Wochenende weggefahren.«

Die Wohnung war klein, viel zu klein für zwei Leute.

»Gefällt mir, deine Wohnung«, sagte Celine, um höflich zu sein.

»Ernsthaft jetzt? Ich hasse es hier. Ich versuche, aus dem Mietvertrag rauszukommen, aber meine Mitbewohnerin ist eine falsche Schlange und lässt mich nicht. Sie studiert Jura und hält sich für Judge Judy.« Myriel nahm auf der Couch Platz, die voller Flecken war. Celine zögerte, bevor sie sich auf eine halbwegs saubere weiße Stelle setzte.

»Willst du hier in der Gegend bleiben?«, fragte sie.

»O Gott, nein, ich werde wieder zu meinen Eltern ziehen. Ich bin es einfach leid, sie ständig um Geld anzubetteln. Gerade verdiene ich ganz gut mit Instagram, aber mir ist klar, dass das irgendwann vorbei ist.«

»Oh, wow, aber das ist unglaublich, dass du mit Instagram Geld verdienst.« Celine versuchte, sich vorzustellen, wie das genau aussah. Aus irgendeinem Grund war sie davon ausgegangen, Myriel könne sich dieses schöne Leben aus eigener Kraft finanzieren, all die Reisen und die teuren gesunden Dinge, die sie mit ihren Posts bewarb, doch offenbar war das nicht so.

»Es ist gutes Geld fürs Nichtstun, aber es ist kein gutes Geld.« Myriel zog die Füße unter ihren Po. Die Fußsohlen sahen schmutzig aus, als wäre sie den ganzen Tag barfuß durch die Stadt gelaufen. »Und du? Arbeitest du immer noch in demselben Job?«

»Ja. Ich bin sogar befördert worden.«

»Das ist toll.« Einen Moment lang trat Stille ein. Celine überraschte es, dass es zwischen ihnen nicht mehr so einfach lief wie früher. Ihre Freundschaft war immer leicht und unbeschwert gewesen.

»Oh, ich bin so unhöflich. Möchtest du was zu trinken? Wasser, Tee?« Myriel stand auf und ging zu der kleinen Küchenzeile, die in die Ecke des Wohnzimmers gepresst war. »Ich würde dir gerne auch was Besseres anbieten, aber der einzige Alkohol im Haus gehört meiner Mitbewohnerin, und die trifft der Schlag, wenn ich den anrühre.«

»Kein Rosé?«, fragte Celine leichthin.

»Nein, mit dem Trinken habe ich aufgehört. Es gab immer mehr Probleme damit, und meine Therapeutin machte den Vorschlag, ganz damit aufhören. Ich tue so ziemlich alles, was meine Therapeutin mir sagt.« Myriel setzte für beide einen

Tee auf, obwohl Celine nicht darum gebeten hatte. Sie trug zwei nicht zusammenpassende Becher herüber und stellte sie auf den wackligen Wohnzimmertisch aus Pressspan. Auf Celines Tasse waren ausgeblichene kleine Blümchen, auf dem von Myriel stand in Großbuchstaben SCHLAMPE.

»Deine Tasse gefällt mir«, sagte Celine und nahm ihren Becher vorsichtig entgegen.

»O ja«, sagte Myriel und schnaubte. »Die hat mir ein Ex geschenkt – Rivers hast du nicht gekannt, oder?«

Celine schüttelte den Kopf.

»Ja, er hat die Tasse dagelassen, nachdem wir uns getrennt haben. Es war kein Witz. Er konnte ein ziemlicher Arsch sein.« Myriel nahm einen Schluck Tee. »Aber ich fand es lustig, den Becher zu behalten. Wenn ich ehrlich bin, habe ich ihn tatsächlich nach Strich und Faden betrogen. Damals habe ich das eben so gemacht – Typen die ganze Zeit betrogen.«

Celine war sich nicht sicher, was sie darauf sagen sollte. »Beziehungen sind eine komplizierte Sache«, antwortete sie etwas vage.

»Es geht nicht um Beziehungen. Das bin wirklich ich. Ich habe so meine Probleme mit Sex. Ich hatte eine ziemlich üble Kindheit. Ich weiß nicht, ob ich dir das jemals erzählt habe, aber ich wurde sexuell missbraucht, als ich klein war. Das hatte wirklich einen großen Einfluss darauf, wie ich mein Leben gelebt habe. Deshalb habe ich auch mit Typen immer Mist gebaut.«

Celine spürte, wie ihr flau wurde. Am liebsten hätte sie Myriel in den Arm genommen. »Das tut mir so leid. Ich hatte ja keine Ahnung«, sagte sie.

»Na ja, ich habe ja auch kaum darüber gesprochen. Sorry, wir haben schon so lange nicht mehr miteinander geredet, und dann lade ich gleich dieses ganze Zeug auf dir ab!«

»O nein, bitte, mach dir darüber keine Gedanken.«

»Es ist nur, dass ich erst kürzlich herausgefunden habe, dass ich mich, je mehr ich mich Leuten öffne, du weißt schon, guten Freunden, Leuten, die ich liebe …«

Das Wort *liebe* fühlte sich gut an, so wie es das immer tat, wenn man als jemand bezeichnet wurde, der geliebt wurde, doch Celine hatte ihre Schwierigkeiten damit, zu glauben, dass Myriel sie liebte, wenn man bedachte, wie wenig sie in den vergangenen paar Jahren miteinander zu tun hatten.

»Ich bekomme jetzt jede Menge Hilfe. Ich bin nicht mehr das Mädchen, das du damals gekannt hast, das kann ich dir versichern.« Myriel lachte ein bisschen, als sie das sagte, als würde sie sich gerade an etwas Absurdes erinnern. Sie fuhr mit der Zunge über ihre SCHLAMPEN-Tasse, wo ein Tropfen Tee heruntergelaufen war. »Ich war damals ziemlich schlimm dran«, sagte sie.

»Mir jedenfalls kamst du wie jemand vor, der alles im Griff hat«, sagte Celine. Wahrscheinlich hätte sie das nicht sagen sollen, nachdem Myriel so aufrichtig gewesen war – wollte sie denn wirklich mit ihrer Freundin diskutieren, wer sie war? Doch Myriel – zumindest die Myriel von damals – war tatsächlich die patenteste Person gewesen, die Celine jemals kennengelernt hatte. Wann immer sie an Mühelosigkeit dachte, sah sie Myriel vor sich, wie sie in einem langen roten Kleid und einem großen Strohhut durch die Stadt schlenderte.

»Ich glaube, den Eindruck habe ich damals nur deshalb gemacht, weil ich so dürr war«, sagte Myriel.

Celine nahm sich eine Sekunde Zeit und sah sie an. Sie war sich nicht sicher, was sie erwartet hatte. Insgeheim hatte sie wohl das Bild von einer Person vor Augen gehabt, die nicht gealtert war und das Leben in vollen Zügen genoss, doch war das nicht bloß die Version von sich, die Myriel auf ihrer Instagram-Seite verbreitete? Sie kannte ihre Freundin als jemanden aus Fleisch und Blut, doch nun, an dieser Verbindungsstelle zwischen Vergangenheit und Gegenwart, konnte Celine nur eine verpixelte Version dieses Menschen heraufbeschwören.

»Du bist doch immer noch dünn«, sagte Celine aus Höflichkeit.

»He, sag das mal meiner Jeans!«, rief Myriel. »Aber mal ehrlich, ich war ja nicht gesund. Ich habe jede Menge Drogen genommen. Und gegessen habe ich so gut wie nie. Ich hatte eine Borderline-Essstörung.«

»Es tut mir so leid«, sagte Celine. »Ich wünschte, ich hätte damals gewusst, wie schlecht es dir ging. Ich wünschte, ich wäre dir eine bessere Freundin gewesen.«

»Warum denn?«, erwiderte Myriel. »Ich war dir ja auch eine furchtbare Freundin. Erinnerst du dich noch an dieses Zahnputz-Video?«

Celine hatte das Gefühl, jemand ziehe ihr den Boden unter den Füßen weg.

»Ja«, sagte sie matt.

»Wie abgefuckt war das denn? Ich hätte dir nicht sagen sollen, dass du das tun sollst. Es war ekelhaft.«

Celine zögerte. Sie hätte Myriel gern das gesagt, was sie sich vorgenommen hatte, doch auf einmal schien alles um sie herum einzustürzen wie ein morsches Gebäude. Das Geständnis, das sie hatte machen wollen, kam ihr albern vor. Armselig.

»Weißt du, wie viele von diesen Videos ich gemacht habe?«, fragte Myriel. »Dutzende. Nach jedem von ihnen habe ich mich widerlich gefühlt, aber ich war nie mutig genug, mir das auch einzugestehen. Damals haben doch die Leute alle über Mut geredet. Schaust du *Game of Thrones?*«

Celine schüttelte den Kopf.

»Na ja, es ist eine erfundene Welt, deshalb ist es kein gutes Beispiel, aber ich glaube, unsere Generation redet überhaupt nicht mehr über Mut. Ich hatte vor so vielen Dingen Angst. Deshalb habe ich diese Videos gedreht und mit all diesen Typen aus den Bars geschlafen. Damit aufgehört habe ich erst, als Zee, das war der Typ – du weißt schon, für den ich die Zahnputzvideos gemacht habe – mich gebeten hat, eins oben ohne zu drehen. Ich habe es tatsächlich gemacht und es ihm geschickt. Mir war so schlecht, dass ich mich hinterher vollgekotzt habe. Ich flehte ihn an, das Video nicht an den zu schicken, dem er die Videos zusandte, und er sagte, er würde es nicht tun, aber dann, etwa zehn Tage später, bekam ich per Post einen Scheck und wusste, dass er das Video doch weitergeschickt hatte. Es war schrecklich. An dem Abend habe ich geheult wie ein Schlosshund.« Myriel hielt inne, und die beiden saßen schweigend da. »Mut. Das ist es, was wir brauchen.«

»Wo hast du diesen Zee kennengelernt?«

»Bei irgendeiner schicken Party. Damals ging ich da oft hin. Ich hab mich gut gefühlt, weil Männer mir Aufmerksamkeit schenkten. Mehr brauchte ich damals nicht. Ein Mann redete ein paar Worte mehr mit mir, und plötzlich kam ich mir vor wie was Besonderes. Armselig.«

Kurz dachte Celine an sich selbst und an Theo. In diesem Moment fiel es ihr schwer, sich selbst und ihre Beziehung von der Frau abzugrenzen, von der Myriel redete.

»Myriel«, sagte Celine schließlich.

»Ja?«

»Ich wollte dir nur sagen, als ich damals dieses Video gedreht habe, da fühlte ich mich auch …«

»O mein Gott!«, schrie Myriel, so laut sie konnte. Sie sprang kreischend auf die Couch. »Eine Ratte!«

»Was???« Celine fuhr herum, und tatsächlich huschte eine dicke fette Ratte durch Myriels winzige Kochzeile.

»Was machen wir jetzt?«, schrie Myriel.

»Ich weiß es nicht! Ich weiß nicht!«, schrie Celine zurück. Und so blieben die beiden auf der Couch stehen, bis die Ratte schließlich unter dem Ofen verschwand.

»Scheiße, ich kann hier heute Nacht nicht schlafen!«, sagte Myriel. Und als sie sich langsam von der Couch gleiten ließ, ohne den Ofen aus den Augen zu lassen, fiel Celines Blick auf das Noten-Tattoo an ihrem Fußgelenk. Es war immer noch deutlich zu erkennen, doch die Form hatte sich geändert. Es sah so aus, als wäre etwas über den Notenhals geschrieben worden.

»Dein Tattoo«, sagte Celine. »Du hast es verändert.«

»O ja, das habe ich. Ich konnte es nicht mehr sehen.«

»Und was steht da?«, wollte Celine wissen.

»Da steht *I'm a lot like you were.* Du weißt schon, wie in dem Song von Neil Young.«

»Aha. Nett«, sagte Celine. Sie gingen beide in Richtung Tür.

»Und was ist mit deinem Tattoo?«, wollte Myriel wissen.

»Ich habe es nicht mehr«, sagte Celine. »Ich habe es weglasern lassen.«

Auf der Heimfahrt im Auto dachte Celine nur sehr wenig. Manchmal konnte eine Mischung aus Distanziertheit und Erschöpfung auch heilsam sein. Doch das Gefühl, gerade eben eine leibhaftige Ratte gesehen zu haben, ließ sie nicht los. Ihre Haut fühlte sich wie geschwollen an, als würde jederzeit ein Fremdkörper darunter zum Vorschein kommen. Während sie an einer langen Ampelphase wartete, schaute sie auf ihr Handy. Myriel hatte auf Instagram wieder etwas gepostet; diesmal stand sie im Sonnenlicht und fabrizierte eine große Kaugummiblase. *#Bubbleyum* stand da. Sie sah schön aus und abgeklärt und sexy, und so dünn wie immer. Celine fragte sich, was sich an ihrer Freundin eigentlich wirklich verändert hatte. Wo Mut endete und Hunger begann. Im Leben dieser Frau hatte es so viele wunderschöne Instagram-Posts über ihr Leben gegeben, dass sie darüber die eigentliche Bedeutung womöglich vergessen hatte.

Als die Ampel auf Grün schaltete, machte Celine das Radio an. Es kam ein Song, den sie auf dem College geliebt hatte. Er war von einer Indie-Band, die sie auf einem Open-Air-Konzert gesehen hatte, mit dem dicken Mond direkt über ihr, und sie hatte sich jung und lebenslustig gefühlt, während die Bässe in ihrem Brustkorb wummerten. Sie begann mitzusingen, doch als der Refrain kam, musste sie aufhören, weil sie die Worte nicht mehr genau wusste. Sie hatte die Zeile als *There's nothing I won't do* in Erinnerung. *Es gibt nichts, was ich nicht tun werde.* Auf einmal sah sie den Text wieder so deutlich und klar vor sich, dass sie ihn wie selbstverständlich mitsang. Doch das war gar nicht der Text. In Wirklichkeit lautete er: *There's nothing I can do. Es gibt nichts, was ich tun kann.* Und als sie merkte, dass genau das der Fall war, als ihr der große Unterschied bewusst wurde, spürte sie, wie ihr die Tränen kamen. Es fühlte sich gut an: Mondschein, ein Tattoo und ein großer Sonnenhut, den es nie gegeben hatte.

Dreier

Es waren einige Monate vergangen, und Joy verbrachte mehr Zeit mit dem Haushalt als je zuvor. Sowohl das Kochen als auch das Putzen und Waschen zählten mittlerweile zu ihrem Verantwortungsbereich. Sie hatte sogar eine kleine abwischbare Tafel aufgehängt, auf der sie ihre täglichen Aufgaben notierte. Theo war öfter zu Hause, für sich allein, aber auch mit Celine. Zuerst tat es so weh wie beim ersten und zweiten Mal und eben bei jedem Mal, wenn sie Celine an Theos Seite sah, doch Joy arbeitete hart an sich, um gegen ihre Panikattacken anzukämpfen. Dabei tat sie nichts Aktives, noch redete sie sich etwas ein oder machte sich Hoffnungen. Das Ganze war eher ein langsamer und methodischer Vorgang. So wie man einen Schalter umlegt oder Nadel und Faden durch einen weichen Stoff zieht. Ganz vorsichtig und behutsam richtete sie die Grenzmauern auf, die nötig waren, um sich selbst anzulügen. *Joy,* sagte sie sich, *es geht dir gut.* Und so kam es schließlich, dass sie auch für Celine das Abendessen machte.

Seltsamerweise fühlte sie sich immer dann in der Beziehung zu Theo am wohlsten, wenn er nicht zu Hause war. Für ihn zu putzen, ihm eine Mahlzeit herzurichten, in jeder noch so kleinen Herausforderung lag das Gefühl, eine Aufgabe hervorragend gemeistert zu haben. Joy liebte es, sich in dem Raum zu bewegen, den sie gemeinsam bewohnten. Sie faltete die Wäsche *für sie beide,* und sie schrubbte die Toilette *für sie beide,* und sie schnippelte Brokkoli *für sie beide.* Sie kannte in der Wohnung alle Makel und alle Kniffe. Sie wusste, wo der Abfluss unter der Spüle tropfte und welches Fenster klemmte. Sie fühlte sich körperlich und geistig ruhig, wenn sie die Hand auf einen kühlen Türknauf legte oder mit dem nackten Fuß über einen frisch gesaugten Teppich fuhr.

Mit der Zeit bat Theo sie immer öfter, sich um etwas in seinem Zimmer zu kümmern. Es begann damit, dass Joy ihm anbot, seine Fenster zu putzen oder hinter seiner Kommode Staub zu saugen.

»Ich staube ja sowieso ab«, sagte sie dann.

Er dachte kurz nach und war dann einverstanden. »Okay, klar. Danke, Joy.«

Dann, eines Tages, bat er sie, seinen Schrank aufzuräumen. Er war bei ihr im Zimmer gewesen und hatte gesehen, wie ordentlich es in ihrem eigenen Schrank aussah, den sie erst kürzlich auf Vordermann gebracht hatte, und er sagte: »Wow. Was würde ich nicht darum geben, auch so einen ordentlichen Schrank zu haben!« Und dann hielt er inne und sagte: »Joy, könntest du dir vorstellen, mir dabei zu helfen, meinen Schrank aufzuräumen?« Nur ein paar Tage tat sie es sogar ganz allein, denn dann ging es auch viel schneller, oder zumindest war das Joys Ausrede in der wirren Logik, die sie dazu veranlasste, seine Socken zu winzigen kleinen Vierecken zu falten. Es dauerte nicht lang, dann war sein ganzes Zimmer ebenso ein Teil ihrer Putzroutine, wie es ihr eigenes Zimmer war, und genau das war auch der Grund dafür, dass sie den Porno fand.

Eigentlich schnüffelte Joy nie in Theos Sachen. Ihrer Ansicht nach hatten Frauen nicht das Recht, in den Habseligkeiten eines Mannes herumzuspionieren, auch nicht in seinen Nachrichten oder den Bildern auf seinem Handy.

»Ich denke, Vertrauen ist alles«, hatte sie mal zu einer Freundin am College gesagt, die sie zu dem Thema befragt hatte.

»Aber ich kenne seine Passwörter, und er hat mich schon mal betrogen«, hatte die Freundin erwidert.

Und Joy sagte, stoisch und voller Entschlossenheit: »Ich glaube trotzdem, Vertrauen ist alles.«

Und es war nicht etwa so gewesen, dass Joy sich auf Theos Laptop durch seinen Verlauf klickte, zumindest zunächst nicht. Zuerst war es einfach nur eine DVD, die sie in einer Schachtel mit alten Sneakers fand.

Zu dritt macht's noch mehr Spaß!, stand auf der Hülle, auf der man ein paar stark geschminkte Frauen sah, die sich lasziv nach vorne beugten und lüsterne Gesichter machten. Joy erschrak. Es war gleichzeitig das Gefühl, etwas zu sehen, das sie nicht sehen durfte, und das Gefühl, etwas zu sehen, das er nicht tun sollte. Es hatte auch mit Eifersucht zu tun, aber ganz genau war es das nicht; es war das Gefühl, das jede Freundin gehabt hätte, die in den Sachen ihres Lovers auf einen Porno stieß, dabei war sie gar nicht seine Freundin. Nach kurzer Überlegung begann sie zu lachen. Es war vollkommen albern. Die Frauen, die DVD, die lächerliche Beschreibung: *Ein flotter Dreier von geilen Schlampen, die einfach nicht genug bekommen können.* Sie nahm die DVD und tat sie in die Schachtel zurück, in der sie sie gefunden hatte.

Tage vergingen, aber Joy ließ der Gedanke an die DVD nicht mehr los. Nicht dass es sie irritierte; vielmehr machte es sie neugierig. In gewisser Weise war dies die engste Verbindung, die sie jemals zu Theos Sexualität gehabt hatte. Was sie nicht verstehen konnte, war, warum er die DVD überhaupt besaß. Die meisten Männer schauten sich Pornos kostenlos online an. Wer würde sich die Mühe machen, so etwas käuflich zu erwerben? Langsam bildete sich in ihr der Eindruck, dass ihm jemand die DVD als Scherz geschenkt hatte. Ein Gag auf einer Bachelor-Party, ein etwas unbeholfener Freund vom College, der sich für besonders schlau hielt, vielleicht sein jüngerer Bruder, der an seiner Karriere als Stand-up-Comedian arbeitete. Sie sagte sich, dass sie nicht deshalb dieser Theorie anhing, weil es sie störte, dass er Pornos schaute, sondern einfach, weil es so sein *musste. Niemand würde sich ausgerechnet so eine DVD besorgen*, dachte sie, wenn sie ihm zuschaute, wie er Müsli in eine Schüssel schüttete oder sein frischgewaschenes Bettzeug in den Trockner stopfte.

Ein paar Wochen später war sie wieder beim Putzen in seinem Zimmer und bemerkte, dass er seinen Computer auf seinem Bett hatte liegen lassen. Der Bildschirmschoner war noch an, helle Lichtstrahlen, die geometrische Formen bildeten. Ihr Herz klopfte laut, als sie dem Impuls folgte, an der Maus rüttelte und so den Computer zum Leben erweckte. Es war weniger die Neugier auf seine Gewohnheiten, als die Tatsache, dass sie sich selbst beweisen wollte, die DVD sei tatsächlich ein Geschenk gewesen. Genau das war die Lesart, die sie sich zurechtgelegt hatte. *Es geht nicht um den Porno*, sagte sie sich, als sie sich hinsetzte und seinen Verlauf aufrief. Zuerst gab es nicht viel. Wahrscheinlich hätten die meisten Leute und wohl auch Theo so etwas auf einem privaten Browser gesucht. Sie scrollte sich durch ein paar Monate und rief dann die Suchfunktion auf. »Dreier« tippte sie.

Sechs Links erschienen. Alle von Pornhub. Wieder schlug ihr Herz ganz laut. Sie wusste allerdings, dass es nicht gut war, sich durch die Links zu klicken. Stattdessen griff sie nach einem Post-it, der auf dem Schreibtisch lag, und schrieb alle sechs URLs mit der Hand ab. Ihre Hand tat weh, als sie zu den letzten Verbindungen kam. Es war ihr gar nicht bewusst gewesen, aber tatsächlich hatte sie schon seit Jahren nicht mehr mit der Hand geschrieben. Wahrscheinlich zuletzt auf der Highschool oder noch ein- oder zweimal auf dem College. Ihre Handschrift sah schlampig aus, ganz ähnlich wie die ihrer Mutter ihrer Erinnerung nach ausgesehen hatte. Aus welchem Grund auch immer machte dieser Gedanke sie traurig. Es war das gleiche Gefühl, wie wenn man als Frau in den Spiegel schaut und einem bewusst wird, dass man mit zunehmendem Alter immer mehr seiner Mutter ähnelt. Dabei ging es nicht darum, dass sie nicht aussehen wollte wie ihre Mutter, als um die Erkenntnis, dass es an ihr nur wenig gab, das nicht genetisch vorbestimmt war. Ihre Mom sah vermutlich so aus wie ihre Großmutter, und ihre Großmutter hatte sicher nicht viel anders ausgesehen als ihre eigene Mom. *Und da denke ich, ich sei was Besonderes,* ging ihr durch den Kopf, als sie das Post-it einsteckte. *In Wirklichkeit sehe ich wie eine Frau aus, die schon lange tot ist.*

Sie beeilte sich, mit Theos Zimmer fertig zu werden, während die abgeschriebenen Links auf dem Post-it in ihrer Tasche glühten. Vorher alles fertig zu putzen musste gar nicht sein. Sicher hätte es ihm nichts ausgemacht oder er hätte es möglicherweise gar nicht bemerkt, aber sie dachte immer noch, dass sie sich den Verlauf deshalb anschaute, weil sie herausfinden wollte, dass die DVD ein Witz war. Sie drehte und wendete sich, machte sich so lange an ihrem Ego zu schaffen, bis sie sich ducken und vor sich selbst verstecken konnte. Es fühlte sich leichter an zu sagen: *Es ist für dich nicht aufregend, das anzuschauen, was er angeschaut hat. Noch bist du nicht verschwunden.*

Joy kehrte in ihr Zimmer zurück und setzte sich am Schreibtisch an ihren eigenen Laptop. Doch irgendwie fühlte sich das seltsam an, deshalb stöpselte sie ihn aus und legte sich damit aufs Bett. In ihrem ganzen Leben hatte Joy noch keinen Porno gesehen. Sie wusste, dass das seltsam war, aber etwas an diesen Filmen störte sie einfach. Sie fand sie beunruhigend und unausweichlich ausbeuterisch.

»Ich kann es nicht glauben, dass du dir noch nie einen Porno angeschaut hast«, hatte eine Freundin vom College gesagt, als sie es einmal erwähnt hatte.

»Warum?«, fragte Joy.

»Du hast noch nie einen gesehen? Bist du denn nicht neugierig? Ich meine, selbst wenn du dir keinen anschauen willst, bist du denn nicht wenigstens neugierig darauf?«

»Ich weiß nicht …« Joy versuchte, sich so auszudrücken, dass es nicht wertend klang, denn darum ging es ihr gar nicht. »Ich finde es nur komisch, dass die Leute sagen, Prostitution sei schlecht, aber Pornos ganz okay. Das verstehe ich nicht.«

»Ich weiß nicht. Ich finde, beides ist okay«, sagte ihre Freundin.

»Aber ist es gesund?«, erwiderte Joy. »Kannst du denn wirklich sagen, es ist gesund, wenn die Leute es machen?«

Auf diese Bemerkung schwieg ihre Freundin. Sie blinzelte schwer, als ihr das Sonnenlicht von einem Fenster in der Nähe ins Gesicht fiel. »Ich weiß nicht«, sagte sie. Doch Joy hatte das Gefühl, sie wisse es sehr wohl.

Trotz ihrer eigenen Überzeugung machte es Joy den Leuten tatsächlich nicht zum Vorwurf, wenn sie Pornos schauten. Auch wenn man Pornos nicht gerade als moralisch einwandfrei bezeichnen konnte, bedeutete das nicht, dass sie nicht trotzdem passierten. Für Joy war es naiv, bei allem, an dem menschliche Wesen beteiligt waren, die Moral als Faktor einzubeziehen. Deshalb sah sie es den Leuten nach und hoffte auf etwas Besseres in der nächsten Welt oder dem nächsten Leben oder was auch immer die Menschheit dazu brachte, in Richtung ihrer eigenen Vergänglichkeit zu marschieren. Doch für sie selbst, in ihrer kleinen ruhigen Welt, die sie bewohnte, wollte sie damit nichts zu tun haben, weshalb es sie eine große Anstrengung kostete, all die Buchstaben und Zahlen zu tippen, die zu dem Link von Pornhub führten. Es bedeutete etwas, das so klein war, dass es fast keine Bedeutung hatte.

Der erste Link führte zu einem Dreier in einer Arztpraxis.

Der nächste war ein Dreier von zwei Cheerleadern mit ihrem Trainer.

Dann kam etwas mit einem Verlies.

Ein Strand.

Noch eine Arztpraxis.

Und dann ein Szenario, bei dem Joy nicht ganz durchblickte. Hatte es vielleicht etwas mit einem Vermieter zu tun?

Die einzelnen Videos schaute sie jeweils nur ein paar Sekunden an, doch es lag auf der Hand, dass die Gemeinsamkeit von allen war, dass es sich um Dreier handelte. Offenbar war die DVD also doch kein Scherz, und auch wenn die Bedeutung, die man aus der DVD ziehen konnte, fast unmöglich von dem ganzen Gedankenwirrwarr zu trennen war, der sie bis an diesen Punkt getragen hatte, war Joy nicht zufrieden damit. Sie stand auf, ging in sein Zimmer zurück, klappte seinen Computer auf und ging noch einmal in den Verlauf. Diesmal suchte sie nach jedem unanständigen Wort außer »Dreier«, das ihr einfiel, aber es kam nichts.

Wieder pochte und wummerte ihr das Herz in der Brust. Doch jetzt aus einem anderen Grund. Theo nahm eine ganz neue Dimension in ihrem Denken ein, und sie fühlte sich vollkommen distanziert davon und von sich selbst. Es war unübersehbar, dass sie in keiner Weise ein Teil seiner Sexualität war. Sie war einfach nur eine bemitleidenswerte Mitbewohnerin, die in ihn verknallt war. Tränen stiegen ihr in die Augen, und schon wollte sie seinen Computer zuklappen, als ihr noch etwas einfiel. Sie hielt einen Moment inne und ging dann noch einmal auf den Such-Ikon, die kleine Lupe.

»Joy«, tippte sie.

Ein paar Dinge poppten auf, die nichts mit ihr zu tun hatten, doch dann kam das: ein Fotoalbum. Es hieß »Joy und ich«, und sie klickte sich mit vollkommen verblüfft durch die Bilder. Da waren jede Menge alberne Selfies, die die beiden aufgenommen hatten, und ein paar Fotos, die er von ihr geschossen hatte, als sie sich wegen einer vollkommen verbrannten Pizza kringelig gelacht hatten. Dann war da ein Bild von ihr, wie sie an der Spüle stand und aus dem Küchenfenster schaute. Ihr Gesicht sah ruhig und glücklich aus. Ihr Gesichtsausdruck war sehnsüchtig, als würde sie etwas sehen, das aufregend, aber weit weg war. Theo hatte es in Schwarzweiß gespeichert, mit tiefen Schatten und leuchtenden weißen Flächen. Es war eines der besten Fotos, die Joy jemals von sich gesehen hatte. Und dann war da noch etwas, etwas, das wirklich wichtig war – er hatte das Bild überschrieben mit: *Joy sieht aus, als wäre ihr Name Programm* – <3. *Liebste Joy*.

Es war nicht gesund, aber sie konnte nichts anderes empfinden als das pure, reine Glück. Nein, nicht alles auf der Welt hatte mit Moral zu tun.

Chefs und Chefinnen

Annie hatte beschlossen, dass ihr nur noch eins übrigblieb: mit Kathy über Arly zu reden. Es war Kathys Sendung, und am Ende des Tages, ganz gleich, wie groß Arlys Rolle beim Sender oder für sonst jemanden war, der vor ihm kuschte, war Kathy diejenige, die in der Lage war, den Dingen Einhalt zu gebieten, den Kurs zu wechseln, *nein* zu sagen.

Annie hatte nur ein einziges Gespräch mit Kathy geführt, das nicht hundert Prozent mit der Sendung zu tun hatte und hundert Prozent notwendig war. Sie waren zusammen Fahrstuhl gefahren. Kathy hatte eine Sonnenbrille auf und trug einen augenscheinlich sehr teuren Mantel.

Nachdem sie einander angelächelt und sich zugenickt hatten, herrschte über drei Stockwerke Stille. Annie litt unter der Situation. Sie hatte das Gefühl, irgendetwas sagen oder sonst einen Versuch machen zu müssen, um das Schweigen zwischen ihnen zu durchbrechen, doch es fühlte sich nicht richtig an, gegenüber Kathy als Erster das Wort zu ergreifen. Die unausgesprochene Regel lautete, dass man darauf wartete, bis Kathy einen ansprach. Und so stand Annie einfach nur da und versuchte, mit der Situation umzugehen. Dann endlich, wenige Momente vor ihrem Stockwerk, sagte Kathy: »Kalt draußen.« Und Annie erwiderte: »Eisig.« Und das war's. Der persönlichste und intimste Gedankenaustausch, den sie jemals gehabt hatten.

Es würde nicht leicht sein, Kathys Zimmer zu betreten, vor jener Frau zu stehen und Vorwürfe gegen den einzigen Menschen zu erheben, zu dem Annie in ebenso direktem

Kontakt stand wie Kathy. Arly war dieser verbindende Faktor, und in Annie kam kurz die Frage auf, was aus ihr selbst werden würde, wenn sie diesen Faden durchtrennte. Doch obwohl sie sich über die Gefahren bewusst war, fürchtete Annie sich nicht. Ihre Mutter hatte früher immer gesagt: »Schlechte Frauen rennen, gute Frauen kämpfen.« Als Kind hatte sie sich vorgestellt, diese schlechten Frauen sähen aus wie Hexen, hätten große, lange Gesichter, von ihrer Bosheit verzerrt. Jetzt wusste sie, dass schlechte Frauen aussahen wie alle anderen auch.

Sie hatte Kathys Assistentin eine Mail geschickt und sie um einen Termin gebeten. Vermutlich würde es ein paar Tage dauern, bis Kathy Zeit hätte, um sich mit ihr zu treffen, doch überraschenderweise mailte ihre Assistentin zurück, am nächsten Tag könne sie es einrichten. Annie war sich nicht ganz sicher, was sie bei dem Treffen genau sagen sollte, doch sie wusste, dass Kathy eine clevere und sehr bewusst agierende Frau war. Es war erst ein paar Monate her, dass sie einen Kongressabgeordneten befragt und ihn wegen eines kürzlich erfolgten Verdachts auf sexuellen Missbrauch in die Mangel genommen hatte.

»Aber was haben denn diese Anklägerinnen davon, wenn sie ihre Vorwürfe öffentlich machen?«, hatte Kathy gesagt, als der Kongressabgeordnete bei seinen Antworten ins Straucheln geriet.

Jedenfalls hatte Annie das Gefühl, wenn jemand sie anhören und verstehen würde, dann wäre es Kathy.

Die Tür zu Kathys Büro stand offen, und Annie blieb kurz stehen, um zu überlegen, wie sie Kathys Aufmerksamkeit auf sich lenken sollte, doch zum Glück erblickte Kathy sie und winkte sie herein.

»Annie, hi. Kommen Sie ruhig rein«, sagte sie.

Ganz anders als das Büro von Arly war dieses hier sehr aufgeräumt und durchgestylt. Alles hatte seinen Platz, nichts war überflüssig. Der einzige persönliche Gegenstand war ein gerahmtes Foto von Kathys Enkelin, die mit einem breiten Grinsen in eine Scheibe Melone biss.

»Nehmen Sie doch Platz«, sagte Kathy. Kathy selbst stand und machte sich an ein paar Papieren zu schaffen. »Ich war gerade dabei …«, sagte sie, hob dann ein Papier hoch und las einen Moment lang darin. Sie vollendete ihren Satz nicht, doch es wirkte bewusst inszeniert, als wäre sie zu beschäftigt, um einen Gedanken zu Ende zu denken. »Hmm«, sagte sie zerstreut als Reaktion auf das Gelesene. Sie legte das Blatt weg, nahm gegenüber von Annie Platz. Sie lächelte und schaute auf, begegnete Annies Blick.

»Was kann ich für Sie tun?«

»Ja, hm …« Annies Gedanken rasten. »Erst einmal danke, dass Sie so schnell Zeit für mich hatten.«

»Natürlich«, sagte Kathy.

»Nun, ich wollte mich mit Ihnen treffen, weil ich einen Brief bekommen habe, den ich … äh … sehr besorgniserregend finde. Offenbar stammt er aus der Feder einer früheren Assistentin von Arly, die allerdings nicht ihren Namen nennt. Jedenfalls beschuldigt diese Person Arly des sexuellen Missbrauchs.«

Kathy hob ganz leicht die Augenbrauen, eine nur winzige Veränderung ihres Gesichtsausdrucks, die jedoch auf Annie unglaublich beruhigend wirkte. Kathy verzog nämlich normalerweise keine Miene, weshalb das hier wie ein grünes Licht war.

»Natürlich war ich zuerst in der Personalabteilung, wo man jedoch nichts tun konnte, weil die Anschuldigung anonym gemacht worden war. Ich habe deutlich das Gefühl, mir sind dadurch die Hände gebunden, und doch denke ich, wer auch immer diesen Brief geschrieben hat, hatte ein aufrichtiges Anliegen, und nach meinem Empfinden wäre es nicht richtig, wenn ich die Sache auf sich beruhen lasse. Stattdessen möchte ich alles tun, was in meiner Macht steht, damit diese Angelegenheit geregelt und den Vorwürfen die gebührende Aufmerksamkeit geschenkt wird.« Annie holte tief Luft. Sie hatte das Gefühl, ihre Gedanken klar und deutlich formuliert zu haben. Und als wäre alles richtig, was sie tat.

Kathy ließ sich eine Sekunde Zeit. Auch sie holte tief Luft. »Haben Sie es jemals erlebt, dass sich Arly unangemessen verhalten hat? Ich meine, aus erster Hand?«, fragte sie dann.

»Nein, nicht aus erster Hand.«

»Und hat er sich Ihnen gegenüber unangemessen verhalten?«

»Nein. Wenn ich ehrlich bin, habe ich mit Arly nur gute Erfahrungen gemacht«, sagte Annie.

Kathy nickte. »Ich habe auch nur gute Erfahrungen mit ihm gemacht. Arly war immer freundlich, aufmerksam, brillant.«

Annie ging das Wort *brillant* durch und durch. Es fühlte sich spröde an. Hart.

»Ich glaube, wer auch immer diesen Brief geschrieben und wer auch immer ihn Ihnen gegeben hat, täuscht sich«, sagte Kathy.

»Wirklich?«

»Ja. Leute werden wütend, wenn sich bestimmte Jobperspektiven nicht ergeben. Sie wollen sich rächen.«

Annie spürte, wie sich alles in ihr zusammenzog. Sie schaute auf das Foto von Kathys Enkelin hinab und dachte an Vergewaltigung.

»Das sehe ich nicht so wie Sie«, sagte sie. »Ich glaube, er hat es getan.«

Kathy schaute sie an, sie schien aus allen Wolken zu fallen. Annie war das egal. Es war ein Punkt erreicht, an dem es kein Zurück mehr gab. Angst hatte sie keine. Da war ein Kind, das neben ihr auf einem Bild Melone aß. Wer würde sich für dieses Mädchen einsetzen? Diese böse Frau hier würde es nicht sein.

»Ich habe keinen weiteren Beweis, um es zu belegen, aber wir wissen, wie häufig seine Assistentinnen kündigen. Die Person, die mir diesen Brief gab, wollte, dass ich ihre Anonymität schütze, was ich auch tun werde, aber ich glaube, auch sie wurde von ihm verletzt, und ich glaube nicht, dass die Schreiberin dieses Briefes dies getan hat, weil sich eine Jobperspektive nicht ergeben hat. Meiner Meinung nach hat sie diesen Brief einzig und allein aus einem Grund geschrieben, um andere Frauen zu schützen. Sie sagte, sie sei zur Personalabteilung gegangen und nichts sei passiert, und auch das glaube ich ihr, denn ich war auch dort, und es ist nichts passiert. Und jetzt sitze ich hier bei Ihnen, und es sieht so aus, als würden Sie Arly schützen anstatt diese Frauen.«

»Ich verstehe Ihre Frustration, aber ich kann nur von den Fakten ausgehen, die ich kenne, und die Fakten, die ich kenne, sind mehr als zwanzig Jahre Zusammenarbeit mit Arly«, sagte Kathy. Sie hatte wieder die Kontrolle über ihr Gesicht und sah nicht mehr so aus, als würde sie aus allen Wolken fallen.

Annie dachte an das Gefühl, wenn man als Kind von einer Schaukel springt, oder an die Kälte eines Eiswürfels in ihrer Hand. Manchmal fühlte sich das Leben an wie ein großes Gesamtpaket, aus dem es keinen Ausweg gab. Ein Mensch konnte das Gefühl haben, nicht mehr vom Fleck zu kommen.

Er konnte das Gefühl haben, dass er Wurzeln hatte, die tief in die Erde reichten und ihn für immer an dem Ort festhielten, dem er eigentlich entwachsen wollte. Auf einmal kam ihr Kathy sehr real vor. Sie betrachtete eine Falte, die zwischen Kathys Nase und ihrem Mund verlief. So eine Falte hatte Annie noch nicht, aber eines Tages würde sie sie haben. Das Leben war so willkürlich. Falten tauchten auf deinem Gesicht auf, um der Welt zu zeigen, dass dein Körper abbaut. Er wird verbraucht, alt. Annie fragte sich, was für einen Unterschied es machte zwischen dem Tod und der Tatsache, dass man dabei zuschaute, wie die Körper von anderen Frauen von Männern missbraucht wurden. Und plötzlich wusste sie, was sie tun würde.

»Sie machen einen Fehler, Kathy«, sagte Annie, und dann drehte sie sich um und verließ den Raum, ohne zurückzublicken.

Sie war bereits auf dem Weg zu Arlys Büro. Seine Tür stand einen Spalt weit offen, und Annie klopfte, wartete jedoch nicht ab, dass er sie hereinbat. Es war alles eine flüssige Bewegung, wie sie ihren Körper vom Flur in sein Büro lenkte, nur durchbrochen vom Klang ihrer Knöchel, die an die Tür klopften, wie ein kleiner, hohler Schrei in der Mitte. Ein Zwischenspiel zwischen dem, wo sie gewesen war, und dem, wohin sie ging.

»Arly«, sagte Annie.

»Annie, hi. Was kann ich für dich tun?«, fragte Arly. Er sah überrascht, aber freundlich aus.

»Ich möchte dir sagen, warum ich diesen Job kündigen werde. Und zwar jetzt.« Annie holte Luft. Es würde sich anfühlen wie der tiefste Atemzug, den sie in ihrem Leben gemacht hatte. Überall Sauerstoff, bis tief in ihr Gehirn hinein, wo so viel geschehen musste, um sie am Leben zu erhalten, und noch viel mehr geschehen musste, damit sie freundlich blieb. »Du sollst wissen, dass ich weiß, was du Frauen antust. Ich *weiß*, was du tust.«

Arlys Gesicht lief knallrot an, aber er sagte nichts. Wäre Annie nicht so bereit gewesen zu gehen, so eingebettet in den Moment und in ihre Wut, dann hätte sie vielleicht gesehen, dass dieser Mann, den sie als Halbgott kannte, vollkommen entwaffnet und bloßgestellt vor ihr stand. Sie drehte sich um, doch an der Tür blieb sie noch einmal stehen und sagte das: »Ich kann nichts tun, um dir Einhalt zu gebieten. Ich habe es versucht. Wenn es in dir noch irgendeinen Rest von Anstand gibt, dann behandele jeden Menschen mit Würde.« Und dann fügte sie hinzu: »Menschlichkeit, so nennt man das. Ich hoffe, du weißt, was das ist.«

Annie packte ihre Sachen zusammen. Niemand war da. Es fand die große wöchentliche Konferenz statt. Eine Konferenz, die sie während ihrer Zeit hier kein einziges Mal verpasst hatte. Einmal hatte sie mit Lungenentzündung daran teilgenommen. Ein anderes Mal hatte sie sie durchgestanden, nur wenige Minuten, nachdem sie erfahren hatte, dass ihre Großmutter gestorben war. Das alles kam ihr jetzt blöd vor. Erfolg und all das, was sie sich für sich selbst vorgenommen hatte – es war bestenfalls dünn wie Papier. *Der wirkliche Erfolg ist es, mutig zu sein,* dachte sie, als sie das Bild von Jason mit Simon auf dem Arm einpackte, das auf ihrem Schreibtisch gestanden hatte. Obwohl sie es nicht wollte, spürte sie, wie ihr die Tränen kamen.

Als sie den Flur entlangging, lief ihr Reid über den Weg. Er war zu spät für die Konferenz, was oft der Fall war. Als er sah, wie sie, die Schachtel mit den Sachen von ihrem Schreibtisch in der Hand, auf ihn zukam, blieb er abrupt stehen.

»Was ist los?«, fragte er. »Du hast doch nicht gekündigt, oder?«

Sie gab ihm keine Antwort, zuckte aber mit den Achseln, während sie weiterging.

»Du hast es wirklich getan«, sagte er. Seine Stimme brach, als er das sagte.

Sie setzte ihren Weg fort, an ihm vorbei.

»Annie«, rief er hinter ihr her.

Annie blieb stehen und drehte sich um.

Reid stand einfach da. Sein Gesicht, sein Körper. Er sah so aus, wie sie ihn kannte, obwohl sie eigentlich kaum etwas über ihn wusste.

»Ja?«, sagte sie.

»Du sollst nur wissen, dass ich … dass ich kein schlechter Mensch bin«, sagte er.

Und auch wenn sie das eigentlich nicht wusste, antwortete sie ihm: »Ich weiß, dass du das nicht bist.«

Es fühlte sich gut an. Es fühlte sich menschlich an.

Gespiegelt

Celine fing mit Yoga an. Das hatte sie schon eine ganze Weile vorgehabt. Es war das, was sie sich immer vornahm, wenn sie das Gefühl hatte, es stünde eine Veränderung an. *Ich sollte endlich einen Yogakurs machen,* dachte sie jedes Mal, wenn Angst sie überkam oder sie den Eindruck hatte, zugenommen zu haben.

Es gefiel ihr besser, als sie gedacht hatte, so sehr, dass sie sogar mehrfach die Woche Kurse besuchte. Teils war es eine Ablenkung von all den schrecklichen Gedanken, die ihr in den vergangenen Monaten gekommen waren, als sie sich mit dem Zahnputz-Video auseinandergesetzt hatte, teils war es ein Vorwand, um Theo aus dem Weg zu gehen.

Theo bedeutete ihr etwas, schließlich war er ihr Freund, und sie verbrachten viel Zeit miteinander, doch die Langeweile, die sie bei den allerersten Dates empfunden hatte, war immer noch da, und zu dieser Langeweile gesellte sich eine zunehmende Entfremdung. Nicht jedes Mal, wenn sie zusammen waren, aber meistens, hatte sie das Gefühl, nicht nur zu ihm, sondern auch zu sich selbst eine immer größere Distanz aufzubauen.

»Ich kann kein Okra essen«, sagte er zum Beispiel beim Abendessen.

»Komm, lass uns irgendwohin hinfahren und Spaß haben«, sagte er zum Beispiel, während sie im Bett lagen.

»Ich liebe dich«, sagte er zum Beispiel, viele Male an vielen Plätzen.

Und jedes Mal fühlte sie sich, als hätte sie den Boden unter den Füßen verloren und würde schweben wie eine leere, einsame Hülle. Es war anstrengend, doch mehr als alles andere fühlte sie sich wie ruhiggestellt.

In der vierten Woche Yoga machte Celine früh Feierabend, um statt in den gewohnten Sechs-Uhr-Kurs in den Vier-Uhr-Kurs zu gehen. Tatsächlich war sie an dem Tag wetterfühlig und plante, es sich nach dem Yoga zu Hause mit einem Teller Mac and Cheese vor dem Fernseher gemütlich zu machen und irgendwelchen Mist zu gucken. Das war eine so motivierende Aussicht, die sie vollkommen in Beschlag nahm, dass sie ihn fast nicht gesehen hätte, als sie den Trainingsraum betrat. Er war weit weg in der anderen Ecke. Fast nur ein ungenauer Fleck, sein Körper, seine Haare, seine Haut, die unbeholfene Art und Weise, wie er sich bewegte. Sie erschrak auf der Stelle, als sie ihn sah. Seine Anwesenheit erschütterte sie zutiefst. Doch nur wenige Augenblicke, eigentlich nur Sekunden später war sie überrascht davon, wie enttäuschend er auf sie wirkte. *Derk!*, dachte sie, und dann: *Derk?*

Sie suchte sich einen Platz ein paar Reihen hinter ihm, damit er sie nicht sehen konnte.

Der Unterricht begann, und sie folgte wie üblich aufmerksam den Anweisungen der Lehrerin, doch ebenso aufmerksam ließ sie Derk nicht aus den Augen, wie er sich durch die Asanas mühte. Er kam ihr kleiner und dünner vor, als sie ihn in Erinnerung hatte. Auch seine Haut sah weniger strahlend und gesund aus, was allerdings mit dem Alter zusammenhängen mochte. Sie hatte sich bewusst dafür entschieden, ihm auf den Social-Media-Accounts nicht mehr zu folgen, deshalb hatte sie auch keine Ahnung, wo er sich aufhielt oder was er machte. Es war schwer, sich vorzustellen, dass er sein Leben besonders gut im Griff hatte, wenn man sah, wie er auf der Matte ausrutschte oder seine Knie beim herunterschauenden Hund ins Zittern gerieten. Durch den dünnen Stoff seiner Trainingshorts konnte sie den Umriss seiner Hoden erkennen, als er sich vornüberbeugte, und das war krass. Sie konnte sich gar nicht mehr erinnern, jemals dieser Körperregion von ihm nahe gewesen zu sein. Er war einfach ein alternder Mann, der sich eher erfolglos im Yoga abmühte, und sobald ihr diese Erkenntnis gekommen war, wusste sie, dass sie nicht mehr in ihn verliebt war. Und dann hatte sie noch einen Gedanken: *War es überhaupt jemals Liebe, oder ging es mir damals nur darum, von jemandem begehrt zu werden, der so unfassbar schwer zu bekommen ist?*

Die Stunde endete, und sie beschloss, ihn anzusprechen. Früher hätte sie sich seitlich aus dem Raum geschlichen, um einem unangenehmen Gespräch aus dem Weg zu gehen, doch heute war sie wie erfrischt. Sie fühlte sich meilenweit entfernt von dem Mädchen, das einmal bis vier Uhr morgens aufgeblieben war, um auf seine Textnachricht zu warten.

»Derk«, rief sie.

Er drehte sich um. Er sah verwirrt aus, und einen Moment später sah man ihm an, wie überwältigt er von ihrem Anblick war.

»Celine, hi.«

Sie umarmten sich kurz und freundschaftlich. Sein Rücken war verschwitzt und kalt.

»Du siehst toll aus«, sagte er.

Sie lächelte. »Wie geht's dir?«

»Gut. Es geht mir gut.« Er faltete die Arme vor der Brust und wiegte sich hin und her. »Ich mache immer noch dieses, du weißt schon, dieses Projektmanagerding.«

Celine beobachtete seinen Mund, während er redete. Sie erinnerte sich, wie er gesagt hatte, sie müsse sich zuerst waxen, bevor er es ihr mit dem Mund machte.

»Das ist toll«, sagte sie. »Klingt so, als wäre alles gut bei dir.«

»O ja, und ich wohne jetzt in der City. Gefällt mir gut.«

Celine dachte daran zurück, wie sie in einem Regenguss auf ihn gewartet hatte. Er war zwei Stunden zu spät gekommen und hatte sich nicht bei ihr gemeldet.

»Das ist toll«, sagte sie.

»Wie geht es dir denn?«, fragte er, und sie konnte an nichts anderes denken als an damals, wie sie selbst gewesen war, und dass sie sich von ganzem Herzen gewünscht hatte, dieser Mann wäre ihr genauso ergeben wie sie ihm. Jetzt, wo sie hier stand, fühlte sie sich lebendig und mächtig und sexy.

Früher hätte sie dieses Gefühl für Glück gehalten. Jetzt jedoch sah sie sich durch ihn gespiegelt, und er war ein Abbild ihres Inneren, ihrer Entscheidungen und ihres geringen Selbstwertgefühls. *Ich liebe dich nicht,* dachte sie. *Das habe ich nie.*

»Mir geht's gut«, sagte sie. »Ich bin glücklich.«

Danach machte sie sich auf den Heimweg. Sie stieg in ihr Auto, und es fühlte sich gut an zu fahren, es fühlte sich gut an, ihre Wohnungstür aufzuschließen, ebenso wie es sich gut anfühlte, unter die Dusche zu springen und das Wasser über ihre Haare fließen zu lassen. In dem Bewusstsein, dass sie ihn nicht liebte und nie geliebt hatte, lag ein tiefer Frieden. Und in gewisser Weise war es auch ein Triumph. Dann machte sie eine Mail von einer der Grad Schools auf, bei denen sie sich beworben hatte, und sah, dass es eine Ablehnung war. *Es tut uns leid, aber derzeit können wir Ihnen keinen Platz anbieten.* Sie dachte: *Habe ich denn überhaupt jemals einen Mann geliebt?* Und dann, noch unbarmherziger: *Hat denn jemals ein Mann mich geliebt? Ist das Liebe? Ist das wirklich Liebe?* Ihre Hand zitterte, und ohne nachzudenken, griff sie nach einem Stift, der auf ihrem Schreibtisch lag, und fing an, auf einem Block herumzukritzeln. Zuerst ein Herz, dann einen Stern – es war ein Tick von ihr, immer die gleichen wenigen Dinge zu zeichnen. Sie malte ein Auge, dann eine Blume, doch als sie sich daran machte, ein Haus zu zeichnen, fiel ihr nicht mehr ein, wie man ein Viereck malte, und es fühlte sich an wie … *Ich sitze in der Falle,* dachte sie. Sie öffnete ihr Handy und schaute sich ein Foto von ihr im Bikini an, das fünf Jahre alt war. Sie kam sich dünner vor. Genauer gesagt sah sie aus wie ein Kind. *So viele Männer wollten damals mit mir schlafen, als ich aussah wie ein Kind.* Sie hatte das Gefühl, sie könne einfach aus ihrem Körper kriechen und es rechtzeitig zurück an einen anderen Ort schaffen, *ein anderer Mensch* sein, dachte sie.

Genau in diesem Moment bekam sie eine Nachricht von Theo: *Lust auf Pizzaabend mit mir und Joy?* Sie dachte an sich selbst, wie sie mit Mac und Cheese vor dem Fernseher hockte, dachte an den Ablehnungsbrief und dass sie kein Haus zeichnen konnte, und auf einmal schien ihr das alles doch nicht das zu sein, was sie tun wollte. Möglicherweise war tatsächlich ein Riss durch ihr Leben gegangen, dass sie sich gespiegelt hatte in dem, was früher war, doch das Herz will, was das Herz will, und was sie eigentlich wollte, war, mit ihrem Freund zusammen zu sein. Celine hatte mit beiden Händen in dieses Chaos gegriffen, hatte es durch ihre Finger quillen lassen, hatte gespürt, wie ihr jeder blutige Teil ihres Inneren durch die Hände glitt, und hier war sie, gar nicht viel später, und griff nach etwas anderem, etwas, das dumm war.

Ich komme vorbei, schrieb sie zurück.

Und so reichte Joy ihr am Abend ein Stück Pizza, und sie redeten über die Arbeit, ein Thema, über das sie öfter redeten als über andere Dinge. Theo war in der Küche und holte sich noch ein Bier. Celine überlegte, ob sie von ihrer Begegnung mit Derk erzählen sollte. Sie erwähnte sogar ein- oder zweimal die Yogastunde, merkte aber, dass ihr nicht der Sinn danach stand, mehr zu sagen. Stattdessen berichtete ihr Joy von ihrer Freundin Annie und einem Chef, der Frauen bei der Arbeit sexuell belästigte. Celine hörte ihr zu und dachte dabei an viele Dinge. Hauptsächlich an sich selbst. An Orte, an denen sie gewesen war, und an die Männer in ihrem Leben, die entweder eine große Rolle darin gespielt hatten oder ihr flüchtig begegnet waren – ein bewundernder Pfiff, eine Hand, die ihren Po streifte, oder die Aufforderung, die Nacht miteinander zu verbringen.

»Wie grauenvoll«, sagte Celine, als Joy beim Ende der Geschichte angelangt war. Und dann fügte sie hinzu: »Da muss ich an ein Zitat aus *Lolita* denken, wo sie so was sagt wie: ›Weißt du, was am Sterben so schrecklich ist? Dass man dabei ganz auf sich allein gestellt ist.‹ Ich liebe dieses Zitat.«

»Warum liebst du sie?«, fragte Theo, der gerade zurück ins Zimmer kam.

»Weil sie stimmt«, sagte Celine, doch am liebsten wäre ihr gewesen, wenn sie ihm gar nicht hätte antworten müssen. Sie wünschte, er hätte einfach gewusst, was sie meinte, ohne dass sie es ihm erklären musste. *Einsamkeit*, dachte sie. *Es ist mehr als das, aber das ist es auch*.

Körper

Als Celine Joy gegenübersaß und ein Stück Pizza kaute, war Joy am meisten darüber erstaunt, wie Celine ihre Beine übereinanderschlagen konnte. Sie überschlug sie nicht nur am Knie, sondern schlang zusätzlich auch noch die Fußknöchel umeinander. Eine Art doppeltes Übereinanderschlagen. Das war etwas, das Joy garantiert nie gelingen würde. Sie konnte zwar ein Bein über das andere schlagen, aber es stand immer noch ein bisschen ab. Es lag nicht flach darauf, und erst recht lag es nicht so flach, dass sie es auch noch am Fußknöchel um das andere schlingen konnte. Joy war es kaum möglich, den Blick abzuwenden, als sie sah, wie Celine dasaß. Sie hatte schon oft einen Vergleich zwischen Celines Körper und ihrem eigenen gezogen, aber das hier war etwas anderes. Es war das erste Mal, dass sie wirklich in Betracht zog, wie ihr Körper wirkte und was das für ihr Leben bedeutete. Natürlich hatte sie oft darüber nachgedacht, was hübsch und was nicht hübsch war, und dass jemand, der so unfassbar schön war wie Celine, ein anderes Leben hatte als sie, aber das hier hatte nichts mit hübsch zu tun. Hier ging es darum, wie ihr Körper sich verbiegen konnte, wie er an der einen Stelle in die Kurve ging, sich an der anderen flach aufeinanderlegte und dann auch noch blieb, wo er war. Es ging um seine Begrenzungen, darum, wie sie sich bewegte oder schlief oder auch nur atmete. *Vielleicht*, dachte sie, *wäre ich ein vollkommen anderer Mensch, wenn auch ich meine Beine zweimal übereinanderschlagen könnte.*

Drei Nächte später hatte Joy einen Traum, in dem ihr Bauch mit ihr redete.

»Du bist eine blöde Fotze«, sagte ihr Bauch.

»Nein, bin ich nicht«, antwortete sie.

»Doch, das bist du. Ich will jetzt Pizza.«

»Du bekommst jetzt keine Pizza. Es ist mitten in der Nacht.«

»Wer sind eigentlich diese fotzigen Freundinnen von dir?«

»Was für Freundinnen?«

»Na, alle. Warum sind sie hier?«

»Meinst du Celine?«

»Wer ist Celine?«

»Sie ist Theos Freundin.«

»Wer ist Theo?«

»Theo ist Theo. Du kennst doch Theo.«

»Nein, kenne ich nicht. Ich hab Hunger.«

»Du hast doch gerade was gegessen. Du isst immer was.«

»Und mich lässt du verhungern, du Schlampe.«

»Bitte hör auf.«

»Eines Tages esse ich dich auch auf.«

»Das machst du doch schon. Mein ganzes Leben wird von dir bestimmt.«

»Dein Leben wird durch nichts bestimmt.«

»Was soll das heißen?«

»Bitte füttere mich.«

»Und wenn ich dich füttere, was passiert dann? Wann wird es enden?«

»Das ist richtig. Wann?«

»Was soll das bedeuten?«

»Du bist eine Fotze.«

»Hör auf!«

»Pizza.«

Dann wachte sie auf. Sie dachte eine Sekunde über den Traum nach und fand ihn bei Tageslicht irgendwie lustig und absurd. Sie tat ihn ab und dachte den ganzen Tag nicht mehr darüber nach, aber in der nächsten Nacht hatte sie wieder so einen Traum.

»Warum trägst du Shapewear?«, wollte ihr Bauch wissen.

»Weil ich sonst in einem Kleid nicht dünn aussehe. Du bist zu dick, Bauch.«

»Das tut mir weh, du Fotze.«

»Verdammt nochmal, hör auf, mich so zu nennen.«

»Wieso nicht?«

»Das ist ein schreckliches Wort.«

»Was bedeutet es?«

»Vagina.«

»Was ist denn so schrecklich daran?«

»Ich will nicht *bloß* eine Vagina sein.«

»Das denkt niemand von dir. Du wünschtest, jemand würde das von dir denken.«

Und dann wachte sie auf.

In der nächsten Nacht und in der übernächsten hatte sie wieder so einen Traum.

»Was ist mit dem Jurastudium?«, wollte der Bauch wissen.

»Jurastudium?«

»Wolltest du denn nicht mal Jura studieren? Was hält dich davon ab?«

»Ich wollte es mal, aber jetzt nicht mehr. Ich mag meinen Job.«

»Darum geht es doch nicht.«

»Worum geht es dann?«

»Bitte hör auf, Jeans zu tragen. Die tun mir weh.«

Sie versuchte, ihn zu ignorieren, bestimmt würden die Träume irgendwann aufhören. Doch die Wochen gingen ins Land, und die Träume waren immer noch da.

»Er liebt dich nicht«, sagte der Bauch.

»Hör auf.«

»Er liebt dich nicht.«

»Ich meine es ernst, hör auf damit!«

»Ich liebe dich, und du behandelst mich so schlecht. Ich bin dein Körper.«

»Bitte hör auf! Bitte!«

»Er ist der Grund dafür, dass du mich hasst, und er liebt dich nicht.«

Jeden Abend fürchtete sie sich so sehr vor den Träumen, dass sie gar nicht mehr ins Bett wollte. Sie blieb lange auf, manchmal trank sie Wein in der Hoffnung, dann besser schlafen zu können. Sie nahm sogar eine rezeptfrei erhältliche Schlaftablette. Kurz funktionierte es. Es vergingen mehrere Nächte, in denen die Träume ausblieben, doch sobald sie aufhörte, Alkohol zu trinken, oder keine Tablette nahm, kehrten auch die Alpträume zurück, und jedes Mal wurden sie gemeiner als vorher. Sie googelte »wiederkehrende Träume«, aber es kam nichts Hilfreiches dabei heraus. Dann, aus lauter Verzweiflung, googelte sie »Träume von redenden Bäuchen«.

»Träume von Walen und was sie bedeuten« war das häufigste Suchergebnis.

»Träume von Walen sind etwas Heiliges, und man sollte sie nicht fürchten«, hieß es in einem Blog. »Sie bedeuten, dass man keine Angst davor hat, seine wildesten Phantasien in die Tat umzusetzen.«

Ich glaube, ich muss eine Therapie machen, dachte Joy.

Alles fing mit den Alpträumen an, aber es geschahen noch zwei weitere Dinge, die sie dazu brachten, die E-Mail zu schreiben.

Am Morgen machten sie und Theo sich für die Arbeit fertig. Am Abend vorher hatte sie Blaubeer-Muffins gebacken, die sie zum Frühstück aßen. Theo redete, Joy hingegen war zerstreut, dachte über den Zuckerguss auf dem Gebäck nach, der ihr irgendwie nicht richtig vorkam. Sie kaute auf ihrem Muffin herum, und während sie mit der Zungenspitze ein bisschen von dem Teig aus ihrem Backenzahn pulte, hörte sie, wie Theo sagte: »… wenn Celine und ich zusammenziehen.«

»Wie bitte?«, fragte sie. Wahrscheinlich sah sie erschrockener aus, als sie es beabsichtigt hätte. »Ihr zieht zusammen?«

»Nein, ich meine, noch haben wir keine konkreten Pläne«, sagte Theo. »Aber du weißt ja, irgendwann geht es in diese Richtung.«

Irgendwann geht es in diese Richtung. Die Worte klangen so pompös für ihr kleines Leben. Wohin ging es denn für sie? Und sie saß hier am Tisch und dachte über Zuckerguss nach.

»Aber mach dir keine Gedanken«, fügte Theo hinzu. »Ich gebe dir rechtzeitig Bescheid, damit du dir einen neuen Mitbewohner suchen kannst.«

Das Nächste passierte am darauffolgenden Wochenende. Gewöhnlich war Theo an den Samstagen mit Celine unterwegs, doch offenbar war sie krank oder im Yoga oder so was. Joy hatte geplant, rauszugehen und ein paar Besorgungen zu machen, doch als sie sah, dass Theo zu Hause blieb, beschloss sie, sich ihm anzuschließen. Sie saßen eine Weile im Wohnzimmer und redeten vage über die Highschool. Joy dachte nur noch selten an die Highschool. Als sie auf dem College war, hatte sie ständig daran gedacht, doch jetzt, wo diese Zeit vorüber war, stellte sie fest, dass nur noch ans College dachte. *Und was denke ich später mal über diese Phase hier?*, ging es ihr durch den Kopf. *Wie ich in der Wohnung sitze und meine Handyrechnung bezahle?*

»Warst du beliebt auf der Highschool?«, wollte Theo wissen.

»Machst du Witze?«, entgegnete Joy. »Du kennst mich doch.«

Theo lachte. »Na ja, es wäre ganz schön fies, so was zu denken.«

»Du warst vermutlich schon beliebt«, sagte Joy.

»Nö. Ich meine, ich hatte ein paar Freunde, die beliebt waren, und war in ein paar Cliquen, aber eigentlich gehörte ich nicht zu den Kids, die cool waren.«

»Na ja, zu ein paar Cliquen habe ich nicht dazugehört, ganz bestimmt nicht. Ich hatte meine drei guten Freundinnen, und ich kann dir sagen, wir haben es krachen lassen. Einmal haben wir uns *zweimal* an einem Abend Frozen Yoghurt geholt.«

Theo lachte. »Na ja, meine Leute waren auch nicht gerade die Wildesten. Ich habe Münzen gesammelt. Das ist nicht gelogen. Ich hatte viele Münzen.«

»Weißt du, was ich an der Highschool gehasst habe?«, sagte Joy. »Dass jeder immer gesagt hat: ›Was geht ab?‹

Auf diese Frage habe ich bis heute keine passende Antwort.«

»Du sollst eben einfach sagen: ›Alles gut.‹«

»Ich weiß, aber es ist so albern«, sagte Joy.

»Und ich habe es gehasst, dass ständig umarmt wurde.«

»Was meinst du?«

»Auf den Fluren, überall, haben sich die Leute bei der Begrüßung umarmt.«

»Ich weiß wirklich nicht, wovon du redest.«

»Die Mädchen haben immer damit angefangen. Ich glaube, die haben sich einfach gut gefühlt, wenn ein Typ ihnen Aufmerksamkeit schenkt oder so.«

»Das klingt wie etwas, das die beliebten Kids machen. Nerds umarmen sich zur Begrüßung eher nicht.«

»Es war immer diese Art von Umarmung, bei der du den anderen runterdrückst.«

»Runterdrückst?«

»Steh auf, ich zeig's dir.«

Joy stand auf, und Theo kam zu ihr herüber. Er legte die Arme um ihre Taille. Sie schmiegte sich an ihn. Es war eine unglaublich intime Umarmung, selbst ohne den Beiklang, den Joy einer solchen Umarmung im Kontext ihres Lebens und ihrer Liebe gern gegeben hätte.

Es ließ sie wieder los, und sie stand einfach da. Ihr war schwindelig. Ihr ganzer Körper fühlte sich an, als würde er zittern. Sie hatte Angst, wenn sie einen Schritt vorwärts machte, würde sie in Stücke gehen.

In jener Nacht lag sie im Bett und dachte daran, wie es sich angefühlt hatte, als dieser Mann, den sie liebte, die Arme um sie gelegt hatte. Ein paar Stunden später war sie eingeschlafen und redete wieder mit ihrem Bauch, der sie beschimpfte. Am Morgen wachte sie auf, und ihr fiel wieder ein, was Theo über das Ausziehen und das Zusammenziehen mit Celine gesagt hatte. Celines Körper kam ihr in den Sinn. Die Art und Weise, wie sie die Beine doppelt übereinanderschlagen konnte, und alles andere, was sie machte und konnte, das Joy nicht konnte. Joy war ein Funke und Celine war die Flamme. Joy war ein banaler Gedanke und Celine die Offenbarung. An jedem Ort der Welt würde jemand diese zwei Frauen und ihre Körper betrachten und dabei automatisch seine Schlüsse über sie ziehen, während die eine Frau die Beine übereinanderschlug und die andere nicht.

Weight Watchers, vielleicht? Jeden Tag, wirklich jeden verdammten Tag, und so schrieb Joy zwei Nächte nach der Umarmung um drei Uhr morgens folgende E-Mail:

> Hey, vielleicht findest du das verrückt, aber habt Celine und du eigentlich mal darüber nachgedacht, mit mir einen Dreier zu machen? Darüber denke ich in letzter Zeit häufig nach. Ich glaube, das könnte Spaß machen. Überleg's dir und gib Bescheid. Joy

Und das Wichtigste von allem war: Joy wollte gar keinen Dreier.

Sechster Teil

Annie und Joy

Annie hatte Geburtstag und war mit Joy zum Abendessen verabredet. Annie hatte sie explizit dazu aufgefordert, weil Jason geschäftlich unterwegs war und sie an ihrem Geburtstag nicht allein sein wollte.

»Zu deinen Eltern willst du nicht fahren?«, hatte Joy sie gefragt.

»Nein«, sagte Annie. »Meine Mom würde es nicht verstehen, dass Jason arbeiten muss. Sie würde den ganzen Abend über nichts anderes reden.«

Joy verstand auch nicht, warum Jason arbeiten musste. Zugegeben, er hatte sich an Annies Geburtstag noch nie besonders viel Mühe gegeben. Aber hätte er seinen Arbeitgeber nicht bitten können, diese eine Reise zu verschieben? Manchmal ging es nicht anders, aber manchmal eben doch, und dann lag es in seiner Verantwortung, dafür zu sorgen, dass seine Freundin an ihrem Geburtstag nicht allein war. Joy war sich sicher, dass Annie traurig und verletzt und natürlich sauer war, weshalb sie dem Abendessen mit eher gemischten Gefühlen entgegensah. Außerdem war sie sowieso mit ihren Nerven am Ende, seit sie die E-Mail mit dem Dreier an Theo geschickt hatte. Schon in der Sekunde, nachdem sie auf *Senden* geklickt hatte, hatte sie es bereut. Die zwei Stunden darauf hatte sie damit verbracht zu googeln, wie sich eine abgesandte E-Mail zurückholen ließ, doch es gab rein gar nichts, was sie tun konnte, außer sich in sein Zimmer zu schleichen und die Mail von seinem Computer zu löschen, was natürlich unmöglich war (obwohl sie es kurz in Betracht zog). In jener Nacht schlief sie keine einzige Sekunde. Nicht eine Sekunde war sie innerlich ruhig genug, um sich eine Pause von sich selbst und den Tiefen ihrer eigenen Angst zu gönnen. Trotz alldem – dem Entsetzen, der Angst, der Ruhelosigkeit – war da auch ein winziger Teil in ihr, der gespannt darauf wartete, was Theo tun würde. Es war das allererste Mal, dass sie andeutete, ihre Beziehung könne sich in eine Richtung entwickeln, die nicht rein platonischer Natur wäre, und darin lag ein Reiz, dem sie sich nicht entziehen konnte. Doch unglücklicherweise würde Theo ausgerechnet am nächsten Tag zu seinen Eltern nach South Carolina fahren, eine Reise, von der sie schon seit fast zwei Monaten wusste, die sie sich im Kalender angestrichen und auf ihre abwischbare Tafel geschrieben hatte. Und doch, als sie diese vollkommen unmögliche Mail schrieb, hatte sie diese Reise komplett vergessen. Zum Glück würde er heute Abend schon wieder zu Hause ein. Sie hatten sich kurz geschrieben, während er weg war, doch sie ging davon aus, dass ihre Mail kein Thema war, auf das er schriftlich reagieren würde. Es verstand sich von selbst, dass dies sie nicht davon abhielt, achttausendmal am Tag auf ihr Handy und in ihren E-Mail-Account zu schauen. Unter dem Strich jedenfalls war Joy an diesem Abend, während sie zu Annie rüberfuhr, so nervös wie noch nie zuvor.

Annie war stinksauer. Es lag nicht an der Arbeit. Deswegen fühlte sie sich gut. Eigentlich hatte sie damit gerechnet, verängstigt oder traurig zu sein, weil sie gekündigt hatte, doch in Wirklichkeit war sie voller Stolz auf sich selbst und auf die

Entschlossenheit, mit der sie diese Entscheidung getroffen hatte.

Ich hätte einfach nicht damit leben können, wenn ich geblieben wäre, hatte sie Patrice gemailt.

Du bist meine Heldin, schrieb Patrice zurück.

Wirklich sauer war Annie auf Jason. Von der Geschäftsreise wusste sie schon eine Weile, und Jason hatte angeboten: »Wir feiern am Wochenende nach.« Doch als sie am Morgen des Geburtstages aufwachte und nichts vorfand – keine Karte, keine Blumen und erst recht kein Geschenk –, durchströmte sie ein Gefühl der Leere. Ihre Mutter hatte sie gleich morgens angerufen und ihr schon vor einer Woche ein Geschenk geschickt, ein Armband, in das ihr Name eingraviert war. Es freute sie, aber es stimmte sie auch traurig. War ihre Mom der einzige Mensch, der sie wirklich liebte? Ihre Mutter schenkte ihr etwas zu Weihnachten und zum Geburtstag. Natürlich kamen die Geschenke sowohl von ihr als auch von Dad, doch es war ihre Mutter, die liebevoll alles aussuchte. Es war ihre Mom, die dafür sorgte, dass sie sich besonders und geliebt fühlte, dass sie sich an diese besonderen Anlässe erinnerte, und sie schenkte ihr etwas, damit diese Erinnerung erhalten blieb. Jason schenkte ihr nie etwas. Zu Beginn ihrer Beziehung hatte er immer darüber geschimpft, wie kommerzialisiert Feiertage seien, und so hatte er meistens nur eine Karte für sie oder irgendeine Kleinigkeit, die er für ironisch oder witzig hielt. Weihnachten für Weihnachten, Jahr für Jahr, hatte sie sich eingeredet, für sie sei das okay, doch als sie an diesem Geburtstagsmorgen mutterseelenallein aufwachte, kamen auf einmal Zweifel in ihr auf, ob sie wirklich so ein Leben jenseits der Kommerzialisierung führen wollte. Freiheit und Geld schienen unweigerlich miteinander verknüpft zu sein, und so hatte sie Joy eine Nachricht geschickt und sie gefragt, ob sie mit ihr essen gehen wolle. Es war armselig, wenn man bedachte, wie selten sie sich in den letzten Monaten gesehen hatten. Ihre Freundschaft war nicht mehr so eng wie früher, doch von all ihren Freundinnen war Joy diejenige, die sie nicht verurteilen würde, wenn sie sie brauchte. Und dieses Mal war sie so wütend, so erschöpft, dass sie dankbar und glücklich war und es kaum erwarten konnte, ihre geliebte Joy zu sehen.

Joy wartete bereits seit einer Viertelstunde auf Annie, doch das überraschte sie nicht, denn es war typisch für Annie, zu spät zu kommen. In gewisser Weise war Joy sogar froh darüber, weil das Warten ihr ein bisschen mehr Zeit gab, über die Sache mit Theo zu grübeln und ihre Mails zu überprüfen. Als Annie endlich eintrudelte, war sie gerade dabei, ihre Dreier-Mail noch einmal zu lesen und sich in der Peinlichkeit zu suhlen. *Was zum Henker ist eigentlich los mit dir, Joy,* dachte sie, und dann sah sie Annie, die sich zwischen den Tischen hindurch einen Weg zu ihr bahnte.

»He!«, sagte Joy und stand auf. »Herzlichen Glückwunsch zum Geburtstag!«

Die beiden Frauen umarmten sich, bevor Annie Platz nahm. »Danke. Und danke, dass du so kurzfristig Zeit für mich hast.«

Annie wirkte traurig auf sie.

»Natürlich!«, sagte Joy und beglückwünschte sie noch einmal, weil sie nicht wusste, was sie sonst sagen sollte.

Annie lächelte milde als Reaktion. »Hast du schon was bestellt? Ich brauche einen Drink.«

»Nein, ich habe auf dich gewartet. Ich wusste nicht, ob du eine Flasche Wein bestellen willst. Oder vielleicht Champagner?«

»Nehmen wir Cocktails«, sagte Annie. »Ich brauche heute etwas Überteuertes und Fruchtiges.«

Sie bestellten Drinks und ein paar Häppchen. Annie wirkte ruhelos, als sie ihr von den Jobs erzählte, für die sie sich bewarb. Joy hörte ihr zu, behielt jedoch das Handy auf dem Schoß für den Fall, dass Theo sich meldete. Er hatte gesagt, Celine würde ihn am Flughafen abholen, doch sie hegte die vage Hoffnung, dass das nicht klappte und er stattdessen sie bitten würde, ihn abzuholen. Es war komplex und absurd und auf eine bescheuerte Weise verzweifelt, doch sie klammerte sich daran fest, während sie in einen Jalapeño-Popper biss und lauschte, wie Annie »gute Krankenversicherung« sagte und vom Altersvorsorgemodell »401 (k)« sprach.

Annie versuchte, sich nicht gehen zu lassen. Sie versuchte, nicht daran zu denken, dass Jason nicht da war oder wie allein sie sich an diesem Morgen gefühlt hatte, als sie aufwachte und nur die knisternde Leere ihres Zuhauses wahrnahm. Sie versuchte, sich nicht armselig und allein zu fühlen, doch vor allem wollte sie nicht über die Tatsache nachdenken, dass Joy überhaupt nicht zuhörte, wenn sie etwas sagte, und wie sehr sie das ärgerte. Am Ende, als sie sah, wie ihre Freundin zum zehnten Mal auf das Handy auf ihrem Schoß schielte, hatte sie endlich genug.

»Was machst du da eigentlich?«

»Oh, nichts, sorry.«

»Wem schreibst du denn?«

»Niemandem.«

»Theo.«

»Nein, nicht Theo.« Joy klang jetzt deutlich entschuldigend, was Annie noch wütender machte.

»Ich weiß, dass es Theo ist.«

»Na ja, und wenn er es ist, was bedeutet das schon?«

»Nichts bedeutet es. Es ist mir egal, ob du Theo schreibst. Ich habe mich nur gefragt, warum du so abgelenkt bist.«

»Tut mir leid. Er kommt nach einem Besuch bei seinen Eltern von einer großen Reise zurück, und ich habe ihm heute Nachmittag eine Lasagne gemacht und wollte sichergehen, dass er weiß, wie man sie warmmacht.«

»Wie bitte?« Annie versuchte, aus dem schlau zu werden, was Joy gerade gesagt hatte. »Du hast ihm eine Lasagne gemacht? Aber ich habe dich schon heute Morgen angerufen. Wusstest du denn dann nicht, dass du heute nicht mit ihm essen wirst?«

»Doch, wusste ich schon. Ich hab sie nur für ihn gemacht. Bestimmt hat er Hunger, wenn er nach Hause kommt.«

»Dann kochst du also für deinen Mitbewohner, für den Fall, dass er hungrig ist und sich nicht selbst etwas zum Essen besorgen kann?«

»Ich versuche einfach, mich um ihn zu kümmern.«

Annie schaute Joy scharf an. Ihr Gesicht sah so ausdruckslos aus, wie es das, seit sie sich kannten, nie gewesen war. Annie war von Joys Liebe zu Theo lange Zeit genervt gewesen, hatte sie jedoch hingenommen, doch jetzt, als Joy mit dem Handy auf dem Schoß vor ihr saß und von Lasagne redete, konnte sie erkennen, dass mehr dahintersteckte. Sie sah, was es war, und es war nichts anderes als widerwärtig.

»Du kümmerst dich um *ihn*? Joy, du solltest dich um *dich* kümmern«, sagte Annie. »Er *benutzt* dich.«

Joy lehnte sich auf ihrem Stuhl zurück, immer noch das Handy in der Hand. Sie schüttelte den Kopf. »Nein.«

»Doch«, sagte Annie. »Dieses ganze Ding ist völlig aus dem Ruder gelaufen. Du bist in ihn verliebt, und er weiß es.«

Joys Gesicht wurde puterrot, so peinlich war es ihr. »Annie.« Sie schüttelte wieder den Kopf.

»Nein, er weiß es. Er weiß, dass du in ihn verliebt bist. Glaub mir. Und er lebt dort in der Wohnung und lässt dich alles für ihn machen. Du kochst für ihn, du putzt, du bereitest ihm ein schönes Zuhause, leistest ihm Gesellschaft – eine Ehefrau, das ist es, was er bekommt, eine Ehefrau –, während er mit einer anderen schläft, nämlich seiner Freundin. Und was hast du davon? *Nichts*.«

»Das stimmt nicht«, sagte Joy.

»Dann sag es mir. Was hast du?«

»Ich habe ihn.« Joy geriet ins Stottern. »Ich habe ein Leben mit ihm.«

»Joy.« Annie setzte sich auf und beugte sich nah zu ihrer Freundin. »Hörst du dir eigentlich selbst zu? Hörst du dir jemals zu? Du *hast* ihn? Dabei verdienst du doch so viel mehr als ihn. Du verdienst das alles: Liebe, Sex, einen Menschen, der dich nicht wegen seines ekelhaften Egoismus ausnutzt; und du verdienst Respekt. Du verdienst es, glücklich zu sein.«

Wieder schüttelte Joy den Kopf. »Du hast keine Ahnung, was vorgeht.«

»Ich weiß genau, was vorgeht. Du hast keinerlei Selbstachtung mehr. Du akzeptierst diesen ganzen Müll, weil du nicht glaubst, dass du etwas Besseres verdienst. Aber weißt du, was?« Sie beugte sich noch weiter vor. »Du verdienst was Besseres.«

»Ich habe Selbstachtung«, protestierte Joy.

»Dann sag mir, warum um Himmels willen machst du das? Hoffst du, dass er wie durch Zauberhand auf einmal dein Freund wird? Und weißt du, selbst wenn das passieren würde, wäre es schlecht. Du solltest jemanden haben, der nicht einmal im Traum daran denken würde, dich auch nur eine

Sekunde auszunutzen. Du solltest jemanden haben, der nur einen Blick auf dich wirft und weiß, dass er ohne dich nicht leben kann, nicht einen, der dich an der Nase herumführt und dabei mit Beyoncé schläft.«

»Du kapierst gar nichts.«

»O doch, ich kapiere eine Menge. Du tust dir selbst weh nur wegen einem blöden, nutzlosen Mann. Du hast Angst, für dich selbst einzustehen und zu sagen, was du willst. Du bist verzweifelt und mitleiderregend.« Annie machte eine Pause und suchte nach den richtigen Worten. »Du verhältst dich so, als wärst du weniger wert als er«, sagte sie.

»Na ja, und was ist mit dir?«

»Wie, was ist mit mir?«

»Jason.«

Annie zog sich sichtlich zurück.

»Was ist mit Jason?«

»Warum ist er an deinem Geburtstag nicht hier?«, wollte Joy wissen.

»Er musste arbeiten.«

»Ach wirklich?«

»Ja, wirklich.«

Es war mehr Entschlossenheit in ihrer Stimme, doch Joy konnte trotzdem die Angst in Annies Augen erkennen. Normalerweise hätte sie jetzt den Rückzug angetreten, doch sie war von Annies Worten so verletzt, dass es ihr durch und durch ging. Deshalb beschloss sie, noch etwas tiefer zu graben. Und natürlich wusste sie, dass bei Annie einiges zu holen war.

»Hätte er diese Geschäftsreise nicht zu einem anderen Zeitpunkt machen können? Hätte er nicht dafür sorgen können, dass du an deinem Geburtstag nicht allein bist?«

Einen Moment lang war Annie still. »Worauf willst du hinaus?«

»Er macht doch die ganze Zeit solche Sachen.«

»Wow. Dann magst du Jason auf einmal nicht mehr? Und hast bis heute gewartet, um mir das zu sagen?«

»Es geht nicht um Jason. Es geht um dich. Du bist nicht glücklich.«

»Was redest du denn? Ich bin absolut glücklich.« Annie griff nach ihrem Drink und nahm unter leichtem Zittern einen Schluck.

»Ich möchte einfach nur, dass du das bekommst, was du verdienst.«

»Und was genau soll das heißen?«

»Du hast Angst davor, Jason zu sagen, was du dir wünschst. Du hast Angst davor, dir überhaupt etwas von ihm zu wünschen, weil du Angst hast, ihn zu verlieren, und ich kann es einfach nicht glauben, Annie, dass du vor etwas Angst hast. Du bist die tapferste und mutigste Person, die ich kenne.«

Annie schaute sie nur an.

»In einer Welt, in der du Angst hast, möchte ich nicht leben. Was für eine schreckliche Welt ist das?«, sagte Joy.

Annie schüttelte den Kopf.

»Du hast das mit deinem Boss herausgefunden und alles getan, was du konntest, um das Richtige zu tun. Du hast für diese Frau gekämpft, die du noch nicht mal kennst, und jetzt lässt du dich selbst so schrecklich behandeln, einfach nur schrecklich. Es ergibt keinen Sinn für mich. Es passt nicht zu dem, wie du bist.«

»Das ist nicht dasselbe«, sagte Annie.

»Es ist dasselbe, und das weißt du auch.« Joy holte tief Luft. »Du hast etwas Besseres verdient als jemanden, der dich die ganze Zeit verletzt.«

»Er verletzt mich nicht die ganze Zeit«, entgegnete Annie.
»Warum bist du dann so traurig?«

Die beiden Frauen starten sich eine Sekunde lang schweigend an. Ihr Blick war der Gleiche – kalt, einsam, wütend, am Boden zerstört. Irgendwo weit da drinnen waren ihre beiden Mütter und sogar noch weiter weg war jede einzelne Frau auf der Welt, die schweigend vor dem Spiegel stand und sich betrachtete. Plötzlich erhob Annie sich.

»Weißt du, was?«, sagte sie. »Ich brauche das hier nicht. Ich habe Geburtstag, und deswegen gehe ich jetzt.«

Sie warf einen Zwanzigdollarschein auf den Tisch und stürmte los. Joy stand auf und wollte schon hinter ihr her, doch stattdessen sah sie Annie hinterher und rief: »Annie!«

Annie war bereits an der Tür. Noch ein Schritt, dann würde sie draußen sein. Sie blieb stehen und drehte sich um. Joy stand immer noch am Tisch. Im Restaurant war es laut und belebt. Ihre Blicke begegneten sich, und dann sagte Joy so laut, dass Annie es hören konnte: »Er ist nicht nett.«

Elektrizität prickelte in dem Bereich zwischen ihnen wie ein ferne, flache Strömung. Ein Grollen, eine Freundschaft, Liebe.

Und dann drehte Annie sich um und ging. Joy blieb nichts anderes übrig, als ihr hinterherzusehen.

Liebste Joy

Joy hörte auf, die Pille zu nehmen. Schon vor Monaten hatte sie ein Ziehen in ihrer linken Brust bemerkt, und obwohl ihre Gynäkologin ihr versichert hatte, das könne unter gar keinen Umständen das Ergebnis der Hormone sein, die sie seit ihrem dreizehnten Lebensjahr schluckte, bestand Joy darauf, damit aufzuhören.

»Sind Sie sicher?«, fragte die Ärztin. »Für Ihren Körper ist es schwierig, sich immer wieder neu einzustellen, wenn Sie später zurückwollen.«

»Ich bin mir sicher«, sagte Joy. Aber was sie in Wirklichkeit dachte, war: *Wer sagt denn, dass ich jemals wieder zurückwill?*

Nachdem Annies Abgang war Joy zu aufgewühlt, um gleich nach Hause zu gehen, Theo gegenüberzutreten und das ernsthaft in Erwägung zu ziehen, was Annie gesagt hatte. Sie war immer noch wütend und verletzt. Kleine Bruchstücke des Gesprächs gingen ihr immer wieder durch den Kopf; *mit Beyoncé schläft* kam wie in einer Wiederholungsschleife, doch sie versuchte, sich auf Theo zu konzentrieren und darauf, wie er auf ihre E-Mail reagieren würde. *Jetzt fahr nach Hause,* sagte sie sich selbst. *Fahr einfach nach Hause.*

Doch als sie nach Hause kam, war Theo bereits da. Er stand am Küchentresen und aß die Lasagne kalt aus der Form.

»Du bist schon hier«, sagte Joy. »Ich dachte, dein Flieger landet erst um elf.«

»Nein, sorry. Halb zehn. Hab ich verwechselt.«

»Oh, okay«, sagte Joy. Sie fühlte sich bei weitem nicht so nervös, wie sie gedacht hatte. Vielleicht hatte ihr auch der Streit mit Annie zu viel Kraft geraubt.

»Wie ist die Lasagne?«

»Köstlich«, sagte Theo. »Ich weiß gar nicht, wie du das immer machst.«

Sie suchte in seinem Gesicht nach Hinweisen auf seine Reaktion auf die Mail, aber er wirkte so wie an allen anderen Abenden. Es war derselbe Theo, den sie mittlerweile schon eine Million Male gesehen hatte.

»Sie wäre besser, wenn du sie warm machst«, riet sie.

»Nein, sie ist toll so«, sagte Theo.

»Wie war deine Reise?«, fragte Joy. Die Frage schien ihr der beste Weg zu sein, um das Gespräch auf das eigentliche Thema zu lenken.

»Toll. Auch super Wetter.«

»Und deine Eltern? Geht es ihnen gut?«

Danach schaute sie ihm noch eine Weile beim Essen zu und verabschiedete sich dann ins Bett. *Wahrscheinlich ist er müde*, dachte sie. *Bestimmt kommt er morgen auf das Thema zu sprechen.*

Doch der nächste Tag kam, und Theo war wie immer. Auch der übernächste Tag kam und der überübernächste. Jedes Mal, wenn sie ihn sah, erwartete sie, dass er etwas sagen würde. Sie war jedes Mal nervös und aufgeregt, aber dann passierte nichts. Es war einfach nur ein Tag wie jeder andere. Langsam kam sie zu der Überzeugung, dass er aus irgendeinem Grund die Mail nicht gesehen hatte. Doch sobald sich die Gelegenheit bot, ging sie heimlich in sein Zimmer, schaute auf seinem Laptop nach und sah, dass er die Nachricht geöffnet hatte. *Du hast sie gelesen*, dachte sie danach jedes Mal, wenn sie ihn sah. *Du hast sie also gelesen.*

Und als ihr das erst einmal bewusst geworden war, verstand sie auch, was Annie ihr an dem Abend hatte sagen wollen, als zwischen ihnen die Fetzen geflogen waren. Jetzt machte sie der Satz *mit Beyoncé schläft* nicht mehr traurig, er machte sie wütend. Und so kam es, dass sie, als die Ärztin sagte: »Für Ihren Körper ist es schwierig, sich immer wieder neu einzustellen, wenn sie später zurückwollen«, wusste, dass Sex und Liebe, was auch immer das war, das Letzte waren, um das es ihr ging. Ihre Brust tat weh. Ihr Körper redete, und nach dem letzten Stand der Dinge würde sie ihm zuhören.

Das war der Punkt, an dem für Joy einiges zusammenkam. Nur Tage, vielleicht sogar nur Stunden, nachdem sie aufgehört hatte, ihren Zyklus zu unterdrücken, veränderte sich ihr Geruchssinn. Auf einmal konnte sie Zitronen stärker riechen, und Blumen rochen süßer und unverfälschter, aber darum ging es ihr eigentlich gar nicht, denn was sie auch roch, war Theo. Diese kleine Abwandlung der Hormone veränderte die Art und Weise, wie sie seine Pheromone wahrnahm, und auf einmal, ganz schnell, kam er ihr weniger attraktiv vor. Dann schälte er zum Beispiel eine Orange oder machte eine Tür auf, sie sah seinen Körper und sein Gesicht, und statt sich darüber zu freuen, stieß er sie ab. Die Geschichten, die er von der Arbeit oder von seinen Freunden erzählte, oder wenn er schilderte, wie er die Welt sah, das alles kam ihr nicht mehr charmant oder unterhaltsam vor, sondern belanglos und selbstverliebt.

»Ich glaube, Klimaanlagen werden überschätzt«, hörte sie ihn zum Beispiel sagen, und dann dachte sie: *Überschätzt? Na, du musst es ja wissen, Theo.*

Doch die Pheromone waren nur ein Teil davon. Joy kam einfach nicht um die Tatsache herum, dass Theo sie mit dieser einen verzweifelten armseligen E-Mail von drei Uhr morgens gesehen haben musste. Er musste ihre Bedürfnisse gesehen haben, ihre Liebe, und wenigstens eine Ahnung von ihrem Leid bekommen haben. Kein Mensch, der Anstand hatte, konnte so etwas lesen und es ignorieren. Kein Mensch hätte einfach mit den Abendessen weitergemacht und mit den Keksen und mit der Wäsche. Er ließ all diese Dinge einfach weiterlaufen, weil er *sie benutzte*. Das sagte sich Joy immer wieder vor. *Er benutzt dich*, dachte sie dann, wenn er den letzten Bagel aufaß oder es versäumte, seinen Zahnpastaklecks aus dem Waschbecken zu wischen. *Er benutzt dich*, dachte sie, wenn sie nachts im Bett lag und all die zärtlichen Momente zwischen ihnen Revue passieren ließ, von denen es jede Menge gab. *Er benutzt dich*, dachte sie, während er es wagte, im Zimmer nebenan zu atmen, und dabei wusste sie, dass sie ihm einfach so ihren Körper angeboten hatte, weil sie das mit der Hoffnung erfüllt hatte, dass es ihn irgendwie, auf irgendeine Weise für sie einnehmen könne, nur damit die Phantasie, die sie sich zurechtgezimmert hatte – und die er nicht geleugnet hatte – Wirklichkeit werden würde.

Joy wusste, es war vorbei. Jetzt brauchte sie nur noch einen Plan.

Am Donnerstag war Filmabend. »Was gibt's zum Abendessen?«, wollte Theo wissen. »Bestellen wir uns eine Pizza, oder willst du was kochen?«

»Ich habe keinen Hunger«, antwortete sie. »Genauer gesagt gehe ich jetzt ins Bett.«

»Was ist los? Fühlst du dich nicht gut?«, fragte er.

»Ich bin einfach nur müde«, sagte Joy, was die Sache knapp, aber treffend umriss. Theo stand noch kurz da, verzog sich dann aber auf sein Zimmer und sie auf ihres. In der Sekunde, als bei ihm die Tür ins Schloss fiel, rief sie beim Lieferdienst an und bestellte sich eine Pizza. Es war ihr egal, dass es kurz darauf an der Tür klingelte und Theo aus seinem Zimmer kommen und sehen könnte, wie sie eine Pizza mit zu sich nahm, um sie ganz allein zu verputzen, nachdem sie ihm kurz zuvor gesagt hatte, sie habe kein Interesse daran, sie habe keinen Hunger. Sie war ganz ruhig, und es war ihr gleichgültig. Theo kam allerdings nicht, als der Pizzabote klingelte. Und wie sie sich vorgenommen hatte, nahm sie die Pizza mit auf ihr Zimmer, wo sie sie genüsslich aufaß, Stück für Stück, während sie die Wohnungsanzeigen durchblätterte.

Eigentlich konnte sie es sich nicht leisten, eine Wohnung für sich allein anzumieten. Das Schlauste wäre gewesen, auszuziehen und sich wieder eine Wohnung zu suchen, die sie mit jemandem teilen konnte, aber für Joy kam das nicht in Frage. Sie musste für sich sein. Sie brauchte ihre eigenen vier Wände. Und so kam es, dass sie einen waghalsigen Plan schmiedete. Sie nahm einen kleinen Kredit auf. Der würde genügen, um sich eine Kaution leisten und eine kleine Wohnung anmieten zu können. Sie schrieb sich alles genau auf: Miete, die Abzahlung des Studentenkredits, Essen. Ersparnisse würde sie keine mehr haben, aber so viel war auch jetzt nicht mehr da. Sie musste einfach das Vertrauen haben, dass es mit ihrem Leben irgendwie klappen würde. Es war ein Sprung ins kalte Wasser, aber sie war zuversichtlich.

An jenem Wochenende schaute sich Joy drei Wohnungen an und fand eine, die sonnig war und einen kleinen Holzofen hatte. Das Bett stand direkt neben der Küche, und es war ganz bestimmt keine Wohnung, auf die jemand mit Anfang dreißig in irgendeiner Konstellation besonders stolz sein konnte, aber Joy befand sich nicht in irgendeiner Konstellation, sie war allein. Und so war sie von Stolz erfüllt, als sie den Bewerbungsbogen ausfüllte. Und ebenso stolz war sie, als sie die Unterlagen für den Kredit unterzeichnete. *Zweiund-*

zwanzig Komma drei Prozent Zinsen, billig ist die Freiheit nicht, ging es ihr durch den Kopf, als sie schwungvoll ihren Namen daruntersetzte. J-O-Y.

Jetzt war es an der Zeit, es bekanntzugeben. Sie hatte sich lange überlegt, was sie zu Theo sagen wollte. »Ich brauche einfach eine Veränderung«, war der Satz, an den sie sich geklammert hatte, wenn sie sich vorstellte, wie er sie auf genau die Weise anschauen würde, von der sie wusste, dass es der Fall sein würde, wenn sie ihm die Neuigkeit überbrachte. Es war Morgen. Es war der Monatserste. Als sie am Abend zuvor ins Bett gegangen war, hatte sie sich nicht nervös gefühlt, und auch nicht beim Aufwachen am nächsten Morgen. Und auch nicht, als sie in der Küche sah, wie er sich Müsli in eine Schüssel schüttete.

»Theo«, sagte sie.

»Ja, liebste Joy«, sagte er und drehte sich um.

Da war es also wieder, dieses *liebste Joy,* und sie spürte, wie ihr das Herz schwer wurde. Jedes auch noch so kleine Fädchen in dem Gewebe, an dem sie so lange gearbeitet hatte, löste sich in halsbrecherischer Geschwindigkeit in Nichts auf.

»Ich … ich … äh«, stammelte sie. »Ich muss dir was sagen.«

»Was denn?«, wollte Theo wissen.

»Ich … äh … ich wollte dir etwas mitteilen. Ich … ich ziehe aus.«

»Wovon redest du?«

»Ich … ich brauche eine Veränderung.«

»Was?«

»Nein, ich …« Dann hörte Joy auf, nachzudenken und sich etwas zurechtzulegen, sie hörte einfach auf. Da war sie, mit ihrem Körper und ihrem Verstand und mit jedem kleinen Fitzelchen ihres Lebens, und sie sagte: »Ich kann hier nicht mehr wohnen, weil ich mich in dich verliebt habe, und ich glaube, es tut mir nicht gut, in deiner Nähe zu sein. Und ich weiß, dass du diese E-Mail gelesen hast, die ich dir geschrieben habe. Und ich weiß, dass du wahrscheinlich nicht weißt, warum ich diese E-Mail geschrieben habe – ich wollte gar keinen Dreier mit dir und Celine. Es liegt auf der Hand, dass das eine ganz schlechte Idee wäre – und ich denke, dass ich mir eigentlich nur verzweifelt gewünscht habe, du wärst so liebevoll zu mir, wie ich es brauche. Und ich habe einfach keine andere Möglichkeit gesehen, dies Wirklichkeit werden zu lassen. Ich ärgere mich darüber, dass ich dir das geschrieben habe. Und ich ärgere mich auch, dass ich nicht den Mut hatte, dir zu sagen, dass das hier, alles hier, mir nicht gutgetan hat. Deshalb ziehe ich jetzt aus. Und das hätte ich schon vor langer, langer Zeit tun sollen.«

Joy holte tief Luft und hielt sie kurz an, atmete dann wieder aus.

»Ich weiß nicht, was ich sagen soll.« Theo lehnte sich an den Tresen und musste sich hinten mit den Händen abstützen. Joy sah, wie seine Fingerspitzen weiß wurden, als er sich festhielt. »Nun … warum hast du mir das nicht gesagt?«, fragte er sie.

»Was meinst du?«

»Na ja, alles meine ich.«

»Wahrscheinlich, weil ich Angst hatte.«

»Vor mir?«

»Davor, dich zu verlieren. Diese ganze Sache hier zu verlieren.« Sie machte eine weite Armbewegung in Richtung Küche.

Hinter ihm stand ein Stapel Geschirr. Neben ihr eine halbvolle Tasse Kaffee, der langsam kalt wurde. Es war der von Theo, auch wenn es genauso gut ihrer hätte sein können. Ihr intimes Verhältnis war so präsent in der Küche, dass man es fast atmen konnte. *Oder ist es nur das, was ich fühlen MÖCHTE?* Joy versuchte, sich dieses intime Verhältnis im wörtlichsten Sinne vorzustellen, und kam sich genau in der Sekunde, als sie es versuchte, unweigerlich blöd vor.

»Ich muss jetzt los. Ich wollte dir nur Bescheid geben, sobald es ernst wird«, sagte sie.

»Warte. Können wir darüber reden?«

»Über was denn?«

»Darüber, dass du gehst. Ich bin schockiert.«

»Ach, das ist schockierend für dich? Ich habe dir gerade gesagt, dass ich dich liebe.« Joy fühlte sich sonderbar ruhig. Sobald die Worte heraus waren und jeden einzelnen Moment danach war es, als würde etwas ganz langsam ihren Körper verlassen. Eigentlich war sie viel zu erschöpft, um sich in diesem Augenblick mächtig zu fühlen, doch genau das war es, nichts anderes.

»Das auch.« Theo wandte den Blick ab.

Joy ging es durch den Kopf, dass er im selben Moment jünger und älter aussah. Für einen Mann Anfang dreißig eine seltsame Mischung. War das irritierend oder vielleicht ein bisschen langweilig? Sie versuchte, Klarheit zu finden, hielt aber ihren Blick so lange auf sein Gesicht fixiert, dass sie sich darüber nicht mehr sicher sein konnte.

»Nun«, begann sie schließlich. »Was denkst du darüber?«

»Ich weiß nicht, was ich denken soll. Ich bin … nun, ich …«

»Du musst doch gewusst haben, dass ich etwas für dich empfinde.«

»Ich würde nicht sagen, dass ich es gewusst habe.« Er fing an, ein bisschen mit dem Bein zu zittern, als er das sagte. »Ich meine, ich dachte, du und ich, wir hätten … es laufe gut zwischen uns. Wir sind doch … beste Freunde.«

»Freunde? Das war es also?«

»Ich meine … war es das denn nicht?«

»Nicht für mich.«

Einen Moment lang war es ruhig. In der Wohnung waren die kleinen Geräusche zu hören, die immer zu hören waren. Als wäre sie ein Mechanismus, der sein Bestes gibt, um ein Zuhause zu bleiben.

»Theo«, sagte sie schließlich. Nicht, weil sie etwas von ihm wollte oder weil sie erwartete, dass er etwas sagen würde, sondern weil sie einfach seinen Namen laut aussprechen wollte.

Er schaute zu ihr herüber.

»Ich liebe dich wirklich, Joy. Wirklich.«

Sie spürte das Wort ganz eigentümlich und wahr. Es war warm und kühl zugleich. Doch statt Begeisterung und Freude empfand sie vor allem ein Gefühl der Erleichterung. *Das weiß ich*, dachte sie.

»Aber … mehr war es nicht, oder?«, fragte sie ihn.

Joy sah Tränen in Theos Augen. »Ich will nicht, dass du gehst. Bitte geh nicht.«

»Für mich gibt es keinen einzigen Grund zu bleiben«, sagte sie. Sie spürte, dass sie anfing zu weinen.

Theo machte einen Schritt vorwärts, als wollte er sie in den Arm nehmen. Doch sie wollte nicht in den Arm genommen werden, und als hätte er es gespürt, blieb er abrupt stehen.

»Und meine E-Mail? Du hast nicht darauf reagiert.«

»Ich wusste nicht, was ich sagen soll …«

Sie ahnte, dass das nicht die Wahrheit war.

»Es war unglaublich demütigend für mich.« Sie hörte auf zu weinen.

»Tut mir leid«, sagte er.

»Tut es nicht«, erwiderte sie und wusste genau, dass sie recht hatte, zumindest bis zu dem Grad, der wichtig war.

»Bitte lass uns das alles durchsprechen. Du musst doch gar nicht ausziehen. Musst du nicht.«

Doch Joy hörte ihm nicht mehr zu. Sie wollte einfach weg, wollte so viel Abstand zwischen ihre Körper bringen, wie es nur ging. Auf einmal hatte sie das Gefühl, sich schützen zu müssen, ein Gefühl, das so neu und sonderbar war, dass sie fast erschrak. Und doch, wenn er jetzt zu ihr gehen und sie küssen würde, hätte sie absolut nichts dagegen.

»Ich muss jetzt gehen«, sagte Joy. Und genau das tat sie auch.

Theo schrieb ihr mehrfach, während sie im Büro war. Dann las sie die Nachrichten und antwortete ihm, doch nur ein paar Tage später fing sie an zu packen, und Wochen später schaffte sie ihr Leben Stück für Stück aus ihrem kleinen gemeinsamen Zuhause fort. Eine Kaffeetasse, die sie geteilt, eine Lampe, die sie gemeinsam gekauft hatten – alles Dinge, die ihre Bedeutung in dem Moment verloren, als Joy in Räume zog, die ganz allein ihr gehörten.

Braut

Es war ein Freitag. Schon den ganzen Tag ging es Simon nicht gut. Morgens hatte er nichts gefressen, und er lag auch nicht in der Sonne, wie er es sonst so gerne tat. Etwa um die Mittagszeit versuchte Annie, ihm ein paar von seinen Lieblingsleckerlis zu geben, aber er wollte nicht unter dem Bett hervorkommen.

Ich glaube, Simon ist krank. Ich mache mir wirklich Sorgen, schrieb sie Jason.

Wahrscheinlich ist es nichts, schrieb Jason zurück.

Sie rief den Tierarzt an, der ihr riet, abzuwarten und den Kater im Auge zu behalten. Den Rest des Nachmittags versuchte sie, sich zu beschäftigen. Um halb fünf hatte sie ein Bewerbungsgespräch am Telefon.

»Und offenbar haben Sie einen Master of Fine Arts«, hörte sie den Mann am Telefon sagen. »Das ist großartig. Ich habe selber ja auch Film studiert.«

Die ganze Zeit über blieb Simon an derselben Stelle unter dem Bett liegen. Dann endlich, kurz nach fünf, hörte sie ihn laut miauen. Sie lief zu ihm hinüber und sah, dass er sich übergab. Als sie näher hinschaute, war Blut in seinem Erbrochenen.

Sie holte die Transportbox und schrieb Jason eine Nachricht.

Ich bringe Simon in die Tiernotaufnahme. Er hat Blut gekotzt.

Während der ganzen Fahrt im Auto miaute Simon. Es war kein normales Miauen; es war leise und rau. Annie spürte, wie Panik in ihr aufkam. Am liebsten hätte sie geweint, doch stattdessen sang sie ihm das Liedchen vor, das sie ihm immer vorsang. »Du bist mein Liebling, mein Engel, mein kleiner Junge.« Das Lied hatte sie sich am Anfang ausgedacht, als sie ihn zu sich geholt hatte, und sie hatte es die ganze Heimfahrt im Auto vorgesungen, als man ihm das Auge hatte entfernen müssen. Seit damals machte sie sich viel mehr Sorgen um seine Gesundheit als um jedes andere Haustier, das sie gehabt hatte. Etwas an Simon war ihr immer zerbrechlich vorgekommen.

Im Wartezimmer beim Tierarzt war es voll, weshalb sie wahrscheinlich lange würden warten müssen. Die Dame am

Empfang nahm ihren Namen auf und schrieb »Magenprobleme Katze« hinzu, was Annie ärgerte, weil das ganz sicher nicht dem Ernst der Lage gerecht wurde.

»Was soll ich denn machen, wenn er wieder Blut erbricht?«, fragte sie in der Hoffnung, der Dame zu zeigen, wie schlimm es um ihn stand.

»Lassen Sie es uns auf jeden Fall wissen«, sagte die Frau.

Annie nahm mit Simon in der hintersten Ecke des Wartezimmers Platz. Ein humpelnder Hund wurde vorbeigeführt. Direkt ihr gegenüber saß eine andere Frau mit einer Transportbox. Annie holte ihr Handy aus der Tasche. Von Jason immer noch keine Nachricht, doch sie vermutete, dass er noch am Steuer saß. Im Hintergrund lief ohne Ton *Dornröschen* im Fernsehen. Annie wusste nicht, wann sie den Film das letzte Mal gesehen hatte, aber an den Song konnte sie sich gut erinnern. *I know you. I walked with you once upon a dream.* Der Text ging ihr wieder und wieder durch den Kopf. Mittlerweile war Simon ruhiger geworden. Sie streckte einen Finger durch die Gittertür seines Käfigs und versuchte, ihn an der Nase zu streicheln, konnte ihn aber nicht ganz erreichen.

»Ist alles okay, Kumpel«, sagte sie leise zu ihm.

Eine halbe Stunde verging. Sie schrieb Joy, und sie schrieb ihrer Mom. Ihre Mom rief sie an, und sie sprachen kurz miteinander.

»Bitte halt mich auf dem Laufenden«, sagte sie.

Joy schickte ein gutes Dutzend besorgte Nachrichten. Sie liebte Simon, doch in Wahrheit war es so, dass sie ebenso viele Nachricht geschickt hätte, selbst wenn sie ihn nicht gekannt hätte. Joy war gut in solchen Sachen. Seit dem Streit hatten sie nicht viel miteinander geredet. Am nächsten Tag hatten sie sich geschrieben und sich jeweils bei der anderen entschuldigt, doch Annie wusste, dass sie beide sauer und traurig und aufgewühlt von dem Abend waren. Jetzt jedoch ging es nur um Simon. *Genau das ist Liebe*, dachte Annie und legte ganz kurz die Hand auf ihr Herz.

Jason hatte sich immer noch nicht gemeldet, und langsam machte sich Annie Sorgen. Sie rief ihn an, doch er ging nicht dran. Zwanzig Minuten später schrieb er: *Auf dem Heimweg.*

Könntest du zum Tierarzt kommen? Ich habe wirklich Angst, schrieb sie ihm.

Es kam nicht oft vor, dass Annie Jason um etwas bat. Tatsächlich überlegte sie kurz, wann sie ihm jemals etwas so Dringliches geschrieben hatte, doch es fiel ihr nichts ein. Ganz bestimmt hätte Jason sie unterstützt, wenn sie einen schlechten Tag hatte, wenn sie sich über etwas in der Arbeit ärgerte oder frustriert von einer Freundin war, aber nie hatte sie ihn darum bitten müssen, irgendwohin zu kommen, etwas zu machen oder sich sonst irgendwie ins Zeug zu legen. Auf einmal kam ihr das seltsam vor. Sie hatte das Gefühl, mit der am wenigsten vertrauenswürdigen Person auf der Welt zusammenzuleben.

Ich bin wirklich müde, schrieb Jason zurück. *Seid ihr beiden denn bald fertig?*

Nein, er war noch gar nicht dran, schrieb Annie. Sie spürte, wie Ärger in ihr aufkam, als sie hinzufügte: *Ich muss ewig lange warten, und ich möchte nicht allein sein.*

Okay, schrieb er zurück.

Eine weitere halbe Stunde verging, dann endlich stand Jason in der Tür. Er blickte sich suchend im Wartezimmer herum. Sie winkte mit beiden Händen, damit er sie sah, was nicht wirklich nötig war, aber sie konnte nicht anders. Sie war so froh, dass er aufgetaucht war. Er kam herüber und setzte sich zu ihnen.

»Hi«, sagte sie. »Danke, dass du gekommen bist.«

»Schon gut«, sagte Jason. »Wie geht es ihm?«

»Ich weiß nicht. Ich glaube, im Moment ganz gut, aber ich hatte solche Angst, als ich all das Blut gesehen habe. Dass ein Tier Blut kotzt, habe ich überhaupt noch nie erlebt. Ich war am Durchdrehen.«

Jason nickte. »Ich hoffe, er kommt jetzt bald dran.«

Auch wenn er zu ihr gekommen war und mit ihr redete, sah Annie deutlich, dass Jason schlecht gelaunt war. Niemand sonst im Raum hätte es bemerkt, vielleicht nicht einmal jemand, der ihn kannte. Doch sie schon. Sie sah es in seinen Augen, an seinen Händen, an der Art, wie er eine Augenbraue hochzog, oder an dem Winkel, wie er sich auf seinem Stuhl zurücklehnte. Sie kannte seinen Körper so gut. In gewisser Weise wusste sie über seine Befindlichkeiten besser Bescheid als über ihre eigenen. *Ist das Liebe?*, fragte sie sich, während im Fernsehen eine auf Stumm gestellte Prinzessin sich an einer Spindel in den Finger pikste.

Dann kam endlich der Aufruf. »Simon, bitte.«

Annie stand auf und packte die Transportbox.

»Ich warte hier draußen«, sagte Jason.

»Bist du sicher?«, fragte Annie.

Er zuckte mit den Achseln und folgte ihr brav.

Die Tierärztin untersuchte Simon und lauschte aufmerksam Annies Erklärungen. Sie war ruhig und besonnen und nahm sich Zeit. Annie suchte im Gesicht der Frau nach Anzeichen, wie ernst es war, konnte aber keine erkennen. Schließlich sagte die Tierärztin bedächtig: »Ich möchte einen Ultraschall machen. Ich glaube, es könnte sich um eine Blockade handeln, oder vielleicht wächst da auch was.«

Annies Herz klopfte, als sie diese Worte hörte. Nichts davon klang gut. Nichts davon klang nach Hoffnung. *Simon*, dachte sie. Sie griff mit der Hand ins Leere.

»Natürlich«, sagte sie. »Was auch immer Sie für nötig halten.«

Ohne Simon gingen sie wieder hinaus ins Wartezimmer.

»Armer Simon«, sagte Jason. »Wie viel das jetzt alles wieder kosten wird.«

Die Frage ärgerte Annie. Zum einen wollte sie sich ganz bestimmt nicht damit beschäftigen, woher zum Teufel sie das Geld für all das nehmen sollte. Momentan hatte sie nur etwa vierhundert Dollar auf dem Konto. Doch viel wichtiger war – wieso tat Jason so, als kümmerten ihn die Kosten? Er würde ganz bestimmt nicht anbieten, die Rechnung zu bezahlen, darauf hätte sie ihr Leben verwettet. Eine Sekunde lang dachte sie, dass es ihr lieber gewesen wäre, wenn er gegenüber von ihr gesessen hätte statt an ihrer Seite. *Vielleicht würde er gar nicht merken, wenn ich nicht mehr da wäre,* ging es ihr durch den Kopf.

Eine Weile saßen sie da und schwiegen. Kurz überlegte Annie, ob sie noch einmal ihre Mom anrufen sollte, beschloss dann aber zu warten. Immer wieder dachte sie an den Tag zurück, an dem Simon sein Auge verloren hatte und sie mit ihrer Mutter telefonierte.

»Sie müssen ihm das Auge rausnehmen«, hatte Annie gesagt.

»Ach, wirklich?«, hatte ihre Mom geantwortet, doch in der Art, wie sie es sagte, war so viel Trauer und Mitgefühl gewesen. Es war wie ein Echo zu Annies eigenem Schmerz, als herrschte zwischen ihnen das gleiche Elend und die gleiche Hoffnungslosigkeit.

»Hör auf, Mom!«, hatte Annie gesagt. Sie versuchte alles, um nicht zu weinen oder zu schreien anzufangen. Dabei wünschte sie sich mehr als alles auf der Welt, dass ihr Kater, der in vieler Hinsicht ihr allerbester Freund war, die Sache gut überstehen würde und kein Trauma davontrug. »Es wird ihm gut gehen«, sagte Annie zu ihrer Mom. »Kein Grund, sich Sorgen zu machen.«

Annie hatte das Gefühl, das wäre genau der Satz, den ihre Mutter zu ihr hätte sagen können statt nur dieses besorgte: *Ach, wirklich?* Ihre Mom sollte eigentlich ihr Rettungsanker sein, doch Annie hatte bemerkt, je älter sie wurde, desto weniger konnte sie sich darauf verlassen, dass ihre Mutter die harten Schläge in Annies Leben abfederte. Sehr oft blieb in ihr nur der Gedanke: *Wenn meine Mom Angst hat, was gibt es dann überhaupt noch für eine Hoffnung?*

»Kann ich zum Auto gehen?«, fragte Jason.

Ruckartig bewegte Annie den Kopf und schaute ihn an. Sie wusste, dass es ihm nicht besonders gut ging, aber sie hatte gedacht, er würde wenigstens bleiben und mit ihr warten.

»Ich bin müde. Ich möchte mich kurz hinlegen«, sagte er.

Annies erster Gedanke war, was sie sagen könnte, um ihm zum Bleiben zu bewegen. Normalerweise hätte sie sich eine wohlformulierte Antwort überlegt, distanziert genug, aber nicht bettelnd, was normalerweise zum Ziel führte. Doch diesmal hatte sie keine Lust, das zu tun. Sie spürte, dass es ihr an Willenskraft fehlte. Stattdessen war da etwas anderes. Ein Aufflammen, ein Funke.

»Mach, was du willst«, sagte sie. Sie sagte es nicht mit Wut oder Frustration. Sie klang nicht einmal traurig oder enttäuscht. Sie meinte es ganz genau so, wie sie es gesagt hatte.

Jason überlegte. Seine Augen waren klar und wach wie immer. »Okay, dann lege ich mich jetzt kurz hin und komme dann wieder. Weck mich, wenn du mich brauchst.« Er stand auf, verließ den Raum, und das war's.

Zuerst wäre Annie ihm am liebsten hinterhergelaufen. *Sag mir, dass ich dir wichtig bin!*, hätte sie geschrien. Doch etwas hielt sie davon ab. Die Panik, die Leere – das alles lähmte sie. Dieses Aufflammen, dieser Funke waren immer noch da. *Er wollte nicht mit dir hier sitzen, Annie,* dachte sie. *Er wollte nicht.*

Genau in diesem Moment hörte sie, wie die Tür wieder aufging und dann das Klimpern eines Halsbandes. Sie sah einen trottenden Hund, der schwer atmete. Dann hörte sie: »O nein«, und erkannte sofort die Stimme. Es war Benny. Beth war bei ihm. Sie brachten einen großen gelben Labrador an die Rezeption.

»Annie!« Beth hatte sie sofort entdeckt und winkte. Kurz darauf saßen die beiden neben ihr.

»Das hier ist Duke«, sagte Benny. »Und er ist bei uns der Chef.« Er beugte sich vor, kraulte Duke an der Brust.

»Was hat er denn?«, fragte Annie.

»Er ist gerade kastriert worden, und wie es scheint, schmerzen ihn die Nähte so sehr, dass wir dachten, wir bringen ihn lieber her.«

»Probleme mit den Eiern«, sagte Benny. »Beziehungsweise dem Mangel an Eiern.«

Annie lachte höflich. So redeten sie etwa eine halbe Stunde, dann beschloss Benny, mit Duke Gassi zu gehen.

Kaum war er draußen, drehte Beth ruckartig den Kopf zu Annie.

»Den Hund haben wir uns geholt, weil ich nicht schwanger werde«, sagte sie. »Wir haben schon vor der Hochzeit damit angefangen, es zu versuchen. Jetzt ist es fast ein Jahr her.«

»Was?« Annie war vollkommen verblüfft. Beth hatte noch nie so unverblümt über ein solches Thema gesprochen.

»Sorry, ich habe gerade meine Periode bekommen, es ist also noch ganz frisch. Ich habe schon zweimal geheult«, sagte Beth. Verzweiflung stand ihr ins Gesicht geschrieben. Sie schaute sich hektisch im Wartezimmer um, als könnte Benny wie durch Zauberhand erscheinen und weitere Kostproben seines hirnlosen Geplappers zum Besten geben. »Keiner weiß, wie sehr wir es versucht haben, ein Kind zu bekommen. Ich hab's nicht einmal meiner Mom erzählt, weil ich mir gar nicht vorstellen will, wie deprimierend das wäre, sie jeden Monat zu enttäuschen.« Beth hob die Hand und schob sich das Haar hinter die Ohren. Es sah so aus, als hätte sie es eine Weile nicht gewaschen. Normalerweise hatte sie perfektes Haar, weich wie Seide, wie das einer Puppe. »Ich dachte, es würde gleich passieren. Ich dachte, man muss einfach Sex haben, so oft es geht, dann klappt es schon. Aber so ist es nicht. Es ist viel schwerer.«

»Wirklich?«, fragte Annie. Ihr ganzes Leben lang hatten ihr die Leute gesagt, sie sollte alles tun, um nur nicht ungewollt schwanger zu werden. Es war erschütternd, das blanke Entsetzen in Beths Gesicht zu sehen, als sie ihr etwas ganz anderes erzählte.

»Mehr als alles andere in meinem Leben wollte ich Mutter sein.«

»Ich bin mir sicher, dass du Mutter sein wirst«, sagte Annie.

»Woher willst du das wissen? Mittlerweile hatte ich eine Million Mal Sex während meines Eisprungs. Und all das Geld, das ich vorher für Empfängnisverhütung verschwendet habe … Ich dachte immer, es würde mir einfach passieren, aber so ist es nicht. Es ist wie Magie. Du brauchst Glück dazu. Und Glück hatte ich noch nie, Annie.«

Annie wusste nicht, was sie sagen sollte. Irgendwo in der Nähe schaute in diesem Moment jemand Simons Bauch auf dem Bildschirm an. Irgendwo in der Nähe lag Jason und schlief.

»Möchtest du denn Kinder?«, fragte Beth.

»Na ja … ich …« Diese Frage war Annie noch nie gestellt worden. Es war ein seltsamer Gedanke, doch entweder gingen die Leute von der Annahme aus, dass sie Kinder wollte (so wie ihre Eltern), oder es war ihnen einfach nicht so wichtig, dass sie fragten. Sie versuchte, sich zu erinnern, ob sie mit Joy einmal darüber gesprochen hatte, aber es wollte ihr nicht einfallen. »Ja, ich will Kinder«, antwortete sie schließlich.

»Dann mach es jetzt«, sagte Beth. »Warte nicht. Ich hoffe, du hast Glück. Mehr Glück als ich.«

Genau in diesem Moment kam Benny zurück, laut und unerträglich, genauer gesagt ließ er sich von Duke durchs Wartezimmer ziehen. Nicht lange danach wurden die beiden aufgerufen, und Annie saß wieder allein da und wartete auf das, was das Schicksal für sie bereithielt.

Das Gespräch hatte sie mitgenommen. Was Beth gerade gesagt hatte und wie entsetzt sie dabei wirkte, ging ihr nicht aus dem Kopf. Bisher war Annie noch nie jemanden begegnet, der so aussah. Als wäre Beth etwas Kostbares entrissen worden, etwas fast Heiliges, das nicht mehr zurückzuholen war. Annie hatte noch gar nicht darüber nachgedacht, wie Kinder in ihr Leben mit Jason passen würden. Sie wusste, dass sie Kinder wollte, und auch Jason hatte das eine oder andere Mal etwas in der Richtung erwähnt, doch wann er tatsächlich dazu bereit sein würde, davon hatte sie absolut keine Ahnung. Sie war jetzt einunddreißig. In ihrem Hinterkopf war immer die Vorstellung gewesen, sie habe noch Zeit, aber stimmte das? Was, wenn Beth recht hatte? Und dann hatte sie noch diesen Gedanken: *Auch wenn es bei mir schneller klappt, wann wäre der Zeitpunkt, an dem* ich *Kinder will? Ich? Was will* ich? Und als sie wirklich darüber nachdachte, wusste sie auch die Antwort: Wenn es nach ihr ginge, wäre sie bereits verheiratet und würde es versuchen.

Sie blickte wieder zum Fernseher. Der Film war zu Ende, der Abspann lief. Sie hatte das Aufwachen von Dornröschen verpasst. Irgendwo hörte sie eine Katze laut miauen. Sie war sich ziemlich sicher, dass das nicht Simon war, trotzdem war es unheimlich. Annie stand auf und holte sich einen Becher Wasser vom Spender, auch wenn sie gar keinen Durst hatte. Als sie wieder Platz nahm, zog sie ihr Handy aus der Tasche und scrollte sich durch ihre E-Mails. Dann sog sie tief die Luft ein, nahm noch einen Schluck Wasser. Der Film begann von Neuem. Offenbar eine Warteschleife. Das Miauen war noch lauter als vorher. *Nicht*, sagte sie sich, aber es hatte keinen Sinn. Unweigerlich musste sie wieder an das Baby denken, das sie noch nicht hatte. An diesem Punkt kam für Annie so viel zusammen. Da war dieser Funke von vorhin, diese glühende Wut, da war Beths Entsetzen, und dann stand Joy da im Restaurant und rief ihr zu: »Er ist nicht nett.« Sie sah ein Kind vor sich, das mit Jasons schwankenden Stimmungen und seinem Egoismus aufwachsen musste, und was wäre das für ein Leben? *Was würde das mit meinem Baby machen?*, dachte sie. Und genauso schnell, wie sie an ihr Baby gedacht hatte, dachte sie an sich selbst. *Und ich? Was hat das alles mit mir gemacht?* Sie konnte sich so viel einreden, was Jason anging, über die Liebe und all die kleinen Dinge, die sie von ihm mit sich herumtrug und denen sie sich nahe fühlte, aber um dieses *nicht nett* kam sie nicht herum. Jason war nicht nett. Er würde zu ihrem Baby nicht nett sein. Und er war nicht nett zu ihr.

Sie dachte an ihre Mutter, die ihren Vater bediente. Sie dachte an Beth, die Benny tolerierte. Sie dachte an Joy, die für Theo kochte. An die Frau mit dem Brief. Und sie dachte an sich selbst, an ihr armseliges Ich, das immer wieder von dem Menschen verletzt wurde, der sie am allerwenigsten verletzen sollte. Der sie eigentlich nie verletzen sollte.

Ihre Hände zitterten, ihr Atem stockte. Und als sie Simon schließlich zum Auto hinaustrug, weckte sie Jason mit einem lauten Schlag gegen das Fenster.

»Aufstehen«, rief sie. »Ich fahre jetzt heim.«

Exaltiert

Als Theo Celine von der E-Mail erzählte, lachte er. Es war Samstagnachmittag und der erste Tag, den sie seit einer ganzen Weile zusammen verbrachten, weil er davor seine Eltern besucht hatte. Sie lagen auf seinem Bett. Celine aß getrocknete Mangoscheiben. Gerade hatte sie eine bittere Stelle erwischt, als er das Thema aufbrachte.

»Dann habe ich diese interessante Mail von Joy bekommen.«

»Eine E-Mail?« Celine konnte sich überhaupt nicht vorstellen, was eine Mitbewohnerin ihrem Mitbewohner per Mail mitteilen könnte.

»Ja.« Theo lachte. »Sie hat angeboten, mit uns zusammen einen Dreier zu machen.«

»Wie bitte?« Celine setzte sich auf. Sie versuchte, sich Joy vorzustellen, wie sie war. Celine mochte Joy. Sie fand sie hübsch und schlau. Mittlerweile hatten sie schon öfter Zeit miteinander verbracht, aber seltsamerweise hatte Celine nicht das Gefühl, sie gut zu kennen. Wann immer sie in ihrer Nähe war, kam es ihr so vor, als würde Joy die Luft anhalten.

»Ja, das hat sie wirklich«, sagte Theo. »Es war bizarr.«
»Wo ist die Mail?«, wollte Celine wissen. »Ich möchte sie lesen.«
Theo zeigte ihr die Mail. Celine las sie ganz genau, Wort für Wort. Der Ton, in dem sie formuliert war – sie klang so vertraulich. Ganz anders als alles, was sie mit Joy in Verbindung brachte.
»Okay«, sagte Celine. »Und was hast du gesagt?«
»Ich habe nichts gesagt«, antwortete Theo.
»Wie meinst du das?«
»Ich dachte, es wäre peinlich, wenn ich etwas sage, deshalb habe ich nichts gesagt.«
»Hat das das Ganze nicht noch peinlicher gemacht?«
»Nein, ich glaube nicht.«
»Wie hat sie sich denn verhalten?«
»Ganz normal, schätze ich.«
»Ich bin wirklich schockiert. Du denn nicht?«
Theo zuckte mit den Achseln. Celine sah dieses Achselzucken und die markige Art und Weise, wie sich sein Kinn bewegte, als er Luft holte. *Was weiß ich eigentlich über ihn?*, dachte sie. Ebenso, wie sich Joy durch die Mail als jemand entpuppt hatte, der vertraulich sein konnte, wurde ihr plötzlich bewusst, dass jeder Mensch, ob Fremder oder Lover, wandelbar war, dass man ihn auseinandernehmen und wieder neu zusammensetzen konnte, und dann war er urplötzlich ein ganz anderer Mensch.
Und so fragte sie: »Wolltest du denn jemals Sex mit Joy haben?«
Und Theo antwortete mit der Gleichgültigkeit, mit der man ein Blatt wegwischt, das einem auf die Schulter gefallen ist: »Nein«, und fügte dann gnadenlos hinzu: »Sie ist hässlich.«

Celines allererste Reaktion war Erleichterung. *Gut, ich bin also hübscher,* lautete der vage Gedanke dahinter. Die Hübscheste sein. Die Begehrte. Ihre Kindheit, ihr Leben, die Welt, die in ihr und unter ihren Füßen pulsierte, wollte einzig und allein das von ihr und für sie – dass sie die Hübscheste und die Begehrte war. Es war so sehr ein Teil von ihr wie die Falten an ihren Händen oder die glatte Rundung einer Arterie. Doch noch während sie diesen Gedanken hatte, während sie sich so gut fühlte, spürte sie – statt ihn auf das Konto ihres Selbstwertgefühls zu buchen und mit ihrem Leben weiterzumachen, so wie sie es unzählige Male in ihrem Leben getan hatte – den Riss, den Stich und tatsächlich den ganzen Horror dessen, was da passiert war. *Nein,* dachte sie. *Nein.* Und auch das wusste sie – Theo log. Vielleicht nicht in der Hinsicht, dass er doch mit Joy schlafen wollte – sie glaubte auch nicht, dass er einen Dreier mit ihr gewollt hätte –, aber seine Gleichgültigkeit war nicht ehrlich. Er und Joy waren zumindest Freunde, und wenn sie diese E-Mail las, fiel es Celine schwer zu glauben, dass da nicht mehr war. Einmal war ihr bereits der Verdacht gekommen, dass Joy in Theo verknallt war. Es war spät in der Nacht gewesen, und Theo hatte seine Jacke auf dem Stuhl neben der Wohnungstür liegen lassen, statt sie auf einen Haken zu hängen. Celine war aufgewacht, weil sie pinkeln musste, und als sie sich auf den Weg den Flur entlang machte, sah sie, dass Joy noch wach und auf dem Weg ins Bett war, doch als sie an dem Stuhl vorbeikam, hob sie seine Jacke hoch und hängte sie an einen Haken. Das war's. Nichts Bemerkenswertes in ihrem Verhalten, so wie nichts an dem, wie sich Celine verhielt, bemerkenswert war. Nur zwei Frauen in der Nacht in derselben Wohnung, die mit einem Mann zusammenlebten und sich an seinen Habseligkeiten zu schaffen machten. *Sie ist in ihn verliebt,* hatte Celine gedacht.

Doch sie verdrängte den Gedanken, und am nächsten Morgen hatte sie ihn tatsächlich wieder vergessen. Celine hatte immer schon bemerkt, wie gut Joy und Theo miteinander auskamen, doch jetzt erkannte sie, dass viel mehr an der Sache war, und schlagartig wurde ihr die ganze Brutalität der Situation bewusst. *Ein Dreier*, dachte sie, und dann: *Theo, ich werde mich von dir trennen.*

Einen Moment lang schien es ihr unmöglich, dass sie jemals gedacht hatte, dass sie einen Mann brauchte, dass sie die Liebe brauchte wie einen Rettungsanker. Einen Moment lang sah sie alles in ihrem Leben als etwas, das sie selbst getan hatte. *Ich bin stolz*, dachte sie. *Ich bin wertvoll*, dachte sie. Und Joy war die ganze Zeit da gewesen. Joy war hier.

Siebter Teil

Celine

Zuerst fühlte sich die Trennung von Theo großartig an. Es war aufregend. Ich hatte ein Gefühl der Macht. Und ich war erleichtert, dass alles vorbei war. Doch am nächsten Morgen, als ich aufwachte und nicht seine Guten-Morgen-Nachricht bekam, na ja, da fühlte ich mich leer und verängstigt. Den ganzen Tag über schaute ich auf mein Handy und hoffte, er würde sich melden. Und das tat er auch. Etwa um drei Uhr nachmittags schickte er mir ein »Ich denk an dich«, und als ich diese Nachricht bekam, war ich plötzlich wieder vollkommen beschwingt. Ich fühlte mich begehrt, oder vielleicht nicht bloß begehrt, sondern sogar gebraucht, und ich hoffte, vielleicht sogar geliebt, aber da bin ich mir nicht sicher. Aber begehrt auf jeden Fall. Deshalb war ich mit Theo zusammen, und deshalb ging ich schon ein paar Tage später auf eine Dating-App in der Hoffnung, jemand Neues kennenzulernen. Ich kann das Problem sehen, ich kann es berühren und fühlen, und ich kenne es, aber es ist eine Sache, ein Problem zu kennen, und eine andere, es zu lösen. Es dauert schon so lange. Eigentlich mein ganzes Leben lang. Als ich zwölf Jahre alt war und hoffte, einen Jungen zu finden, der mich erwählen würde, als ich um die Liebe eines an sich schrecklichen Mannes kämpfte, sogar als ich im Bad stand und dieses Video drehte. Es war da. Immer war es da. Und ich weiß jetzt, dass es mein Leben ruiniert hat. Das ist ein starkes Wort – ruiniert. Die Leute sagen es nicht gern, weil die Leute es mögen, Hoffnung zu haben, aber dieses Gefühl, einen Mann zu brauchen, der mich gut findet, das hat mein Leben bisher ruiniert. Ich will, dass es aufhört, weil ich jetzt sehe, dass ich mich damit nur ständig selbst verletzt habe, immer und immer wieder. Ich will mich nicht glücklicher fühlen als er, nur weil ich »Ich liebe dich« sagen kann, oder weil man beschließt, zusammenzuziehen oder zu heiraten. Einmal ging ich auf eine Hochzeit, bei der der Braut auf dem Weg zum Altar die Tränen übers Gesicht liefen. Sie sah schön aus, offenbar war sie sehr verliebt. Dann schaute ich mir den Bräutigam an, und natürlich sah er glücklich aus, aber es war nicht dasselbe. Für sie war es der schönste Tag in ihrem Leben, und er brauchte das alles offenbar gar nicht. Für ihn war es wahrscheinlich deshalb der schönste Tag, weil er einfach er selbst sein konnte. Und wer bin ich, wenn ich allein bin? Ich könnte es mir nicht einmal ansatzweise erklären, weil ich weiß, dass ich mich am mächtigsten fühle, wenn ich einen Mann an meiner Seite habe, und ich weiß, das gilt für viele Frauen. Genauer gesagt habe ich keine einzige Frau von Verstand getroffen, die kein Selbstwertgefühl daraus zieht, dass sie einen Mann in ihrem Leben hat. Es stimmt. Ich zermartere mir den Kopf darüber, aber selbst bei meiner Mutter weiß ich, dass es so ist. Es macht mich wütend, es macht mir Angst, und es macht mich leer. Aber immerhin sehe ich das jetzt und bin gerade auch nicht mit jemandem zusammen. Außerdem habe ich mit einer Therapie angefangen. Ich muss mit mir ins Reine kommen, was dieses Video angeht, und ich hoffe, dass es mir auch darüber hinaus weiterhilft. Mein Wunsch ist, dass ich irgendwann aus den gleichen Gründen auf der Suche nach jemandem bin, aus denen er mich sucht.

»Grenzen«, habe ich meiner Therapeutin gesagt. »Ich versuche, meine Grenzen zu definieren.«

Und das muss ich noch erzählen. Gestern bin ich zu meiner Mutter gefahren und war an ihrem Kleiderschrank. Ich habe dort schon so viel Zeit verbracht, dass ich genau wusste, wo ich suchen muss. Ganz hinten bewahrt sie ihre alten Taschen auf, die sie nicht mehr benutzt. Dabei weiß ich, dass diese Taschen genauso sind wie all ihre neueren Taschen. Sie sind perfekt und hübsch und wichtig. Diese alten Taschen hat sie aus sentimentalen Gründen behalten, aber benutzen will sie sie nicht mehr. Manche von ihnen sind beschädigt. Manche von ihnen sind altmodisch. Ich kramte und kramte und kramte, bis ich sie gefunden hatte: die Celine-Tasche, nach der ich benannt wurde. Mittlerweile sieht sie ziemlich mitgenommen aus. Sie hat keine Form mehr und erinnert kaum noch an die Tasche, die sie einmal war. Jahrelang habe ich sie nicht mehr gesehen, doch als ich sie in Händen hielt, fühlte ich mich ruhig und in gewisser Weise auch aufgeregt. Ich fragte meine Mom, ob ich sie behalten könne. Zuerst zögerte sie. Ich weiß, dass diese Tasche ihr viel bedeutet. Doch dann sagte sie, okay, und jetzt trage ich sie an meinem Arm. Ich mag es, wie sie aussieht. Und es passt jede Menge rein in diese Tasche. Ich kann alles in diese Tasche packen und es mitnehmen.

Annie

Zuallererst: Simon wurde wieder gesund. Er hatte eine bakterielle Infektion, und nachdem er zwei Wochen Antibiotika bekommen hatte, war er wieder ganz der Alte. Ich wartete mit dem Auszug, bis es ihm besser ging. Am Ende wurden es sogar ein paar Wochen mehr, und es war hart und seltsam, nach dem

Ende unserer Beziehung mit Jason zusammenzuleben, doch ich wollte nicht, dass Simon durch einen Umzug gestresst wird, solange er sich nicht vollständig erholt hat. Zum Glück konnte ich eine Weile zu Joy ziehen. Sie hat eine nette kleine Wohnung für sich allein, und es war wie in alten Zeiten, dort zu zweit zu wohnen. Wir schauten uns Filme an. Wir lachten viel. Es war ruhig und friedlich, und Simon schien es sehr glücklich zu machen, wieder mit ihr zusammen zu sein. Ich hatte die Hoffnung, genug sparen zu können, um mir selbst eine Wohnung zu suchen, sobald ich einen neuen Job hatte, aber das klappte nicht. Ich fing bei einem Techno-Start-up an. Eigentlich ist es nicht das, was ich machen will, aber so verdiene ich wenigstens was. Am Ende musste ich tatsächlich zurück zu meinen Eltern ziehen. Es ist definitiv nicht der Ort, wo ich als einunddreißigjährige Frau am liebsten leben möchte, aber es ist nicht so schlimm, wie ich dachte, und das liegt hauptsächlich an Sam.

Als ich ihn kennenlernte, war ich gar nicht auf der Suche. Es liegt auf der Hand, dass ich mir nach der Trennung von Jason erst einmal Zeit lassen wollte. Die Leute sagen, man lernt jemanden kennen, wenn man am allerwenigsten damit rechnet. Das hört man so oft, dass es mittlerweile zum Klischee geworden ist. Aber tatsächlich habe ich Sam zufällig bei der Verlobungsparty einer Freundin kennengelernt, und wir haben uns gleich gut verstanden. Unser erstes Date fand in einem Café statt. Wir redeten fünf Stunden lang. Ich erinnere mich, am Ende gedacht zu haben: Das ist der Mann, mit dem ich den Rest meines Lebens verbringen werde. Das hat gar nichts mit dieser Idee von der Liebe auf den ersten Blick zu tun, ich würde auch nicht sagen, dass es gleich Liebe war, aber es war ein gutes Gefühl. Ein gutes Gefühl auf den ersten Blick, was fast genauso schön ist. Wenn ich mit Sam zusammen bin, kann ich ich selbst sein. Das Komische ist, wenn ihr mich früher gefragt hättet, ob ich mich mit

Jason auch so gefühlt habe, so hätte ich gelogen und es bejaht. Damals habe ich jede Menge gelogen. Ich log meine Freunde an, wenn ich sagte, wie glücklich ich sei und wie toll sich das alles anfühle. Ganz bestimmt log ich auch meine Familie an. Doch hauptsächlich log ich mich selbst an. Das ist es, worüber ich nicht hinwegkomme. Warum habe ich so hart daran gearbeitet, dass es funktioniert? Sicher, ich war in ihn verliebt, weiß Gott war ich das. Als wir uns trennten, weinte ich wochenlang. Alles erinnerte mich an ihn und an uns und an das, was aus uns hätte werden können. Es war wie ein Schatten, der mich überallhin begleitete. Das würde Jason gefallen, dachte ich damals bei allen möglichen Gelegenheiten. Ich liebte ihn einfach. Und ich glaube, dass er mich auch liebte. Damals dachte ich, das sei genug, aber Liebe ist in Wirklichkeit nicht genug. Liebe ist der erste Schritt, da, wo alles anfängt. Aber genug ist sie nicht.

Das Unglaublichste an der Beziehung zu Sam ist, dass er mich genauso behandelt, wie ich ihn behandele. Ich bin lieb zu ihm, und er ist lieb zu mir. Ich weiß, das klingt wie etwas Selbstverständliches, aber es sagt viel über mein vorheriges Leben aus. Damals war ich ständig lieb zu Jason, aber er war nicht lieb zu mir. Und alles ist jetzt so leicht. Ich habe nie Angst, Sam aus heiterem Himmel eine Nachricht zu schicken oder ihn um etwas zu bitten. Doch als ich mit Jason zusammen war, war das Wort »bedürftig« das Allerallerschlimmste, was man von mir hätte sagen können. Es war ausgesprochen ungesund, wie sehr ich dagegen ankämpfte, ja nicht als jemand dazustehen, der etwas von ihm brauchte. Und man stelle sich vor – ich bin bedürftig, und Sam ist es auch! Und Jason war es auch! Der ganze Sinn und Zweck, jemanden zu finden, der dich liebt, ist doch der, dass du Dinge von ihm brauchen könntest, und er könnte umgekehrt Dinge von dir brauchen. Ich brauche Liebe und Bestätigung und Hingabe und Zuneigung und einen besten Freund, mit dem ich mein Leben verbringen kann, und das geht ihm umgekehrt genauso. Früher habe ich mich manchmal als einen Menschen bezeichnet, der pflegeleicht ist. Ist das etwa eine Art, sich selbst zu beschreiben? Ist das etwas, worauf man stolz sein kann? Und dann noch etwas. Der Sex ist richtig gut. Ich wusste es nicht, aber bis jetzt hatte ich eigentlich nie guten Sex. Ganz sicher hatte ich keinen Orgasmus, und aus welchem Grund auch immer hielt ich das für akzeptabel. Ich glaube, irgendwann habe ich mir so etwas gesagt wie: Es ist für Frauen schwerer, einen Orgasmus zu haben als für Männer. Was für ein Schwachsinn! Ich glaube, die Wahrheit ist, dass ich mich niemals wohlgefühlt habe mit Jason oder mit einem der anderen Typen, mit denen ich geschlafen habe. Immer habe ich darüber nachgedacht, wie ich aussehe oder ob mein Busen zu klein wirkt und lauter solches Zeug. Sex war etwas, das ich darstellte, wie auf einer Bühne. Es war, als wäre ich gar nicht da. Sex war für die Männer, und nur für sie allein. Wenn ich daran denke, wie ich selbst meinen Körper benutzt habe, wird mir schlecht. Es gibt mir das Gefühl, dass ich langsam verrückt werde. Aber es ist auch kein Wunder, dass ich mich selbst so verletzte, wenn man sich anschaut, was ich in der Beziehung toleriert habe. Ich habe einfach alles zugelassen. Tausend kleine Verletzungen, den ganzen Tag, jeden Tag, während ich mich an etwas klammerte – woran eigentlich? Ich schaue auf die Frau zurück, die damals mit Jason in jener Wohnung saß, und frage mich wieder und wieder: Was hatte ich eigentlich davon? Was war das? Wer war diese Frau? Es war nicht dieselbe Person, die mit vier Jahren schon lesen lernte. Und es war nicht dieselbe Person, die gegen Arly aufbegehrte. Es war ein Teil meines Selbst, der verzweifelt war, unbedacht, fast krankhaft. Wenn ich daran denke, dann bedrückt es mich aus folgendem Grunde am meisten: Ich habe Sam kennengelernt, er ist wundervoll, und jetzt habe ich diesen besten

Joy

Was ich am Alleinleben am allerliebsten mag, ist das Rumpeln der Eiswürfel in der Eismaschine. Ich kann nicht genau erklären, warum, aber daran ist etwas so Angenehmes. Als Annie damals für ein paar Wochen mit Simon bei mir wohnte, wies sie mich darauf hin. Sie sagte: »Joy, hörst du das?« Und ich brauchte wirklich ein paar Sekunden, bis mir einfiel, was es mit diesem Geräusch auf sich hatte. Das war die Eismaschine. Ich weiß, das klingt ein bisschen armselig, aber ich übernehme die Verantwortung für dieses Geräusch. Ich übernehme die Verantwortung für den Platz und das Wasser, das sich in Eis verwandelt.

Zurzeit bin ich ziemlich klamm. Wahrscheinlich kann ich nie wieder in Urlaub fahren, und vermutlich werde ich auch nie genug Geld sparen können, um ein Haus zu kaufen, aber ich finde es richtig toll, allein zu wohnen. Ich liebe es, bei Nacht in Unterwäsche herumzulaufen und mich total sicher und behütet zu fühlen. Manchmal stehe ich am Küchentresen und esse Eis. Wirklich – wenn ich mitten in der Nacht Lust auf Eis bekomme, dann hüpfe ich aus dem Bett und gönne mir einfach ein paar Löffel voll. Scheiß auf Weight Watchers.

Ich dachte immer, wenn ich allein lebe, würde ich mich einsam fühlen. Ich dachte, es würde jedes Defizit in meinem Leben hervorheben, aber genau das Gegenteil ist der Fall. Ich fühle mich vollständiger, als ich es jemals als Erwachsene war. Ich fühle mich nicht mehr so nervös wie früher. Ich fühle mich nicht verzweifelt.

Das soll allerdings nicht bedeuten, dass mich das nicht beschäftigt, was in der Wohnung mit Theo passiert ist. Ich denke die ganze Zeit darüber nach. Ich habe auch Alpträume, was das angeht. Mit meinem Bauch rede ich allerdings nicht mehr. Das hat aufgehört. Jetzt sind es andere Alpträume. Die meiste Zeit ist es ein und derselbe. Darin höre ich Theo in einem anderen Zimmer lachen und suche nach ihm, kann ihn aber nicht finden. In einem anderen Traum ist er mit mir im Bett und weint über etwas, was er als Kind getan hat. Als ich aus dem Alptraum aufwachte, hatte ich das dringende Bedürfnis, ihn anzurufen und ihm davon zu erzählen. Ich wollte ihn fragen, was geschehen ist, als er noch ein Kind war, und was ihn so traurig gemacht hat, aber dann habe ich es doch nicht getan. Ich habe mir sogar abgewöhnt, so etwas auch nur zu denken, denn warum ist da eine solche Zärtlichkeit in mir, dass ich mich um diesen Menschen kümmern möchte, und warum will ich den Schmerz von jemandem lindern, der mir doch umgekehrt so viel Schmerz zugefügt hat? Es ist so etwas wie ein kranker Mutterinstinkt, der sich in mir aufgebaut hat. Ein paar Tage nach meinem Auszug war ich in einem Café. Ich tat mir selbst unglaublich leid. Ich glaube, ich hatte den ganzen Morgen geweint und an Theo gedacht, vermisste ihn und unser gemeinsames Zuhause. Ich stellte mich an, um meine Bestellung aufzugeben, und vor mir stand ein Mann im Anzug, offenbar auf dem Weg zur Arbeit. Er war über fünfzig, hatte ein gerades Kinn. Er sah aus wie ein Dad, nicht mein Dad, sondern irgendein Dad, von irgendjemandem. Und ich erinnere mich an den jungen Mann, der ihn bediente, der allerhöchstens zweiundzwanzig war, und wie er auf diesen Mann reagierte. Er war sehr beflissen, versuchte, den Kaffee so schnell zu machen, wie er konnte. Er war höflich und bestimmt. Die ältere Dame, die vor dem Mann in der Schlange gestanden hatte, bediente er ganz anders, genauso wie mich. Nicht dass er zu einer von uns unhöflich oder ruppig gewesen wäre. Aber er wollte unbedingt die Zustimmung dieses Mannes. Und da dachte ich:

Vielleicht reagieren wir ja alle auf die Welt so, wie wir auf unsere Familien reagieren. Wir saugen die Liebe unserer Mütter auf, fürchten uns vor der Kluft, die unsere Väter aufbauen. Auf dieser Dynamik beruht unsere Gesellschaft, davon bin ich überzeugt. Die Männer treffen Entscheidungen. Und die Frauen kümmern sich um diese Männer. Ich dachte an mich selbst, dort in jener Wohnung. An die stille Art und Weise, wie ich dort lebte. Die stille Weise, wie ich liebte. Ich schäme mich dafür. Schäme mich bis in die tiefsten Abgründe meiner Seele. Aber ich zwang mich dazu, meiner Mom davon zu erzählen. Ich rief sie an und sagte: »Mom, ich bin aus der Wohnung ausgezogen, in der ich mit Theo gewohnt habe.«

Und sie sagte: »Ach, wirklich?«

Und ich sagte: »Ja, ich war in ihn verliebt und er nicht in mich, und das war keine gesunde Sache.«

Und ich erinnere mich, wie meine Mom ganz behutsam mit mir redete und sich sehr bemühte, mir zu helfen und mich aufzubauen, aber mehr als alles andere weiß ich, dass es sie, als ich ins Detail ging, wie es in der Wohnung dort abgelaufen war, erschreckte. Ich bin mir sicher, sie dachte an ihre Schwester, die in der Pampa lebt. Ich bin mir sicher, sie dachte über die Einsamkeit nach, die entsteht, wenn ein Mensch einen anderen liebt, ohne dass diese Liebe erwidert wird. Sie sagte: »Aber du weißt, dass man aus so einer Erfahrung lernen kann«, und ich denke, das war einfach ihre Methode, ihren Frieden mit der Situation zu machen. Ihre Methode, nicht zu denken, ihre Tochter sei tatsächlich jemand, der einmal eine Bremsspur aus der Unterhose eines Menschen gewaschen hatte, den sie gar nicht kannte.

Das Komische daran ist, dass ich nicht versuchte, ihr zu erklären, auf welche Weise Theo meine Liebe erwidert hat. Ich konnte ihr nicht sagen, wie er manchmal auf der Couch neben mir lachte, wie er den letzten Donut für mich aufhob und ihn mir hinstellte, auf einem Teller mit dem Zettel: »Liebste Joy, ein Donut für dich.« Unsere »Liebe« wird wohl kaum jemand je verstehen. Und ich bin auch nicht blöd. Ich benutze das Wort »Liebe« nur, weil es keine andere Art gibt, die Sache auszudrücken. Ich weiß, dass Theo mich nicht geliebt hat. Nicht richtig jedenfalls. Es tut weh, das zu sagen, aber ich sage es mir sehr oft, denn so schmerzlich es ist – es bedeutet auch Freiheit.

Mittlerweile treffe ich mich auch öfter mit meiner Tante. Ich sehe sie nicht mehr so wie früher. Vielleicht hat sie nicht alles, was sie sich gewünscht hat, bekommen, und womöglich ist ihr Leben auch anders verlaufen, als sie es sich vorgestellt hat, aber ich sehe sie nicht als Frau, die sich damit abgefunden hat. Ich sehe sie als eine Frau, die zu den Entscheidungen steht, die sie getroffen hat, und mit ihrem Leben zufrieden ist. Außerdem ist sie ein guter Mensch, und das bedeutet mehr als alles andere. Um die Wahrheit zu sagen, weiß meine Mom das über sie, und vielleicht ist das, worum sie trauert, weniger meine Tante als die Willkür, mit der einem das Leben manchmal mitspielen kann. Immerhin hat sich meine Tante tatsächlich Bienen besorgt, so wie sie wollte. Sie schickt mir oft Honig.

Vielleicht bin ich noch nicht glücklich, nicht in der Weise, wie ich es hoffe, eines Tages zu sein, aber ich lebe nicht mehr in Angst. Vor kurzem habe ich zufällig Theo gesehen. Er ging auf der anderen Straßenseite. Zuerst wollte ich mich umdrehen und in die andere Richtung laufen. Aber ich zwang mich dazu, meinen Weg fortzusetzen. Und da fiel mir auf, dass er viel kleiner wirkte, als ich ihn in Erinnerung hatte. Fast sah er aus wie die Miniversion des Mannes, für den ich ihn immer gehalten hatte. Dann erblickte er mich, das wusste ich, weil er schlagartig stehen blieb. Ich hätte auf die andere Straßenseite wechseln können, um mit ihm zu reden, aber dann fiel mir ein, wenn es ihm wichtig genug gewesen wäre, wäre er selbst rübergekommen. Ich selbst hatte be-

reits alles gesagt, was ich ihm zu sagen hatte. Deshalb winkte ich ihm nur zu, und er winkte zurück. Das war's. Es machte mich wütend und auch traurig. Insgeheim habe ich mir immer noch gewünscht, er würde rüberkommen und mir sagen, dass er mich liebt. Wer will das nicht? Aus dem Mund eines früheren Liebhabers, eines Mannes, für den man mal geschwärmt hat.

Doch dann ging ich nach Hause, nahm ein ausgiebiges Bad und die Eismaschine rumpelte, hier, in meinem Zuhause, meiner Zuflucht. Es war ein gewaltiges Rumpeln, das an den Wänden und auf dem Boden widerhallte. Auch mein Herz schlug dort in der Badewanne, wenn auch nicht ganz so laut. Dann stand ich auf und erhaschte einen Blick auf mein Spiegelbild, nackt, tropfend. Auf meinen immer noch runden Bauch. Mein immer noch alterndes Gesicht. Freiheit, ja. Ich war bereit.

Dank

Ein riesiges Dankeschön an alle bei Dial, und besonders an Whitney Frick, meine stets begeisterte und brillante Lektorin, deren Sorgfalt und Aufmerksamkeit gegenüber meinem Roman mir immer das Gefühl gegeben hat, die Schriftstellerin zu sein, die ich so gerne sein wollte. Danke auch an Dorian Karchmar, der auf geniale Weise ein Genie ist. Dank an meine Freunde und Familie, insbesondere meine Eltern, die mich immer lieben und unterstützen. Und an meinen Ehemann Jacob, dessen Begabung, dessen Freundlichkeit und Liebe mich jeden Tag von neuem inspirieren